모즈가 울부짖는 밤

MOZU NO SAKEBU YORU
by Go Osaka

Original Japanese edition published by Shueisha Inc., Tokyo.
This Korean edition published by arrangement with Shueisha Inc.
in care of Tuttle-Mori Agency, Inc., Tokyo through Eric Yang Agency, Inc., Seoul.

이 도서의 국립중앙도서관 출판예정도서목록(CIP)은
서지정보유통지원시스템 홈페이지(http://soeji.nl.go.kr)와
국가자료공동목록시스템(http://www.nl.go.kr/kolisnet)에서 이용하실 수 있습니다.
(CIP제어번호: CIP2014014265)

모즈가 울부짖는 밤

百舌の叫ぶ夜

오사카 고 장편소설

김은모 옮김

문학동네

차례

일러두기

1. 본문 중의 주석은 모두 옮긴이주입니다.
2. 강조의 의미로 쓴 고딕체는 원서의 방점 표시에 따른 것입니다.

모즈는 어금니를 꽉 깨물었다.

송곳을 쥔 코트 속 오른손이 땀에 젖었다. 무섭거나 긴장해서가 아니다. 그딴 이유로 일일이 땀을 흘렸다가는 이 일은 못 한다. 모두 초조함 탓이었다.

일을 맡은 지 벌써 일주일이 지났다. 그사이 가케히 슌조는 그야말로 털끝만한 빈틈도 드러내지 않았다. 멋지다고밖에 표현할 수 없을 만큼 신중했다. 집의 문단속은 철저했고, 밖에서도 인기척이 없거나 어두운 곳을 혼자 돌아다니는 실수는 결코 범하지 않았다. 지하철에서는 전동차가 완전히 멈출 때까지 절대 플랫폼 가장자리로 다가가지 않았다. 손쓸 도리가 없었다.

모즈의 실력 정도면 가케히의 눈을 피해 미행하는 것쯤 그다지 어렵지 않았다. 하지만 무턱대고 해치울 수는 없다. 상대의 숨통을 끊는 것뿐 아니라 무사히 달아날 방법도 계산에 넣어야 하기 때문이다.

화분이 놓인 칸막이 맞은편 자리에서 가케히와 여자는 머리를 맞대고 대화중이었다. 넓은 카페를 가득 메운 웅성거림 때문에 무슨 이야기를 하는지 알아들을 수 없었다.

가케히는 이십 분 전쯤 그 자리에서 여자를 만났다. 검은 코트를 입은 여자는 선글라스를 끼고 얼굴을 감싸듯 긴 머리카락을 늘어뜨려 생김새는 물론 나이도 짐작 가지 않았다.

느닷없이 일어선 가케히를 보고 모즈는 송곳자루를 꽉 움켜쥐었다. 꼰 다리를 풀었다. 언제든 카페를 나갈 수 있도록 커피값은 이미 잔돈까지 맞추어 탁자 위에 올려두었다.

가케히는 지나가는 여종업원에게 화장실이 어디냐고 물었다.

모즈는 어깨 힘을 뺐다. 젠장, 화장실인가.

하지만 다음 순간 모즈는 자리에서 일어섰다. 통로 안쪽으로 걸어가는 가케히의 뒷모습을 보고 갑자기 인내심의 끈이 뚝 끊긴 것이다. 만약 기회가 오면 지금 바로 해치워버리자. 이대로는 도저히 침착해질 수가 없다.

가케히를 뒤따라 구석의 문을 열고 바깥으로 나갔다. 복도 끝 남자 화장실로 들어가는 가케히의 뒷모습이 언뜻 보였다. 모즈는 숨을 한 번 고르고 나서 뒤꿈치를 들고 서둘러 복도를 나아갔다.

재빨리 화장실로 들어갔지만 아무도 없었다. 모즈는 피식 웃고 건너편 벽으로 눈을 돌렸다. 작은 채광창이 뚫려 있지만 성인 남자가 빠져나가기는 불가능하다.

모즈는 세면대 앞에 서서 머리 모양을 손질하는 척하면서 칸막이 문을 쳐다보았다. 두 개의 문 중 하나가 닫혀 있고 사용중이라는 빨간 표시가 보였다.

아무래도 가케히는 설사인 모양이다. 모즈는 코를 찡그리고 닫힌 문을 쳐다보았다. 지금이 제일 무방비한 상태일 테지만 이쪽이 문을 타넘을 때까지 얌전히 쭈그리고 앉아 기다릴지는 의문이다.

이럴 때는 불시에 문을 밀어젖혀 한 방에 상대를 쓰러뜨리는 수밖에 없다. 자물쇠가 허술하고 문고리도 헐거워 보였다. 좋다, 해보자.

모즈는 오른손으로 송곳을 겨누고 왼쪽 어깨를 문으로 향했다. 다리에 단단히 힘을 주었다.

그때, 바깥 복도에서 발소리가 울려퍼졌다. 모즈는 급히 오른손을 코트 호주머니에 넣고 몸을 돌렸다. 속에서 천불이 났다. 망할, 조금만 더 있으면 끝낼 수 있었는데.

하지만 훼방꾼이 나타났으니 어쩔 수 없다. 이 일에서는 포기하는 타이밍도 중요하다. 아쉽지만 다음 기회를 노리자.

회사원으로 보이는 젊은 남자와 엇갈려 모즈는 화장실을 나왔다. 묘한 표정으로 이쪽을 보는 남자의 여드름투성이 얼굴이 시야 가장자리에 들어왔다. 모즈는 고개를 돌리고 가게 쪽으로 걸었다.

가게에 들어오자 계산대로 종종걸음치는 여자의 모습이 보였다. 가케히 슌조와 앉아 있던 여자였다. 걸음을 내디딜 때마다 힘이 들어가는 매끈한 장딴지에서 기묘한 긴장감이 풍겼다.

모즈는 곧장 자기 자리에서 계산서와 동전을 집어들었다.

여자를 쫓아가야 한다는 직감에 따른 행동이었다. 여자의 모습에서 수상한 뭔가가 느껴졌고, 그 뭔가가 가케히의 덜미를 칠 실마리가 될 듯했다. 어차피 가케히의 아지트는 알고 있다. 이 여자의 정체를 파헤치면 교착 국면을 타개할 힌트를 얻을지도 모른다.

선글라스를 낀 여자는 사람들로 붐비는 해질녘 거리를 재게 걷다가, 예상과 달리 일 분도 채 되지 않아 뒷골목의 작은 잡거빌딩으로 뛰어들어갔다. '군지 빌딩'이라는 현판이 달려 있었다.

구질구질한 빌딩 외벽에 유흥업소 간판은 보이지 않았다. 모즈는 계단 아래 우편함을 살폈다. 다나베 회계사무소. 마루와 광고대리점. 하나비시 금융. 호쿠신 여행회.

모즈는 거리의 공중전화부스에서 전화를 거는 척하면서 십 분을 기다렸다. 그동안 빌딩에서 몇 사람이 나왔지만 문제의 여자는 없었다.

여자는 가케히를 내버리고 도망친 듯 보였지만, 그렇다기에 여긴 너무 가깝다. 아니면 이 빌딩 어딘가에서 일하는 걸까.

모즈는 기다리다 지쳐 전화부스를 나왔다. 빌딩으로 들어가 조그만 엘리베이터를 쳐다보았다. 표시등은 1층에 멈춰 있었다. 카페로 돌아갈까 잠깐 생각했지만 가케히가 아직 그곳에 있으리라는 보장도 없어서 마음을 바꿔 천천히 계단을 올라갔다.

얼룩투성이 계단에서 오래된 곰팡내 같은 것이 났다. 좁고 가팔라서 오르기 힘들었다.

제일 위층에 다다를 때까지 누구와도 마주치지 않았고, 엘리베이터가 움직이는 기척도 없었다. 어느 층이나 복도에는 인기척이 없고 젖빛유리 너머 사무실도 캄캄했다. 빌딩 전체가 숨이 끊어진 듯 괴괴해서, 오히려 계단과 복도에 불이 켜져 있는 것이 신기할 정도였다.

모즈는 계단을 내려가면서 층마다 화장실을 들여다보았다.

3층까지 내려와 여자화장실을 살피려 했을 때, 복도 끝에 쓰레기통 대용으로 놓아둔 플라스틱 양동이가 눈에 들어왔다. 양동이 뚜껑이 부자연스럽게 들떠 있었다.

다가가서 뚜껑을 들어올린 모즈는 깜짝 놀랐다. 안에는 검은 코트와 긴 머리 가발이 들어 있었다.

빌딩에서 나와 카페로 돌아가면서 모즈는 자신의 바보짓에 화가 치밀었다.

군지 빌딩에서 나온 몇 사람 중 그 빌어먹을 여자가 끼어 있었던 것이다. 검은 코트와 선글라스에 정신이 팔려 다른 차림의 여자에게는 주의를 기울이지 않은 것이 실수였다. 빌딩에서 나오던 여자들의 얼굴을 하나하나 떠올려보았다. 하지만 희미한 기억뿐이라 뚜렷한 얼굴 윤곽은 좀처럼 생각나지 않았다.

어찌됐건 감쪽같이 속아넘어갔다는 점은 달라지지 않는다. 놓친 이상 별다른 수도 없었다. 가케히가 아직 카페에 남아 있기를 바라며 걸음을 재촉했다.

근처 길로 돌아왔을 때, 가게 쪽에서 키 큰 남자가 걸어오는 것이 보였다. 모즈는 안도하며 영화관 간판 뒤에 몸을 숨겼다.

다행이다, 늦지 않았다. 수수한 회색 양복, 오른손에 든 갈색 보스턴백. 틀림없이 가케히 순조였다. 설사가 아주 심했든지 여자가 도망친 줄 모르고 기다렸든지, 여하튼 가게 안에서 계속 꾸물댄 모양이다.

모즈는 만족스럽게 웃었다. 괜한 일로 시간을 허비했지만 다시 기회가 왔다. 이런 행운은 분명 일이 잘 풀리리란 조짐이다.

가케히는 발을 재게 놀려 야스쿠니 길로 향했다. 모즈는 종종걸음으로 뒤쫓았다. 야스쿠니 길로 나가서 요쓰야 방면으로 꺾었다. 가케히는 뭔가에 화풀이를 하듯이 거칠게 발걸음을 옮겼다. 상당히 열받은 모양이다. 잘됐나. 화가 난 인간은 반드시 어딘가에서 실수를 범하는 법이다.

갑자기 가케히가 걸음을 늦추는 바람에 모즈는 급히 그 자리에 멈춰 섰다. 길 조금 앞쪽, 좌우로 흩어진 사람들 사이로 뭐라고 고함치는 소리가 들려왔다. 모즈는 가로수에 몸을 기대고 발돋움해 앞쪽을 살폈다. 여자 두세 명이 어쩔 줄 모르고 얼어붙어 있고, 딱 봐도 부랑자 같은 초라한 행색의 남자가 그 주위를 빙글빙글 돌고 있었다. 소를 모는 개처럼 분주하게 움직이며 여자들에게 상스러운 말을 퍼부었다.

모즈가 놀랄 틈도 없이, 가케히는 그쪽으로 총알같이 달려갔다.

달려오는 가케히를 보고 한 여자가 뭐라고 외치려는 듯 입을 벌렸다. 그 순간 눈앞에 시뻘건 불덩어리가 흩날리더니 귀가 먹먹해질 정도로 굉음이 울려퍼졌다. 모즈는 벽에 세차게 부딪혔다가 튕겨나온 듯한 충격을 받고 가드레일 너머 차도까지 날아갔다.

정신을 차리자 모즈는 주차된 차들 사이에 쓰러져 있었다. 영문을 모른 채 비틀비틀 일어섰다. 인도를 보고 모즈는 침을 삼켰다.

사방에 모래먼지와 화약 연기가 자욱하고, 그 속에서 나뒹구는 사람들의 모습이 희미하게 보였다. 신음소리가 가득했다. 인도에 면한 빌딩의 유리가 깨져 길 위로 떨어지는 소리도 들렸다.

반사적으로 머리에 손을 댔다. 무사했다. 팔꿈치가 좀 아프지만 다른 곳은 다치지 않은 것 같았다. 역시 운이 따른 모양이다.

그때 비명 같은 사이렌 소리가 들려왔다. 큰일이다. 병원에 실려가 경찰한테 조사라도 당하면 골치 아프다. 일단 여기서 달아나야 한다.

모즈는 자동차 사이에서 빠져나와 모여드는 구경꾼들을 밀쳐내고 가볍게 발을 끌면서 현장을 떠났다. 무슨 일인지는 텔레비전 뉴스를 보면 알 수 있을 테지.

어두운 시골길이 이어졌다.

아카이 히데야는 담배에 불을 붙이고 옆에 앉은 신가이 가즈히코를 힐끗 쳐다보았다. 신가이는 피곤한 기색이었지만 딱히 불안해 보이지는 않았다.

차는 그다지 속도를 내지 않고 달렸다. 포장된 길이라 흔들림이 적다. 운전은 부하 기타니가 맡았다.

마지막 순간까지 신가이의 가슴에 의심이 싹터서는 안 된다. 만약 실패하면 자신들의 목숨은 없다. 아무리 경계해도 지나치지 않다.

아카이는 입을 열었다.

"어이, 신가이. 잠잠해질 때까지 잠깐 여기서 지내다가 도쿄로 돌아오면, 너한테 리비에라 체인을 전부 맡기려고 한다."

신가이는 흥미 없다는 듯이 시트에 몸을 맡겼다.

"전 아카이 부장님 역할을 감당 못 합니다. 지금 가게만으로 충분히 만족해요."

아카이는 일부러 밝게 웃었다.

"하긴 넌 다른 일도 해야 하니 가게가 너무 바쁘면 곤란하겠지."

신가이는 대답 없이 운전석에 앉은 기타니의 까까머리에 대고 말했다.

"기타니 씨, 시간이 제법 걸리네요."

기타니는 어깨 너머로 뒤를 보았다.

"이제 다 왔어. 피곤해?"

"그야 그렇죠. 기차를 열두 시간이나 탔는데 누군들 안 피곤하겠습니까. 비행기나, 하다못해 신칸센이라도 탔으면 좀 나았을 텐데."

아카이가 끼어들었다.

"갑작스러운 일이라 표를 못 구했어. 그나저나 이번에는 평소답지 않게 너무 거칠던데. 폭탄 같은 걸 다 쓰고."

"그건."

말하다 말고 도중에 끊었다. 아카이는 이어질 말을 기다렸지만 신가이는 더는 입을 열지 않았다.

아카이가 뭐라고 말하려던 참에 갑자기 차가 출렁거렸다.

"제길, 길이 험해졌네."

기타니가 투덜거렸다. 비포장도로로 들어선 모양이다. 아카이는 마음을 바꿔 그대로 입을 닫았다.

차는 이윽고 도로를 벗어나 풀이 무성한 오솔길로 들어섰다. 헤드라이트 불빛이 나무들을 칙칙하게 비췄다. 튀어나온 나뭇가지가 차체에 닿아 거슬리는 소리가 났다. 신가이는 편치 않은 기색으로 앉은 자세를 바로잡았다.

잠시 후 차가 모래땅에 대가리를 처박듯이 멈췄다. 아카이가 기타니에게 물었다.

"야, 손전등 있냐?"

"네, 렌터카 사무실에서 사왔습니다."

기타니가 헤드라이트와 시동을 껐다. 주변이 어둠에 잠겼다. 아카이는 신가이를 재촉하며 문을 열고 밖으로 나왔다.

신가이도 차에서 내려 수상하다는 듯이 말했다.

"왜 별장 앞에 안 대고요?"

아카이는 알랑거리는 목소리로 대답했다.

"앞쪽 길을 공사하는 중이라 못 들어가. 걸어가도 금방이야."

신가이는 입을 다물었다. 어두워서 분명하진 않지만 뭔가 이상하다는 낌새를 챈 모양이다. 아카이는 긴장으로 무릎이 뻣뻣해지는 것을 느끼며 슬그머니 이마의 땀을 닦았다.

차에서 내린 기타니가 때마침 손전등을 켜고 나무들 사이로 뻗은 오솔길을 비추었다. 파도 소리가 희미하게 들려왔다.

기타니가 선두에 서기를 기다렸다가 아카이는 신가이의 등을 밀었다.

"그쪽이야. 가자."

세 사람은 나뭇가지를 헤치면서 잠시 걸었다. 파도 소리가 조금 커졌다.

신가이가 걸음을 멈췄다.

"이상한데. 별장은 여기가 아니라……"

그렇게 말했을 때 기타니가 느닷없이 돌아서서 손전등으로 신가이의 얼굴을 비췄다. 놀라서 멈칫한 신가이의 목덜미에 아카이가 재빨리 권총을 들이댔다.

"꼼짝 마. 움직이면 대갈통을 날려버린다."

기습을 당한 신가이는 옴짝달싹하지 못했다. 아카이는 자세를 그대로 유지하며 힐끔 발치를 보았다. 빛 속에 적당한 크기의 돌이 보였다.

아카이는 권총을 단단히 움켜쥐고 발끝으로 돌을 끌어왔다.

목소리를 낮추어 말했다.

"좋아. 두 손을 천천히 머리 위로 올려."

신가이는 시키는 대로 했다. 그 틈에 아카이는 몸을 구부려 돌을 주워 들었다.

신가이가 캐묻듯이 말했다.

"이렇게 멀리까지 와서 어쩔 속셈이야."

"닥치고 걸어."

신가이는 움직이지 않았다. 아카이는 긴장해서 숨을 죽였다. 되도록 권총은 쓰고 싶지 않았다.

잠시 후 신가이가 자조적인 말투로 입을 열었다.

"이럴 생각이었으면 좀더 가까운 데서 죽일 것이지."

"죽이기는 간단하지만 시체 신원이 밝혀지면 골치 아프거든. 여기라면 우리까지 엮일 염려가 없지. 자, 어서 걸어."

신가이가 앞으로 한 발 내디뎠다. 그에 밀려나듯이 기타니는 한 발 뒤로 물러섰다.

"이대로 내 행방이 묘연해지면 리비에라 직원들이 수상하게 여길 거야."

"그깟 건 대충 둘러대면 돼."

"동생이—내 여동생이 경찰에 수색원을 내면 어쩌려고?"

"내든가 말든가. 잔말 말고 빨리 걷기나 해."

아카이가 조바심치며 말했을 때, 신가이가 발을 쳐올림과 함께 발치의 모래가 팔매질하듯이 기타니를 덮쳤다. 손전등 불빛이 흔들리고 기타니가 뒤로 물러섰다.

아카이는 몸을 낮추려는 신가이의 뒤통수를 돌로 힘껏 내리쳤다. 찜찜한 손맛과 함께 신가이는 끽소리 못 하고 그대로 엎어졌다. 공포에 휩싸인 아카이는 그 위에 올라타 닥치는 대로 주먹을 휘둘렀다.

일 분 후, 아카이는 기타니와 함께 신가이를 절벽 가장자리로 끌고 갔다.

"됐지, 간다."

아카이가 다짐을 놓듯이 확인했다. 두 사람은 호흡을 맞추어 탄력을 붙여서 신가이를 공중에 내던졌다. 마지막 순간 의식이 돌아왔는지 비명소리가 길게 꼬리를 끌다가 사라졌다.

아카이는 한숨을 푹 내쉬었다. 너무 싱거워 맥이 빠질 정도였다.

“이 높이면 콘크리트에 두부를 내던진 거나 다름없겠군.”

“여기서 떠오른 자살 시체는 없답니다. 이만큼 공들여 마무리했으니 꼬리 잡힐 일은 없겠죠.”

“뭐, 그럴 테지.”

“그나저나 듣던 만큼 대단치도 않네요. 좀더 애먹을 줄 알았는데.”

그 말을 듣고 아카이는 쿡쿡 웃었다.

“설마 이럴 줄은 몰랐겠지. 자, 돌아가자.”

두 사람은 온 길을 되돌아갔다.

어둑어둑한 가운데 빛이 흘러갔다.

텔레비전 화면이 갑자기 밝아졌다. 남자는 화면에 비치는 희미한 영상을 응시했다.

카메라를 들고 찍었는지 화면이 계속 가늘게 떨리고 좀처럼 초점이 맞지 않는다. 어느 외국의 광장을 찍은 것 같았다. 반쯤 무너진 돌벽을 등지고 말뚝 같은 것이 십수 개 세워져 있다. 가까이 다가가자 말뚝마다 사람이 등뒤로 손이 묶여 있다는 것을 알 수 있었다.

카메라가 재빠르게 그들의 얼굴을 훑었다. 모두 남자지만 생김새를 확인하기에는 시간이 모자랐다. 그리고 한 남자를 클로즈업. 잘생긴 라틴계 남자다. 검댕으로 더러워진 뺨에서 빨간 피가 배어나왔다. 갑자기 화면이 흔들리더니 남자의 고개가 앞으로 푹 꺾였다. 카메라가 멀어졌다. 사파리셔츠를 입은 덩치 큰 사내의 등이 비쳤다. 권총을 쥔 오른손이 말뚝에 묶인 남자의 가슴에서 떨어졌다. 가슴에는 탄 자국과 검붉은 구멍이 남았다.

사내는 연달아 포로 두세 명을 권총으로 처리했다.

남자는 숨을 삼키며 텔레비전을 잡아먹을 듯이 노려보았다. 음량이 소거되어 있어 총소리도 들리지 않았다. 하지만 흔들리는 화면이 그것을 실감나게 전해주었다.

몇 명째인지 모를 포로가 클로즈업됐을 때 남자는 저도 모르게 신음을 흘렸다. 화면에 비친 건 앞의 포로들과 달리 낯빛이 창백한 동양인이었다. 그는 눈물을 흘리며 뭐라고 부르짖었다. 공포로 야윈 뺨을 움직여 입만 빠끔대는 모습에 실내 공기가 서늘해졌다.

갑자기 화면에 권총이 끼어들었다. 권총이 동양인의 관자놀이에 닿았다. 고함을 지르던 동양인의 입이 딱 벌어진 채 스톱모션처럼 얼어붙었다. 실성한 듯 부릅뜬 눈이 까뒤집어져 흰자위가 드러났다.

다음 순간 화면이 심하게 흔들리고 화약 연기가 시야를 가렸다. 카메라가 미친듯이 사방으로 튀었다. 몇 초 후, 카메라는 막 처형당한 포로를 비추었다. 포로는 머리가 거의 날아가고 몸만 말뚝에 매달려 있었다 권총을 쥔 서형사가 빙글 돌아섰다. 거무스름한 얼굴에 의기양양하고 잔인한 미소를 띠고 있었다.

그 미소가 수면에 돌멩이를 던진 것처럼 무너지더니, 텔레비전은 그저 소음만 전달하는 화면으로 변했다.

남자는 울부짖었다. 한없이 뺨을 적시는 눈물이 느껴졌다.

남자는 이를 악물고 마음속으로 맹세했다. 이 죗값을 반드시 받아내고야 말겠다고—

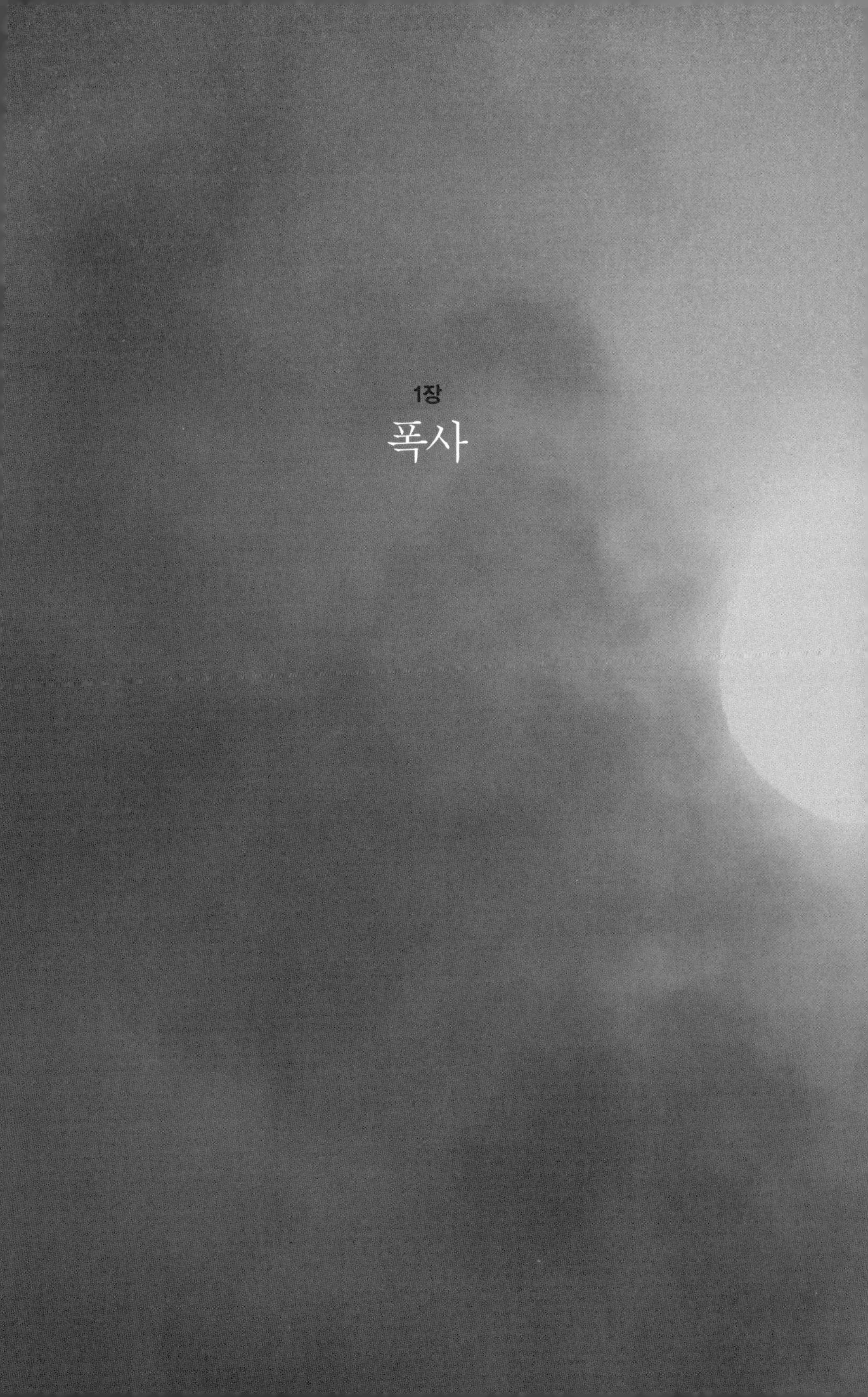

1장
폭사

1 ————

그는 아무런 감흥 없이 앞에 선 여자를 쳐다보았다.

여자는 아직 젊고 아름다웠다. 하지만 그 아름다움도 그의 감정을 움직이지는 못했다. 그에게 여자는 낯선 사람이었다.

여자는 마치 연극을 하듯이 침대 옆에 무릎을 꿇고 그의 손을 잡았다.

"오빠, 나야, 유미코. 어쩌다 이렇게 됐어?"

여자의 눈에 눈물이 고였다. 그는 왠지 거북해서 여자가 쥔 손을 빼내어 시트 아래로 숨겼다.

"오빠, 정말 아무것도 생각 안 나? 동생 얼굴도 모르겠어?"

뒤에 서 있던 점잖게 빼입은 중년 남자가 의미 없이 손을 움직이며 입을 열었다.

"신가이, 나 아카이일세. 내 얼굴 모르겠나? 자네 상사인 아카이 부장이야."

그는 남자의 얼굴을 쳐다보았다. 남자는 불안한 듯 눈을 깜박였다. 상사인지 뭔지 몰라도 남자의 얼굴 역시 전혀 기억에 없었다.

여자는 답답하다는 듯이 침대를 두드렸다.

"왜, 왜 자살 같은 걸 하려 한 거야. 동생한테 아무 말도 없이."

자살. 그렇다, 나는 자살에 실패했다. 의사가 말해주었다.

"미리 떠벌리고 자살하는 인간은 없어."

그가 말하자 여자는 흠칫 놀라 물러났다.

옆에서 담당의사가 끼어들었다.

"기억을 못 한다고 뭐라 하면 안 됩니다. 자꾸 다그치면 악화될 수도 있어요. 저절로 돌아오기를 느긋하게 기다리는 수밖에요."

여자가 의사를 쳐다보았다.

"저기, 평생 기억이 돌아오지 않을 수도 있나요?"

"그런 경우도 있습니다만 사람마다 다릅니다. 한 달 만에 나은 경우도 있고, 십 년 후에 갑자기 기억이 돌아온 경우도 있고요. 조급히 굴지 말고 차분하게 치료해야 해요."

의사는 시계를 한 번 쳐다보고 말을 이었다.

"자, 오빠를 데려가기 전에 일단 형사님을 만나보시죠. 대기실에서 기다리고 계십니다. 그사이 퇴원 수속을 밟아놓겠습니다."

혼자 남은 그는 가만히 천장의 얼룩을 바라보았다. 도대체 나는 누구일까. 처음 보는 남녀가 찾아와 상사라느니 여동생이라느니 하며 나를 데려가려 한다. 내 뜻은 아예 묻지도 않았다.

만약 내가 정말로 자살하려 했다면 그만한 이유가 있었을 터이다. 하지만 생각이 안 나니 되짚어봤자 의미가 없다.

그는 삼 주 전쯤 이곳, 스즈 시 주오 병원 침대에서 깨어났다. 의사와 형사가 번갈아 찾아와 자초지종을 물었지만 대답은커녕 주소나 이름, 나이조차 떠오르지 않았다. 전형적인 역행성 건망, 즉 기억상실증이라고 의사는 말했다.

그를 발견한 사람은 동네 어부라고 했다. 삼 주하고 얼마 전인 10월 말 한밤중, 그는 노토 반도 끝자락의 고로자키 갑으로 향하는 비포장도로를 핏물로 적시며 기어가고 있었다. 머리와 뺨의 부상이 동네 의사가 감당하지 못할 만큼 심각했던 탓에 10킬로미터 넘게 떨어진 이곳 스즈 시 주오 병원으로 이송되었다고 들었다.

스즈 서 형사에게서 그는 대략의 사건 경위를 들었다.

그가 발견된 다음날 아침 현장 부근을 수색하던 수사원이 고로자키 갑 절벽에서 십수 미터 아래쪽 바위에서 엄청난 양의 피를 발견했다. 바위 위에는 부러진 소나무 가지가 어지러이 널려 있었다.

바위의 혈흔은 부상자의 혈액형과 일치했다. 그는 무슨 이유에선가 절벽에서 떨어졌다 그 바위 덕분에 목숨을 건진 것이었다. 만약 100미터 아래 바다로 떨어졌다면 살아남기는커녕 시체도 떠오르지 않았으리라. 뒤통수와 오른쪽 뺨의 상처 외에는 가벼운 타박상과 찰과상만 입고 목숨을 선졌으니 거의 기적에 가까웠다.

그가 기억을 잃었음을 알자 경찰은 백방으로 손을 써서 신원을 밝히려 애썼다. 찢어진 양복은 흔히 볼 수 있는 기성품이라 이름이 수놓여 있지 않았다. 정기권, 운전면허증, 현금카드 등 신분을 증명할 만한 물건은 하나도 지니고 있지 않았다. 양복 호주머니에는 5만 3천 엔이 든 지갑과 동전 몇 개뿐이었다.

경찰은 이어서 이 지방에서 그가 남긴 행적을 수사했지만, 상처투성이인 그의 사진을 보고 이렇다 할 반응을 보인 사람은 아무도 없었다. 지명수배자, 가출자, 실종자 명부도 조회했지만 수확이 없었다. 경찰청 컴퓨터에 전과 기록이 남아 있지 않아 지문 조회도 허사로 돌아갔다.

범죄 냄새가 나지 않는 이상 경찰은 이 일을 사고 내지 자살미수로 처리하는 수밖에 없었다. 고로자키 갑은 이 지방에서 자살 명소로 유명하다. 이 사건 역시 자살미수로 보는 것이 타당한 결론이었다. 그는 분명

죽을 작정으로 절벽 위에서 뛰어내렸지만, 도중에 튀어나온 소나무 가지에 걸려 방향을 꺾고 부러진 가지와 함께 바위에 떨어졌다. 그리고 반쯤 의식불명상태로 절벽 위로 기어올라온 것이다. 실제로 바위에서 절벽 위까지 그렇게 유추할 수 있을 만한 흔적이 남아 있었다.

이런 경위를 듣고도 그는 아무 기억이 나지 않았다.

의식을 되찾고 삼 주가 지나는 동안 뺨의 상처는 거의 다 나았다. 하지만 뒤통수의 상처가 낫는 데는 시간이 더 걸렸고 모두 아문 뒤에도 결국 기억은 돌아오지 않았다.

일주일쯤 전 유력한 지방신문사가 사건에 흥미를 보이며 뒤늦게나마 스즈 시 통신원이 쓴 기사를 사진과 함께 실었다. 그는 그 기사에 기대를 품었지만 현지에서는 아무 반응도 없었다.

그런데 오늘, 우연히 지방지 신문철을 보고 사건을 알게 된 두 남녀가 도쿄에서 함께 달려와 그를 데려가겠다고 나선 것이다. 신가이 유미코라고 이름을 밝힌 여자는 그가 자신의 오빠 가즈히코라고 단언했다. 남자는 호메이 흥업 기획부장 아카이 히데야라는 명함을 내밀며 그가 부하직원 신가이 가즈히코임을 확인했다. 경찰은 찢어진 양복을 이미 처분한 뒤였지만 굳이 그것들을 들추며 확인할 필요도 없었다.

두 사람의 증언에 따르면 그는 요 일 년 사이 원인불명의 노이로제를 보였고, 말없이 이삼 주씩 자취를 감춘 적도 세 번이나 된다고 했다.

범죄와 무관한 자살미수자를 데려가는 데 경찰과 병원이 거부할 이유는 전혀 없었다. 그는 자신의 뜻과 상관없이 두 사람의 손에 넘겨졌다.

벌써 두 시간 넘게 달렸다. 아카이가 운전하고 유미코는 조수석에 앉았다. 혼자 뒷좌석을 점령하고 꾸벅꾸벅 졸던 그는 악몽에 시달리다 눈을 뜨길 되풀이했다. 악몽은 정신이 들 때마다 곧장 기억에서 빠져나갔다. 그는 엉덩이를 들먹여 바로 앉았다. 병원에서 호의로 선물해준 낡은

옷이 몸에 맞지 않아 어쩐지 불편했다.

신가이 가즈히코. 그 이름은 그에게 어떤 감흥도 불러일으키지 않았다. 길을 가다 눈에 들어온 간판 글씨보다 못했다. 과거를 잃어버린 것이 불안했지만 아직 되찾으려 애쓸 만한 기력이 없었다. 일단 흘러가는 대로 맡겨보자는 심정이었다.

처음으로 거울을 봤을 때의 당혹감은 아직도 남아 있다. 비교적 반듯한 얼굴 생김새와, 그 조화를 무너뜨리는 추한 상처. 하지만 그걸 봐도 슬픔이나 분노나 창피함은 느껴지지 않았다. 다른 사람의 얼굴을 보는 듯한 무관심한 시선이 거울 속에서 그를 마주했다.

담당의사가 실시한 각종 테스트에서 그는 우수한 성적을 받았다. 덧셈, 뺄셈, 가나다 외기, 시계 보는 법, 전화 거는 법, 텔레비전 채널 맞추는 법, 숫자 거꾸로 외기, 제시된 물품 기억하기 등 전부 합격점이었다. 잃은 것은 자신의 역사뿐이었다.

그는 또 악몽을 꾸고 퍼뜩 놀라 눈을 떴다. 이번에는 꿈자리가 기억났다. 수없이 많은 작은 새가 소리 없이 덮쳐오는 꿈이었다. 몸집은 작지만 눈빛이 날카롭고 부리가 사나운 새였다. 그 부리로 몸 곳곳을 마구 쪼아댔다.

"왜 그래?"

조수석에서 여자가 말을 걸었다.

"아무것도 아니야."

그는 그렇게 대답하고 시트 위에서 자세를 고쳤다. 몸이 식은땀으로 젖어 있었다. 피부가 따끔거리는 것 같았다.

방금 꿈에서 본 건 무슨 새일까. 크기로 따지면 참새일까. 아니다, 참새는 조금 더 작고 눈빛도 그렇게 날카롭지 않다. 그렇다면…… 소용없다, 생각이 안 난다. 익숙한 새 같은데 도무지 이름이 떠오르지 않았다.

차는 정신없이 흔들리면서 어둠 속을 달렸다. 험한 시골길 같았다.

"이대로 쭉 도쿄까지 가는 겁니까?"

그는 아카이에게 물었다. 상사라고 했으니 존댓말을 써야 할 터이다.

아카이는 아무 대답도 않고 일 분 정도 더 달리다가 차를 세우고 시동을 껐다.

"자, 다 왔다."

아카이의 목소리에 몸을 일으켰다. 헤드라이트가 꺼져서 주변은 칠흑처럼 캄캄했다. 희미하게 파도 소리가 들렸다.

"여기가 어딥니까?"

그렇게 말한 순간 손전등 불빛이 정면으로 비추는 바람에 그는 저도 모르게 몸을 젖혔다.

"내려. 천천히."

아카이의 목소리가 험악하게 바뀌었다. 빛 속에서 권총을 든 손이 쑥 튀어나왔다. 그는 그것을 멍하니 바라보았다. 대체 무슨 일일까. 몸속 깊은 곳에 불길이 확 붙는 것이 느껴졌다.

"날 죽이려고?"

"2차 자살 시도를 해달라는 거야. 자, 얼른 내려."

그는 입술을 핥았다. 뜨거운 것이 점점 치밀어올랐다. 그것은 불안이나 공포가 아니었다. 순수한 분노였다.

"유미코, 오빠가 죽는데 보고만 있을 셈이야?"

"진짜 동생도 아닌데, 뭐."

여자의 목소리도 변했다. 살가움은 눈곱만큼도 남아 있지 않았다.

천천히 차에서 내렸다. 시커먼 분노가 뱃속에서 소용돌이쳤다.

아카이는 그의 등뒤에 섰다.

"그쪽 길로 들어가."

그는 명령대로 발걸음을 옮겼다. 세찬 바람에 나무들이 흔들리며 울부짖었다. 아래쪽 어딘가에서 파도 부서지는 소리가 났다.

그는 얼굴에 걸리는 잔가지를 헤치며 오솔길로 들어갔다. 자기 그림자가 수풀 위에서 거대한 괴물처럼 흔들렸다.

숨을 크게 내쉬었다. 바로 여기가 자신이 자살을 시도했다는 고로자키 갑이라고 직감했다.

2

"형사 짓도 오래하고 볼 일이군."

오스기 료타는 그렇게 말하고 경찰수첩을 여자에게 도로 던져주었다. 경시청 공안부 공안 3과 6계, 순사부장* 아케보시 미키.

"수사 1과에 십육 년을 있었지만, 사쿠라다몬**에 다카라즈카*** 출신이 있는 줄은 꿈에도 몰랐어."

아케보시 미키는 눈을 거의 깜빡이지도 않고 오스기를 쳐다보았다. 벽시계를 보듯 무표정한 시선이었다.

오스기는 머쓱해졌다.

"무슨 반응이 그래. 내 딴에는 제법 센스 있는 농담이었는데. 아니면 공안형사는 웃는 데도 상관의 허가가 필요한가?"

"경부보****님께서는 별난 이름으로 느끼실지 모르겠지만, 저는 그다지 재미있거나 우습지 않아요. 같은 농담을 하는 사람이 하도 많아서요."

오스기는 인상을 팍 쓰며 담배에 불을 붙였다. 귀염성이라곤 없는 여

* 한국 경찰의 경사에 해당하는 계급.

** 도쿄 경시청의 별칭.

*** 여성만으로 이루어진 일본의 극단. 극중 남자 역할도 여자 단원이 맡는다. 화려하고 특이한 예명을 쓰는 것으로도 유명하다.

**** 한국 경찰의 경위에 해당하는 계급.

자다. 애당초 여자 사복형사라는 점부터 마음에 들지 않는다. 여경이면 여경답게 불법주차 단속이나 하고 다닐 것이지.

"제법 인기가 있는 모양인데, 반장 나리. 그보다 부상은 좀 어때?"

오스기가 갑자기 화제를 바꾸자 미키는 당황한 눈치였다. 반사적으로 왼손에 감긴 붕대를 만졌다.

오스기는 결국 답답한 마음에 살짝 손가락을 튕겼다.

"또 왜 그래? 지금까지 다정한 말 한마디 들어본 적도 없나?"

미키는 입가를 살짝 누그러뜨렸다.

"부상은 괜찮습니다. 살짝 긁혔을 뿐이니까요. 그나저나 경부보님은 항상 이런 식으로 용의자를 취조하세요?"

"안 되나? 나는 텔레비전 형사 드라마의 광팬이거든."

신주쿠 주오 서 건물은 온통 혼란에 휩싸여 있었다. 크리스마스트리 폭탄 사건* 이래의 대참사에 다들 표정이 굳어버렸다. 사망자 두 명에 부상자 스물한 명. 혼잡한 길에서 폭탄이 터졌는데 이만한 피해로 그친 것이 그나마 불행 중 다행이었다.

현장검증 결과 죽은 남자의 보스턴백에 들어 있던 폭탄이 불시에 터진 것으로 보였다. 폭탄은 사제 소형 시한폭탄으로, 시한장치의 장착 여부는 명확하지 않지만 일단 오폭으로 받아들이는 편이 타당할 듯싶었다.

오스기는 담배를 콘크리트 바닥에 버리고 뒤꿈치로 밟았다.

"자, 슬슬 본론으로 들어갈까. 폭사한 그 남자는 대체 누구야?"

미키가 오스기를 똑바로 쳐다보았다.

"모릅니다. 짐작 가는 바도 없고요."

오스기는 눈을 가늘게 떴다.

---

* 1971년 12월 24일, 신주쿠 요쓰야 경찰서 부근에서 크리스마스트리로 위장한 시한폭탄이 폭발한 사건. 극좌 세력에 의한 최초의 공공 테러로 기록된다.

"같은 집안 사람끼리 뭘 숨기려 하나. 녀석은 보나마나 극좌파 폭탄광일 테고, 자네가 놈을 미행중이었다는 것 정도는 신출내기 경찰이라도 바로 눈치챌걸. 아니면 놈은 그냥 자명종시계 영업사원이고, 자네는 세월아 네월아 길바닥 보도블록이나 헤아리고 있었다고 말할 셈인가?"

"만약 그 남자가 극좌파 멤버라 해도 저와는 관계없습니다. 아시다시피 공안 3과는 우익조직 담당이니까요."

"녀석이 오른쪽이든 왼쪽이든 내 알 바 아냐. 하여튼 자네는 녀석을 미행했어. 만약 놈이 폭탄을 가지고 있다는 걸 알면서 그랬다면 이번 사건은 자네의 중과실이라고. 그건 알고 있겠지?"

"저는 그 남자를 미행하지 않았습니다."

"그럼 누구를 미행했는데?"

"아무도요. 전 공안 3과 분실分室로 가는 길이었습니다."

"분실이라. 그건 또 어디야?"

"현장 근처입니다만, 구체적인 위치는 발설할 수 없습니다. 공안 기밀사항이니까요."

오스기는 입을 꾹 다물고 여형사를 찬찬히 뜯어보았다. 여간내기가 아니다. 생김새는 봐줄 만하지만 애교가 없다. 아니, 아예 표정이라 할 만한 게 없다. 꽃무늬 블라우스에 수수한 베이지색 스커트. 색기가 없기로 치면 털을 싹 깎아낸 푸들과 맞먹을 것이다.

오스기는 탁자에 팔꿈치를 대고 손등에 턱을 괬다.

"그렇군. 자네 입을 열려면 경시총감*의 허가가 필요하다는 건가."

말이 끝나자마자 스키 장갑 같은 손이 탁자를 힘껏 내리쳤다.

"발설할 수 없습니다? 공안 기밀사항이니까요? 생각 좀 하고 입을 놀리시지. 알겠나? 폭탄을 소지했던 놈은 자업자득이라지만 죄 없는 여자

---

* 한국 경찰의 치안정감에 해당하는 계급.

하나가 사지가 찢겨 죽었어. 그 밖에도 실명하고 고막이 찢어지고 팔이 날아간 사람이 득실득실해. 그런데 자네는 태평하게 의자에 궁둥짝 대고 앉아서 지껄이고 있지. 직무태만, 의무위반, 아니면 공범 혐의라도 상관없어. 자네 목을 날릴 이유는 얼마든지 있다는 걸 알아둬."

미키는 오스기의 공갈에 얼굴 근육을 한 번 움찔했을 뿐 동요한 기색이 없었다.

"제가 마음에 안 드신다면 경부보님 좋을 대로 하시죠."

오스기는 탁자에 손톱을 세우고 잇새로 내뱉었다.

"난 여형사랑 공안형사라면 질색이야. 그리고 하필 자네는 둘 다에 해당되지. 전생에 무슨 죄를 지었기에 이런 악연을 만나는지 원."

"하지만 둘 다 경찰에 필요한 존재일 텐데요."

"여형사는 그렇다 쳐. 장물 찾으러 전당포를 살펴보는 데는 도움되니까. 하지만 공안형사는 형사가 아니야. 우리 같은 수사과 형사가 제 주머니 털어 라면으로 배를 채울 때, 녀석들은 소위 기밀비라는 공금으로 호화판을 벌이지. 경찰 예산의 대부분은 공안으로 흘러들어가고, 우리는 떨어지는 떡고물이나 받아처먹는 구조라고. 게다가 공안이 여기저기 뒤를 캐고 다니는 덕분에 경찰 이미지가 곤두박질치기만 하잖아. 딱 잘라 말해 경찰 입장에서 공안이란 민폐 그 자체야. 이 기회에 형사경찰과 공안경찰 조직을 분리해서, 공안은 현재 개점휴업중인 공안 조사청에 통합시켜야 할 거야."

미키는 턱을 약간 당겼다.

"상당히 대담한 의견이시군요."

"그래. 오랜 세월 갈고닦인 내 감이, 아무리 자네라도 이 탁자 아래 몰래 마이크를 붙여둘 틈은 없었다는 걸 알려줬거든."

미키의 얼굴이 약간 붉어졌다.

"그렇게 훌륭한 의견이 있으면 승진시험 논문에나 쓰지 그러세요."

"썼으니까 이 나이 먹도록 경부보 신세지."

오스기는 내뱉듯이 대답했다. 그 말은 사실이었다. 잘 생각해보면 여태껏 경부보 자리를 부지한 것이 도리어 신기할 정도다.

미키는 어깨를 살짝 으쓱했다가 의자 위에서 자세를 바로잡았다.

"하여튼 저는 그 남자에 대해 몰랐습니다. 공안형사로서 대처가 미흡했다고 말씀하신다면 변명의 여지가 없지만요."

오스기는 한숨을 쉬고 등받이에 몸을 기댔다. 팔짱을 끼고 입을 열려는데 조급하게 문 두드리는 소리가 나더니 젊은 형사가 취조실로 얼굴을 디밀었다.

"주임님, 잠깐만요."

오스기는 십오 분 후 취조실로 돌아왔다. 방금 들은 소식이 안겨준 충격으로 마음이 무거웠다.

탁사에 양손을 짚고 미키를 바라보면서 천천히 자리에 앉았다.

"사망자 신원이 밝혀졌어. 폭탄을 갖고 있었던 남자는 가케히 슌조라는 자유기고가야. 적어도 타다 만 명함에는 그렇게 찍혀 있었어. 이 이름 듣고 뭐 짚이는 거 없나?"

"유감스럽게도요. 하지만 과격파 멤버였다면 머지않아 자료가 나오겠죠. 자유기고가라도 요주의 저널리스트라면 수사 4과 목록에 올라가 있을지도요."

"귀중한 의견을 들려주셔서 몸둘 바를 모르겠군. 같은 소리를 하는 사람이 하도 많아서 재미있거나 우습지는 않지만."

오스기는 그 정도 받아친 것으로 만족하고 다시금 팔짱을 꼈다. 여자를 상대로 치고받아봤자 헛수고다. 그보다 한 가지 더 알려줘야 할 소식이 있다. 말하려니 우울했지만 얘기를 듣고 여자가 어떤 표정을 지을지 궁금하기도 했다.

"그리고 죽은 여자의 신원도 알아냈어. 고등학교 친구 두 명과 카페에서 만나 식사를 하려고 밖으로 나갔을 때 부랑자가 시비를 걸었지. 빠져나가려고 갈팡질팡하는데 지나가던 남자가 도와주러 달려왔다 싶은 순간에 쾅! 세 명 중 한 명은 죽고 나머지 두 명도 반쯤 실성한 상태야."

미키의 눈에 초조한 빛이 어렴풋이 깃들었다.

"죽은 여자의 신원은요?"

"친구들이 말하길, 이름은 구라키 다마에. 남편은 경시청 형사야."

미키의 눈이 휘둥그래졌다.

"구라키라고요?"

"그래. 조사한바 본청 공안부 특무 1과에 구라키 나오타케라는 경부가 있어. 표정을 보니 아는 사람이냐고 물을 필요도 없겠군."

3 ——————

그는 파도 소리를 들었다.

바람이 점점 더 사나워졌다. 손전등 불빛에 드러난 자신의 그림자를 보며 그는 묵묵히 오솔길을 나아갔다.

권총을 들고 뒤따라오는 남자는 누구일까. 호메이 흥업이라는 회사의 부장이라고 했는데 도대체 무슨 일을 하는 회사일까. 자살을 도와주는 곳인가.

아무튼 이 위기를 어떻게 빠져나가느냐가 우선이다. 여전히 공포 대신 고요한 분노만이 뱃속 깊숙이 들끓었다. 이대로 아카이가 시키는 대로 다시 몸을 던지기는 싫었다. 실제로 자살해야 할 이유가 있을지라도.

오솔길 앞쪽 왼편에 빽빽하게 자란 조릿대 덤불이 보였다. 그는 마음을 굳혔다. 덤불 앞에서 걸음을 멈췄다. 옆에 직경 20센티미터 정도의 나무가 서 있었다.

"멈추지 마."

아카이가 날선 목소리로 으름장을 놓았다. 그 말에 아랑곳없이 천천히 돌아섰다. 빛을 정면으로 받자 잠시 눈앞이 아찔했다.

그는 오른손으로 빛을 가리며 입을 열었다.

"이봐, 날 쏠 생각 없지?"

"뭔 개소리야. 방금도 까딱했다간 방아쇠를 당길 참이었는데."

"하지만 시체에서 총알이 나오면 날 병원에서 꺼내간 너희가 제일 먼저 의심받을 거야. 그 정도는 머리가 돌아가겠지."

아카이가 섬뜩한 웃음소리를 냈다.

"그건 네 시체가 떠올랐을 때의 얘기지. 이번에야말로 완벽하게 숨통을 끊어주마."

그는 슬그머니 주먹을 움켜쥐었다. 분노가 뱃속에서 끓어올라 목구멍이 뜨거워졌다.

"역시 그랬군. 내가 자살에 실패한 게 아니라, 네가 날 죽이는 데 실패했던 거야."

숨막히는 침묵이 흘렀다.

"어째서? 왜 날 죽여야 하지? 이유를 말해."

"네가 그 이유를 떠올리면 곤란하니까 죽이려는 거야. 자, 앞을 보고 걸어. 아니면 여기서 총알을 먹여줄까?"

그는 조용히 숨을 들이마셨다가 느닷없이 아카이 옆의 어둠을 가리키며 외쳤다.

"여자가 보고 있다!"

한순간 빛이 흔들렸다. 그는 그 틈을 놓치지 않고 혼신의 힘을 다해 조릿대 덤불로 머리부터 뛰어들었다.

거의 동시에 두 번의 총소리가 천지를 뒤흔들었다. 이어서 아카이가 욕을 퍼붓는 소리가 울려퍼졌다.

그는 네발로 기어서 울창한 덤불 안쪽으로 들어갔다. 손전등 불빛이 머리 위를 미친듯이 휘저었다. 불빛에 닿으면 끝장이다. 그러나 그 범위를 벗어나면 입장은 뒤바뀐다. 상대의 위치를 아는 이쪽이 더 유리하다.

몇 분 동안 무턱대고 덤불 속을 기어 달아났다. 손과 얼굴이 수없이 긁혔지만 아픔은 거의 느끼지 못했다. 이윽고 숨이 턱까지 차오르고 더는 몸이 움직이지 않자 그는 썩은 나뭇잎이 쌓인 땅에 얼굴을 처박았다. 코를 찌르는 냄새에 금방이라도 토할 것만 같았다.

총소리는 두 번으로 그쳤다. 아카이도 총알을 낭비하면 안 된다는 것쯤은 아는 모양이다. 이제 욕설도 들리지 않았다. 목을 비틀어 등뒤의 어둠 너머를 주시했다. 빛은 없었다.

이대로 야음을 틈타 도망치기는 쉽다. 하지만 그래서는 아무것도 해결되지 않는다. 놈들은 계속해서 그를 찾아내 죽이려 들 것이다. 영문도 모른 채 쫓기고 위협당하며 살아가긴 싫다. 어떻게든 여기서 결판을 내야 한다.

그는 숨을 가다듬고 조용히 몸을 일으켰다.

여자는 뻣뻣해진 몸으로 왼쪽 어둠을 쳐다보았다. 문을 꼭 닫은 차 안에서는 바람이나 파도 소리도 머나먼 세상의 것으로밖에 들리지 않았다. 하지만 아까 귀를 때린 그것은 총소리가 아니었나.

아카이가 쐈다면 역시 남자가 얌전히 뛰어내리지 않았다는 뜻이다. 생각해보면 당연한 일이다. 남이 시킨다고 곧이곧대로 절벽에서 뛰어내리는 사람이 어디 있겠는가.

어찌됐건 마찬가지다. 손을 쓴 것은 아카이지 자신이 아니다.

그나저나 총소리가 난 지 이미 오 분 가까이 지났다. 아카이는 벌써 돌아왔어야 한다. 무슨 차질이라도 생긴 걸까.

운전석으로 옮겨 앉은 여자는 문득 가슴이 답답해 한숨을 쉬었다. 손잡이를 돌려 창문을 살짝 내렸다. 바다 냄새를 머금은 신선한 공기와 함께 바람이 나무 사이를 지나는 소리가 흘러들었다. 암흑 속이라 불안감이 더했다.

담배를 피우려고 핸드백을 뒤지는데 근처에서 나뭇가지가 부러지는 듯한 소리가 났다. 흠칫 놀란 여자는 등을 펴고 서둘러 창문을 닫았다. 차 안에 다시 정적이 돌아왔지만 여자의 귓속은 세차게 뛰는 자신의 심장 소리로 가득했다.

밖에서 검은 형체가 움직였다. 운전석 창문으로 몸을 기울이는 모습이 보였다. 여자는 숨을 멈추고 시트 등받이에 착 달라붙었다.

"아카이 씨, 당신이에요?"

소리를 지른 여자는 자기 목소리가 너무 크게 들려 깜짝 놀랐다.

유리를 똑똑 두드리는 소리가 났다. 여자는 겁에 질려 몸이 굳었다. 다시 한번 유리가 딱딱한 소리를 냈다. 여자는 옴짝달싹할 수 없었다.

밖에서 손전등이 켜지더니 아래서 불빛을 비춘 사람 얼굴이 보였다. 빛이 만들어낸 기묘한 그림자 때문에 꼭 죽은 사람의 얼굴 같았다.

여자는 몸을 뒤로 젖히고 비명을 지를 뻔했지만 가까스로 그것이 아카이임을 알아차리고 입을 다물었다. 허둥지둥 잠금 버튼에 손을 뻗었다.

문을 열자마자 여자는 새된 목소리로 몰아세웠다.

"겁주지 마요. 간 떨어질 뻔했네."

아카이는 손바닥으로 빛을 가렸다.

"녀석이 도망쳤어. 우리 위치가 알려지면 안 돼. 옆으로 비켜. 바로 여기를 떠야 돼."

"뭐라고요? 그럼 안 돼요. 찾아내서 처리해야죠."

안심한 순간 드센 성질머리가 고개를 쳐들었다.

"등신 같은 소리. 이런 어둠 속에서 어떻게 찾아? 처음부터 다시 시작이야."

"혹시 그 남자가 경찰에 달려가면요?"

"얼마든지 발뺌할 수 있어. 피해망상에다 기억상실증 환자라고 둘러대면 돼."

"하지만 그 남자는 우리 얼굴을 봤어요. 경찰에 가는 대신 복수하려 들면 어떡해요. 흉악한 남자라고 당신이 말했잖아요. 고작 30만 엔 받고 그런 꼴을 당하긴 싫다고요."

"됐으니까 닥치고 어서 비켜, 안 그러면……"

아카이가 갑자기 말을 뚝 끊었다. 손전등이 손에서 떨어져 땅을 구르다가 엉뚱한 방향을 비추며 멈췄다.

"왜 그래요!"

여자는 어둠을 향해 소리쳤다. 대답 대신 신음소리와 거친 숨소리가 주변을 감쌌다. 여자는 목이 꽉 메었다. 문손잡이를 쥔 손이 뻣뻣해졌다.

서로 치고받는 소리는 금방 멎었다. 여자는 바싹 마른 목구멍으로 억지로 목소리를 쥐어짰다.

"아카이 씨."

누가 손전등을 들고 땅에 쓰러진 남자를 비추었다.

목에 날카로운 나뭇가지가 박힌 아카이가 얼굴을 추하게 일그러뜨리고 죽어 있었다.

4

"구라키가 늦는군요."

마쓰에 미쓰오의 말에 무로이 겐이 근심스러운 표정을 지었다.

공안부장 무로이가 이토록 대놓고 고뇌하는 모습을 보이는 건 공안 특무 1과장 마쓰에에게도 흔치 않은 일이었다. 하지만 그 심정을 잘 알기에 적당한 말이 떠오르지 않았다.

무로이는 반쯤 센 머리카락에 손을 대고 나지막한 목소리로 말했다.

"차라리 말 안 하고 넘어갈 수 있으면 얼마나 좋을까 싶군."

무로이는 쉰 살쯤 된 장신의 경시장*으로, 커리어**로 불리는 엘리트 경찰 관료 중에서도 경시총감 자리를 노리는 수완가로 통한다.

그런 무로이의 고뇌에 찬 얼굴을 마쓰에는 똑바로 볼 수가 없었다. 무슨 말이라도 하려고 입을 반쯤 열었을 때 문 두드리는 소리가 났다. 두 사람은 등을 쭉 폈다. 무로이가 가볍게 헛기침을 하고는 들어오라고 대답했다. 문이 열리고 구라키 나오타케가 들어왔다.

두 사람이 일어서서 맞이하자 늘 무표정한 구라키의 얼굴에 약간 당황한 빛이 떠올랐다. 마쓰에는 제대로 시선을 맞추기가 뭣해서 자연스레 눈을 내리깔았다.

구라키는 마쓰에와 나란히 무로이를 마주보고 앉았다.

"늦어서 죄송합니다. 외근이 길어져서요."

무로이는 몸을 내밀고 양손 끝을 입술 앞에 모았다. 그리고 그다지 내키지 않는 기색으로 말했다.

"그건 상관없네만, 실은…… 여섯시쯤 신주쿠에서 폭탄이 터졌다는 이야기는 들었나?"

"네. 어느 섹터의 짓입니까?"

"아직 몰라. 다만 이번 건은 말하자면 오폭 사건일세. 보스턴백에 들어 있던 시한폭탄이 잘못돼 폭발한 모양이야."

구라키가 눈썹을 움찔했다.

---

* 한국 경찰의 치안감에 해당하는 계급.

** 한국의 행정고시에 해당하는 국가공무원시험 I종에 합격해 경찰직에 배속된 사람. 경찰 공개채용으로 들어온 '논 커리어'와는 진급, 대우 면에서 큰 차이가 있다.

"누굽니까? 이 난장판을 만든 놈이."

마쓰에가 입을 열었다.

"4과 보고에 따르면 가케히 순조라는 자유기고가라는군. 이따금 신좌익 계열 잡지에다 글을 쓴다고 하는데, 특정 조직에 속해 있는지는 확인되지 않았어."

"저녁의 신주쿠라면 피해가 제법 컸겠군요."

마쓰에는 손수건을 꺼내 이마의 땀을 닦았다.

"그래, 상당히 컸지. 사망자가 두 사람 나왔어. 가케히 본인과……"

거기까지 말하고 마쓰에는 결국 뒷말을 집어삼켰다.

실내에 어색한 침묵이 감돌았다. 구라키가 살짝 조바심이 깃든 눈으로 응시하는 바람에 마쓰에는 또 시선을 떨어뜨렸다.

무로이가 헛기침을 하고 팔짱을 꼈다.

"다른 한 명은, 여자야."

구라키가 무로이에게 눈을 돌렸다.

"그런데요? 무슨 문제라도 있습니까?"

무로이는 등을 곧게 폈다.

"구라키, 이왕 일이 이렇게 되었으니 솔직히 말하겠네. 사망한 여자가 아무래도 자네 부인인 것 같아."

담배를 물고 라이터를 찾던 구라키의 움직임이 한순간 멈췄다.

무로이와 구라키는 서로를 쳐다보았다. 이를 꽉 깨문 무로이의 뺨이 희미하게 경련했다.

구라키는 호주머니에서 느릿느릿 손을 꺼내 담배를 입에서 빼냈다. 멍하던 눈이 다음 순간 무섭게 빛났다.

무로이는 팔짱을 풀고 양손으로 무릎을 짚었다.

"진정하고 듣게. 가케히 주위에 있다가 폭발에 휘말린 사람 중 주부 세 명 일행이 있었어. 두 명은 목숨을 건졌지만 나머지 한 명은 불행히도 직격을 받아 즉사했지. 살아남은 두 명은 의식을 되찾고 다른 한 명의 이름을 알려줬어. 바로 구라키 다마에, 즉 자네 부인 이름이었네."

구라키는 탁자로 시선을 떨어뜨리고 손끝으로 담배를 비비기 시작했다.

"소지품은 회수했습니까?"

그 질문에는 마쓰에가 대답했다.

"아니, 아직이야. 소지품은커녕 아직 시신도…… 그러니까, 수습되지 않은 상황이야."

말을 마치고 또 이마의 땀을 닦았다.

구라키는 탁자에 시선을 고정한 채 계속 담배를 비볐다.

"살아남은 주부 두 명의 이름을 아십니까?"

마쓰에는 서둘러 수첩을 뒤적였다.

"알아. 이케지마 노부코와 나카즈카 야스요. 아는 사람인가?"

구라키는 고개를 떨구었다.

"둘 다 아내의 친구입니다."

마쓰에는 구라키에게서 눈길을 돌려 무로이를 힐끔 쳐다보았다.

무로이는 자기 손만 가만히 내려다보았다.

"너무 갑작스러운 일이라 솔직히 나도 뭐라고 해야 할지 모르겠네. 차라리 무슨 착오이기를 바랐는데, 정말이지 미안하게 됐어. 자네 심정을 생각하니 나도 화를 억누르기 힘들군. 하필이면 왜 자네……"

거기까지 말했을 때, 구라키가 느닷없이 고개를 들고 무로이의 말을 가로막았다.

"검시의무원에 다녀오겠습니다."

무로이는 놀라 시선을 되돌렸다.

"갑자기 왜?"

"흩어진 시신이 수습되면 그쪽으로 옮겨지겠죠. 시신을 확인할 수 있는 사람은 저밖에 없습니다."

"하지만 꼭, 오늘 당장 그럴 필요는."

"아니요, 가겠습니다."

구라키는 딱 잘라 말하고 두 사람이 말릴 틈도 없이 방을 나갔다.

두 사람은 동시에 어깨 힘을 빼고 소파 등받이에 몸을 기댔다. 무로이는 한숨을 쉬며 별생각 없이 탁자 위를 보았다가 눈썹을 찌푸렸다.

마쓰에가 그 시선을 좇자, 그곳에는 구라키가 갈가리 찢어놓은 담배의 잔해가 불길한 얼룩처럼 점점이 흩어져 있었다.

5

피로가 어깨를 무겁게 짓눌렀다.

분쿄 구 오쓰카에 있는 도쿄 도 검시의무원 복도에서 오스기 료타는 아홉 개비째 담배를 재로 만들었다. 신주쿠 주오 서를 나와 간이매점에서 선 채로 급하게 그러넣은 라면이 뱃속에서 불었는지 기분이 영 별로였다.

기분이 별로인 것은 성가신 일을 떠안은 탓인지도 몰랐다. 오폭 사건 장본인이 과격파 관계자라면 공안부도 개입해 수사 1과와 합동수사를 벌일 것이 틀림없다. 공안과 몇 번 함께 일할 때마다 오스기는 대판 싸움을 벌였다. 놈들은 이쪽 정보를 쏙쏙 빼가기만 하고 자신들이 쥐고 있는 정보는 결코 밝히려 들지 않는다. 그러다보면 수사 주도권은 어느새 공안의 손에 넘어가 있고, 결국 사건이 해결되었을 때 수사과 형사는 구석에서 푸념이나 늘어놓는 신세가 된다.

오스기는 담배를 재떨이에 비벼끄고 복도를 서성이기 시작했다. 뒷짐진 채 고개를 숙이고 걷자니 무릎이 튀어나온 후줄근한 바지와 발 모양을 따라 꼴사납게 늘어난 구두가 하릴없이 눈에 들어왔다. 겉모습에 신경쓸 새 없이 이십여 년 동안 달려온 형사 생활이 문득 허무하게 느껴지는 것은 바로 이럴 때였다.

오스기는 다시 오늘 아침 일을 떠올리고 한숨을 쉬었다. 집 근처 나리마스 서 청소년과에 불려가서 딸의 좀도둑질 사건에 대해 이런저런 진술을 하고 잔소리까지 한바탕 듣고 온 것이다.

제기랄, 오스기는 벽을 걷어찼다. 딸이 도둑질을 한다는데 좋다고 넘어가주는 부모가 어디 있을까. 딸이 그렇게 된 것도 다 내가 이런 일을 하기 때문이다. 불만이 있거든 경시총감한테 따지라지.

그때 발소리가 들려와 오스기는 고개를 들었다. 복도를 꺾어들어 이쪽으로 다가오는 한 남자가 눈에 들어왔다.

중키에 몸집도 평범한 삼십대 중반 남자로, 수수하지만 자로 잰 듯 잘 맞는 반물색 스리피스 양복을 입었다. 자신의 목적지를 잘 아는 사람에게서 볼 수 있는 확고한 걸음걸이로 오스기에게 다가왔다. 이 남자는 여기 처음 오는 것이 아니다. 혹시 검시관일까.

오스기는 시선을 끌 셈으로 남자의 얼굴을 가만히 쳐다보았다. 그러나 남자는 복도 끝에 눈길을 고정하고 오스기를 본체만체 지나치려 했다.

오스기는 황급히 뒷짐을 풀고 말을 걸었다.

"어이, 잠깐만."

남자는 두세 걸음 더 나아가다가 그다지 내키지 않는 듯 발을 멈췄다. 고개를 돌리자 머리카락이 이마에 아무렇게나 흘러내렸다.

오스기는 상대의 창백한 얼굴과 어두운 눈을 보고 평소 같지 않게 기가 꺾였다.

"이 안으로는 아무나 못 들어가. 검시관이 검시중이라고."

남자는 오스기 쪽으로 완전히 돌아섰다.

"신주쿠 폭탄 사건의 시신입니까?"

오스기는 깜짝 놀라 턱을 끌어당겼다.

"그래. 당신, 신주쿠 주오 서에서 나왔나?"

"아니요. 저는 공안의 구라키라고 합니다. 당신은?"

오스기는 한 번 더 놀라 눈을 깜빡거렸다. 다시금 상대의 얼굴을 찬찬히 뜯어보았다. 그렇다면 이 남자가 죽은 여자의 남편이라는 말인가.

"그쪽은 어디서?"

상대가 재촉하자 오스기는 급히 입을 열었다.

"실례, 저는 본청 수사 1과의 오스기입니다. 이 사건의 담당자로……"

구라키는 분명 경부*라고 들었다. 나이는 자신보다 어리지만 한 계급 위다. 조금은 말을 조심해야 할 터이다. 불쾌하기 짝이 없는 일이지만.

구라키는 오스기를 가만히 바라보았다.

"시신을 확인하러 왔습니다."

딱 자르듯 단호한 말투에 오스기는 도리어 허둥거렸다. 우두커니 서 있는 자신이 꼭 얼간이처럼 느껴져서 식은땀이 났다.

"아, 그렇군요. 하지만 아직 못 보실 겁니다. 시신이 덜 수습된 모양이라서요."

"직격탄을 맞았다면 어차피 완벽하게 수습하긴 불가능할 테죠."

오스기는 침을 삼키며 구라키를 마주보았다. 이 남자는 정신이 어떻게 된 것 아닐까. 자기 아내가 발기발기 찢어졌다는데 마치 남의 사건을 다루는 듯한 말투다.

"그건 그렇습니다만, 보시지 않는 편이 나을 겁니다. 적어도 지금은요."

"당신은 봤겠죠?"

"그야, 현장에서요. 그래서 안 보는 편이 낫다고 충고드리는 겁니다."

구라키는 입을 꾹 다물고 오스기를 가만히 쳐다보았다. 어쩐지 상대를 초조하게 만드는 눈빛이었다. 오스기는 안절부절못하며 호주머니에서

* 한국 경찰의 경감에 해당하는 계급.

손수건을 찾았다. 역시 공안형사는 밥맛이다. 하나같이 대관절 무슨 생각을 하는지 알 수가 없다.

구라키는 오스기가 손수건으로 입가를 훔치는 것을 지켜보다가 갑자기 발길을 돌려 다시 복도를 걸어갔다. 황급히 불러세우려던 오스기는 할말을 삼키고 힘없이 팔을 늘어뜨렸다. 구라키의 뒷모습에서 누구의 충고나 명령도 받아들이지 않겠다는 굳은 결의가 엿보였다.

그가 복도 끝 빨간 표시등이 달린 문을 아무런 망설임 없이 밀어젖히는 모습을 보고서야 오스기는 정신을 차리고 불에 덴 것처럼 펄쩍 뛰어 뒤를 쫓았다. 허락 없이 들어왔다고 나무라는 검시관의 목소리가 복도까지 새어나왔다.

오스기는 반쯤 열린 문을 통해 살그머니 부검실로 들어갔다. 포르말린 냄새가 코를 자극했다.

부검대 위의 강렬한 흰빛이 오스기의 눈을 찔렀다. 부검대를 보고 선 구라키의 등이 역광으로 검게 보였다.

검시관은 쉰이 넘은 반백의 남자였다. 오스기와 잘 아는 사이인데, 어지간해서는 자기 뜻을 꺾지 않는 꼬장꼬장한 성미라 경찰들도 질색하는 존재였다.

그 검시관이 입을 다물고 조수와 함께 벽으로 물러선 모습에 오스기는 조금 놀랐다. 평소 같으면 자기 일을 방해한 사람을 이렇게 봐줄 리 없다. 설령 상대가 유족일지라도 엄격히 규칙을 지키는 것이 그의 방식이다.

구라키를 보는 검시관의 눈에 어딘가 공포에 가까운 불안이 감돌았다. 그것이 구라키 때문임은 분명하지만, 오스기가 선 자리에서는 그의 표정이 보이지 않았다.

실내에 오싹한 정적이 감돌았다. 구라키가 고개를 앞으로 숙여 부검대에 놓인 것을 가만히 바라보는 기척이 느껴졌다. 오스기는 식은땀을 흘리며 손수건을 꽉 움켜쥐었다. 구라키는 미동도 않고 가만히 눈앞을 응시했다.

이윽고 오스기는 구라키가 양옆으로 늘어뜨린 두 손을 가만히 쥐었다 폈다 하는 것을 깨달았다. 주먹을 쥐자 팔꿈치가 살짝 떨렸다. 다시 펴자 손가락이 공기를 날카롭게 찢어발겼다. 구라키는 그 동작을 하염없이 되풀이했다.

최면에 걸린 듯 그 모습을 주시하던 오스기는 구라키가 느닷없이 한 걸음 내디디는 통에 놀라서 눈길을 들었다. 그는 부검대 위에서 뭔가를 집더니 빛에 비추려는 듯이 들어올렸다. 검시관은 미간을 찌푸리며 뭐라 하려다가 결국 헛기침만 했다.

오스기가 어깨 너머로 살펴보니, 그가 들고 있는 것은 잘려나간 시신의 손목이었다.

잠시 후 그는 손목을 제자리에 내려놓고 한 걸음 물러섰다.

"틀림없군요. 안사람입니다."

나지막하지만 또렷한 목소리로 누구에게랄 것 없이 말했다. 그리고 잠깐 뜸을 들이다가 획 몸을 돌려 문으로 곧장 걸어갔다. 부리나케 옆으로 비킨 오스기를 지나 부검실에서 나갔다.

오스기는 서둘러 검시관에게 인사하고 뒤따라갔다.

구라키는 벤치 앞에서 벽을 쳐다보고 있었다. 오스기는 갑자기 발길이 무거워져서 걸음을 늦추었다.

"삼가."

조의를 표합니다, 라고 말하려다 오스기는 입을 다물었다. 흔해빠진 위로의 말을 했다가는 되레 코웃음을 칠 듯한 구라키의 쌀쌀맞은 눈빛에 압도당한 것이다.

구라키는 고개만 까닥해 인사하고는 곧 딱딱한 말투로 물었다.

"수사 진척도는 어떻습니까?"

"아직 뭐라 말하기 힘든 상황입니다. 지금 가케히 슌조, 그러니까 사건

장본인의 배후관계와 폭탄 입수 경로를 조사하고 있습니다. 결국은 공안의 힘을 빌려야겠죠."

두 사람은 누가 먼저랄 것 없이 벤치에 나란히 앉았다. 구라키가 입을 뗐다.

"사건이 발생한 전후 상황을 최대한 자세하게 말씀해주시겠습니까?"

오스기는 손끝으로 무릎을 두드렸다.

"경부님이 이 사건을 담당하시진 않겠죠?"

"왜요? 공안에서 담당자를 파견한다면 제가 적임자입니다."

"하지만 수사에 사적인 감정은 금물이잖습니까. 아마도 윗선에서 허락하지 않을 겁니다."

구라키의 눈에서 짜증스러운 불길이 솟아올랐다.

"지금 당신과 그 문제를 따져봤자 소용없습니다. 일단 알고 있는 얘기나 해주시죠."

오스기는 하는 수 없이 사건을 시간의 흐름에 따라 자세하게 설명했다.

이야기가 끝나자 구라키는 수첩을 꺼냈다.

"여자 일행에게 시비를 건 부랑자의 이름을 알려주십시오."

"자칭 누마타 요키치. 일정한 주거지는 없고 신주쿠 역 서쪽 출구 일대를 근거지로 돌아다니는 모양입니다."

구라키는 수첩에 받아적은 후 눈길도 들지 않고 물었다.

"누마타가 입원한 병원은?"

오스기는 발끈해서 구라키를 노려보았다. 이래서야 완전히 신문 아닌가.

대답이 없자 구라키는 눈길을 들고 이상하다는 표정을 지었다.

"병원이 어디냐고 물었는데요."

다그치는 말투가 고까워 오스기는 마지못해 입을 열었다.

"부인의 친구분들이 입원한 곳과 같은 병원입니다."

"그 얘기도 처음 듣습니다."

오스기는 담배를 꺼내 천천히 불을 붙였다. 눈길을 들자 구라키는 볼펜을 쥔 채로 가만히 그를 보고 있었다.

"신주쿠 세이와 병원입니다. 설마하니 사정을 듣겠다고 멋대로 찾아가지는 마시기 바랍니다. 저희는 현재 이 사건의 수사본부장인 신주쿠 주오 서장의 지휘를 받고 있으니까요. 설령 경부님이 공안 측 담당자가 되신다 해도 정식 절차를 밟으셔야 합니다."

오스기로서는 최대한 비꼬아 말해준 셈이었다. 그러나 구라키는 표정 하나 바꾸지 않고 병원 이름을 적자마자 바로 일어섰다. 오스기도 허둥지둥 따라 일어났다.

"내일이라도 당장 주오 서에 들를 테니, 수사가 어느 정도 진척되었는지 다시 알려주십시오. 아내의 유품도 그때 확인하겠습니다."

구라키는 그 말을 남기고 걸음을 내디디다 다시 뒤돌아보았다.

"여러모로 귀찮게 해드려 미안하고, 또 감사드립니다."

"아니요."

오스기가 반사적으로 고개를 숙였다가 다시 눈길을 들었을 때, 구라키는 이미 복도 저편으로 멀어져가고 있었다.

오스기는 침을 퉤 뱉고는 복도에다 담배를 내던지고 뒤꿈치로 짓밟았다. 마지막에 기특한 소리를 하는 바람에 엉겁결에 머리를 숙이고 말았다. 예전 같으면 생각지도 못할 일이다.

저 경부는 사람을 위압하는 무언가를 지니고 있다. 그 점은 인정하지 않을 수 없었다. 체격이나 직함 때문이 아니다. 체격은 오스기가 더 크고, 계급도 겨우 하나 차이다. 공안형사에게서 자주 보이는 어딘지 음침하고 권위적인 분위기와도 달랐다.

여하튼 구라키는 오스기가 지금까지 만난 적 없는 종류의 형사였다. 어차피 호감 가지 않는 타입이지만, 어딘가 마음에 걸리는 면을 지닌 남자임은 분명했다. 그것은 멀어지는 구라키의 뒷모습에서, 처음과는 180도

다른 어두운 그림자를 찾아냈기 때문인지도 몰랐다.

오스기의 눈 안쪽에는, 부검대를 보고 선 구라키가 주먹을 집요하게 쥐었다 폈다 하는 모습이 스트로브의 잔상처럼 남았다.

6

그는 가나자와로 향하는 열차 안에 있었다.

전날 밤 일을 떠올리자 머리가 아팠다. 아무리 죽느냐 죽이느냐의 상황이었어도 아카이를 그렇게 쉬이 죽인 건 실수였다. 칼이라면 모를까 나뭇가지가 그리 수월하게 목의 급소를 찌를 줄은 생각지 못했다.

여자는 자세한 사정을 전혀 몰랐다. 여동생도 뭣도 아니고 돈을 받고 아카이에게 고용된 초짜 배우라고 했다. 그에게 진짜 여동생이 있는지 없는지도 모를뿐더러 아카이 히데야가 호메이 흥업의 기획부장이라는 것 말고 아는 정보도 없었다.

그는 유리창에 이마를 대고 스쳐가는 시골 풍경을 바라보았다. 용건을 끝내고 냅다 목덜미에 나뭇가지를 쑤셔박았을 때 튀어나올 듯이 부릅뜨던 여자의 눈이 문득 떠올랐다. 여자를 죽인 것에 죄책감은 없었다. 자기를 죽이려 든 적을 처치했을 뿐이다.

안타까운 건 자신의 과거를 알 기회를 놓쳤다는 사실이었다. 무슨 단서를 캐내기도 전에 아카이를 죽인 것이 아무리 생각해도 후회스러웠다.

두 사람을 죽인 뒤 그는 그들의 지갑에서 현금만 꺼냈다. 합쳐서 10만 엔이 채 안 되었지만, 그 외에 아카이의 안주머니에서도 30만 엔이 든 봉투를 찾아냈다.

손전등 불빛에 의지해 두 사람을 절벽으로 끌고 가 떨어뜨렸다. 차로 돌아와 열쇠를 찾았지만 보이지 않았다. 아마 바다 밑으로 가라앉은 아카이가 지니고 있었으리라.

그는 추위에 떨며 차 안에서 밤을 보냈다. 해가 뜨자 오솔길을 따라 절벽 반대 방향으로 걸었다. 이윽고 넓은 도로가 나오자 해가 뜬 방향으로 걸었다. 십 분 정도 걷자 버스정류장이 나왔다. 별생각 없이 거기 서 있자니 머지않아 버스가 와서 올라탔다. 승객은 세 명뿐이었다.

버스는 한 시간쯤 달리다가 마을로 들어가 어느 역 앞에서 멈췄다. 승객이 모두 내리기에 그도 내렸다. 역에는 '스즈'라고 적혀 있었다. 그가 입원했던 병원이 있는 곳이었다.

일단 도쿄로 가야 한다. 표를 사려는 그에게 역무원은 친절하게 어디서 어떻게 갈아타야 하는지 메모까지 해가며 알려주었다. 얼굴의 흉터와 어눌한 언동에 동정했는지도 모른다.

그는 유리창에 이마를 댄 채 눈을 감았다. 무엇을 떠올려도 머릿속에 안개가 낀 것처럼 불쾌했다. 스즈 역에서 역무원이 가나자와에서 마이바라로 나가 신칸센 상행선을 타라고 일러주었을 때, 역 이름은 영 낯설었지만 신칸센이라는 단어만은 아무런 저항 없이 머릿속에 들어왔다. 아무래도 일반적인 지식과 판단력은 별 탈 없는 듯했다. 문제는 개인사를 모조리 잊어버렸다는 점이다.

도쿄 역에는 그날 오후 여섯시에 도착했다. 역의 모습이 어디서 본 듯 친숙했지만 사라진 기억을 뒤흔들 정도는 아니었다.

이름을 듣고도 감이 오지 않던 역 주위 백화점에 들어가 보스턴백과 일용품, 갈아입을 속옷 따위를 샀다. 그러는 김에 도쿄 구역별 지도첩도 샀다. 안내소에서 도보로 이동할 수 있는 거리의 비즈니스호텔을 소개받아 체크인했다. '호텔 코어'라는 곳이었다.

프런트에서 내민 숙박명부에는 아무 망설임 없이 신가이 가즈히코라고 적었다. 어차피 본명이 아닐 수도 있으니까 다른 이름을 쓸 생각은 하지 않았다. 주소를 적을 때 잠시 주저했지만 곧 스즈 시라고 써넣었다. 다른 지명이 떠오르지 않아서였다. 뒤이어 주오초 1-3-2라고 엉터리로 나머지 주소를 적었다. 주오 병원에서 따온 지명이었다.

방에 짐을 놓아두고 나가 근처 중국집에 들어갔다. 라면을 먹으면서 구역별 지도첩을 펼쳤다. 구 이름을 살피자 모두 어디선가 들어본 듯했지만 딱 와 닿는 것은 없었다. 30만 엔이 든 봉투에는 호메이 흥업의 회사명과 주소, 전화번호가 인쇄되어 있었다. 도요시마 구 미나미이케부쿠로 2초메. 그 지명을 보고도 아무것도 떠오르지 않았다. 아카이의 말대로라면 자신이 일했던 곳일 텐데 전혀 마음이 동하지 않았다.

돌아오는 길에 신문을 사서 호텔방으로 올라갔다. 신문에서도 흥미를 끄는 대목은 없었다. 백 엔 동전을 넣고 텔레비전을 켰지만 음악 프로그램에 나오는 가수 중 아는 얼굴은 하나도 없었다. 다른 드라마로 채널을 돌려도 마찬가지였다. 사람의 얼굴은 완전히 기억에서 지워졌다고 봐야 할 것 같았다. 이 세상에 아는 얼굴이 단 하나도 없음을 깨닫는 것은 생각보다 괴로운 일이었다.

다음날 아침 보스턴백을 한 손에 들고 호텔을 나섰다. 일주일 치 숙박비를 미리 내서인지 프런트 담당자가 유난히 싹싹하게 굴었다.

카페에서 배를 채우고 전화부스를 찾아들었다. 봉투를 꺼내 호메이 흥업의 번호를 확인했다. 뭐라고 말할지는 이미 생각해두었다.

그는 다이얼을 돌리고 헛기침을 했다.

"여보세요, 호메이 흥업입니다."

가느다란 여자 목소리가 대답했다.

송화구를 손으로 감싸고 목에 힘을 주어 걸걸한 목소리로 말했다.

"신가이 가즈히코 씨 부탁합니다."

"신가이 씨라면, 리비에라의 신가이 씨 말씀이세요?"

여자 목소리가 자신 없는 투로 되물었다. 리비에라는 뭘까.

"네. 리비에라의 신가이 씨요."

"신가이 씨는 요새 가게를 쉬고 계신데요. 누구시죠?"

"아, 친구 나카무라입니다. 쉬다니 어디가 아픈가요?"

"아니요, 그냥 좀."

여자가 말을 머뭇거리고 잠시 침묵이 흐르더니, 느닷없이 탁한 남자 목소리가 끼어들었다.

"여보세요, 누구십니까?"

"신가이의 친구인데요."

"신가이 씨는 지금 여행 갔어요. 돌아오면 전화하라고 할 테니 연락처를 알려주시겠습니까?"

말투는 정중하지만 상스러운 느낌이 드는 목소리였다.

"그쪽은 누구신지?"

"저는 전무 노모토라고 합니다."

그는 입술을 핥았다.

"나중에 다시 걸겠습니다."

그렇게 말한 뒤 대답을 기다리지 않고 수화기를 내려놓았다. 그대로 유리문에 기대 관자놀이의 땀을 닦았다.

아무래도 신가이 가즈히코라는 남자는 분명히 실존할 뿐 아니라 호메이 흥업과도 관계가 있는 듯하다. 리비에라는 호메이 흥업이 운영하는 가게 같은 곳이고, 신가이는 그곳에서 일했으리라. 노모토라고 밝힌 남자는 신가이가 지금 여행중이라고 했다. 나는 역시 그 신가이 가즈히코라는 사람일까. 그런데 녀석들은 왜 나를 죽이려는 걸까.

차례차례 머릿속에 떠오르는 의문에 인상을 찌푸렸을 때 누가 유리를 두드렸다.

"전화 다 했으면 나와."

그는 황급히 보스턴백을 들고 전화부스에서 나왔다. 중년 남자가 그를 어깨로 밀치다시피 하며 안으로 들어갔다.

땀을 닦고 서둘러 자리를 떴다. 한 가지에 집중하면 아무래도 다른 쪽 주의력이 산만해진다.

제일 먼저 눈에 띈 카페에 들어갔다. 커피를 시키고 생각에 잠겼다.

신가이는 호메이 흥업의 사원이긴 하지만 사무실에서 일하지는 않은 듯하다. 리비에라라는 이름도 기억에 없기는 매한가지나 아마 카페나 바 따위겠지.

계산대 옆 전화 받침대 아래 쌓인 두꺼운 책이 눈에 들어왔다. 잠시 쳐다보다가 전화번호부라는 걸 깨달았다. 반사적으로 자리에서 일어나 그쪽으로 향했다.

인명이 실린 권을 집어들고 '시' 행을 찾았다. 시마…… 시모…… 시로…… 마침내 '신'까지 오자 그는 침을 삼켰다. 손끝이 떨렸다. 신카이…… 신카이…… 있나. 신가이.

잠시 후 그는 한숨을 내쉬고 전화번호부를 덮었다. 신가이 성을 가진 이는 열두 명 있었지만 신가이 가즈히코라는 이름은 없었다.

다음으로 기업명 편을 집어들었다. 리비에라라는 이름의 가게는 열 군데가 넘었고, 대부분 카페나 술집이었다. 그중 호메이 흥업의 근거지인 이케부쿠로 부근에 위치한 리비에라는 니시이케부쿠로 1초메에 있는 술집이었다. 그곳 전화번호를 봉투 뒷면에 적고 자리로 돌아왔다.

텅 빈 커피잔을 가만히 노려보았다. 내가 신가이 가즈히코든 아니든 날 죽이려 한 녀석들에게 응당 사례를 해야 한다. 이대로 끝날 줄 알았다면 큰 오산이다.

그때 갑자기 의식 속에 공백이 펼쳐지며, 그는 조그만 갈색 새가 커피잔의 백자 표면을 쏜살같이 가로지르는 환영을 보았다.

정신을 차리자 탁자에 엎드려 엉뚱한 방향을 쳐다보고 있었다. 손에서 미끄러진 잔이 바닥에서 가벼운 소리를 내며 깨졌다.

7

"안 돼."

무로이 공안부장이 딱 잘라 말했다.

"자네 마음을 잘 알지만 그것만은 허락할 수 없네."

구라키는 무로이를 가만히 쳐다보았다.

"어째서요? 열흘 동안의 조사로 가케히 슌조가 '검은 엄니'의 간부였다는 사실이 입증되었습니다. '검은 엄니'는 특무 1과 담당이고, 저는 특무 1과 13계 계장입니다. 제가 이 사건을 맡는 데 무슨 문제가 있습니까?"

"'검은 엄니' 담당은 11계고, 이미 다카노네 계원들이 움직이고 있어."

"하지만 다카노 계장은 아직 '검은 엄니'를 충분히 파악하지 못했어요."

"가케히가 간부의 일원이라는 사실을 밝혀낸 건 다카노의 계원이야."

"그건 그쪽 공이 아니라 도리어 과오라고 해야죠. 가케히 같은 거물의 존재를 이번 사건이 터질 때까지 간과해왔으니까요."

무로이는 눈을 내리깔고 인상을 찌푸렸다.

"우리 일에 완벽이 있을 수 없다는 건 자네도 잘 알 텐데."

"불가항력이었다는 말씀입니까?"

"어떤 의미에서는 그렇게도 말할 수 있겠지."

구라키는 입가에 비아냥거리는 듯한 웃음을 띠고 소파에서 일어났다.

"아내의 무덤에다 그렇게 보고해두겠습니다."

무로이는 한순간 험악한 표정을 지었지만 곧 고개를 숙이고 손으로 소파를 가리켰다.

"앉게. 아직 이야기 안 끝났어."

구라키는 잠시 가만히 서 있다가 이윽고 아무 말 없이 자리에 앉았다.

마치 교대하듯이 이번에는 무로이가 소파에서 일어나 창가로 갔다. 뒷짐을 지고 바깥을 바라보았다.

"이번 건은 다카노한테 맡겨둬."

"그는 유능하지만 뒷심이 모자랍니다. 산전수전 다 겪은 수사 1과 녀석들에게 휘둘릴 게 뻔해요."

"그래서 뒤가 든든하라고 와카마쓰를 붙여줬어."

구라키는 무로이의 등을 쳐다보았다.

"와카마쓰 경시*님은 공안 3과 과장일 텐데요. 왜 우익단체 담당자를 이 사건에 끌어오신 겁니까? 정말로 이해가 안 가는 처사입니다."

무로이는 획 돌아서서 구라키를 노려보았다.

"내 지휘에 토를 달 생각인가?"

구라키는 주눅드는 기색 없이 무로이의 시선을 되받았다.

"이 사건의 적임자는 와카마쓰 과장님이 아니라 저라고 말씀드리는 겁니다."

"안 된다면 안 돼. 수사에 사적인 감정은 금물이야. 자네 기록을 살펴보니 안 그래도 수사나 용의자 취조 과정에서 좀 지나치다 싶은 부분이 눈에 띄더군. 이번 사건에 자네를 투입했다가 만에 하나 폭주하기라도 하면 그땐 돌이킬 수 없을 거야."

"폭주할 생각은 없습니다. 목을 비틀어주고 싶은 상대는 벌써 저세상에 갔으니까요."

두 사람은 가만히 마주보았다.

이윽고 무로이가 인상을 쓰며 소파로 돌아왔다.

"와카마쓰를 기용한 건 확실히 이례적일지 모르지. 하지만 그는 수사

---

* 한국 경찰의 경정에 해당하는 계급.

1과를 찍소리 못하게 누를 수 있을 뿐 아니라 폭발물에 관한 지식으로는 처리반도 한 수 위로 여길 정도야. 게다가 뭐니뭐니해도 내 오른팔 아닌가. 물론 와카마쓰를 편드는 건 아니고, 자네를 위해서라도 이 사건을 빨리 끝내고 싶은 마음에 투입했다는 걸 알아주게나."

구라키는 담배를 꺼내 손끝으로 비비기 시작했다.

"저한테 퇴직을 종용하시는 겁니까?"

무로이가 눈썹을 치켜세웠다.

"그게 무슨 소린가? 오해도 이만저만이 아니군. ……장례식과 납골 뒤에도 처리할 일이 많지 않나. 게다가 자네 몸도 걱정이야. 일주일이나 열흘 정도 휴가를 다녀오게. 절차는 내가 밟아두지."

"저는 하루종일 불단 청소나 하면서 보낼 생각은 없습니다."

"정말이지 황소고집이 따로 없군. 골프도 괜찮고, 여행도 나쁘지 않아. 그냥 잠시 마음을 정리하고 오라는 거야."

구라키는 손끝으로 계속 담배를 비볐다.

"정리는 다 됐습니다."

"아니, 아직 덜 됐어."

"지금 덜 됐다면 평생 안 되는 거겠죠."

무로이는 팔짱을 끼고 소파 깊이 몸을 묻었다.

"그렇게 고집부리지 마. 이참에 확실히 일러두겠는데, 휴가를 가든 안 가든 나는 자네를 당분간 현장에서 제외할 걸세. 잠시 4과에 파견 간다고 생각해."

"4과요? 자료 정리를 하라는 말씀입니까?"

"그래. 기분전환에는 그만일 것 같은데."

구라키는 담배를 손끝으로 짓뭉갰다.

"자료실 먼지나 터는 일은 적성에 안 맞습니다."

"맞고 자시고의 문제가 아니야. 4과 일은 평범해 보이지만 여전히 중요한 임무야. 현장으로 돌아왔을 때 4과에서 익힌 정보가 분명 도움이 될 걸세."

구라키는 천천히 숨을 들이마셨다가 내쉬었다.

"언제 돌아올 수 있겠습니까. 돌아올 수 있다면 말입니다만."

"파견은 배치전환과 달라. 반드시 복귀시키겠다고 약속하지. 다만 내가 괜찮다고 판단했을 때."

무로이는 이야기가 끝났다는 듯이 등받이에서 몸을 일으켰다.

구라키는 탁자 위 한곳을 가만히 노려보다가 이윽고 일어섰다.

"알겠습니다."

입속으로 중얼거리듯이 말하고 무로이에게 등을 돌리려다가 멈췄다.

"모처럼의 기회니 열흘간 휴가를 내죠, 부장님."

무로이는 입가를 누그러뜨렸다.

"그거 좋지. 어디 갈 데라도 있나?"

"특별히 없습니다."

구라키는 차갑게 대답하고 문으로 향했다.

손잡이에 손을 뻗는데 무로이가 뒤에서 말을 걸었다.

"그리고 그 비밀자료 말인데."

구라키가 돌아보았다.

"집에 잘 보관해두었습니다. 아직 전부 훑어보지는 않았습니다만."

"다음번 등청 때 가져오게. 나한테 직접 건네줘."

구라키는 가볍게 고개를 숙이고 부장실에서 나갔다.

무로이는 어깨를 늘어뜨리고 한숨을 쉬며 탁자를 내려다보았다. 구라키가 짓뭉갠 담배의 잔해가 소복이 쌓여 있었다.

8

차가운 바람에 스커트 자락이 펄럭였다.

청사를 나선 아케보시 미키는 지하철 사쿠라다몬 역으로 향했다. 지하철 계단을 내려가려는데 누가 뒤에서 그녀를 불러세웠다.

돌아보자 반물색 양복을 입은 중키의 남자가 가볍게 고개를 숙였다.

"공안의 구라키라고 합니다."

미키는 당황해서 같이 고개를 숙였다.

"안녕하세요…… 이번 일은 정말 뭐라고 위로의 말씀을 드려야 할지."

미키가 딱딱하게 말하자 구라키는 입엣말로 대꾸하더니 바로 화제를 바꿨다.

"갑작스레 미안합니다만, 시간 좀 내주실 수 있겠습니까?"

미키는 핸드백을 꽉 움켜잡았다.

"무슨 일이신데요?"

"얘기 좀 듣고 싶어서요. 공무는 아니니까 편하게 식사나 하면서."

미키는 이유 없이 망설였다. 경계심이 고개를 쳐들었다.

"얘기라면 무슨?"

"시간을 많이 뺏지는 않겠습니다, 순사부장님. 좋은 가게로 안내하죠."

상대의 긴장을 풀려는 말투였지만 그 눈빛은 미키에게 완전히 반대 효과를 안겨주었다. 구라키와는 지금껏 두세 번 인사를 나눈 게 다지만 그간 느끼지 못했던 가시 돋친 분위기가 몸을 에워싸고 있었다.

"그럼 그러죠, 경부님."

미키는 긴장된 마음을 들키기 싫어서 구라키의 장난스러운 말투를 따라 했지만, 그가 지은 희미한 미소는 그 시도가 허사였음을 말해주었다.

미키는 발치를 보는 척 눈을 내리깔았다. 뺨이 달아올랐다. 남 앞에서 좀처럼 표정을 바꾸지 않는 데 익숙했는데 이렇게 허둥대다니 스스로도 뜻밖이었다.
구라키는 몸을 빙글 돌려 차도에서 택시를 잡았다.

구라키가 안내한 곳은 산반초 우치호리 길에 면한 아칸소라는 립스테이크 가게였다. 놀랍게도 여종업원이 무릎 위로 두 뼘이나 올라가는 갈색 원피스를 입고 있어서 몸을 구부릴 때마다 하얀 속옷이 보였다. 게다가 벽면에 붙은 거울로 어느 자리에서든 그 광경을 즐길 수 있었다.

당황하는 미키를 보고 구라키는 아까처럼 희미한 웃음을 지었다.

"처음 십 분만 어색하고 곧 괜찮아져요."

구라키에게 주문을 맡기자 잠시 후 네모나게 담긴 양파 튀김, 해산물 샐러드와 커다란 립스테이크가 나왔다.

두 사람은 흑맥주로 건배했다.

요리는 아주 훌륭했다. 양파는 일품이었고, 손으로 들고 뜯어먹는 갈비의 맛도 각별했다.

식사를 마친 후 바로 옆의 바로 자리를 옮겼다. 가게 이름과 다르게 차분한 영국식 바로, 손님은 카운터에 앉은 사람 두세 명과 구석에서 조용히 다트를 즐기는 초로의 외국인 부부 한 쌍뿐이었다.

술이 나왔다. 두 사람은 다시 한번 잔을 맞부딪쳤다.

구라키는 온더록스를 한 모금 마시고 싸늘한 눈으로 미키를 쳐다보았다. 미키는 미묘한 표정 변화를 놓치지 않았다. 아무래도 즐거운 저녁식사 시간은 끝난 모양이었다.

"그래서, 실은 누굴 미행하고 있었지? 혹시나 해서 말해두겠는데 공안3과 분실에 가는 길이었다는 설명은 나한테 안 통해."

구라키는 예상대로 칼을 뽑자마자 곧장 치고 들어왔다.

미키는 무심결에 오른손을 왼손 상처 위에 올렸다. 블라우스 소매에 가려 보이지 않지만 아직 딱지가 채 떨어지지 않았다.

"경부님도 오스기 경부보님처럼 제가 가케히 슌조를 미행했다고 생각하세요? 언제 폭탄이 터질지 조마조마하게 지켜보고 있었다고요."

구라키는 미키의 왼손을 슬쩍 보고 바로 시선을 돌렸다. 아무 말도 하지 않았다.

미키는 손에 땀을 쥐었다.

"3과 소속인 제가, 왜 담당도 아닌 극좌파 멤버를 미행했다고 생각하시죠?"

구라키의 눈이 빛나자 미키는 한순간 날카로운 바늘에 찔린 것 같았다.

그는 미키에게 시선을 고정한 채 천천히 온더록스를 머금었다가 꿀꺽 삼켰다.

"그때는 아직 가케히가 극좌파라는 사실을 몰랐겠지. 우리 과 담당자한테도 그자의 자료는 없었으니까. 하기야 무슨 이유로든 자네가 이미 알고 있었다면 이야기는 달라지지만."

미키는 눈을 내리깔고 아무렇지 않게 잔을 집어들었다. 이 남자를 오스기 경부보처럼 다루려는 생각은 접자. 머리 회전이 다르다.

"물론 그때는 몰랐습니다."

"몰랐지만 미행은 했다, 그 말인가?"

미키는 속입술을 살짝 깨물었다. 을러메는 구라키의 말투에서 식사 때 보이던 살가움은 온데간데없었다.

미키는 숨을 들이마시고 구라키를 쳐다보았다.

"실례지만, 경부님은 어떤 입장에서 저를 신문하시는 건지요?"

구라키는 표정을 누그러뜨리지 않았다.

"난 신문할 생각이 없고, 그럴 입장이 아니라는 것도 잘 알아."

"공안 3과에서는 이런 방식을 신문이라고 하는데요."

미키가 받아치자 구라키는 탁자 아래서 다리를 꼬고 희미한 미소를 지었다.

"난 아내가 살해당해 분노한 나머지 누구든 닥치는 대로 찾아다니며 신문하는 중이야. 이렇게 말하면 조금쯤 동정하려나."

미키는 잔을 조용히 코스터 위에 내려놓았다. 관자놀이가 뜨거워졌다.

"그런 표현은 돌아가신 사모님도 결코 좋아하시지 않을 거예요."

"이거 놀랍군. 아내가 내 비아냥을 싫어했다는 걸 어떻게 알았담."

미키는 천천히 고개를 돌려 옆에 놓아둔 핸드백을 집었다.

"유감스럽지만 경부님께 별 도움을 못 드리겠네요. 이만 실례하겠습니다. 잘 먹었어요."

말이 끝나기가 무섭게 구라키가 손을 뻗어 핸드백을 쥔 미키의 팔을 붙잡았다. 손자국이 남을 만큼 강한 힘이었다. 그 대담함에 미키는 몸이 굳어버렸다.

구라키가 미키의 눈을 들여다보았다.

"아케보시 순사부장. 난 내 행동을 일일이 설명할 생각 없어. 지금 내가 설명한들 변명이나 애원으로만 들릴 테니까. 난 오스기 경부보와 달라. 납득할 만한 이야기가 나올 때까지 이 손을 놓지 않겠어."

구라키의 억누른 목소리가 날카롭게 귓전을 때렸다. 미키는 서늘한 무언가가 등골을 기어오르는 것을 느끼고 살짝 뒤로 물러났다.

"저를 협박하시는 건가요?"

"경우에 따라서는. 자, 말해."

미키는 구라키의 손을 뿌리치려 했지만 역시 헛수고였다. 일종의 강한 결의가 그 손에서 서서히 전해져왔다.

"손 놓으시죠. 사람들이 보고 있어요."

"그렇다면 사람들이 경찰에 신고하기 전에 말하는 편이 나을 거야."

"알겠습니다. 일단 손부터 놓아주세요."

미키가 굽히고 들어오자 구라키는 몇 초 정도 그대로 있다가 겨우 손을 놓았다. 블라우스 소매가 구겨져 주름이 졌다.

미키는 그 주름을 손으로 펴고 자세를 바로잡았다. 심장이 여전히 세차게 뛰었다. 붙잡혔던 손목도 아직 저릿저릿했다. 아내가 살해당한 지 얼마 안 되었다고는 하나 이런 식의 추궁은 예사롭지 않았다.

온더록스로 목을 축였다.

"공안형사는 설령 상대가 동료나 선배일지라도 함부로 직무 내용을 발설할 수 없어요. 그건 경부님도 잘 아실 테죠."

구라키의 표정에는 변화가 없었다.

"그렇다면 역시, 우연히 현장을 지나간 게 아니라 직무 수행중이었다고 인정하는 거군."

"……네."

연신 선수를 빼앗기는 바람에 약이 올랐지만 미키는 고개를 끄덕였다.

"어떤 직무였는지 들어보지."

미키는 구라키가 오른손 집게손가락으로 코스터 가장자리를 쉴새없이 만지작거리고 있다는 것을 깨달았다. 그가 차분한 표정과 말투와는 반대로 내심 초조하다는 것을 알자 미키는 오히려 냉정을 되찾았다. 이건 하나의 도박이다.

"그전에, 지금부터 해드리는 이야기를 저한테서 들었다는 것은 물론 내용도 절대 누설하지 않겠다고 약속해주세요. 공안부장님이나 와카마쓰 과장님한테도요."

코스터를 만지작거리던 구라키의 손가락이 멈췄다.

"3과 과장한테도? 하지만 와카마쓰 경시는 자네 상관이고 이번 사건에도 조력자로 가세했을 텐데."

"그래서 부탁드리는 거예요. 저는 관계자가 아닌 사람에게, 하물며 이 사건에서 제외된 구라키 경부님께 직무 내용을 발설했다는 걸 상관에게 들키기 싫어요."

구라키는 미키를 가만히 쳐다보다가 딱딱한 목소리로 말했다.

"공안부장이 나한테 이 사건에 손대지 말라고 한 지 얼마 지나지도 않았는데, 그걸 어떻게 알았지?"

"모르셨던 건 경부님뿐일걸요."

한순간 말이 너무 심했다는 후회가 가슴속을 스쳤다. 하지만 구라키는 표정 변화 없이 어깨만 가볍게 으쓱할 뿐이었다.

"알았어. 자네 이야기는 이 자리에서 듣고 바로 묻어버리겠다고 약속하지."

9

미키는 숨을 크게 내쉬었다. 온더록스를 한 모금 마시고 겨우 입을 열었다.

"저는 그날 한 우익분자를 미행하고 있었어요. 정확하게 말씀드리면 대일본 극성회가 고용한 테러리스트였죠."

"대일본 극성회라. 그 우익단체 말이군."

"맞아요. 저희 3과가 담당하는 조직 중에서도 1, 2위를 다투는 거물 집단이죠."

"그 테러리스트는 누구지?"

"극성회의 주된 자금원 중 호메이 흥업이라는 회사가 있어요. 말은 회사지만 이케부쿠로 주변을 세력권 삼아 활동하는 폭력단으로, 카바레클럽과 핑크살롱, 소프랜드* 등 다방면에 걸쳐 사업을 벌이고 있는데."

"서론은 됐어."

갑자기 구라키가 끼어들었다.

* 셋 다 여성이 성적 서비스를 제공하는 윤락업소.

미키는 빰이 확 달아올라 구라키를 노려보았다. 이렇게 거슬리게 말하는 남자는 처음이었다.

"그럼 더 말씀드리지 않겠습니다. 제가 지금부터 할 이야기는 죄다 그 사건의 서론에 지나지 않을 테니까요."

떨리는 목소리를 가까스로 억눌렀다.

구라키는 눈을 빛내며 가만히 미키를 쳐다보다가 갑자기 코스터를 손끝으로 튕겨내 의자 위로 떨어뜨리고 잔을 거칠게 움켜쥐었다. 술이 탁자에 약간 쏟아졌다.

몸속에서 날뛰려는 뭔가를 필사적으로 다스리는 듯하던 그가 이윽고 입가에 예의 희미한 웃음을 지었다.

"실례했네. 수사가 생각처럼 진전되지 않아 조금 애가 타는 중이거든. 신경쓰지 말고 계속해."

미키는 온더록스를 마시고 다시 숨을 내쉬었다. 평소 냉정함을 자신의 장점으로 여겼는데 이토록 어이없이 흐트러지다니 적지 않은 충격이었다.

미키는 다시 입을 열었다.

"그 호메이 그룹 가운데 비교적 제대로 된 장사를 하는 리비에라라는 펍이 있습니다. 그곳 점장이 실은 대일본 극성회 세력하에 있는 테러리스트 중 하나예요."

구라키는 잠깐 뜸을 들이다가 나지막하게 말했다.

"펍 점장이 테러리스트라. 물론 확실한 증거는 있겠지?"

"그 물증을 잡으려고 그날 미행한 겁니다. 이름은 신가이 가즈히코. 새로울 '신'에 골짜기 '곡'자를 써요."

"그렇군. 그럼 자네가 그 남자를 미행하다 신주쿠의 사건 현장에 다가갔을 때 우연히 폭탄이 터졌다는 건가?"

미키는 잠시 주저하다가 고개를 저었다.

"우연이 아니에요. 신가이는 신가이대로 가케히 슌조를 미행하고 있었으니까요."

"미행이라. 영 이해가 안 되는데. 처음부터 순서대로 말해주겠나?"

미키는 비장의 미소를 떠올렸다.

"서론이 듣고 싶다는 말씀이시군요."

구라키가 어쩔 수 없다는 듯이 어깨를 으쓱했다.

"그래, 서론이 듣고 싶군."

상대가 한풀 꺾인 데 만족한 미키는 이야기를 계속했다.

"실은 그날 오후부터 기타 구 다키노가와에 있는 신가이의 집을 감시하고 있었어요. 아무래도 새로운 테러 임무를 맡은 듯 보였거든요. 신가이는 세시쯤 맨션에서 나와 도영 전철을 타고 와세다 대학교 근처의 지저분한 임대 사무실로 향했습니다. 정확하게 말하면 사무실이 보이는 근처 길가지만요."

"임대 사무실이라면, 가케히가 반체제 지하활동 은신처로 삼기 위해 아무런 관계 없는 사유기고가 동료와 함께 빌린 허름한 가건물 말이지."

"네. 그리고 네시가 지나 신가이는 사무실에서 나온 키 큰 남자, 즉 가케히의 뒤를 밟기 시작했습니다."

구라키가 눈썹을 움찔했다.

"신가이의 테러 대상이 가케히였다면 앞뒤가 맞는군."

"하지만 신가이가 폭탄을 설치했다는 확증은 없어요. 적어도 저는 확인 못 했습니다."

구라키가 의자에서 코스터를 주워들었다.

"폭탄이 터졌을 때 신가이의 위치는?"

"저와 가케히의 중간쯤이었어요. 폭발 직후 난리통에서 아쉽게도 놓치고 말았죠. 그후로 신가이의 소식이 뚝 끊기는 바람에 행적을 알아낼 길이 없습니다."

구라키가 코스터를 반으로 접었다.

"자네는 그날 한시도 두 사람에게서 눈을 떼지 않았나?"

미키는 살짝 머뭇거렸다.

"아니요. 실은 사건이 일어나기 조금 전 약간의 문제가 생겼어요. 폭발 사십오 분쯤 전에 신가이는 가케히의 뒤를 쫓아 마르세유라는 카페로 들어갔습니다. 현장에서 150미터 정도 떨어진 곳에 위치한 대형 카페예요. 저도 들어가긴 했는데 칸막이의 화분 때문에 두 사람이 어디 앉았는지 알 수 없었죠. 그래서 가게에 출입구가 하나밖에 없는 걸 확인하고 바깥으로 나와 길에서 기다리기로 했어요. 즉 그 이십오 분 동안은 두 사람의 행동을 확인하지 못한 셈입니다."

"그렇다면 그사이 신가이가 가케히의 보스턴백에 폭탄을 집어넣었을지도 모르겠군."

"가능성은 부정하지 않겠습니다."

구라키는 코스터를 잘게 찢기 시작했다.

"일단 그다음 이야기를 들어보지."

"이십오 분 후, 카페에서 신가이가 나왔습니다. 저는 당연히 그가 가케히보다 한발 앞서 나온 줄 알고 입간판 뒤에 숨었죠. 그런데 가케히는 좀처럼 보이지 않고 신가이도 어느새 사라졌더군요. 가케히가 나온 건 그로부터 십오 분 가까이 지난 뒤였습니다. 왜 신가이가 모습을 감추었는지 알 수 없었지만, 하는 수 없이 저는 가케히를 미행하기로 했습니다. 그때는 그의 이름이고 신원이고 전혀 몰라서 일단 사는 곳부터 알아내야겠다고 생각했거든요."

미키는 말을 끊고 녹은 얼음물을 입에 머금었다.

"그런데 놀랍게도 가케히를 쫓아 잠깐 걷자니 반대 방향에서 신가이가 다가오는 게 보였습니다. 게다가 가케히를 알아차린 순간 신가이는 한번 놓친 먹잇감을 다시 발견한 듯 실로 놀란 표정을 지었죠. 그가 다시 가케히의 뒤를 밟기 시작했을 때는 저도 더는 뭐가 뭔지 알 수 없었고요. 결국 그렇게 미행을 재개한 직후에 폭탄 사건이 일어난 겁니다."

구라키는 계속해서 코스터를 찢었다.

"모습을 감춘 동안 신가이는 뭘 했을까."

"모르겠어요."

"카페에서 나왔을 때 그는 어때 보였지? 예를 들어 가케히한테 들켜서 당황했다거나, 혹은 누구 다른 사람을 쫓아서 나온 것 같았다거나."

미키는 잔을 바라보았다.

"그다지 당황한 눈치는 아니었어요. 하지만 지금 생각해보니 누군가를 쫓아 밖으로 나온 듯한 느낌도 드네요. 신가이가 사라진 이유도 그걸로 설명이 되고요."

"누굴 쫓아서 나왔을까?"

"신가이보다 한발 먼저 어떤 여자가 나온 것도 같은데, 확실히 기억은 안 나요."

구라키는 살게 찢은 코스터 조각을 집어서 빈 잔에 넣기 시작했다. 그 동작을 끈질기게 되풀이했다.

미키는 문득 자조적으로 한숨을 내쉬었다.

"공안형사로 실격이라고 생각하시겠죠. 어쩔 수 없네요. 저 스스로도 한심할 지경이니까."

구라키는 무심하게 미키를 바라보았다.

"이 이야기를 와카마쓰 과장에게 보고했나?"

"아니요."

"어째서? 오스기 경부보는 몰라도 과장에게는 보고해야 하지 않나?"

미키는 눈을 내리깔고 입을 꾹 다물었다.

"신가이가 그 폭탄 사건과 직접적인 관련이 없다고 판단했고—솔직히 말하면 제 실수를 보고하기 싫어서였죠. 신가이의 소재를 알아냈다면 모를까, 아까 말씀드렸듯이 그뒤로 자취를 감춘 상태라 보고할 기회를 놓쳤어요."

"신가이가 자취를 감춘 것이 이 사건과 관련있다는 증거 아닐까?"

미키는 그 질문에 대답하지 않고 가만히 잔을 바라보다가 이윽고 눈길을 들고 입을 열었다.

"경부님은 이 이야기를 와카마쓰 과장님께 보고하실 생각인가요?"

구라키는 잠자코 잠시 미키를 쳐다본 뒤에 조용히 고개를 저었다.

"아니, 난 약속을 어길 생각이 없어. 자네가 진실을 말하는 한은."

"저는 모든 진실을 있는 그대로 말씀드렸어요. 제 실책까지도요."

구라키는 미키를 놀리는 듯한 눈으로 쳐다보았다.

"자네의 가장 큰 실책은, 폭발 직후 현장을 바로 벗어나지 않았다는 거야."

미키는 미소지었다.

"저도 그럴까 생각은 했어요. 하지만 팔도 다쳤고, 섣부르게 잔머리를 굴렸다가 도리어 의혹을 불러올까봐서."

구라키가 나지막하게 웃었다.

"유능한 공안형사의 조건을 말해줄까. 너무 유능하지 않을 것. 머릿속에 새겨둬."

"네."

미키는 온더록스를 비웠다.

구라키는 종잡을 수 없는 남자지만, 반감을 사면서도 왠지 마음을 끄는 구석이 있었다. 한마디로 무관심해질 수 없는 남자였다.

하지만 그것과 이것은 별개다. 하여튼 오늘밤 일은 보고해야 한다.

"두 가지 정도만 더 가르쳐줘."

구라키가 불쑥 말을 꺼내서 미키는 정신을 차렸다.

"뭔가요?"

"일단 신가이가 살던 맨션과, 리비에라라는 펍의 정확한 주소."

미키는 내심 주저했지만 거절할 구실이 없었다. 수첩을 꺼내 보여주었다. 구라키는 그 주소를 자기 수첩에다 옮겨적고 고개를 들었다.

"자, 마지막 질문이야. 이게 제일 중요한 부분인데."

"중요한 부분요?"

"공안부장과 3과 과장에게도 보고하지 않은 사실을 왜 내게 털어놓았는지, 그 이유를 아직 못 들었어. 내가 자네 팔을 붙잡고 놓지 않아서였나?"

미키는 탁자 아래서 무릎을 꽉 쥐었다.

"경부님께 호의를 느껴서라고 말씀드리면 답이 될까요?"

구라키는 미키를 가만히 쳐다보았다. 그 눈은 미키의 말에 그의 마음이 조금도 흔들리지 않았음을 보여주었다. 미키는 입술을 살짝 깨물었다. 마치 갑옷 같은 남자다.

그러나 구라키는 더 캐물으려 하지 않고 계산서를 집어들었다.

"바래다주지. 어디 사는지 알아두고 싶군."

2장

신문

1

그는 아침과 같은 전화부스에 들어갔다. 저녁 여덟시였다.

그날은 하루종일 도쿄 역 부근을 서성거리며 슬롯머신을 하거나 대형 서점을 돌아다니거나 영화관에서 영화를 보며 시간을 때웠다.

수화기를 들고 10엔 동전을 넣었다. 괜찮다. 식사를 했고 마음도 차분하니 의식이 혼란스럽지 않다.

리비에라 번호를 다 돌림과 거의 동시에 상대가 전화를 받았다.

"네, 리비에라입니다."

젊은 남자 목소리였다. 그 너머로 피아노 소리와 사람들이 웅성대는 소리가 들렸다.

그는 목소리를 꾸며서 말했다.

"저는 그쪽에서 일하던 신가이의 친구 나카무라라고 합니다. 신가이와 친하게 지냈던 분과 통화하고 싶은데요. 물어볼 게 좀 있어서요."

남자가 대답하기까지 약간 시간이 걸렸다.

"잠깐만 기다리세요."

목소리에 희미하게 긴장이 어려 있었다.

잡음이 뚝 끊기고 오르골 음이 울려퍼졌다.

이윽고 전화가 연결되는 소리가 났다.

"여보세요, 전화 바꿨습니다."

아까보다 목소리가 굵은 남자였다. 이번에는 그 뒤로 아무 소리도 들리지 않았다. 개인실로 연결한 모양이다.

"바쁘신데 죄송합니다. 저는 나카무라라고 하는데, 혹시 신가이가 지금 어디 있는지 아십니까? 호메이 흥업에 전화했더니 여행중이라던데요."

"친구라고 들었는데, 무슨 용건이십니까?"

말투에서 미심쩍어하는 기색이 묻어났다.

"그게, 실은 신가이와 고향 친구인데 오늘 오랜만에 도쿄에 올라왔거든요."

"고향이라면 규슈에서?"

"네? 네, 맞습니다. 오늘 아침에 도착했어요."

잠시 침묵이 흘렀다.

"점장님. 신가이 점장님."

갑자기 그렇게 부르는 소리에 놀라 그는 수화기를 귀에서 뗐다.

수화구에서 쨍쨍 울리는 목소리가 새어나왔다.

"신가이 점장님이죠. 대답해주세요. 접니다, 사토무라예요."

그는 수화기를 허공에 들어올린 채 악을 쓰듯 불러대는 목소리에 귀를 기울였다. 어떻게 알아차린 걸까. 사토무라라는 남자는 꾸민 목소리에 속지 않을 만큼 자신과 가까운 사이였던 걸까.

전화부스 밖을 보았다. 순서를 기다리는 사람은 없었다.

전화를 끊을 결심이 서지 않았다. 설령 정체를 들킨다 해도 여기가 어딘지 밝히지 않으면 위험이 닥칠 일은 없다.

큰맘 먹고 수화기를 귀에 다시 갖다댔다. 목소리를 원래로 되돌렸다.

"여보세요."

"여보세요, 역시 점장님이셨군요. 목소리를 바꿔도 저는 다 압니다. 도대체 어떻게 된 겁니까? 지금 어디세요? 아무 말도 없이 사라지셔서 다들 얼마나 걱정했다고요."

"사정이 좀 있어서."

대답하자마자 땀이 배어나왔다. 신가이 가즈히코로서 말하는 것은 이번이 처음이었다.

"우리가 남도 아니고, 하다못해 저한테 한마디 귀띔이라도 해주지 그러셨어요. 그래도 점장님이 반드시 전화할 거라고 믿었습니다. 예상보다는 좀 늦었지만요."

목소리와 말투로 판단하건대 사토무라는 아직 젊은 축 같았다. 아까부터 거듭 점장님, 점장님이라고 하는 걸로 보아 신가이—즉 나는 아마 리비에라의 점장이었던 모양이다.

사토무라는 그가 전화를 끊을까봐 걱정인지 빠르게 말을 이었다.

"하여튼 얼굴이나 좀 보죠. 지금 어디세요?"

무심코 도쿄 역이라고 대답하려다가 입을 다물었다. 소재는 아직 밝히고 싶지 않다.

하지만 이 남자를 만나보고 싶기도 했다. 내게 호의를 품고 있는 듯하니 주의만 기울이면 그리 위험하지 않으리라.

"그건 말 못 해. 만나는 건 상관없지만."

"그럼 가게로 오세요."

"아니, 가게는 안 돼. 단둘이서 만나고 싶은데."

"그러면 역 동쪽 출구에 있는 '푸들'은 어떠세요?"

푸들. 가게 이름인가. 전혀 기억나지 않았다.

"아니. 그러니까 그전에 함께 간 적 없는 가게가 좋겠어."

그렇다면 위치를 물어도 수상하게 여기지 않을 것이다.

"그런가요. 그럼 오쓰카에 아는 가게가 있는데 어떠세요? '개구멍'이라는 이름의 스낵바인데."

오쓰카. 분명 지도에서 본 기억이 있는데. 맞다, 전철 야마노테 선에 그런 역명이 있었다. 이케부쿠로 다음 역이었을 것이다.

"오쓰카 어디지?"

"역 북쪽 출구로 나와서 선로를 따라 가도만 쪽으로 걸으면 금방입니다."

"가도만?"

"네, 그 결혼식장이요."

"아아, 거기."

대답은 그렇게 했지만 식은땀이 흘렀다. 전혀 들어본 기억이 없었다.

"그럼 한시에 거기서 괜찮으세요?"

"한시. 제법 늦은 시각이군."

"어쩔 수 없어요. 요 한 달 동안 제가 임시 점장을 맡았거든요. 혼자 빠져나갈 수도 없는데다 일을 끝내고 여유 있게 만나뵙고 싶어요."

"알았어. 한시 정각에 혼자 와. 알겠지?"

"네. 그럼 나중에 뵙겠습니다."

수화기를 내려놓는 손이 뻣뻣하고 무겁게 느껴졌다. 상당히 긴장했다는 증거다. 그러나 나쁜 징후는 아니다. 왜 그런지 이유는 모르겠지만, 긴장하고 있는 동안에는 안전할 듯한 기분이 들었다.

일단 호텔로 돌아가 방에 올라가서 지도를 찾아보았다. 오쓰카 부근의 지리를 머릿속에 꼼꼼히 새겨넣었다. 다음으로 보스턴백을 열어 안을 뒤졌다. 바닥에 숨겨둔 물건이 손에 닿자 서늘함이 전해져왔다.

그는 조용히 권총을 꺼냈다. 고로자키 갑, 아카이 히데야의 시체에서 가져온 소형 권총이었다. 보기보다 묵직하고 사악한 분위기가 감돌았다.

까딱했으면 나는 이 총에 맞아 저세상으로 갔을 것이다.

그는 권총을 가방에 던져넣었다. 권총을 쥐면 마음이 놓일 줄 알았는데 혐오스럽기만 했다. 글렀다, 이건 미덥지 못하다.

대신 지나는 길에 문방구에서 산 커터를 꺼냈다. 가볍고 부피도 작고 날이 예리하다. 무뎌지면 끝을 부러뜨리고 새 날을 밀어내면 된다. 어쩐지 이쪽이 손에 익고 믿음직했다.

3만 엔만 꺼내고 나머지 돈을 보스턴백에 집어넣었다. 지갑에 넣었다가 문득 생각을 바꾸고 만 엔만 다시 꺼냈다. 셔츠를 벗고 가늘게 접은 지폐를 일회용 반창고로 왼팔 뒤편에 붙였다. 커터는 왼쪽 양말 안에 쑤셔넣었다.

프런트에 열쇠를 맡기고 빈손으로 호텔을 나섰다. 그가 이곳에 머무는 사실이 드러날 물건은 모두 두고 나왔다. 사토무라는 믿을 만한 남자 같았지만, 조심해서 나쁠 건 없다.

스낵바 개구멍의 위치를 확인한 후 그는 카페와 슬롯머신에서 시간을 때웠다. 그런 가게들이 문을 닫자 역 남쪽 출구에 있는 바에 들어갔다. 바텐더가 권하는 대로 온더록스를 몇 잔 비웠지만 술기운은 돌지 않았다.

새벽 한시 십오 분 전에 개구멍으로 돌아갔다. 오렌지색 램프가 검은 나무문을 비추었다. 선로 아래 어둠으로 들어가 전봇대 뒤에서 가게 입구를 지켜보았다. 가게에서 역 쪽으로 10미터 정도 떨어진 곳에 가로등이 있어서 지나가는 이들의 얼굴을 확인할 수 있었다.

오가는 사람은 별로 없었다. 근로감사의 날* 휴일인데다 11월 하순치고는 제법 쌀쌀한 탓이리라.

십오 분 동안 개구멍에서는 일행으로 보이는 두 명이 나왔을 뿐, 들어

* 일본의 공휴일, 11월 23일.

가는 손님은 없었다. 한시 직전에 역 쪽에서 걸어온 젊은 남자가 가로등 아래를 지나 개구멍으로 들어갔다. 키가 크고 마른 체격, 갈색 더플코트에 체크무늬 바지를 입었다. 파마머리에 흰 얼굴, 짧은 콧수염이 보였다.

남자의 얼굴을 머릿속에 잘 새겨넣고 십 분을 더 기다렸다. 그사이 한 명이 나왔고, 들어간 사람은 없었다.

그는 심호흡을 한 번 하고 개구멍으로 걸어갔다.

2 ————

그는 사토무라와 눈을 마주쳤다.

사토무라가 손을 드는 것과 동시에 고개를 끄덕였다. 얼굴은 여전히 기억에 없지만 기억을 잃었다는 것을 들키기 싫었다.

카운터 앞쪽에 손님 두 명이 곯아떨어져 있었다. 그는 그 뒤를 지나쳐 제일 안쪽에 자리잡은 사토무라 옆에 앉았다. 가만히 얼굴을 쳐다보는 사토무라를 무시하고 시선을 돌렸다. 뺨의 상처가 뜨끔하니 아팠다.

"그 상처는 어떻게 된 겁니까? 몸도 안 좋으신 것 같고. 괜찮으세요?"

낮은 목소리에 동정심이 깃들어 있었다. 그는 마음이 조금 움직였다. 이 남자는 아군일지도 모른다.

카운터 안에 있던 마네킹 같은 여자가 모기만한 소리로 주문을 받았다. 온더록스를 그의 앞에 놓더니 여자는 아예 바닥에 웅크리고 앉았다.

"사고를 당해서 여태껏 입원해 있었어."

"역시. 저도 그런 게 아닐까 싶었습니다. 교통사고였나요?"

"뭐, 그렇지."

"연락주셨으면 병문안 갔을 텐데요."

"아무도 안 왔으면 했거든. 특히 호메이 흥업 녀석들은."

온더록스를 마셨다. 맛이 잘 느껴지지 않았다. 아무튼 술은 센 듯했다. 기억을 잃기 전에도 이랬을까.

사토무라도 자기 술을 마셨다.

"회사는 어쩌시려고요. 아카이 부장님이랑 노모토 전무님이 걱정이 이만저만 아니었어요."

아카이의 이름을 듣자 몸이 뻣뻣해졌다. 손에서 미끄러질 뻔한 잔을 조심스레 카운터에 내려놓았다. 아카이와 여자의 시체는 발견되었을까. 아니다, 고로자키 갑에서 떨어진 시체는 거의 떠오르지 않는다고 스즈서 형사가 말했었다.

"정말 괜찮으세요? 안색이 안 좋은데요."

사토무라가 얼굴을 들여다보는 통에 그는 급히 몸을 일으켰다. 저도 모르게 카운터 위에 엎드리다시피 하고 있었던 것이다.

"아무것도 아니야. 그래, 많이 걱정했나보군."

"걱정한 정도가 아니라, 솔직히 말해 무척 화가 나신 모양이에요. 그도 그렇죠, 한마디 말도 없이 가게 일을 내팽개치고 한 달 가까이 잠수를 타셨으니까."

"그렇군. 조만간 인사하러 갈게. 하지만 당분간 내 이야기는 하지 마."

"왜요? 사과할 거면 빠른 편이 좋을 텐데요. 저도 옆에서 도와드릴게요."

"안 돼."

그는 엉겁결에 딱딱하게 말하고 나서 후회했다. 이 남자는 호의로 말한 것이다. 말씨와 태도로 보아 내 처지를 걱정해주고 있다는 것은 확실했다.

사토무라에게 솔직히 털어놓을까. 혼자서 자신의 과거를 조사하기란 불가능하다. 제일 먼저 동정을 살펴야 할 호메이 흥업 놈들은 그를 붙잡기 위해 잔뜩 벼르고 기다리고 있다. 아카이가 당했다는 것을 알면 포위망을 더욱 좁혀올 것이다. 누군가의 도움을 받지 않고는 과거를 되찾을 수 없을 것 같았다.

사토무라는 한숨을 쉬었다.

"너무 오래 끌면 늦습니다. 그 녀석들 성질을 건드리면 이 바닥에서 먹고살지 못해요. 뭐, 한 달이나 자취를 감춘 데 수긍할 만한 이유가 있다면 또 모르지만, 그저 사고를 당해 입원했다는 것만으로는 좀."

"그 사고라는 게 여러모로 복잡해."

그는 본심을 슬쩍 내비치고 아무렇지 않게 온더록스를 마셨다.

"어떤 사고든 간에, 아무한테도 알리지 못한다는 법은 없잖아요."

"알릴 수 없는 상황이라 못 알린 거야."

"여동생한테도요?"

술이 입가에서 흘러내려 그는 허둥지둥 잔을 내려놓았다. 손등으로 턱을 닦았다.

"여동생."

앵무새처럼 따라 하며 냅킨으로 카운터를 닦았다. 이런 데서 여동생 이야기가 나올 줄은 몰랐다. 자신이 죽인 여자가 떠올랐다. 그 여자는 여동생으로 위장했지만 실제로 그에게 여동생이 있는지 없는지는 모른다고 했다.

그건 나를 병원에서 빼가기 위한 연극 아니었나. 내게 정말로 여동생이 있는 걸까.

사토무라가 쓴웃음을 지었다.

"왜 그러세요. 동생까지 잊어버렸습니까?"

"아니, 그런 건 아니고. 물론 동생한테도 안 알렸어. 동생이랑 연락했나?"

"안 했습니다. 한 번 슬쩍 본 게 다고 어디 사는지도 모르는데 어떻게 연락하겠어요."

"그래, 그랬지."

그는 온더록스를 단숨에 들이켰다. 유감스럽지만 더이상 얼버무리면서 이야기를 이어나가기는 불가능했다. 이 남자에게 솔직하게 사실을 털어놓고 도움을 바라는 수밖에 없을 듯했다.

거기까지 생각했을 때 방금 사토무라가 한 말이 귓속에서 크게 메아리쳤다. 동생까지 잊어버렸습니까. 확실히 그렇게 말했다. 까지, 라니 무슨 뜻이지.

그는 몸이 싸늘하게 식는 것을 느꼈다. 이 남자는 내가 기억을 잃었다는 걸 알고 있는 것이다.

"내가 기억을 잃은 줄 알면서 왜 모르는 척하는 거지?"

느닷없이 따지고 들자 사토무라는 움찔하며 몸을 뒤로 뺐다.

"기억을 잃었다고요?"

"시치미떼지 마. 동생까지 잊어버렸느냐는 게 무슨 뜻이야? 게다가 통화에서도 출신지를 꺼내서 나를 시험했어. 그때 넌 이미 내가 기억상실증이라는 걸 알고 있었다고. 대체 누구한테서 들었지?"

사토무라는 고개를 숙였다. 이마에 땀이 맺혔다.

"용서해주십시오. 노모토 전무님께 들었습니다."

노모토라. 호메이 흥업에서 전화를 받은 상스러운 말투의 남자다.

그는 천천히 의자에서 내려왔다. 사토무라가 황급히 고개를 들었다.

"점장님. 사과하러 가시죠. 저도……"

그는 그 말을 무시하고 카운터 안쪽을 들여다보았다.

"여기 뒷문 있나?"

여자는 웅크린 채로 말없이 고개를 저었다.

사토무라가 그의 팔을 붙잡았다.

"점장님, 이미 늦었습니다. 저랑 같이 얌전히 여기서 나가요."

그는 앞에 세워져 있던 아이스픽을 집어들고 아무렇게나 내리쳤다. 사토무라는 당황해서 손을 거두려 했지만 이미 늦었다. 아이스픽은 사토무라의 손등을 꿰뚫고 그대로 카운터에 박혔다.

사토무라는 감전된 것처럼 온몸이 뻣뻣해진 채 비명을 질렀다. 격통에 제대로 말도 못 하고 눈만 튀어나올 듯 부릅떴다.

웅크리고 있던 여자가 용수철처럼 벌떡 일어나 술병을 늘어놓은 선반에 등을 찰싹 붙였다.

"잘도 나를 배신했겠다."

그는 사토무라를 노려보면서 아이스픽을 뽑았다.

사토무라는 또 비명을 질렀다. 주르륵 미끄러져 좁은 바닥에 주저앉았다.

그는 아이스픽을 윗옷 소매에 끼워넣고 태연히 등을 돌렸다. 사토무라가 울먹이는 목소리로 불렀다.

"점장님."

그는 뒤도 돌아보지 않고 여전히 카운터에 쓰러져 자고 있는 취객들 뒤로 빠져나갔다.

밖으로 나가 문을 등지고 섰다.

전봇대 그늘에 한 명.

입간판 뒤에 한 명.

역 쪽 가로등 맞은편에 두 명.

완전히 포위당했다. 그는 뱃속 깊은 곳에서 차가운 분노가 차오르는 것을 느꼈다. 여느 때와 마찬가지로 공포는 느껴지지 않았다.

조용히 숨을 내뱉고 역 반대 방향으로 걷기 시작했다. 등뒤에서 발소리가 따라왔다. 골목이나 샛길이 보이면 뛰어들려고 했으나 아무래도 빠져나갈 구멍은 없는 듯했다.

앞쪽 어둠에서 사람 형체가 흔들렸다. 그는 걸음을 멈췄다. 더이상 싸움을 피하기란 불가능했다.

구부린 팔꿈치를 펴고 소매에서 손안으로 아이스픽을 미끄러뜨렸다.

이런 무기로 몇 명씩 쓰러뜨리기는 어렵다. 상대의 기세가 꺾인 틈을 타서 혈로를 뚫는 수밖에 없다.

그는 즉시 아스팔트를 박차고 전봇대로 돌진했다. 전봇대 그늘에 서 있던 남자가 황급히 반격하려 했다. 그는 날아드는 칼을 가볍게 피해 남자의 위팔에 아이스픽을 꽂았다. 남자가 꼴사납게 비명을 질렀다.

다음 순간 그는 몸을 빙글 돌려 덮쳐오는 남자들 한가운데로 파고들었다. 동료의 비명을 듣고 한순간 움찔한 남자들이 반사적으로 양쪽으로 갈라졌다. 그는 아이스픽을 휘두르며 그 사이를 빠져나왔다. 해냈다 싶었다.

그때, 조금 떨어진 곳에 있던 남자가 길가의 플라스틱 양동이를 그에게로 걷어찼다. 양동이는 마치 노린 듯이 그가 내디딘 발에 부딪혔다. 그는 균형을 잃고 앞으로 기우뚱했다. 넘어지는 건 간신히 면했지만 자세가 무너졌다. 바로잡기도 전에 누가 등뒤에 달려들었다. 그는 아스팔트에 납작하게 엎어졌다. 손목을 짓밟혀 아이스픽이 날아갔다.

일어서기도 전에 놈들이 팔다리를 단단히 붙들고 그를 들어올리더니 몸이 허공에 뜬 상태에서 머리에 자루 같은 것을 씌웠다. 다음 순간 머리를 세게 얻어맞아 의식이 멀어졌다. 정신을 잃기 직전, 일 초도 채 안 되는 사이 그는 기억을 되찾은 듯 느꼈다.

하지만 그 기억은 순식간에 암흑 속으로 달아나버렸다.

3

심장이 터질 지경이었다.

오스기 료타는 신주쿠 주오 서에서 세이와 병원까지 500미터 거리를 삼 분 삼십 초 만에 주파했다. 순찰차를 탈 거리도 아니었거니와 혼잡해서 두 발로 뛰는 편이 빠르리라고 판단했지만, 역시 마지막 50미터에서는 숨이 턱까지 차올랐다.

엘리베이터로 4층에 올라가자 홀에서 제복을 입은 젊은 경찰이 경례하며 오스기를 맞았다. 콧등에 땀이 맺혀 있었다.

"죄송합니다. 할 수 있는 데까지 설득했습니다만."

오스기는 손을 내저어 그의 말을 막았다.

"어느 병실이야?"

"네?"

"이케지마 노부코랑 나카즈카 야스요 둘 중 어느 병실에 있느냐고."

"아, 네. 나카즈카 야스요의 병실입니다."

오스기는 대답을 다 듣지도 않고 걸음을 옮겼다. 이케지마 노부코와 나카즈카 야스요는 그날 구라키 다마에와 함께 폭탄 사건에 휘말려 중상을 입은 여자들이다. 셋은 고등학교 동창으로 밝혀졌다.

앞쪽 나카즈카 야스요의 병실까지 일직선으로 나아갔다. 문 앞에서 일단 걸음을 멈추고 무심코 넥타이 매듭을 매만졌다. 그리고 손잡이를 잡고 힘을 계산하면서 벌컥 문을 열었다.

침대에 누운 나카즈카 야스요가 깜짝 놀라 붕대를 감은 머리를 베개에서 반쯤 쳐들었다.

구라키 나오타케는 뒤를 돌아보더니 천천히 동그란 의자에서 일어났다. 오스기를 향해 가볍게 고개를 숙였다.

"지난번에는 감사했습니다."

예상외로 차분한 태도에 오스기는 초장부터 기세가 꺾였다.

"별말씀을."

오스기는 어쩔 수 없이 인사를 받아주고 안으로 들어가 문을 닫았다. 구라키는 말없이 오스기를 쳐다보았다. 무표정하지만 날카로운 시선이었다.

오스기는 뒷짐을 지고 침대 발치에 섰다.

"몸은 좀 어떠십니까?"

"덕분에 많이 좋아졌어요."

야스요가 힘없이 웃었다. 폭발과 함께 세찬 바람에 날려가 전신타박상을 입은 게 전부라 중상이라 해도 그나마 상태가 나은 편이었다. 얼굴색이 흙빛이지만 기적적으로 상처는 없었다.

반면 옆 병실에 있는 이케지마 노부코는 내장 파열과 골반 골절에다 깨진 유리 조각이 왼쪽 눈을 찔러, 목숨은 건졌지만 위중한 상태였다.

오스기는 잠깐 숨을 고르고 구라키 쪽으로 돌아섰다.

"경부님, 밖에서 저와 이야기 좀 하시죠."

구라키의 표정에는 변화가 없었다.

"오 분만 기다려주시죠. 바로 끝납니다."

오스기는 뒷짐진 손을 꽉 움켜쥐었다. 땀이 살짝 배어나왔다.

"가능하면 지금 바로 안 되겠습니까."

"바로 끝납니다."

구라키는 같은 말을 되풀이하더니 오스기의 대답도 듣지 않고 다시 의자에 앉았다. 그리고 야스요를 향해 입을 열었다.

"그러면 그 카페에는 일단 당신이 도착한 뒤에 제 아내와 이케지마 씨가 차례로 온 거군요."

"맞아요. 그날 그 시간에 거기서 만나자고 한 건 저였어요. 제가 반창회 일을 의논하자는 얘기만 안 꺼냈더라면 다마에는……"

야스요는 울먹이더니 고개를 돌렸다.

"마음에 두실 필요 없다고 말씀드렸잖습니까. 자칫하면 아내가 아니라 당신이 죽었을지도 모르고요."

"하지만."

완전히 무시당한 오스기는 목덜미가 확 달아올랐다. 망할, 나를 무슨 수습 간호사쯤으로 아나.

"경부님. 무단으로 사건 피해자를 만나시면 곤란합니다."

구라키가 오스기를 올려다보았다.

"무단이라뇨. 의사 선생님은 환자가 피곤해할 정도가 아니면 상관없다고 흔쾌히 허락해주셨습니다."

"의사의 허락 문제를 말씀드리는 게 아닙니다. 아실 텐데요."

"아니요, 모르겠습니다."

오스기는 주먹 쥔 손에 더 힘을 주었다.

"특별수사본부장의 허가 없이는 아무도 피해자를 만날 수 없습니다. 경부님도 예외는 아니에요."

구라키가 냉소를 지었다.

"그 아무도, 라는 말은 저 한 사람을 가리키는 것처럼 들리는군요."

오스기는 말문이 막혔다. 어찌 보면 구라키의 지적이 맞았다. 본인이 그 사실을 자각하고 있다면 이제 와서 뭐라고 해봐야 소용없다.

"경부님은 공안 4과로 파견되어 이 사건에서는 제외됐다고 들었습니다. 그리고 현재 휴가중이시라고도요."

"맞습니다. 그래서 휴가를 이용해 병문안을 왔죠. 그전에는 바빠서 힘들었거든요."

"제가 듣기로는, 병문안을 온 사람이 할 만한 이야기는 아닌 것 같습니다만."

구라키의 눈이 날카롭게 빛나서 오스기는 순간 섬뜩했다. 평소 무서울 것 없는 그에게는 드문 일이었다.

하지만 구라키는 금세 다시 무표정으로 돌아가 오스기에게 등을 돌렸다.

"나카즈카 씨. 만약 저와 대화하기 싫으시다면 오스기 경부보에게 저를 끌어내라고 말씀하셔도 상관없습니다."

그때까지 두 사람의 긴박한 대화를 조마조마하게 지켜보던 야스요는 그 말에 마음이 놓인 듯 표정을 풀고 오스기에게 눈을 돌렸다.

"저기, 구라키 경부님과 얘기하게 해주세요. 다마에가 그런 일을 당한 건 제 책임이기도 하니까요."

사건 당일 오후 여섯시 세 사람이 현장 근처의 팔레르모라는 카페에서 만났다는 것은 이미 야스요의 진술로 밝혀졌다. 그녀가 반창회 일을 의논하자며 다른 두 사람을 불러낸 것이다.

세 사람은 잠시 잡담을 나누다가 일단 식사나 하자며 밖으로 나갔고, 곧바로 부랑자에게 붙들려 사건에 휘말렸다. 반창회에 앞장서며 날짜와 장소를 정한 야스요가 다마에의 죽음을 자기 탓으로 여기는 것도 무리는 아니었다.

오스기는 한숨을 내쉬었다. 야스요의 말에 솔직히 안도했다. 구라키를 힘으로 병실에서 끌어내는 건 영 내키지 않는 일이었다.

오스기는 어쩔 수 없다는 듯 어깨를 으쓱했다.

"알겠습니다. 좋을 대로 하시죠. 단, 저도 여기서 같이 듣겠습니다."

구라키는 고개를 끄덕이고 다시 질문을 시작했다.

"그럼 카페에 들어가시기 전 상황을 물어보죠. 그 앞에 도착했을 때도 길에 그 부랑자가 있었습니까?"

야스요는 바싹 마른 입술을 혀로 적셨다.

"아니요, 없었어요. 있었더라도 몰랐을 테고요."

"그렇군요. 두번째로 카페에 도착한 제 아내는 어땠죠? 부랑자 이야기를 하던가요?"

"아니요, 아무 말도요. 마지막으로 온 노부코도 그런 부랑자가 있다는 이야기는 전혀 안 했어요."

"그런가요. 그렇다면 셋이서 함께 카페에서 나갔을 때 처음으로 부랑자를 본 셈이군요."

"네."

"그 부랑자, 누마타라는 남자는 어떤 식으로 시비를 걸었습니까?"

야스요는 침을 삼켰다. 눈에 살짝 공포가 스쳤다.

"아마 차도 쪽 가드레일에 앉아 있었을 거예요. 저희가 카페 앞에 서서 밥 먹으러 어디로 갈까 상의하는데 갑자기 옆으로 다가왔어요. 그, 뭐라고 상스러운 소리를 하면서요."

"어떤 말이었습니까."

야스요는 눈을 내리깔았다가 도움을 바라듯이 힐끗 오스기를 보았다.

오스기는 헛기침을 했다.

"경부님, 그건 이번 사건과 별로 관계없는 일 아닙니까."

"관계가 있는지 없는지는 들어봐야 압니다."

"정 듣고 싶다면 제가 말씀드리겠습니다. 나카즈카 씨는 이미 진술을 마치셨으니까요."

"저는 나카즈카 씨한테 직접 듣고 싶습니다, 오스기 경부보."

오스기는 어금니를 깨물었다. 지위의 고하를 강조하려고 일부러 계급을 붙여 부른 것이 분명했다.

오스기가 뭐라고 말하기 전에, 험악한 분위기를 알아차린 야스요가 급히 입을 열었다.

"보지 좀 대봐. 그렇게 말했어요."

눈을 내리깔고 말하는 야스요를 보고 오스기는 몸이 부들부들 떨릴 정도로 화가 치밀었다. 미동도 않는 구라키의 등짝을 걷어차주고픈 충동이 들었다. 정말이지 이 남자는 배려심도 없나.

구라키는 마치 야스요와 끝말잇기 놀이라도 하듯 무미건조하게 말을 이었다.

"그다음에 누마타는 어떻게 했습니까?"

야스요는 눈을 들지 않았다.

"똑같은 말을 되풀이하면서 저희 주위를 빙글빙글 돌았어요."

"세 사람 중 누구를 점찍은 것 같던가요?"

"모르겠어요. 다만 다마에한테 너부터 먼저 달라고."

병실에 거북한 침묵이 내려앉았다.

이윽고 구라키가 무거운 입을 열었다.

"그리고 도와주려는 사람은 아무도 없었고요."

"네. 돌아가신 가케히 슌조라는 분 말고는요. 하지만 그분이 도와주러 오지만 않았어도 다마에가 살아 있을 거라고 생각하니 마음이 착잡하네요."

구라키가 어깨를 살짝 움직였다. 초조함을 억누르는 것처럼 보였다.

"가케히가 다가오는 건 언제 알아차렸습니까?"

"기억은 잘 안 나지만, 폭발하기 한 이삼 초 전이었을 거예요. 뭐라고 고함치는 소리가 나서 그쪽으로 돌아섰더니 키 큰 남자가 뛰어오는 게 보였어요. 그리고 갑자기 몸이 붕 날아가더니, 그다음은 아시다시피."

"가케히는 뭐라고 소리쳤습니까?"

"기억이 잘 안 나요. 야, 아니면 잠깐, 뭐 그런 말이었나봐요."

"그렇군요. 마지막으로 하나 더. 그날 그 시간 그곳에서 세 사람이 만나기로 했다는 걸 아는 사람이 있었습니까?"

"저는 남편과 시어머니께 말하고 나왔고, 노부코와 다마에도 아마 비슷하지 않았을까 싶은데……"

야스요는 말을 얼버무리고 구라키의 얼굴을 훔쳐보았다.

구라키는 무릎에 묻은 먼지를 터는 시늉을 했다.

"저는 아내한테서 아무 얘기도 못 들었습니다. 마침 바쁠 때라 한동안 대화를 나눌 기회가 없었거든요."

"죄송합니다."

"당신이 사과할 일은 아닙니다."

구라키가 별안간 자리에서 일어나는 바람에 오스기는 황급히 등살을 폈다.

"정말 감사합니다. 하루빨리 퇴원하시기를 빌겠습니다."

가볍게 고개 숙여 인사한 구라키가 몸을 돌리더니, 오스기는 쳐다보지도 않고 굳은 얼굴로 병실에서 나갔다.

4

오스기는 야스요에게 사과하고 서둘러 복도로 나갔다.

구라키는 옆 병실 앞에 서서 가만히 이름표를 쳐다보고 있었다.

"설마 면회사절 표시가 안 보이시는 건 아니겠죠? 이케지마 노부코 씨는 당분간 만날 수 없습니다. 나카즈카 야스요 씨보다 상태가 훨씬 심각하니까요."

구라키는 그제야 오스기의 존재를 알아차렸다는 듯 눈을 돌렸다.

"압니다. 그보다 차나 한잔 하지 않겠습니까?"

오스기는 반사적으로 시계를 보았다. 급한 볼일은 없었지만 구라키의 권유에 순순히 따르기 싫은 마음에서 나온 행동이었다.

"식당으로 가죠."

구라키는 오스기의 대답을 기다리지 않고 앞장서서 엘리베이터로 향했다. 오스기는 잠시 망설이다가 결국 뒤따라 걸었다. 구라키라는 남자에게는 어쩐지 무심해지기 힘든 면이 있다.

두 사람은 지하 식당 탁자에 마주앉아 미지근한 커피를 마셨다.

"뒤처리며 장례식으로 힘드셨겠군요. 짐작이 갑니다."

오스기의 말에 구라키는 입가에 엷은 웃음을 지었다.

"장례식은 성대했습니다. 경시총감님까지 참석해주셨고요. 과격파에서 화환을 보내주지 않은 게 유감입니다만."

둘은 잠시 말없이 커피를 마셨다. 바로 옆에서는 딱 봐도 의사가 틀림없는 남자들이 잡담을 하고 있었다. 내규인지 모두 가운을 벗은 채 진지한 얼굴로 헌팅턴 무도병과 류머티즘의 합병증에 대해 의견을 나누었다.

구라키는 받침잔을 옆으로 밀어놓고 오스기의 얼굴을 빤히 바라보았다.

"그래서, 그후로 수사에 진전이 있습니까?"

오스기는 저도 모르게 눈을 내리깔고 바닥에 남은 커피를 천천히 마셨다.

"유감스럽게도 거의 진전이 없습니다."

"폭탄의 출처는?"

"아직 밝혀지지 않았습니다. 가케히 슌조는 지금껏 폭탄을 사용한 투쟁에 관여한 적이 없어요. 애당초 녀석이 소속된 '검은 엄니'부터 요 몇 년간 폭탄 테러를 저지르지 않았고요."

"폭탄의 형태를 따져보면 어느 섹터에서 만들었는지 대충 짐작이 갈 텐데요."

"공안에서 본부에 가세한 와카마쓰 경시님과 다카노 경부님도 감을 못 잡으시더군요. 특히 와카마쓰 경시님은 폭발물에 밝기로 유명했는데 말이죠."

오스기는 말을 끊고 담배에 불을 붙였다.

구라키는 그런 오스기를 가만히 쳐다보았다.

"말이 나온 김에 한두 가지 더 묻죠. 수사본부는 우익이 가케히를 노렸을 가능성을 확인했습니까?"

"우익이요?"

오스기는 놀라서 구라키를 마주보았다.

"그래요, 우익 테러리스트 말입니다."

구라키가 되풀이해 말하자 오스기는 재를 탁자 위에 거칠게 떨었다.

"물론 충분히 고려하고 있습니다."

거짓말이었다. 우익 범행설도 나오긴 했지만 현재까지 그 설을 주장하는 사람은 아무도 없다.

"어떤 식으로 고려하고 있습니까?"

오스기는 또 재를 떨었다.

"그건 말씀드릴 수 없습니다."

"어째서요?"

"경부님한테 말해도 된다는 허가를 못 받았거든요."

"누구의 허가 말입니까?"

오스기는 담배를 재떨이에 비벼껐다.

"좀 봐주십시오. 이렇게 대화하는 것만 해도 명령위반입니다."

"내가 무슨 콜레라균이라도 됩니까?"

오스기는 무릎 위에서 주먹을 움켜쥐었다.

"정 알고 싶거든 공안의 와카마쓰 경시님께 물어보시죠. 제 입으로는 말씀 못 드립니다."

숨길 일도 아니었다. 실제로 오스기는 와카마쓰에게서 구라키가 무슨 말을 하든 상대하지 말라는 지시를 받았다. 그리고 신문하는 듯한 구라키의 말투에 조금 짜증이 난 것도 사실이었다. 그런데 그는 왜 우익 이야기를 꺼낸 걸까.

"경부님은 우익의 소행임을 의심할 만한 정보를 가지고 계십니까?"

구라키가 냉소를 지었다.

"자기는 대답하지 않고 상대에게 질문한다. 형사의 나쁜 버릇이죠."

오스기는 쓰게 웃었다.

"그럼 방금 질문은 철회하겠습니다. 하지만 아까 같은 독자적인 조사는 삼가주세요. 수사를 통제하기 힘들어지니까요."

"지금도 통제가 되는 것 같진 않더군요. 애당초 수사 1과와 공안이 사이좋게 공을 나눠 갖기란 불가능합니다."

"그렇다고 경부님이 허가 없이 수사활동을 해도 되는 건 아닙니다."

"저는 수사활동을 할 생각 없습니다. 남편으로서 아내가 죽었을 때의 상황을 알고 싶을 뿐이죠."

오스기는 한숨을 쉬었다.

"경부님은 그 폭탄 사건을 단순한 사고가 아니라 계획적인 범행이라고 생각하십니까?"

"적어도 그걸 부정할 만한 결정적인 증거는 아직 없죠."

"그렇다면 누마타 요키치가 보지라고 외친 게 무슨 신호였나보군요."

옆에 있던 의사가 깜짝 놀라 오스기 쪽을 보았다. 오스기는 서둘러 담배에 불을 붙였다.

구라키는 오스기의 비아냥에도 표정을 바꾸지 않았다.

"그럴지도 모르죠. 가케히가 셋 중 누군가를 노렸다면요."

"그랬다면 목표는 부인이었을 겁니다. 어찌됐든 공안형사의 아내니까."

구라키는 오스기를 가만히 쳐다보았다.

"그래요, 저도 처음에는 그렇게 생각했습니다. 그러나 가케히의 섹터는 제 담당이 아니니 아내를 죽일 만한 동기가 없어요."

"다른 두 명에 대해서는 더더욱 동기가 없습니다."

구라키는 입을 다물고 탁자를 손끝으로 잘게 두드렸다. 오스기는 말을 이었다.

"결국 그건 사고였습니다. 문제는 가케히가 그 폭탄을 어디서 어떻게 손에 넣었고, 무슨 목적으로 쓸 작정이었느냐는 거죠. 폭탄은 부인분을 노린 게 아니고, 다른 두 사람을 노린 것도 아닙니다. 다른 목적으로 운반하던 중 실수로 터졌다고 보는 게 타당해요. 따라서 가케히가 죽기 전까지의 행적을 좇는 것 말고 다른 방법은 없습니다."

"그러나 수사에는 진전이 없다."

"유감스럽게도 그렇습니다. 하지만 방향은 틀리지 않았다고 생각합니다. 그러니 나카즈카 야스요 씨한테 누마타에 대해 물어보셔도 소용없습니다. 그 남자는 그저 부랑자예요. 표면상 계기가 된 것 말고는 관련이 없습니다."

구라키가 탁자를 두드리던 손가락을 멈췄다.

"그러고 보니 누마타는 이미 퇴원해서 신주쿠 주오 서 유치장에 있겠군요."

오스기는 입가를 긁적였다.

"누마타는 이제 서에 없습니다."

구라키는 턱을 당기고 오스기를 물끄러미 쳐다보았다.

"무슨 뜻입니까? 구치소로 옮겼다는 건가요?"

"아니요. 실은 오늘 아침 석방했습니다."

"석방했다. 왜요?"

구라키는 날카로운 목소리로 물으며 탁자 표면에 손톱을 세웠다. 홀쭉한 볼이 순식간에 굳었다.

"더는 가둬놓을 이유가 없으니까요."

"말도 안 되는 소리. 그 남자가 사건의 시초라는 걸 뻔히 알면서 어째서 놓아준 겁니까?"

오스기는 받침접시를 옆으로 치우고 탁자 위에서 깍지를 꼈다.

"심정은 이해합니다만, 이건 법률상의 문제입니다. 누마타가 부인 일행에게 시비를 건 행위와 가케히가 소지중이던 폭탄이 잘못 터진 사건 사이에는 법적인 인과관계가 성립하지 않아요. 누마타가 한 짓은 기껏해야 경범죄에 저촉되는 정도입니다."

구라키는 오스기를 잠시 노려보다가 어깨 힘을 빼고 말했다.

"신원보증인은요?"

"시나가와 유이치라는 자입니다."

"누굽니까?"

"신주쿠 니시구치에서 활동하는 재활용품업자의 우두머리 격 인물이에요."

구라키는 희미한 웃음을 띠고 고개를 살짝 끄덕였다.

"아아, 이제 무슨 소리인지 알았습니다. 신주쿠 주오 서가 재활용품업자들의 압력에 굴복한 거군요. 누마타를 석방하지 않으면 신주쿠에서 난동을 피우겠다고 협박이라도 했을 테죠. 아닙니까?"

오스기는 깍지를 풀고 귀 뒤쪽을 긁적였다.

"뭐, 따지고 보면 누마타도 폭탄 사건의 피해자 중 하나니까요. 석방을 거부할 명목이 없어요. 안 그래도 정신없는데 그치들까지 난동을 일으키면 몸이 두 개라도 못 버팁니다. 질서를 유지하려면 타협도 다소 필요한 법이죠."

구라키가 자리에서 벌떡 일어섰다.

"이만 실례하겠습니다. 시간 내주셔서 감사합니다."

오스기도 따라 일어섰다.

"누마타를 어떻게 하시려는 건 아니겠죠, 경부님."

구라키는 대답 없이 발길을 획 돌렸다.

오스기는 그의 등에 대고 외쳤다.

"경부님, 오늘 일은 와카마쓰 경시님께 보고할 겁니다."

하지만 그날 오스기는 구라키에 관해 본부에 한 마디도 알리지 않았다.

스스로도 믿기 힘들었지만, 그는 어느새 그 무뚝뚝하고 고집스러운 형사에게 묘한 공감대를 느끼고 있었다.

5 ──────

그는 입술을 깨물었다.

조금만 더 버틸걸. 삼 초만 더 의식을 유지했다면 분명 기억을 되찾았을 것이다. 뒤통수의 충격이 잃어버린 기억의 회로에 한순간이나마 전류를 흘려보낸 것이 확실했다.

그러나 의식을 되찾은 지금, 되살아날 뻔했던 기억은 다시 머나먼 어둠 저편으로 사라지고 말았다.

그는 실눈을 뜨고 자신을 둘러싼 남자들을 살폈다. 천장에 매달린 형광등이 눈부셨다. 부드러운 소파에 내팽개쳐졌음을 깨달았다.

정면에는 몸집이 실팍하고 머리숱이 적은 남자가 있었다. 창백한 얼굴에 갈색이 도는 안경을 쓰고 어두운 녹갈색 양복을 입었다.

남자가 그의 얼굴을 물끄러미 들여다보았다.

"노모토다. 알겠나?"

탁한 목소리가 귀에 익었다. 낮에 통화한 목소리다. 하지만 얼굴은 기억나지 않았다.

"아니."

그가 짤막하게 대답하자 노모토는 의심스럽다는 듯이 눈살을 찌푸렸다.

"여긴 미야우치와 기타니. 기억 안 나나? 네 동료인데."

그는 말없이 고개를 저었다.

비썩 마른 파마머리 남자가 그에게 몸을 내밀었다.

"잘 봐. 미야우치라고. 너, 정말로 내 얼굴 잊어버렸냐?"

"잊어버렸어."

나머지 한 사람, 척 보기에도 거친 느낌이 풍기는 까까머리 남자가 그의 턱을 획 들어올렸다.

"야, 설마 이 기타니도 모른다는 거냐? 이 자식이 어디서 시치미떼고 있어."

그는 천천히 턱을 내렸다.

"시치미떼는 게 아냐. 정말로 기억이 안 난다고."

세 사람은 어이가 없다는 듯 잠자코 그를 내려다보았다. 힘으로 으르면 통할지 생각하는 것 같았다.

이윽고 노모토가 미야우치와 기타니에게 턱짓을 했다.

"너희는 잠시 밖에서 기다려. 내가 단둘이서 이야기해보지."

"하지만 전무님."

뭐라고 말하려는 기타니를 노모토가 엄지손가락으로 문을 가리키며 가로막았다. 기타니는 불만스러운 듯 입을 비죽였지만 미야우치의 재촉에 마지못해 문으로 향했다.

둘만 남자 노모토는 그의 윗옷을 끌어당겨 소파에다 앉혔다.

"어이, 신가이. 저 두 녀석 성질을 돋우면 어떻게 되는지 알잖아. 그것까지 잊지는 않았겠지."

노모토가 얼굴을 가까이 대자 싸구려 오드콜로뉴 냄새가 코를 찔렀다.

"그것도 잊어버렸어."

그 대답에 노모토는 질렸다는 듯이 물러났다. 그리고 몹시 못마땅한 표정으로 그를 내려다보았다.

"그제 아카이를 만났지?"

그는 입술을 핥았다.

노모토는 초조한 듯이 소파를 걷어찼다.

"설마 그것까지 잊어버렸다고 하지는 않겠지? 어제 병원에 전화했더니 아카이가 그제 네놈을 퇴원시켰다더군. 아카이를 어쨌지? 지금 어디 있어?"

"아카이는 날 죽이려고 했어."

노모토가 몸을 움츠리며 아랫입술을 내밀었다.

"그건 착오라고 할까, 녀석의 오해였어. 내가 병원에 전화한 것도 행여나 녀석이 네게 손댈까봐서였지. 아쉽게도 늦었지만."

"친절도 하셔라. 고마워서 눈물이 날 것 같군."

노모토는 다시 소파를 걷어찼다.

"시끄러워. 네놈이 나한테 그딴 소리 지껄일 처지 같아?"

그는 희미한 웃음을 지었다.

"당신이 보기에는 내가 부하일지 모르지만, 난 당신이 기억 안 나. 날 죽이려고 덤벼들고 주먹을 휘두르는 상대한테 왜 굽실거려야 하지?"

입을 꾹 다문 노모토의 얼굴이 벌게졌다. 휑한 정수리에서 맨살이 번들거렸다.

"입만 살아가지고. 그보다 아카이는 어떻게 했나? 아카이 손에 죽지 않았으니 네놈이 이렇게 살아 있는 것 아냐. 어디서 녀석을 떼어냈어?"

그는 다시 입술을 핥았다. 고로자키 갑에서 떨어지는 아카이와 여자의 환영이 언뜻 뇌리를 스쳤다.

"몰라. 병원을 출발한 지 한 시간 정도 지나서 소변을 보고 싶다고 차에서 내렸어. 그대로 풀숲 사이로 도망쳤지."

"녀석은 그렇게 얼간이가 아니야."

"얼간이니까 두 번이나 죽이려다 실패한 거 아니겠어."

노모토가 그의 신발을 걷어찼다.

"쓸데없이 입 놀리지 마라."

그는 걷어차인 복사뼈를 문질렀다. 그때 문득 양말에 쑤셔넣어둔 커터의 감촉이 느껴졌다. 부리나케 손을 무릎으로 되돌렸다.

"아카이 자식, 그후로 깜깜무소식이야. 물론 집에도 안 돌아왔고. 도대체 어딜 간 거야."

"난 나중 일은 전혀 몰라. 아마 당신을 볼 낯이 없어서 어딘가에 처박혀 있겠지."

말을 마치자 문득 고로자키 갑에 두고 온 자동차가 떠올랐다. 누군가 그 차를 수상하게 여기고 경찰에 신고할 때까지 며칠이나 여유가 있을까. 아카이의 차인지 호메이 흥업의 차인지는 몰라도 일단 신고되면 노모토의 귀에 들어갈 때까지 그리 오랜 시간이 걸리지 않으리라.

그러나 아카이와 여자의 시체가 떠오르지 않는 한 문제될 건 없다. 아무도 그가 두 사람을 처리했다고 증명하지 못한다.

노모토가 배를 내밀고 팔짱을 꼈다.

"좋아, 아카이 일은 일단 됐고. 너한테 몇 가지 물어볼 게 있다. 솔직하게 대답해. 우선 사진은 어디 뒀지?"

그는 눈을 두세 번 깜빡였다.

"무슨 사진?"

"사진 하면 알 텐데. 딴청 부리지 마. 나한테만은 솔직하게 털어놓지 그래."

그는 천천히 고개를 저었다.

"몰라. 기억 안 나."

노모토의 뺨이 실룩거렸다.

"그럼 여동생은 어디 있지? 히가시나카노 쪽에 산다는 동생 말이다."

그는 등줄기가 서늘해졌다. 또 여동생이다. 사토무라도 여동생 이야기를 했는데, 내게는 정말로 동생이 있는 걸까.

노모토가 언성을 높였다.

"왜 대답이 없어! 너한테 여동생이 있는 거 알아. 아무도 정확히 본 적은 없지만, 네가 네 입으로 말했잖아."

"사토무라가 얼핏 봤다는 여자 말인가?"

노모토의 눈이 번쩍였다.

"그래, 그 여자. 기억났나?"

그는 잠시 생각하다 힘없이 고개를 저었다.

"아니, 여동생에 대한 기억은 없어. 사토무라가 본 사람은 다른 여자일 테지. 무슨 사정이 있어서 여동생이라고 얼버무린 것 아닐까."

그는 마치 남 말을 하는 듯한 자기 어투에 묘한 쾌감을 느꼈다.

노모토는 열띠게 다그쳤다.

"아니, 여동생이 틀림없어. 사토무라가 너랑 얼굴이 꼭 닮았다고 했다고."

그는 머리가 혼란스러워 이마를 짚었다. 차가운 땀이 손바닥을 적셨다. 자신을 꼭 닮은 여동생이 이 세상에 존재하다니 상상도 못 한 일이었다. 하지만 아무래도 사실인 듯했다. 그래서 아카이도 동생 대역을 데리고 병원을 찾아온 것이다.

만약 여동생을 만난다면 기억이 돌아올지도 모른다.

"어이, 말 좀 해봐."

노모토가 답답하다는 듯이 그의 멱살을 잡고 마구 흔들었다. 그는 머리를 애써 가누며 띄엄띄엄 대답했다.

"안 되겠어. 나도, 생각나면 좋겠는데, 생각이, 안 나."

노모토는 그를 소파에 내던지고 어깨를 들썩이며 숨을 몰아쉬었다.

"망할, 소 심줄처럼 끈질기네."

그는 내던져진 채로 노모토를 올려다보았다.

"왜 날 죽이려 했지? 내가 기억을 잃은 것도 날 죽이는 데 실패한 당신들 책임이잖아. 어째서 죽이려 했는지 말해주면 뭔가 떠오를지도 몰라."

"시끄러, 입 닥쳐."

노모토는 욕을 내뱉었지만 문득 심경이 바뀐 듯 그의 얼굴을 가만히 바라보았다.

이윽고 입가를 일그러뜨리더니 벽에 붙은 커다란 철제 책상으로 걸어갔다. 서랍을 열고 종잇조각 같은 것을 꺼내 그에게 돌아왔다.

"이걸 읽어봐."

그는 윗몸을 일으켜 노모토가 내민 종이를 받아들었다. 꽤 큼지막한 신문 기사 스크랩이었다.

저녁 신주쿠에서 폭탄 폭발

행인 두 명 사망, 스물한 명 부상

과격파의 오폭 사고인가

26일 오후 6시 무렵, 도쿄 신주쿠 구 가부키초 야스쿠니 길을 지나가던 남자가 들고 있던 보스턴백이 갑자기 굉음과 함께 폭발해, 남자와 근처에 있던 주부 한 명이 즉사하고 스물한 명이 중경상을 입는 참사가 일어났다. 오가는 사람이 많은 현장 부근이 화약 연기와 도움을 요청하는 부상자의 신음으로 가득 찼고, 일대는 대혼란에 빠졌다.

경시청 및 신주쿠 주오 서의 조사에 따르면 사망한 남자는 나카노 구 노가타 3초메에 거주하는 자유기고가 가케히 슌조(30세)로, 보스턴백에 든 소형 시한폭탄이 폭발해 이번 참사가 빚어졌다. 그는 좌익 과격파 집단 '검은 엄니'의 비밀 간부로 판명되었으며 모종의 목적으로 폭탄을 제조해 운반하던 도중 실수로 터뜨린 것으로 추정된다.

또한 가케히와 함께 직격탄을 맞아 사망한 스기나미 구 니시오기 4초메에 거주하는 주부 구라키 다마에(32세) 씨는 우연히 이날 현장 부근에서 친구들을 만났다가 변을 당했다.

그는 나머지 내용을 대충 읽고 노모토에게 돌려주었다. 노모토는 미세한 표정 변화도 놓치지 않겠다는 듯한 눈빛으로 그의 얼굴을 뚫어지게 바라보았다.

"이게 10월 26일, 지금으로부터 한 달쯤 전에 일어난 사건이야. 어때, 떠오르는 것 없나?"

"별로. 이 기사가 나와 무슨 상관이지?"

노모토는 잠깐 눈에 깃든 실망의 빛을 지우고 입술을 심술궂게 일그러뜨렸다.

"죽은 남자의 보스턴백에 폭탄을 넣은 게 바로 너야."

그는 기사를 힐끗 보고 입술을 핥았다. 노모토의 설명은 예상 밖이었지만 놀랍지는 않았다. 지금의 그에겐 더는 놀랄 일이 없다.

변함없는 그의 표정을 보고 노모토가 종잇조각을 세게 흔들었다.

"알겠어? 이 대참사를 일으킨 장본인이 바로 너라고. 그것도 잊은 거냐?"

"잊어버렸어."

"정말이지 뻔뻔하기 짝이 없군. 사람을 죽이고도 천연덕스러운 낯짝만은 예전과 똑같아."

노모토가 무심하게 쏘아붙인 말이 가슴을 찔렀다. 아픔이 아니라 무슨 신호같이 느껴졌다. 사람을 죽이고도 천연덕스러운 낯짝. 예전과 똑같다.

그는 노모토를 올려다보았다.

"내가 그렇게 많은 사람을 죽였나?"

노모토는 어이없다는 듯 마구 말을 퍼부어댔다.

"게다가 신문에 나오지는 않았지만 죽은 여자의 남편은 구라키 나오타케라는 경찰이야. 그것도 우는 아이도 울음을 딱 그친다는 공안형사라고. 만약 널 붙잡으면 사지를 찢어 죽이는 정도로 끝내지 않을걸."

그는 놀라지 않았다. 노모토의 말이 설령 사실이라 해도 그와는 관계없는 일이었다. 그보다 노모토가 자기 질문을 노골적으로 무시했다는 것이 훨씬 흥미로웠다. 즉 질문에 긍정한 것이나 마찬가지다. 나는 지금까지 몇 번이나 사람을 죽여온 것이다.

노모토는 그의 멍한 얼굴을 보고 구두코로 무릎을 찔렀다.

"그 형사가 혈안이 돼서 널 찾고 있어. 여기도 들렀다 갔으니까 너무 여기저기 쏘다니지 않는 편이 신상에 좋을 거야."

"당신들한테 시달리는 편이 차라리 낫다는 말인가?"

"그래. 그리고 만약 네가 몇 가지 기억만 떠올려주면, 짭새한테도 찌르지 않고 예전처럼 리비에라에서 일하게 해주지."

그는 천천히 고개를 저었다.

"내 기억은 안 돌아와. 설사 돌아온다 해도 당신한테 알려줄 생각은 없어. 그랬다가는 죽을 날만 앞당기는 꼴일 테니까."

노모토는 분노와 증오가 들끓는 눈으로 오랫동안 그를 노려보았다. 그리고 문 쪽으로 몸을 돌리더니 버럭 소리쳤다.

"이봐, 들어와!"

말이 끝나자마자 문이 열리더니 미야우치와 기타니가 들어왔다. 자신들의 반응이 너무 빨랐음을 깨닫고 겸연쩍은 표정을 지었다.

"이런 등신들이, 어디서 남의 이야기나 엿듣고."

노모토는 두 사람에게 고함을 지르고는 뭐라 중얼대며 책상으로 가 신문 기사를 집어넣었다. 그리고 그를 턱으로 가리켰다.

"고장난 자판기나 매한가지야. 돈을 넣었는데 나오는 게 없군. 한번 두드리고 걷어차면서 어찌되나 살펴봐. 단 망가뜨리면 안 돼. 아직까지는."

6

사토무라 료헤이는 소파에 떡하니 앉아 이로 끊어낸 여송연 끄트머리를 바닥에 아무렇게나 뱉어냈다.

과감하게 책상 위에 신발을 신은 채로 발을 올렸다. 점장실은 좁고 책상도 흔해빠진 싸구려 철제에 불과하지만 사토무라는 일류 클럽의 오너라도 된 듯한 기분이었다.

얼마 전만 해도 지금 사토무라가 앉아 있는 소파는 점장 신가이 가즈히코의 자리였다. 하지만 그는 이 주 전 느닷없이 종적을 감추었다.

지난달 하순, 분명 신주쿠에서 폭탄 사건이 일어났던 날이다. 개점 시간이 지난 저녁 일곱시에 신가이가 전화해서 몸이 안 좋으니 가게를 쉬겠다고 했다. 신가이가 쉬는 것은 그다지 드문 일이 아니었다. 하지만 다음날 밤, 이번에는 연락도 없이 결근했다. 지금까지 무단결근을 한 적은 없었다. 걱정되어 집으로 전화해보았지만 받지 않았다. 다음날 밤도 마찬가지였다.

사흘째에 접어들자 사토무라는 망설인 끝에 신가이가 사라졌다고 모회사 호메이 흥업에 보고했다. 평소 잘해준 걸 생각하면 되도록 원만하게 처리하고 싶었지만 아무 말도 없이 이틀이나 결근하다니 심상치 않았다. 전에 한 번 가본 적 있는 다키노가와 부근의 맨션을 찾아가보았지만 역시 아무도 없었다.

리비에라 펍 체인을 담당하는 호메이 흥업 기획부장 아카이는 성격이 드센 간부들 중에서도 특히 까다로운 남자였다. 그런 아카이가 신가이의 실종 소식을 듣고도 별달리 화를 내지 않은 것이 사토무라는 무척 뜻밖이었다. 아카이는 선선히 고개를 끄덕이며 말했다.

"그 녀석은 도통 종잡을 수 없는 놈이야. 기분 내키면 다시 오겠지. 그냥 내버려둬."

그리고 더욱 놀랍게도 사토무라에게 당분간 임시 점장을 맡으라고 명령했다. 사토무라는 그런 그의 태도가 미심쩍었지만, 덧붙여 언제 때를 봐서 점장으로 승진시켜주겠다는 말에 다른 생각이 싹 사라졌다.

생각지 못한 행운에 사토무라는 날아갈 듯했다. 설령 신가이가 다시 나타날 때까지의 짧은 기간이라도 임시 점장을 맡는 건 큰 행운이었다. 만약 신가이가 돌아오지 않는다면 아카이의 말처럼 이대로 점장 자리를 꿰차는 것도 꿈은 아니다. 아니, 설령 돌아온다 해도 신가이는 복직하지 못할 것이다. 직원 관리 책임이 있는 점장이 며칠씩 무단결근했으니.

약간 양심의 가책을 느끼면서도 사토무라는 신가이가 이대로 돌아오지 않기를 바라고 있었다. 그가 왜 종적을 감추었는지, 또 그 사실을 안 아카이가 왜 별말 없었는지 신경이 쓰이기는 했다. 하지만 그건 그들의 문제이지 자신과는 상관없는 일이었다.

갑자기 문 두드리는 소리가 나서 사토무라는 반사적으로 책상에서 발을 내렸다. 당황한 나머지 재떨이를 떨어뜨리는 바람에 싸구려 융단에 재가 흩어졌다. 얼간이 같은 모습에 화가 나서 매서운 목소리로 대답했다.

"뭐야?"

문이 열리고 매장 주임 중 하나가 얼굴을 디밀었다.

"점장님을 뵙고 싶다는 사람이 찾아왔는데요."

사토무라는 일부러 천천히 일어섰다.

"누구지? 난 약속한 적 없는데."

주임의 얼굴에 슬쩍 비웃는 듯한 표정이 떠올랐다.

"신가이 점장님을 뵈러 왔답니다. 구라키라는 남자예요."

사토무라는 얼굴이 붉어졌다. 그 자신도 얼마 전까지는 매장 주임 중 하나였다. 상내의 정중한 말투가 마치 그 사실을 비꼬는 것처럼 느껴졌다.

"처음 듣는 이름인데."

"자기 말로는 경시청의……"

주임이 말하다 말고 통로를 뒤돌아보았다. 그를 밀어젖히듯이 반물색 양복을 입은 남자가 방으로 들어왔다.

"경시청의 구라키다. 당신이 임시 점장인가?"

남자는 단단한 벽돌 같은 말투로 말했다.

"네. 사토무라라고 합니다만."

"점장 신가이 가즈히코에 대해 이야기를 좀 듣고 싶은데."

대뜸 용건부터 꺼내는 무례한 태도에 사토무라는 울컥해서 뭐라고 되받아치려다가 갑자기 불안을 느끼고 입을 다물었다. 상대의 눈빛에 깃든, 보통 인간은 범접하지 못할 뭔가를 본능적으로 읽어낸 것이었다.

사토무라는 주임을 향해 턱짓했다.

"가게로 돌아가. 내가 상대할 테니."

스스로를 나*라고 칭하기는 처음이었다. 상황에 알맞은 호칭이라고 생각했지만 내뱉은 순간 식은땀이 배어나왔다.

주임이 자리를 뜨자 구라키라는 남자는 문을 닫고 제멋대로 손님용 소파에 앉았다. 하는 수 없이 사토무라도 맞은편 자리에 앉았다.

"신가이의 행방은 아직 모르나?"

갑작스러운 질문에 사토무라는 말을 머뭇거렸다. 이유는 몰라도 이 남자는 신가이가 종적을 감춘 걸 알고 있다. 하지만 그 사실을 내가 인정해도 될까. 아카이의 얼굴이 얼핏 뇌리를 스쳤다.

"그런데, 정말로 경시청에서 나오셨습니까?"

시간을 벌 생각으로 말하자 구라키는 냉랭한 눈으로 사토무라를 쳐다보다가 경찰수첩을 아무렇게나 꺼내 코끝에 들이댔다. 사토무라는 길어진 여송연의 재를 떨려고 했지만 재떨이가 보이지 않았다. 여전히 융단 위에 나동그라져 있었다.

사토무라는 재떨이를 주워들어 탁자에 올려놓았다.

"점장님은 그냥 쉬는 중이십니다. 볼일이 있으면 제가 전해드리죠."

구라키의 눈빛이 한층 차가워졌다.

"시치미떼지 마. 신가이가 지난달 27일부터 행방불명이라는 거 다 알고 왔으니까. 어설프게 숨기면 왜 숨기려는지 그 이유도 캐물어야 해. 그러길 원하나?"

사토무라는 마음의 동요를 감추려고 다리를 꼬았다. 가게 풍기문란 문제로 이케부쿠로 서의 보안과 형사와 몇 번 얼굴을 맞댄 적이 있다. 경찰이라고 괜스레 겁먹을 필요 없다. 이참에 강하게 대응해두면 이 얘기가 아카이의 귀에 들어갔을 때 점수를 딸 수 있으리라.

---

* 원문은 '와타시(私)'. 남자의 경우 특별히 격식을 차릴 때만 쓰는 1인칭 명사다.

"그건 저희 내부 문제인데요, 형사님. 가게에서 실종신고를 한 것도 아닌데 왜 그러십니까?"
"신가이가 어디 있는지 모르나?"
구라키가 자기 말을 싹 무시해서 사토무라는 또 울컥했다. 기분 나쁘게 강압적인 형사다.
"모릅니다. 알아도 대답 못 하죠. 이래서야 용의자 취조랑 다를 게 뭡니까."
구라키는 턱을 당기고 사토무라를 빤히 쳐다보았다. 사토무라는 꿈지럭대며 앉음새를 바로 했다. 구라키의 눈빛은 어딘가 사람을 불안하게 만드는 구석이 있었다.
"이곳 안주는 다마노 식품이라는 데서 구입한다던데."
갑자기 화제가 바뀌어서 사토무라는 가슴이 철렁했다.
"네? 네, 그런데요."
"가게가 생긴 뒤로 쭉 당신이 그 거래를 담당했지?"
가슴에 불안이 슬며시 싹텄다.
"그게 어쨌다는 겁니까?"
"당신은 이 년 전부터 다마노 식품에서 뒷돈을 받아왔어. 거래처를 바꾸겠다고 위협해서 말이야."
사토무라는 자기 안색이 변했음을 절로 느꼈다. 여송연이 갑자기 무겁게 느껴져 재떨이에 내려놓으려 했다. 하지만 손이 떨려서 탁자에 굴러떨어졌다.
"어때, 한 백만 엔 정도는 모였나?"
구라키가 사정없이 내리꽂는 말에 사토무라는 축축해진 손으로 무릎을 움켜잡았다. 무력하게 앉아 있는 것이 고작이었다. 도대체 이 형사는 어디서 그런 정보를 캐낸 걸까.
"당신이 이런 짓을 한 줄 알면 호메이 흥업 녀석들이 어떤 표정을 지으려나.”

사토무라는 이마를 문질렀다. 두려운 나머지 오줌을 지릴 뻔했다. 처음 다마노 식품이 5만 엔을 찔러줬을 때는 받을지 말지 상당히 망설였다. 하지만 일단 받고 나자 다음부터는 망설임이 거의 없어졌다. 습관이란 무서운 것이라서, 요즘은 매달 정해진 날에서 하루라도 늦으면 전화로 독촉할 정도다. 신가이의 눈을 속이기는 수월했지만 만약 이 사실이 아카이의 귀에 들어가면 곱게 넘어가지 않을 것이다.

새삼스레 등골이 오싹해서 사토무라는 구라키 쪽으로 몸을 내밀었다.

“죄송합니다. 하지만 점장님이 어디 있는지는 정말로 몰라요. 제가 아는 건 모조리 말씀드릴 테니 아까 얘기는 부디 비밀로 해주십시오.”

구라키는 딱하다는 눈길로 사토무라를 쳐다보다가 결국 무표정하게 고개를 끄덕였다.

“알았어. 일단 신가이가 사라지기 전후의 상황을 말해봐.”

사토무라는 봇물 터진 듯이 아는 바를 모조리 털어놓았다. 하지만 사토무라가 아는 것, 혹은 안다고 여기는 것들을 말해줘도 구라키는 그다지 만족스러운 기색이 아니었다. 신가이가 실종되었다는 보고를 받았을 때 호메이 흥업 간부가 그다지 놀라지 않았다는 대목에 다다라서야 살짝 흥미를 보였다.

“누구한테 보고했지?”

“아카이라고, 리비에라 펍 체인을 담당하는 기획부장입니다.”

“그 윗사람은?”

“전무예요, 노모토 전무님. 저 같은 말단은 얼굴 뵙기도 어렵죠.”

구라키는 무덤덤한 눈길로 사토무라를 빤히 응시했다. 사토무라는 안절부절못하며 다리를 바꿔 꼬았다. 식은땀 때문에 속옷이 등에 찰싹 달라붙었다.

구라키는 화제를 바꾸었다.

"신가이한테 친한 친구는 없었나?"

"없었습니다. 저도 친한 편이었지만 개인적으로 어울리진 않았고요."

"가게에 자주 찾아오던 사람은?"

사토무라는 구라키의 환심을 사기 위해 필사적으로 기억을 더듬었다.

"아, 맞다. 자주는 아니지만 서너 번 점장님을 찾아온 남자가 있어요."

"어떤 남자지?"

"피부가 거무스름하고 눈빛이 날카로운 사람이었습니다. 키는 보통이지만 체격이 좋고, 마흔너덧 살 정도로 보였어요."

"이름은?"

"모릅니다. 언제부턴가 점장실로 자유롭게 드나들더라고요. 동료에게도 물어봤지만 이름을 아는 사람은 없었습니다. 어쩌면 점장님한테 무슨 볼일이 있어 찾아왔는지도 모르죠."

"다시 얼굴을 보면 알 수 있겠나?"

"아마도요."

구라키는 잠시 뜸을 들이다가 말했다.

"신가이는 혼자 산 모양이던데, 가족은 없었나?"

"여동생이 하나 있을 겁니다."

"여동생."

처음으로 구라키의 표정이 움직여서 사토무라는 안도했다.

"네. 별로 사람들에게 알리고 싶지 않은 모양이었지만요. 어느 날 밤 가게 뒷문에서 젊은 여자랑 이야기하고 있길래, 나중에 점장님도 제법이라며 놀렸거든요. 그랬더니 무서운 얼굴로 그애는 자기 동생이라는 겁니다. 처음 듣는 얘기였어요. 같이 사느냐고 물었더니 묘하게 얼굴을 붉히면서 동생은 히가시나카노의 맨션에 산다더군요."

"그렇다면 친동생이 아닐지도 모르겠군."

"저도 그렇게 생각했는데, 언뜻 본 생김새가 점장님과 닮아서 일단은 믿었습니다."

"이름은 들었나?"

"아니요. 대화는 그걸로 끝이었어요."

"히가시나카노의 무슨 맨션이지?"

"모릅니다. 정말이에요. 정말로 못 들었어요."

구라키는 자리에서 일어나 돌멩이를 바라보는 듯한 눈으로 사토무라를 내려다보았다.

"또 올지도 모르겠군. 서로를 위해 오늘밤 일은 호메이 흥업에 보고하지 않는 편이 좋을 거야."

"물론입니다. 저야말로 그렇게 부탁드리려던 참인데요."

구라키가 나가자 사토무라는 소파에 축 늘어졌다. 온몸이 땀으로 흥건한 것이 다시는 일어서지 못할 듯한 기분이었다. 떨리는 손으로 입가를 문질렀다.

이 일은 아무래도 아카이에게 알려야 할 것이다. 뒷돈을 받아먹은 게 밝혀져도 큰일이지만, 형사가 탐문하러 왔는데 잠자코 있었다가는 더 위험하다. 만약 들키기라도 하면 그때야말로 새끼손가락 하나 잘리는 정도로 넘어가진 않으리라.

사토무라는 비틀거리며 일어서서 책상 위의 전화에 손을 뻗었다.

7

그는 뒤로 묶인 손으로 바짓자락을 더듬었다.

포장용 마끈이 사정없이 손목을 파고들었지만 못 견딜 정도는 아니었다. 통각이 마비된데다 두 시간 정도 끈질기게 손목을 마주 비벼 끈이 상당히 느슨해진 덕분이었다.

리놀륨 바닥이 얼음처럼 차가워서 몸이 쉴새없이 떨렸다. 미야우치와 기타니에게 실컷 얻어맞고 끈에 묶여서 회의실로 보이는 방에 감금당했지만 그사이에도 의식은 잃지 않았다. 노모토가 죽이지 말라고 못박은 덕분인지 둘 다 적당히만 손본 모양이었다. 특히 얼굴 쪽은 거의 때리지 않았다. 머리에 충격을 가하면 기억이 돌아올지 모른다는 기대감보다 사태가 더 악화될 수 있다는 두려움이 컸던 듯하다. 어쨌거나 그에게는 고마운 일이었다.

발목은 바짓자락과 함께 묶여 있었다. 무릎을 오므렸다 벌렸다 하면서 끈을 느슨하게 만들려고 애썼지만 이쪽은 그다지 성과가 없었다. 곱은 손끝으로 바지를 걷어올려봐도 꽉 묶인 옷자락은 좀처럼 빠져나오지 않았다. 하지만 그는 포기하지 않았다. 두 사람이 켜놓고 나간 형광등 불빛으로 벽에 걸린 전자시계가 오전 네시 반을 가리키는 것을 확인했다. 놈들이 깨어날 때까지 아직 세 시간 정도는 여유가 있을 것이다.

삼십 분 후 왼쪽 바짓자락이 끈에서 빠져나왔다. 그는 떨리는 손으로 양말을 더듬었다. 고무줄 부분에 끼워두었던 커터에 손끝이 닿자 절로 한숨이 새어나왔다. 온몸이 식은땀에 젖어 불쾌했다. 너무 급하게 칼을 꺼내려다가 구부린 다리에 쥐가 나서 날카로운 통증이 스쳤다. 그는 이를 악물고 고통을 견뎠다.

다시 삼십 분 후, 그는 손끝으로 능숙하게 커터를 놀려 마끈을 끊어내고 겨우 자유를 되찾았다. 옆의 소파로 기어올라가 잠시 몸을 쉬었다. 2만 엔이 들어 있던 지갑은 미야우치가 가져갔다. 하지만 왼팔 뒤편에 반창고로 붙여둔 만 엔이 있다. 여기가 어디인지 몰라도 택시를 타고 도쿄 역의 호텔로 돌아가기에는 충분할 것이다.

알루미늄 새시 창문을 열자 불과 수십 센티미터 앞에 바로 옆 빌딩 벽이 보였다. 아래는 컴컴해서 보이지 않았다. 그는 신발을 벗고 끈을 서로 연결해 목에 걸었다. 조용히 창틀을 넘어 맞은편 벽에 발을 힘주어 디뎠다. 방금 빠져나온 건물의 벽에 등과 팔꿈치를 받치고 그대로 조금씩 내려갔다. 그러나 생각만큼 쉽지 않았다. 2미터도 채 내려가기 전에 허리가 뻣뻣해지더니 힘주어 버티는 다리가 떨리기 시작했다. 필사적으로 등을 벽에 밀쳤지만 도저히 몸을 지탱할 수 없을 듯했다. 떨어질지 모른다는 공포가 등줄기를 훑었다.

정신없이 벽을 더듬던 손이 둥그런 파이프 같은 물건에 닿았다. 빗물받이 배관이었다. 그는 몸을 틀어 두 손으로 배관을 붙들었다. 그 겨를에 몸이 벽에 부딪히며 1미터 정도 아래로 미끄러졌다. 손가락이 배관을 고정하는 철제 이음매에 걸려 겨우 멈췄다. 추락은 면했다는 생각에 한숨이 나왔다. 두 발과 무릎 사이에 배관을 끼고 간신히 매달렸지만 역시 오래 버틸 만한 자세는 아니었다. 서둘러 내려가야 한다. 그렇게 생각한 순간 이음매가 부러지면서 몸이 공중에 내던져졌다.

떨어지면서 허리를 세게 부딪혀 숨이 턱 막힌 그를 구해준 것은 건물 사이에 쌓인 빈 종이상자 더미였다. 만약 콘크리트 바닥에 내리꽂혔다면 허리가 부러져 도망은 꿈도 꾸지 못했으리라. 충격으로 잠시 꼼짝 못하다가 겨우 상자 더미에서 기어나와 목에 감긴 끈을 풀어서 신발을 신었다. 올려다보자 자신이 빠져나온 창문의 불빛이 눈에 들어왔다. 높이를 가늠해보니 3층인 듯했다. 그는 몸을 부르르 떨고 좁은 벽 사이를 걷기 시작했다. 휘청거렸지만 다행히 특별히 다친 곳은 없는 것 같았다.

동쪽 하늘이 밝아지며 거리에 아침 기운이 감돌았다. 버려진 플라스틱 양동이를 뒤지던 들개가 그에게 경계의 눈초리를 보냈다. 신문 배달 자전거가 바로 옆을 지나쳐갔다. 거리는 어수선했고 바와 술집 간판이 눈에 띄었다. 번화가 뒷골목 같았다. 전봇대에 붙은 주소 표시를 보자 미나미이케부쿠로 2초메라고 쓰여 있었다. 역시 그랬군. 아마도 호메이 흥업 사무실에 끌려갔던 모양이다. 이케부쿠로라는 지명이 어렴풋이 생각났지만, 조금이나마 기억이 되돌아와서인지 아니면 그저 요 며칠간의 학습 때문인지는 확실치 않았다.

택시를 잡아타고 도쿄 역 야에스 출구 쪽으로 돌아왔을 때는 이미 주변이 훤했다. 호텔 코어의 프런트맨은 무표정한 얼굴로 어서 오십시오, 하고 인사하며 열쇠를 건네주었다. 그가 밤새 외출했다 오든 말든 전혀 관심이 없는 듯했다.

방에 들어가자마자 그대로 침대에 쓰러져 곯아떨어졌다.

눈을 뜨자 저녁이었다. 몸 마디마디가 딱딱하게 뭉치고 묵지근하니 아파서 일어날 수가 없었다. 그대로 누워 머리만 굴렸다.

어젯밤 노모토와의 대화에서 몇 가지 사실을 알았다. 첫번째, 나는 지금까지 몇 번인가 사람을 죽인 듯하다. 노모토의 말로 추측건대 아마 그들의 지시를 받아 저지른 일 같다. 그렇다면 녀석들이 입막음을 위해 나를 죽이려 했을 가능성이 상당히 높다.

두번째, 죽일 수 있는 상황에서 그대로 놔둔 건 내가 무슨 사진을 숨겼다고 녀석들이 믿고 있기 때문이나. 그게 사실이라도 나는 사진의 정체를 모를뿐더러 어디 숨겼는지도 기억나지 않는다.

세번째, 아무래도 내게는 정말로 여동생이 있는 듯하다. 노모토는 히가시나카노가 어쩌고저쩌고했지만, 여동생이고 히가시나카노고 전혀 짚이는 데가 없었다. 노모토는 내가 여동생에게 사진을 맡겼다고 의심하는 눈치였는데, 아무튼 그녀가 아직 녀석들에게 붙잡히지 않고 무사하다는 것만은 확실하다.

마지막으로 신문 기사에서 읽은 폭탄 사건. 노모토 말에 따르면 그 사건은 내가 저지른 짓이고, 폭발로 죽은 두 희생자 중 한 명은 경찰, 그것도 공안형사의 아내라고 한다. 그리고 그 형사는 혈안이 되어 범인을 찾고 있다.

그는 문득 찜찜한 구석을 느끼고 시트를 움켜쥐었다. 머릿속 어딘가에 원활한 사고를 방해하는 위화감이 존재했다. 눈을 감고 잠시 가만히 있었지만 위화감은 사라지지 않았다. 이윽고 그는 포기하고 아픔을 참으며 몸을 일으켰다. 욕실로 가서 세수를 했다. 퇴원한 뒤로 내내 입고 다닌 회색 운동복은 잔뜩 구겨지고 군데군데 진흙이 들러붙었다.

십 분 후, 그는 호텔을 나와 전에 갔던 중국집에서 허기를 달랬다. 그리고 백화점에 가서 검은색 스웨터와 연갈색 블루종, 코듀로이 바지를 샀다. 바지는 그 자리에서 수선해 기장을 줄였다. 볼일을 마치자 석간신문을 몇 부 사서 호텔로 돌아왔다.

신문을 읽어도 마음은 무덤덤하기만 했다. 모르는 사람이 모르는 곳에서 모르는 사건을 일으켰다. 자신과는 전혀 상관없는 세계였다.

문득 노모토가 보여준 신문 기사가 떠올랐다. 그 기사에서는 죽은 여자를 '주부 구라키 다마에'라고만 할 뿐, 형사의 아내라고 밝히지는 않았다.

그런데도 노모토는 그 여자가 공안형사의 아내라고 단언했다. 만약 그게 사실이라면 노모토는 신문에도 나지 않은 사실을 어떻게 알았을까. 내가 모르는 뭔가가 있다.

그는 신문을 내던지고 동전을 넣어 텔레비전을 켰다. 뉴스 시간이 끝나 가요 프로그램과 퀴즈 프로그램밖에 나오지 않았다. 가요 프로그램을 틀어놓고 침대에 앉았다. 나카모리 아키나가 검은 드레스를 입고 눈썹을 팔자로 만들며 노래하고 있었다. 아무 감흥도 일지 않았다. 나라는 인간의 마음을 움직일 만한 건 아무것도 없단 말인가. 막연히 그런 생각을 하다가 움찔 놀라 등을 폈다. 잡아먹을 기세로 텔레비전을 바라보았다. 분명히 나카모리 아키나였다.

그는 떨리는 손으로 입가를 문질렀다. 그제 텔레비전을 봤을 때는 화면에 나오는 가수와 배우가 누구인지 전혀 알아보지 못했다. 하지만 방금 무심결에 나카모리 아키나의 얼굴과 이름을 확실하게 인지했다. 그는 텔레비전 앞으로 가서 차례차례 채널을 돌렸다. 이름은 모르겠지만 얼굴을 본 적 있는 탤런트가 몇 명 있었다. 틀림없다. 조금씩이기는 하지만 기억이 되돌아오고 있었다.

텔레비전을 끄고 얼굴을 감싸며 침대에 엎드렸다. 어둠 속 기억에 필사적으로 빛을 비춰보려고 했다. 하지만 떠오르는 건 목소리가 사라지고 입만 뻐끔거리는 나카모리 아키나의 모습뿐이었다.

밤 열시가 되자 그는 일어나 스웨터 위에 블루종을 껴입었다. 바지 벨트에 권총을 끼우고 호텔을 나섰다.

8

중정에 구두 소리가 가볍게 울려퍼졌다.

도르미르 다키노가와의 관리인 구와노 야스오는 비질하던 손을 멈추고, 비상계단 아래를 지나 다가오는 양복 차림의 남자를 바라보았다. 명치께가 조여드는 느낌에 휩싸여 빗자루를 무심코 움켜쥐었다. 키도 몸집도 크지 않은 남자는 단정한 옷차림이지만 어딘가 어두운 분위기를 풍겼다. 호메이 흥업인가 뭔가 하는 그 질 나쁜 회사의 사원일까.

가까이 오자 남자는 입을 거의 움직이지 않고 나지막이 말했다.

"경시청의 구라키라고 합니다. 여기 관리인이시죠."

구와노는 그렇다고 답하며 몸에서 조금 힘을 뺐다. 상대가 폭력배가 아니라서 안심했지만 형사라도 역시 긴장을 늦출 수 없다.

"몇 가지 묻고 싶은 게 있어서요. 시간을 많이 뺏지는 않겠습니다."

자신을 구라키라고 소개한 형사는 그렇게 말하며 관리실 쪽으로 눈길을 돌렸다. 선 채로 간단히 이야기할 생각은 아닌 듯했다. 구와노는 하는 수 없이 빗자루를 철책에 기대놓고 그를 관리실로 들였다. 책상과 의자 두 개만 놓여 있는 좁은 공간이었다. 구와노는 출퇴근하는 관리인이고 자택은 오지에 있다.

구와노가 포트에 물을 끓여 차를 우리기를 기다렸다가 구라키는 입을 열었다.

“702호에 신가이 가즈히코라는 남자가 살죠?”

구와노는 가슴이 철렁했다. 역시 신가이 때문에 왔나.

“네. 하지만 신가이 씨는 보름 전부터 집을 비운 모양인데요.”

“그건 압니다.”

“어, 그럼 신가이 씨한테 무슨 일이라도 생겼습니까?”

구라키는 바로 대답하지 않고 구와노의 얼굴을 유심히 쳐다보았다.

“신가이한테 무슨 일이 생겼을지 모른다고 생각하는 근거라도 있습니까?”

구와노는 바쁘게 눈을 깜빡거렸다. 상대가 신가이의 이름에 경칭을 붙이지 않았음을 깨달았다.

“아니요, 그런 건 아니고. 지금 생각하니 마지막으로 보았을 때 낌새가 좀 이상해서요.”

“언제 이야기입니까?”

구와노는 차로 목을 축였다.

“지난달 27일 아침이었습니다.”

“틀림없겠죠?”

따져묻는 말투에 구와노는 약간 울컥했다.

“네, 확실합니다. 신주쿠에서 폭탄 사건이 일어난 다음날 아침이었으니 헷갈릴 리 없죠.”

구라키는 무표정하게 고개를 끄덕이고 뒷말을 기다렸다.

“그날은 대청소 날이라 아침 일곱시 반에 출근해서 관리실에 앉아 있었습니다. 그런데 얼마 안 돼 남자 세 명이 이 앞을 지나쳐서 위로 올라갔죠. 십 분 정도 후에 신가이 씨가 그 사람들과 내려와서는 제 쪽 창문을 열고 한동안 집을 비울 테니 신문을 끊어달라고 말하더라고요. 며칠 정도냐고 묻자 열흘 정도라고 하기에, 가스 밸브를 잠그고 전기 플러그를 뽑고 가달라고 부탁했습니다. 신가이 씨는 다 해놓았다면서 그길로 세 사람과 같이 나갔어요. 그리고 오늘까지 돌아오지 않았고요."

구라키는 구와노의 말을 음미하듯이 잠시 벽을 쳐다보다가 천천히 눈길을 되돌렸다.

"그 모습이 어디가 이상했습니까?"

"글쎄요. 열흘이나 집을 비운다면서 작은 슈트케이스 하나 안 들고 있었거든요. 여행이 아니라 꼭 어디로 끌려가는 느낌이었어요."

"세 남자한테요?"

"네."

"어떤 사람들이었습니까?"

구와노는 눈을 내리깔았다. 그들에 대해 형사에게 말한 것이 알려지면 아마 무사하지 못할 것이다. 조그만 상사회사에서 과장으로 정년퇴직하고 겨우 얻은 일자리를 이런 일로 잃고 싶진 않았다.

"글쎄, 자세히 살피지 않아서요. 요란한 양복을 입었고 제법 거칠어 보이는 인상이었다는 건 기억납니다만."

"그런 수상한 사람이 드나들지 않도록 체크하는 게 관리인의 역할 아닙니까?"

구와노는 안경을 밀어올렸다.

"그야 그렇지만, 옷차림이 요란하다고 무조건 들어가는 걸 막을 수도 없는 노릇이라."

구라키가 구와노를 가만히 쳐다보았다. 구와노는 그 눈길에 기가 죽어 무심결에 윗몸을 젖혔다.

"끌려가기 전날 이야기를 해주시죠. 신가이는 몇시쯤 집을 나서서 몇시쯤 돌아왔습니까?"

"보자, 신가이 씨는 그 전날 밖에 안 나갔을 겁니다."

구라키의 눈이 빛났다.

"그럴 리 없어요. 오후에 외출했다 일곱시나 여덟시쯤 돌아왔을 텐데."

구와노는 완고하게 고개를 저었다.

"아니요, 그날 신가이 씨는 내내 집에 있었어요. 그 사람은 이케부쿠로의 바인지 술집에서 일하는데, 대개 다섯시 반에서 여섯시 사이에 나가거든요. 전 보통 일곱시까지 관리실에 있으니까 항상 그 모습을 보죠. 그런데 그날은 내려오지 않길래 어디 몸이 안 좋은가 걱정했던 기억이 있으니까 틀림없습니다."

구라키는 다시 벽으로 눈길을 돌리고 잠시 생각에 잠겼다. 그러더니 의자에서 벌떡 일어났다.

"집을 살펴봐야겠습니다."

구와노도 따라 일어서면서 손을 마주잡았다.

"그건 곤란합니다. 정식으로 영장을 가져오시면 모를까, 본인의 승낙 없이 그럴 수는."

구라키가 입가를 누그러뜨렸다.

"실은 그의 여동생한테 부탁받았습니다. 오빠와 열흘이나 연락이 안 되는데 무슨 일이 생긴 것 아닌지 알아봐달라고요. 신가이의 동생을 보신 적 있죠? 몇 번 이리로 찾아왔을 텐데요."

"네? 아, 네. 동생인지는 모르겠지만 얼굴이 아주 닮은 여자가 두세 번 찾아온 적은 있습니다."

구라키는 만족스러운 듯 고개를 끄덕이고 벽에 걸린 열쇠함에 손을 뻗었다. 구와노가 말리려 했을 때 702호 여벌열쇠는 이미 구라키의 손안에 있었다.

삼십 분 후, 구와노가 영 불안한 기분으로 업무일지를 쓰는데 구라키가 돌아왔다. 표정이 험악했다. 구와노는 순간 오싹해서 엉거주춤 일어섰다.

구라키는 여벌열쇠를 책상에 내던지고 업무일지를 집어 펄럭펄럭 넘겨보았다. 그리고 뒤돌아 구와노를 응시했다.

"여긴 아무것도 안 쓰여 있지만, 요 열흘 사이 누군가를 신가이 집에 들여보냈군."

구와노는 책상 가장자리를 붙잡았다. 등에 식은땀이 흐르고 다리가 떨리기 시작했다.

"어, 어떻게 아셨습니까?"

"집안이 엉망진창이야. 마치 회오리바람이 휩쓸고 간 것처럼."

"그럴 리가."

구와노는 할말을 잃고 이마를 문질렀다.

"직접 가서 확인해보든가. 하는 김에 다른 주민들에게도 보여주면 좋겠군. 이 맨션이 어떻게 관리되는지 한눈에 알 수 있을 테니."

"그, 그 사람들, 잠깐 물건만 찾겠다고 했는데."

"그 사람들이라니, 누구지?"

구와노는 입을 다물었지만 이미 늦었다. 구라키가 매서운 눈으로 쏘아보자 더는 거짓말을 할 수 없었다.

"신가이 씨를 데려간 놈들입니다. 한 이틀 후에 다시 찾아와서는 신가이 씨한테 맡겨둔 물건이 있다면서 억지로 여벌열쇠를 가져갔어요."

구라키가 한쪽 뺨을 일그러뜨렸다.

"그렇다면 놈들 얼굴을 잘 알겠군."

구와노는 목을 움츠리고 눈을 내리깔았다.

"죄송합니다. 말할 기회를 놓치는 바람에."

"이름은 물어봤나?"

"셋 중 제일 나이가 많아 보이고 체격이 다부진 남자가 명함을 놓고 갔습니다."

구와노는 책상 서랍을 열고 '호메이 흥업 기획부장 아카이 히데야'라고 인쇄된 명함을 건넸다. 구라키는 명함을 잠시 바라보다가 호주머니에 집어넣었다.

"녀석들이 뭘 찾으러 온 거지?"

"그것까지는 모릅니다. 하지만 뭐가 됐든 결국 찾아내지 못한 모양이에요."

"그걸 어떻게 알아?"

"돌아갈 때 여기 들러서, 신가이가 뭐 맡긴 거 없느냐고 한참을 윽박질렀거든요."

구라키는 책상 위 찻잔에 손을 뻗어 식은 차를 머금었다.

"신가이가 당신에게 뭘 맡기기는 했나?"

"아이고, 무슨 말씀을. 뭣하면 직성이 풀릴 때까지 여기를 뒤져보세요. 녀석들도 그랬습니다. 헛수고였지만요."

"당신 집은 어떨까."

구와노는 저도 모르게 주먹을 쥐고 원망스러운 눈으로 구라키를 보았다.

"형사님. 그 깡패 같은 놈들도 그런 말은 안 합니다."

"녀석들이 나보다 신사다, 그 말인가?"

구와노는 입술을 깨물고 입을 다물었다.

구라키가 말을 이었다.

"녀석들이 또 뭘 물었지?"

"글쎄요. ……그러고 보니 동생분에 대해서도 물었습니다. 어디 사느냐고요. 저는 모르니까 그냥 모른다고 대답했죠."

"그뿐인가?"

"마지막으로, 누가 신가이를 찾아오면 이름과 주소를 알아뒀다가 반드시 아까 명함에 적힌 사무실로 연락하라고 했습니다."

"그래서, 그후로 신가이를 찾아온 사람은 있나?"

"없었습니다. 적어도 제가 여기 앉아 있는 동안에는."

구라키는 천천히 턱을 쓰다듬다가 집게손가락을 구와노의 목 언저리로 쑥 내밀었다.

"다시 한번 묻지. 그날, 그러니까 셋에게 끌려가기 전날 신가이는 분명 자기 집에서 나오지 않았단 말이지?"

구와노는 반사적으로 윗몸을 젖히면서 고개를 끄덕였다.

"물론입니다. 단, 저도 신가이 씨 집에 들어가서 감시한 건 아니니까 틀림없다고 단정은 못 하겠지만요."

3장

환영

1 ———

그는 복도를 달렸다.

고무창을 댄 구두는 발소리를 내지 않았다. 반쯤 닫힌 문을 도로 당겨 열고 안으로 뛰어들었다. 소리를 지르려는 사토무라의 코끝에 권총을 들이댔다.

"조용히 해."

현관 문턱에 엉덩방아를 찧은 사토무라가 겁에 질린 눈으로 그를 올려다보았다.

"저, 점장님. 이게 무슨 짓입니까."

그는 말없이 총구를 움직여 안으로 들어가라고 지시했다. 사토무라는 엉덩이로 바닥을 기며 뒤로 물러났다. 문에 부딪히자 손잡이를 더듬어 열었다. 불을 켜자 그곳은 다다미 여섯 장 크기의 거실이었다. 사토무라는 소파 한쪽에 쓰러지듯이 주저앉았다.

그는 실룩실룩 경련하는 사토무라의 콧수염을 내려다보았다. 어딘가

우스꽝스러운 광경이었다. 팔걸이에 얹힌 왼손으로 눈을 옮기자 손가락 부분만 빼고 온통 하얀 붕대에 감겨 있었다.

사토무라는 오른손으로 더플코트 옷깃을 여미며 몸을 떨었다.

"여길 어떻게 아셨습니까? 점장님은 여기 와보신 적이 없을 텐데."

"가게가 끝나길 기다렸다가 뒤를 밟았지."

사토무라가 왼쪽 손등으로 입을 문질렀다.

"저한테, 도대체 무슨 볼일입니까?"

"네 덕분에 어젯밤엔 정말 신나는 경험을 했어. 아이스픽으로 손을 찌른 정도로는 도저히 화가 풀리지 않을 만큼 말이야."

사토무라는 무심코 붕대가 감긴 손을 감쌌다.

"용서해주세요, 점장님. 시키는 대로 안 하면 무슨 짓을 당할지 몰라서 그랬습니다. 점장님이 오늘 아침 사무실에서 탈출하신 건 알고 있었어요. 노모토 전무님이 점장님을 발견하면 바로 연락하라고 일렀거든요."

그는 탁자를 사이에 두고 사토무라 맞은편 소파에 앉았다. 권총은 손에 쥔 채 무릎 위에 올려놓았다. 마치 여자 방처럼 깔끔하게 정돈된 실내에는 휴지조각 하나 떨어져 있지 않았다. 새하얀 책장에 할리퀸 로맨스 소설이 죽 꽂혀 있었다.

"네게 묻고 싶은 게 있다. 솔직하게 대답하면 조용히 물러갈 거야. 그 뒤에는 노모토한테 이르든지 말든지 마음대로 해."

"이르다니요, 그런 짓은 안 합니다."

사토무라는 화난 투로 말했지만 그가 가만히 노려보자 자신감을 잃은 듯 눈을 내리깔았다. 그는 차갑게 웃다가 이윽고 자세를 바로 하고 첫번째 질문을 던졌다.

"내가 지금까지 몇 명이나 죽였지?"

그 말에 놀랐는지 사토무라는 등을 쭉 펴고 그를 말똥말똥 쳐다보았다.

"그, 그런, 그런 건 모릅니다."

"날 배려할 필요 없어. 아무래도 난 살인자고, 그 때문에 노모토에게 꼬리를 잡힌 모양이더군. 아니, 그게 아니라 노모토의 사주로 살인을 했을 가능성이 높아. 솔직히 말해줘."

사토무라는 다시 눈을 내리깔고 붕대의 보풀을 잡아당겼다.

"전 아무것도 모릅니다. 정말로요. 단, 아카이 부장님이 점장님한테 뭘 시키는 것 같기는 했어요. 그게 살인이라고는 꿈에도 생각해본 적 없습니다만. 뭣보다 점장님이 사람을 죽이다니, 말도 안 돼요."

"어째서?"

"어째서냐니…… 같이 일하다보면 그 정도는 압니다."

그는 총구로 무릎을 긁적였다. 사토무라의 말을 듣다보니 왠지 초조해졌다. 자신의 정체성이 한없이 흐릿해져서 안개처럼 사라지는 느낌이었다.

"점장님. 정말로 아무것도 기억 안 나세요?"

사토무라가 무언가 살피는 듯한 눈길로 그를 들여다보았다. 그는 정신을 가다듬고 헛기침을 했다. 사토무라의 말을 무시하고 질문을 계속했다.

"놈들은 무슨 사진을 찾고 있어. 그리고 내가 그 사진을 숨겼다고 믿는 것 같아. 짚이는 데 없나?"

사토무라는 잠시 망설였다.

"그 이야기는 저도 노모토 전무님한테 들었습니다. 점장님이 사진 같은 걸 맡기지 않았느냐고 묻더군요. 하지만 전 전혀 모르는 일입니다. 정말이에요."

그는 가만히 사토무라의 안색을 살폈다. 거짓말을 하는 것처럼 보이지는 않았다.

"내 여동생은 히가시나카노 어디에 살지?"

사토무라가 그의 얼굴을 힐끗 보았다.

"모릅니다. 제가 물어봤을 때도 히가시나카노에 있는 맨션에 산다고만 하셨잖아요."

"언제?"

"가게 뒷문에서 점장님 동생을 잠깐 봤을 때요."

그는 눈살을 찌푸리고 속입술을 깨물었다. 머릿속은 여전히 자욱한 안개가 끼어 있었다. 같은 곳을 빙빙 도는 느낌에 조바심이 났다.

그는 숨을 내뱉으며 마음을 다잡고 다시 물었다.

"내가 어디 살았는지 정도는 알겠지."

"네. 기타 구의 도르미르 다키노가와라는 맨션이에요. 필요하시면 약도를 그려드릴까요."

사토무라는 오른손을 뒤로 돌려 책장에서 메모지와 볼펜을 꺼내더니 그의 대답도 기다리지 않고 약도를 그리기 시작했다. 그는 아무 말 않고 사토무라의 손끝을 바라보았다. 그것은 약도라기보다 무늬에 가까웠다. 손이 떨려서 선을 제대로 긋지 못하는 것이다.

"지저분해서 죄송합니다. 아라카와 선을 타고 다키노가와 1초메 역에 내려서."

그는 불안을 감추려는 듯이 지껄여대는 사토무라에게 총을 들이대서 입을 다물게 했다. 사토무라는 마치 뱀이 고개를 내밀까 두려워하듯이 꼼짝 않고 총구를 응시했다. 그는 사토무라의 손에서 메모지를 낚아채 바지 호주머니에 쑤셔넣었다. 일어서서 사토무라를 내려다보았다.

"또 거짓말을 하는군. 넌 아직 내게 감추는 게 있어."

사토무라는 소파에서 미끄러지듯이 내려와 바닥에 무릎을 꿇었다. 탁자 위에 깍지를 끼고 애원하듯 그를 올려다보았다. 콧수염이 흰 종이에 떨어진 빈약한 송충이처럼 보였다.

"점장님, 이제 그만 용서해주십시오. 감추는 거 없습니다. 정말이라니까요."

"좋아, 일어서서 부엌으로 가."

그가 총구로 바로 옆 부엌을 가리키자 사토무라는 잔뜩 겁먹은 빛을 내비치면서 천천히 일어섰다. 소파와 사이드보드를 붙잡고 비틀거리듯 부엌으로 향했다.

"뒤로 돌아."

"쏘, 쏘지 마세요."

사토무라는 얼굴을 잔뜩 일그러뜨리며 애원했다. 그는 슬쩍 웃었다.

"안 쏠 테니 걱정 마. 잠깐 조용히 있어달라는 것뿐이야. 바닥에 무릎 꿇어."

사토무라는 시키는 대로 했다.

그는 권총을 벨트에 끼웠다. 그리고 식탁 위에 놓여 있던 과도를 집어 단숨에 사토무라의 목덜미를 찔렀다.

2

저도 모르게 신음소리를 낼 뻔했다.

호메이 흥업의 전무 노모토 다쓰오는 가슴에 턱을 묻을 듯한 자세로 소파에 축 늘어져 있었다. 편안한 휴식은 아니었다. 그러기는커녕 요 보름 가까이 스트레스의 연속이었다. 하지만 달리 발산할 방법이 없어 기껏해야 무능한 부하들에게 화풀이를 하는 것이 고작이었다.

아직 해가 중천인데 벌써 술병을 삼분의 일이나 비웠다. 전무실에서 한 걸음도 나가지 않고 연신 술을 홀짝인 것이다. 위스키를 가득 따른 잔을 다시 입으로 가져갔다.

그때 다급하게 문 두드리는 소리가 나더니 대답도 기다리지 않고 문이 열렸다. 기획부장 아카이가 허둥지둥 들어왔다.

"멍청아, 웬 소란이야."

놀란 기색을 감추려고 호통치자 아카이는 고개만 살짝 움츠렸다가 바로 입을 열었다.

"공안의 구라키가 찾아왔습니다."

노모토는 불에 덴 것처럼 몸을 벌떡 일으켰다.

"구라키라고?"

"네. 그제 사토무라를 몰아세운 건 알았지만 벌써 여기까지 올 줄이야."

별에 그은 아카이의 얼굴이 긴장으로 굳어 있었다. 노모토는 일어나서 서둘러 술병과 잔을 사이드보드에 집어넣었다. 예의 폭탄 사건으로 아내를 잃은 구라키가 신가이의 행방을 찾아 이 일대를 헤집고 다닌다는 것은 사토무라의 보고로 알고 있었다.

어쨌든 만나서 어느 정도 사정을 아는지 떠봐야겠군. 그렇게 결심한 노모토는 느슨하게 풀어놓은 넥타이를 여미고 소파에 앉아 아카이에게 턱짓을 했다.

"좋아, 들여보내. 그리고 너도 여기 있어."

아카이는 입술을 핥고 윗옷 자락을 양손으로 잡아당기며 방에서 나갔다.

구라키는 반물색 양복을 차려입은 중키에 보통 몸집의 남자였다. 공안 형사라기보다 사람의 몸에 태연하게 메스를 대는 외과 의사처럼 보였다.

노모토가 담배에 불을 붙이자마자 구라키는 대뜸 본론을 꺼냈다.

"신가이 가즈히코를 찾고 있는데."

단도직입적으로 나오겠단 말이지. 노모토는 탁상형 라이터를 내려놓으면서 재빨리 머리를 굴렸다. 이 남자는 신가이가 그 폭탄 사건의 범인이라는 확증이라도 쥐고 있나.

"신가이라면?"

노모토가 시간을 벌 셈으로 입을 열자 구라키는 노골적으로 그 말을 막았다.

"시간낭비는 그만두지. 신가이가 댁이 관리하는 리비에라 체인의 이케부쿠로 지점 점장이고, 최근 이 주간 행방이 묘연하다는 사실을 다 알고 왔으니까."

노모토는 헛기침을 하고 일부러 천천히 담뱃재를 떨었다.

"왜 신가이를 찾으시는 겁니까?"

"묻고 싶은 게 있어서."

"그게 뭐길래요?"

"그건 본인한테만 말할 거야."

노모토는 유들유들하게 웃었다.

"이거야 원, 도저히 공평한 거래라고 할 수가 없군요."

"난 거래할 생각 없어. 그저 질문할 뿐이지. 대답하기 싫거든 그렇다고 말해."

노모토는 웃음을 거두었다. 이 남자는 지금까지 보아온 공안형사와는 조금 다르다. 그들은 알랑거리듯 무람없이 나오든지, 반대로 무턱대고 다그치든지 둘 중 하나다. 그러나 이 형사는 어느 쪽도 아니다. 어딘가 초연한 것이 종잡을 수가 없다. 야수처럼 날카로운 눈빛에 광기 어린 무언가를 감추고 있다.

노모토는 소파에서 몸을 꿈지럭거려 자세를 고쳤다. 이 남자의 화를 돋운다고 득 될 게 없을 듯했다.

"싫기는 누가 싫답니까, 형사님. 실은 저희도 신가이를 찾고 있어요. 아무 말도 없이 자취를 감춰서 매우 난처한 상황입니다."

"어디로 갔는지 짐작 가는 곳 없나?"

"네. 있었으면 벌써 찾았죠."

"신가이의 고향은 어디지?"

"글쎄요. 아시다시피 저희는 신원을 따져가며 장사하진 않거든요."

"무슨 범죄에 얽힌 흔적은 없나?"

노모토는 간이 덜컥 내려앉는 것 같아서 급히 담배를 비벼껐다.

"아이고, 당치도 않습니다."

"왜? 이 주씩이나 행방불명이면 그렇게 생각하는 게 보통일 텐데. 당신네들의 무슨 중요한 물건을 들고 도망쳤다든가, 그런 건 아닌가?"

노모토는 얼굴이 굳는 것을 느꼈다. 옆에 앉은 아카이가 무릎을 꽉 움켜쥐는 모습이 시야 한구석에 비쳤다.

"그런 일은 전혀 없습니다."

노모토가 딱 잘라 말하자 구라키는 입가에 희미한 냉소를 머금더니 아카이를 무섭게 노려보았다.

"신가이는 지난달 27일 아침, 도르미르 다키노가와 맨션에서 끌려나간 뒤로 소식이 끊겼어. 아카이 씨, 신가이를 어디로 데려갔나?"

노모토는 구라키의 기습에 순간 정신이 멍해졌다.

갑작스럽게 한 방 먹은 아카이가 허둥지둥 주머니를 뒤져 손수건을 꺼냈다.

곧 정신을 다잡은 노모토가, 아카이가 코를 푸는 척하는 사이 급히 웃음을 터뜨려 구라키의 주의를 자신에게 되돌렸다.

"형사님도 참 짓궂으십니다. 네, 제가 이 녀석한테 신가이를 이리로 데려오라고 시켰습니다. 녀석이 가게 장부를 조작해서 3백만 엔 정도 꿀꺽한 게 들통났거든요. 그래서 혼쭐을 내줬죠. 사흘 안에 몽땅 채워놓겠다고 약속하기에 놓아줬더니만 그길로 사라졌어요. 아아, 믿는 도끼에 발등 찍힌다더니 딱 그 꼴입니다."

노모토는 단숨에 말을 늘어놓고 나서 구라키가 뭐라고 입을 열기 전에 큰 소리로 젊은 사원을 불러 차라도 내오라고 호통을 쳤다. 그리고 실로 기가 막힌다는 말투로 덧붙였다.

"정말이지 요즘 젊은 것들이란. 신가이도 그렇게 아꼈는데 은혜를 원수로 갚고 말이야, 망할 자식."

동감이라는 듯이 아카이가 고개를 끄덕였다. 사원이 차를 가져오자 노모토는 냅다 목을 축였다. 어설픈 연기였지만 임기응변 시나리오치고는 제법이다 싶었다. 아카이에게 맡겨두었다간 무슨 소리를 지껄였을지 모른다.

구라키가 입을 열었다.

"그게 정말이라면 업무상횡령죄군. 경찰에 신고하는 편이 좋겠어. 내가 절차를 밟아주지."

노모토는 기겁해서 손을 내저었다.

"그럴 필요 없습니다. 이런 일은 드러나지 않게 정리하는 게 관례거든요."

구라키가 한쪽 뺨을 일그러뜨리며 웃었다. 그 모습을 본 노모토는 그가 자기 설명을 전혀 믿지 않는다는 것을 깨닫고 몸이 확 달아올랐다.

"형사님, 이제 그만 돌아가주실까요. 슬슬 일을 시작해야 해서요."

구라키는 일어날 기색이 없었다.

"신가이가 나타나면 연락줘. 당신들 손에 죽지 않았다면 언젠가 기어나오겠지."

노모토는 손에 든 찻잔을 탁자에 내려놓았다.

"짓궂은 농담은 그만두시죠. 저희도 녀석한테 받아낼 빚이 있어요. 형사님이야말로 녀석을 찾거들랑 이리로 알려주십시오."

"내 볼일이 끝나면 그렇게 하지."

"지겨우시겠지만 다시 한번 묻죠. 도대체 녀석한테 무슨 볼일이신 겁니까?"

구라키는 노모토를 뚫어져라 쳐다보았다.

"신가이가 우익 테러리스트라는 소문이 있어."

"뭐라고요?"

노모토는 숨을 삼켰다. 구라키의 입에서 나온 단어는 그를 기겁하게 만들기에 충분했다.

구라키는 입이 딱 벌어진 노모토를 보고 덧붙였다.

"가장 최근에 저지른 일이 지난달 신주쿠 폭탄 사건이라더군. 실제로도 그럴 공산이 커. 만약 그게 사실이라면 뒤에서 조종한 녀석이 있었을 거야."

"저희는 아닙니다."

"그럼 누구지?"

구라키가 따지고 들자 노모토는 정신이 번쩍 들어 입을 다물었다. 함정에 빠질 뻔했다는 생각에 등에 식은땀이 흘렀다.

"그런 말도 안 되는 이야기는 처음 들었습니다. 정말이지 이 정도 해두시죠."

구라키가 느닷없이 일어났다. 허를 찔린 노모토와 아카이는 앉은 채로 저도 모르게 자세를 가다듬었다. 구라키는 두 사람을 번갈아 보다가 아무 말 없이 뒤돌아 방을 나갔다.

두 사람은 동시에 힘을 풀고 얼굴을 마주보았다. 노모토의 뱃속에서 분노가 부글부글 끓어올랐다.

"멍청한 놈. 우물쭈물하지 말고 썩 나가!"

홧김에 고함을 질렀다. 아카이가 부리나케 밖으로 나가자 노모토는 사이드보드에서 위스키를 꺼내 연거푸 두 잔을 들이켰다. 구라키가 신가이의 정체를 꿰뚫어보고 행방을 찾고 있다는 사실이 큰 충격으로 다가왔다. 싫든 좋든 이 일은 보고해야 한다.

노모토는 융단 깔린 바닥에 잔을 내던지고 책상 위 전화기로 다가갔다.

3

그는 조용히 두 번 심호흡을 했다.

서늘한 늦가을 공기가 기분좋게 목구멍을 자극했다.

사토무라가 죽기 전에 그려준 약도를 구겨서 길가 쓰레기통에 버렸다. 도영 전철 아라카와 선을 타고 다키노가와 1초메 역에서 내린 뒤 약도를 따라서 오륙 분 걷자 바로 도르미르 다키노가와가 나왔다. 지금은 맨션 입구가 훤히 바라보이는 골목길 모퉁이에 서서 주변을 빈틈없이 둘러보는 중이었다.

언뜻 보기에 수상한 사람은 없었다. 사토무라가 호메이 흥업에 연락하는 건 막았지만 놈들이 수시로 여길 감시하지 말란 법은 없다. 잠시 후 장소를 바꿔 다른 각도에서 주위를 살폈지만 역시 감시자로 보이는 사람은 없었다. 오히려 그런 그의 모습이 수상쩍게 비친 듯, 장을 보러 가던 주부들이 힐끔힐끔 쳐다보는 바람에 일단 그 일대를 벗어나야 했다.

십 분 후, 주위에 인기척이 없는 것을 확인한 그는 맨션 현관으로 들어갔다. 안쪽 왼편에 관리실이라는 표찰이 붙은 문이 있었다. 바로 옆 유리창 너머에서 사람 그림자가 어른거리는가 싶더니, 곧 문이 열리고 몸집이 작은 초로의 남자가 넘어질 듯이 튀어나왔다.

"신가이 씨, 신가이 씨 아닙니까."

이름을 부르는 소리에 그는 문 앞에서 걸음을 멈췄다. 관리인이 불러 세울 줄은 예상했다. 아니, 이미 계산한 바였다.

"안녕하세요."

그는 짤막하게 인사하며 고개를 숙였다.

"저기, 잠깐 이리 좀 들어오세요."

관리인은 그의 팔을 잡고 방으로 끌어들였다. 문 뒤쪽에 걸린 명패에 '관리인 구와노 야스오'라고 적혀 있었다.

"어쩌다 그렇게 다치셨습니까. 열흘 정도라고 해놓고 한 달 가까이 연락이 뚝 끊겨서 얼마나 걱정했다고요."

말로는 걱정했다지만 관리인의 말투는 오히려 힐문조에 가까웠다.

"사고를 당했는데 큰일은 아니에요. 걱정을 끼쳐서 정말 죄송합니다."

그는 다시 한번 고개를 깊숙이 숙였다. 구와노가 그에게 의자를 권해서 두 사람은 마주앉아 대화를 이어나갔다.

"그날 나가서 지금까지 어디 계셨습니까?"

"그날 나가서?"

"뭣이냐, 아카이인가 뭔가 하는 양아치 녀석이 끌고 가다시피 데려간 뒤에 말입니다."

아카이가 나를 데려갔다고? 그렇군, 녀석은 역시 나를 죽일 작정으로 여기서 끌고 나간 것이다. 그는 힘주어 입을 다물었다.

그 모습을 본 구와노가 퍼뜩 놀란 듯이 손을 들었다.

"아니요, 그게, 이틀 정도 있다가 또 그 남자가 와서는 명함을 놓고 갔거든요. 아카이라는 이름도 그래서 아는 겁니다."

"뭣 때문에요."

구와노는 카디건 소매를 신경질적으로 잡아당겨 코 아래를 문질렀다.

"그, 누가 선생님을 찾아오면 연락처를 물어보고 바로 자기한테 알려달라고요."

"누가 찾아올 거라 생각했을까요?"

"글쎄요. 여동생 아니겠습니까?"

그는 주먹을 움켜쥐었다. 또 여동생이다.

"그래서, 제 동생은 왔습니까?"

"아니요. 그동안 동생분 안 만났어요?"

"네. 잠시 도쿄를 떠나 있었거든요. 달리 찾아온 사람은 없었고요?"

구와노는 눈을 내리깔고 귀를 긁적였다.

"딱 한 명 왔습니다. 선생님이 사라지고 나서 보름 정도 뒤에."

"누가요?"

"형사요. 구라키라고 했습니다."

그는 동요를 감추려고 눈을 내리깔았지만 자신은 없었다.

구라키라는 이름의 형사. 노모토의 말이 맞는다면 그는 분명 폭탄 사건으로 죽은 여자의 남편이다. 그 형사에게 쫓기고 있다는 이야기는 역시 진짜일까.

구와노가 무릎을 내밀며 몸을 바싹 붙였다.

"신가이 씨. 선생님을 생각해서 하는 말인데, 그 녀석들한테서 뭘 훔쳤는지는 몰라도 빨리 돌려주는 편이 좋겠어요. 녀석들은 폭력배입니다. 까딱하면 무슨 꼴을 당할지 몰라요. 아니지, 솔직히 저는 영락없이 선생님이 죽은 줄로만 알았습니다. 여하튼 무사하니 정말 다행이고요. 냉큼 이사하시는 게 제일이에요."

구와노가 장황하게 늘어놓는 말을 건성으로 흘려들으며 그는 초조함에 몸이 달았다. 도대체 나는 놈들에게서 어떤 사진을 빼앗아 어디 감춰 놨다는 말인가.

"구와노 씨, 죄송하지만 여벌열쇠 좀 빌려주시겠어요? 실은 사고를 당했을 때 열쇠를 잃어버렸거든요."

구와노는 목덜미를 긁적이며 그의 뺨에 남은 흉터를 새삼스레 쳐다보았다.

"선생님이 지금껏 어디서 뭘 했는지 전 모르는 편이 나을 것 같군요. 골치 아픈 남의 일에는 관여하고 싶지 않아요. 이 일도 올해까지만 하고 그만둘 생각입니다."

"죄송합니다. 저 때문에."

순순히 사과하자 구와노는 느릿느릿 일어나 벽에 달린 열쇠함에서 열쇠를 꺼냈다.

"솔직히 말씀드리죠. 아카이 패거리가 선생님 집을 휘젓고 갔어요. 구라키 형사가 나중에 알려줬습니다. 네, 여기서 여벌열쇠를 멋대로 가져갔는데 둘 다 막을 수가 없었어요. 역시 제게 관리인 일은 무리인가봅니다."

그는 여벌열쇠를 받아들고 관리실을 나왔다.

집은 마치 홍수에 휩쓸린 듯 엉망진창이었다. 가구들을 끌어내고 벽까지 꼼꼼하게 확인한 흔적이 역력했다. 서랍의 내용물은 죄다 바닥에 내팽개쳐졌고, 어디서 본 영화 장면처럼 소파 천까지 찢어놓았다. 책도 모조리 책장에서 뽑아내 한 권씩 넘겨본 흔적이 있었다.

그는 속이 튀어나온 소파에 가만히 앉았다. 주변에 흐트러진 잡동사니에는 아무런 애착도 일지 않았고, 물론 기억도 나지 않았다. 일찍이 여기 살았다는데도 편안하거나 익숙한 물건은 하나도 없었다. 설령 가지런히 정리돼 있어도 마찬가지였으리라.

다시금 어디도 제 몸 하나 둘 곳이 없음을 깨닫자 갑자기 몸이 부르르 떨렸다. 외로움과 쏟아낼 길 없는 분노에 소파 팔걸이를 부서져라 움켜쥐었다.

잠시 그러는 사이 긴장이 조금씩 풀려서, 그는 소파 등받이에 머리를 얹고 살짝 눈을 감았다. 뒤통수의 상처에 거칠거칠한 천이 닿아 조금 쓰라렸다. 그 통증이 기력을 불러일으켰다. 그렇다, 여기 울적하게 앉아 있어봤자 뾰족한 수가 없다. 현실을 현실로 받아들여야 한다.

내가 만약 이 방에 사진이나 필름을 숨긴다면 어디를 고를까. 책장 뒤나 서랍 아래? 아니다, 그 정도는 누구나 생각할 수 있다. 눈을 뜨자 천장에 나란히 달린 형광등 네 개가 보였다. 저도 모르게 입술을 깨물었다. 놈들은 플라스틱 갓을 벗겨내고 조명 안쪽까지 뒤진 것이다.

그렇게까지 철저하게 뒤졌는데 나오지 않았다면 사진을 숨긴 곳은 이 집이 아니란 뜻이다. 하지만 여기 말고 대체 또 어디가 있을까. 역시 여동생한테 맡긴 걸까.

그는 소파에서 일어섰다. 일단 히가시나카노에 가보자. 무슨 단서와 맞닥뜨릴지도 모른다.

열쇠를 호주머니에 집어넣고 비상계단을 통해 몰래 밖으로 빠져나갔다. 어느새 안개비가 길바닥을 적시기 시작했다.

오후 두시가 지났을 무렵, 그는 히가시나카노 역 신주쿠 방면 개찰구를 통과했다. 잠깐 망설이다 니혼카쿠라는 결혼식장이 있는 출구로 향했다.

과선교를 건너 인도로 이어지는 계단을 내려가다가 아래쪽에서 괴성을 지르며 뛰어올라오는 초등학생 두 명과 부딪힐 뻔했다. 그는 왼쪽으로 물러나 아이들을 먼저 보내려고 했다. 책가방이 그의 허리에 부딪혔다. 고무창이 젖은 계단 가장자리에서 미끄러져 발이 공중에 떴다.

눈에서 불똥이 튀는 것과 동시에 그는 정신없이 계단에서 굴러떨어졌다. 그때 마치 슬로모션처럼, 팥죽색 타일이 붙은 세련된 건물과 삼색 차양이 달린 빵집, 선명한 스테인드글라스가 끼워진 카페 문이 머릿속에 천천히 떠올랐다.

다음 순간 그는 기억을 되찾았다고 느꼈다. 하지만 동시에 계단 철제 받침내 부분에 관자놀이를 찍으며 의식을 잃었다.

4

흰 벽이 몹시 눈부셨다.

오스기 료타는 허리에 손을 짚고 아담하고 말끔한 맨션을 올려다보았다. 저도 모르게 한숨이 나왔다. 니시오기 뷰 팰리스라. 이름 한번 거창하군.

국영 전철 니시오기쿠보 역에서 도보 십 분 거리에 있는 이 맨션은 화이트 톤의 아름다운 외관과 좋은 입지조건을 겸비하고 있었다. 단독주택이긴 하나 나리마스의 낡은 단층집에 세들어 사는 오스기에게 이런 맨션의 주인은 딴 세상 사람 같았다.

오스기는 무심결에 자신이 넥타이를 여미는 것을 알아차리고 혀를 찼다. 궁전에 입궐하는 것도 아닌데 옷매무새를 챙길 필요는 없다.

로비에 들어서자 유리문 옆에 죽 늘어선 버튼이 보였다. 찾는 이름을 누르고 기다렸다. 작은 스피커에서 금속성 목소리가 흘러나왔다. 오스기가 신분을 밝히자 문이 스르르 열렸다.

정말로 기분 잡치게 만드는 시스템이다. 끈질긴 외판원을 쫓아내는 데는 편리할지 모르지만, 멀쩡한 손님을 맞기에는 실례 천만인 대응법 아닌가.

4층으로 올라가 401호 초인종을 누르자 바로 문이 열리고 구라키 나오타케가 얼굴을 내밀었다. 오늘 아침의 통화로 이미 자신이 환영받지 못하는 손님이라는 건 알고 있던 터다. 구라키의 얼굴은 적어도 기다렸다는 표정은 아니었다.

안내받은 거실은 본격적인 북유럽풍 가구들로 통일되어 있지만 어쩐지 어수선한 분위기가 감돌았다. 게다가 그 어수선함에는 어린아이가 있는 가정에서 느껴지는 활기가 결여되어 있었다. 아마 구라키는 아내가 죽은 뒤로 집 관리를 거의 하지 않은 듯했다.

책장에는 법률과 사상 관련 책들만 가득하고 문학 쪽은 거의 눈에 띄지 않았다. 구라키의 됨됨이를 나타내는 단면처럼 보였다.

구라키가 퍼콜레이터로 커피를 내려 오스기에게 권했다.

"제가 지시대로 얌전히 지내는지 확인하러 오셨겠죠."

"아니요, 그런 건 아닙니다."

고지식하게 대답하고 나서야 오스기는 구라키의 눈에서 장난기를 알아차리고 쓴웃음을 지으며 커피잔을 들었다. 뜻밖에 맛이 좋은 커피였다.

"수사에 특별한 진전도 없는 듯한데, 무슨 바람이 불었을까요. 홀아비 집에 구더기라도 쫓아내주러 왔습니까?"

오스기는 목덜미를 벅벅 긁었다. 이렇게 성급하게 용건을 재촉하면 오히려 이야기를 꺼내기 어렵다.

그는 여상한 말투로 말했다.

"일전에 말씀드렸던 누마타 요키치 말입니다. 지난주 토요일 한밤중에 얼굴 아래쪽이 피투성이가 되어서 인근 야간구호센터로 왔더랍니다. 무슨 일이 있었는지 한사코 입을 열지 않는다는군요."

"호오, 그래요."

"턱뼈는 무사하지만 이가 두 개나 부러진데다 입안이 심하게 찢어진 모양이에요."

"취해서 예초기라도 물어뜯었나보죠."

오스기는 하마터면 터져나올 뻔한 웃음을 간신히 집어삼켰다.

"그리고 얼마 후 부랑자들 사이에 묘한 소문이 나돌기 시작했습니다. 누마타가 형사에게 혼쭐이 났다고요."

"아아, 그래서 제가 범인이 아닐까 생각하신 거군요."

오스기는 눈길을 들었다.

"솔직히 말해 그렇습니다."

구라키는 조금도 동요하는 기색 없이 오스기를 마주보았다.

"만약 제가 그랬다면 어쩔 겁니까."

"뭘 어쩌겠어요. 뭐, 누구든 간에 힘도 없는 사람을 작살내고 이젠 속이 시원해졌을 테죠."

오스기가 한껏 비아냥거리자 구라키도 가슴이 뜨끔한 듯 뺨 근육을 실룩거리더니 굳은 목소리로 응수했다.

"그런 놈들을 멋대로 돌아다니게 놔두면 안 됩니다. 제가 알기로 신주쿠 서에서는 예전 버스 방화 사건을 계기로 부랑자들 사진과 등번호를 정리한 장부를 만들었을 텐데요. 그걸 기준으로 엄하게 단속해야죠."

"매우 공안다운 발상이네요."

"거리의 치안을 지키기 위해 당연히 필요한 조치라고 생각합니다만."

"경부님. 다시 한번 말씀드리겠는데요. 그 폭탄 사건에서 누마타는 선량한 제삼자, 아니, 오히려 피해자입니다. 누마타를 탓하는 건 애꿎은 화풀이에 지나지 않아요."

구라키는 오스기를 노려보다가 잔을 들어 커피를 단숨에 들이켰다.

"그보다 수사본부는 뭘 하는 겁니까? 사건이 발생한 지 이 주도 넘게 전혀 진전이 없다니요."

오스기는 손톱을 살피는 척했다.

"그 일이라면 와카마쓰 경시님께 물어보세요. 대답해줄지는 모르겠지만."

"경시님과의 관계가 원만하지 않다는 말로 들리는군요."

"원만하지 않습니다."

"그 사람이 싫습니까?"

"솔직히 말해 그렇습니다."

구라키는 빈 잔을 내려다보다가 소리 없이 웃었다.

"오스기 씨. 당신이 우리 공안에 호의적이지 않다는 건 잘 압니다. 하지만 이왕 같이 일하게 된 마당이니 사이좋게 지내는 게 낫지 않나요. 이렇게 성가신 사건을 맡았을 때는 특히."

"우리는 같이 일하는 게 아닙니다."

구라키가 눈길을 들었다.

"무슨 뜻입니까?"

"와카마쓰 경시님은 가케히의 자택에서 압수한 증거물을 이 주 가까이 독점하고 저희한테 손끝 하나 못 대게 했습니다. 겨우 이삼일 전에야 일부를 하사해주셨는데 그것도 형편없는 잡동사니뿐이더군요. 돋보기로 살펴볼 기분도 안 납디다. 이래도 같이 일한다고 할 수 있겠습니까?"

구라키는 씁쓸한 표정을 지었다.

"경시님한테는 경시님 나름의 생각이 있겠죠. 저도 개인적으로는 좋아

하지는 않지만, 맡은 임무는 다하시는 분입니다."

"과연 그럴까요. 전문 분야가 폭탄이라면서 아직 출처도 못 밝혀냈습니다. 우물쭈물하는 사이에 다른 쪽에서 먼저 정보가 들어왔을 정도죠."

"어떤?"

"올해 초 칠레로 연수를 다녀온 폭발물 처리반 부장 형사가, 문제의 폭발물이 중남미 반정부 게릴라들이 사용하는 신형 시한폭탄 같다는 의견을 내놓았습니다. 매우 작지만 성능이 좋은 모양이에요. 현장에서 마그마라는 스위스제 여행용 시계의 파편이 발견됐는데, 그 마그마를 사용하는 게 예의 시한폭탄의 특징이랍니다. 지금까지 다른 섹터가 사용한 적 없다면 이 정보도 대수롭지 않게 볼 수 없죠."

"중남미 게릴라라. 선뜻 믿어지진 않는군요. 와카마쓰 경시님의 의견은?"

"완전히 무시했어요. 그래서 더 믿고 싶어지더라 이 말입니다. 가케히가 중남미 반정부 조직과 접촉했는지의 여부를 조사해볼까 생각중입니다."

구라키는 자리에서 일어나 다시 커피를 내리러 갔다. 오스기는 어깨 힘을 빼고 소파 등받이에 몸을 기댔다.

무슨 뚜렷한 목적이 있어서 구라키를 찾아온 것은 아니었다. 수사본부가 공안에 휘둘려 생각대로 일이 진행되지 않아 푸념을 늘어놓을 상대를 찾았는지도 모른다. 수사 개입을 금지당한 구라키가 안쓰럽기도 했고, 그에게 뭔가 힌트가 될 만한 정보가 있을지 모른다는 막연한 기대를 품기도 했다.

커피를 들고 돌아온 구라키의 표정이 아까와는 미묘하게 달랐다.

"오스기 씨, 방금 전 이야기를 듣고 생각났는데, 12월 10일 남미 사르도니아 공화국의 에체베리아 대통령이 일본을 방문한다는 소식은 아십니까?"

"네, 듣기는 들었습니다."

사르도니아는 십여 년 전 독립한 신흥국가로, 그뒤로 십수 번의 쿠데타를 경험하며 중남미에서도 가장 정세가 불안정한 국가로 알려져 있었다. 하지만 삼 년 전, 당시 육군 대령이던 에체베리아가 좌익 정부를 쿠데타로 전복하고 극우 군사정권을 수립한 이후로 혁명 소동은 일단락된 상태다. 에체베리아가 대통령 자리에 앉은 지 반년도 지나지 않아 북부 사막지대에 막대한 양의 석유가 매장되어 있다는 사실이 밝혀져 국가 재정이 단숨에 호전되었기 때문이다.

에체베리아의 독재 공포정치에 눈살을 찌푸리던 자유주의 국가들의 태도도 그 소식을 접하자마자 180도 변했다. 이번 대통령 방문도 일본 정부가 노골적인 목적을 숨기고 강력하게 요청해 이루어진 것이다. 일찍부터 중동에서의 장기적인 석유 확보에 불안을 느끼고 있던 일본 정부는 이번 기회에 사르도니아에 공장 설비 수출과 공업기술 원조 등을 제시해서 새로운 석유 공급 루트를 개척할 속셈이었다.

구라키가 턱끝에 손가락을 갖다댔다.

"본청 경비부에서는 대통령 방문에 맞춰 치밀한 경비 계획을 세웠습니다. 에체베리아가 대통령에 취임한 뒤로 좌익 게릴라의 암살 계획이 발각된 것만 스물한 건이거든요. 전부 실패로 끝나기는 했습니다만. 그리고 이번 방일을 기회 삼아, 놈들은 이곳에서 에체베리아를 암살할 계획을 세웠어요."

오스기는 눈썹을 치켜세웠다.

"그런 움직임이 있습니까?"

"아니요. 구체적인 움직임은 없지만 가능성은 충분합니다. 그래서 경비부도 공안의 힘을 빌려 경비 태세에 만전을 기하려는 겁니다. 이쪽에서 초청해놓고 불상사가 일어나면 정부 체면이 말이 아닐 테니까요."

오스기는 침착하지 못하게 몸을 꿈지럭거렸다.

"그러면 경부님은, 사르도니아의 좌익 게릴라가 사용하는 신형 시한폭탄이 어떤 루트를 통해서든 국내로 흘러들어와서 가케히의 손에 넘어갔다고 생각하시는 거군요."

"영 말이 안 되는 이야기는 아니죠."

오스기는 팔짱을 꼈다. 폭발물 처리반 부장 형사가 세운 가설과 지금 들은 이야기를 조합하면 확실히 이야기가 그럴듯해진다. 적어도 가케히가 사르도니아의 반정부 게릴라와 무슨 연줄이 있는지 조사해볼 가치는 있을 듯했다.

오스기는 팔짱을 풀었다.

"그쪽으로 파보고픈 마음은 굴뚝같습니다만 제 힘으로는 어림도 없습니다. 수사를 장악한 와카마쓰 경시님은 저희 의견에 귀기울일 생각이 없고, 공안 관련 조사는 전문 분야가 아니니까요. 뭐, 경부님이 힘을 빌려주신다면 이야기는 달라집니다만."

구라키는 입가에 희미한 웃음을 띠었다.

"언제부터 수사본부 방침이 바뀌었습니까?"

오스기는 두 잔째 커피를 단숨에 비우고 구라키를 쳐다보았다.

"특별히 바뀌지는 않았습니다. 이 사건에 실질적으로 손대지 못한다는 점에서 저는 경부님과 완전히 같은 입장이에요. 실로 기이한 일이죠. 이 사건의 이면에는 뭔가 정치적인, 묘한 역학관계가 작용하는 듯합니다. 공안부가 형사부를 무시하는 경우는 대개 그래요. 그런 상황에서 수사본부 방침 따위에 연연해봤자 아무 소용 없죠. 저는 제 기분 내키는 대로 할 겁니다. 지금 그렇게 결심했어요."

5

"상당히 대담한 결심이군요."

구라키는 그렇게 말하며 오스기를 가만히 쳐다보았다. 눈에 희미하게나마 놀라움의 빛이 떠올랐다.

오스기는 어깨를 살짝 으쓱할 뿐 대답은 하지 않았다. 대담한 결심을 하고 입 밖에 낸 스스로에게도 놀랐다. 하지만 이 결심은 오늘 아침 수사본부의 허락 없이 구라키를 만나러 가기로 정했을 때 이미 굳어진 것이나 다름없었다.

실내에 침묵이 감돌았다. 물론 거북함도 다소 따랐지만 신기하게도 오스기는 그다지 마음이 불편하지 않았다. 거북한 마음이 인 것은 적의 때문이 아니라, 서로 통하는 부분이 있음을 갑자기 확인한 데서 나온 당혹감 때문이었다.

구라키는 천천히 커피를 비우더니 뜬금없이 말했다.

"어떤 의미에서, 전 역시 아내에게 반했던 것 같습니다."

오스기는 놀라서 새삼 구라키를 쳐다보았다. 그의 얼굴에 실없이 아내 자랑을 늘어놓는 기색은 눈곱만큼도 없었다. 오히려 괴로운 빛이 짙었다. 지금 같은 분위기에 이런 발언이 나올 줄 예상도 못 한 오스기는 몹시 당황스러웠다. 게다가 어떤 의미에서라니 대체 무슨 뜻인가.

구라키는 자조적인 웃음을 지었다.

"이상한 소리를 해서 죄송합니다."

"아니요. 저라도 마누라가 갑자기 죽으면 충격받을 겁니다. 평소에는 만날 옥신각신해도요."

"그런 의미가 아닙니다."

구라키는 바로 부정했지만 더는 설명하려 들진 않았다. 오스기도 굳이 묻지 않았다. 구라키는 주먹을 움켜쥐었다가 천천히 폈다. 그 동작을 몇 번인가 되풀이했다. 검시의무원에서 아내의 시신을 마주했을 때 하던 동작과 완전히 똑같았다. 오스기는 무심결에 무릎을 붙잡았다.

구라키는 다시 소파에 몸을 묻었다.

"다마에는 결혼 전에 본청 총무부 부장 비서로 일했습니다. 알게 된 지 반년 후에 결혼했어요. 말하자면 연애결혼이죠. 일 년 뒤에 딸이 태어났고요."

오스기는 입술을 핥았다. 구라키에게 아이가 있다니 처음 듣는 소리였지만, 그보다 왜 구라키가 이런 이야기를 하는지가 더 흥미로웠다.

구라키는 이야기를 계속했다.

"대충 남들 못지않게 행복한 결혼생활이었다고 생각합니다. 처음 사 년은요. 그런데 딸이 세 살 때, 액자가 떨어져서 깨진 유리 조각에 허벅지 동맥을 심하게 다쳐 과다출혈로 죽을 뻔한 적이 있어요. 혈액형이 제일 흔한 A형이라 별문제 없이 수혈을 받았습니다. 흉터가 남았지만 목숨은 건졌죠."

"그것참, 불행 중 다행이었군요."

오스기가 마음을 놓으며 말하자 구라키는 양손을 견주어보면서 말을 이었다.

"그러고 나서 반년 뒤, 이번에는 욕실에서 놀다가 물을 채운 욕조에 빠졌습니다. 응급처치를 했지만 안타깝게도 호흡은 되돌아오지 않았죠."

"뭐라고요? 세상을 떠났습니까?"

"네. 벌써 몇 년 전 이야기입니다."

오스기는 입을 벌린 채 멍하니 구라키를 쳐다보았다. 가슴이 못이 박힌 것처럼 아팠다.

구라키는 다시 나지막하게 입을 열었다.

"그리고 딸의 장례식 다음날, 아내가 손목을 그어 자살을 기도했습니다. 마침 집에 찾아온 친구, 지금 입원해 있는 나카즈카 야스요 씨가 발견한 덕분에 미수로 그쳤지만요."

오스기는 할말을 잃고 눈을 내리깔았다. 담배에 불을 붙이려 했지만 손가락에 힘이 들어가지 않았다. 더는 듣기 힘들 지경이었다.

담배를 내려놓고 목덜미를 쓰다듬었다. 검시의무원 부검대 앞에서 잘려나간 손목을 가만히 들여다보던 구라키의 모습이 떠올랐다. 자살 기도 때의 흉터를 확인하기 위함이었던 것이다.

구라키는 양손을 무릎에 얹고 고개를 들었다.

"아내는 그때 죽는 편이 나았을지도 모릅니다. 그랬다면 이번처럼 비참하게 죽지는 않았을 테니까요."

"그런 말씀 마십시오. 부인은 그때 따님이 사고로 세상을 떠난 것에 책임을 느끼고 죽음을 선택하신 겁니다. 그 마음을 헤아려줘야…… 줬어야 합니다."

오스기는 말을 내뱉고 나서야 얼굴에 피가 쏠리는 것을 느꼈다. 괜히 흥분해서 남의 죽은 아내의 심경을 대변할 필요가 어디 있는가. 그것도 그 남편을 상대로. 오스기는 자기혐오에 몸서리치며 거칠게 담배에 불을 붙였다. 탁자에는 재떨이가 없었다.

구라키가 자리에서 일어나 선반장에서 재떨이를 꺼내 오스기 앞에 놓았다.

"실례. 아내가 죽은 뒤로 담배를 끊었거든요."

오스기는 두세 번 연기를 내뿜고 바로 담배를 비벼껐다.

그 모습을 보면서 구라키가 말을 이었다.

"아내가 책임을 느낀다는 건 저도 알았습니다. 그게 사고사였든 아니든 간에요."

오스기는 움찔 놀라 눈길을 들었다.

"사고사가 아닐지도 모른다는 말입니까."

"발견한 건 아내였고, 저는 그 자리에 없었습니다."

오스기는 어렴풋한 한기에 몸을 떨었다. 무시무시한 발상을 태연히 입에 올리는 구라키를 보자 일종의 혐오감과 공포감이 샘솟았다. 동시에 그런 구라키와 대등해지고 싶다는, 어린아이처럼 잔혹한 마음이 들었다. 그는 짐짓 느릿한 말투로 물었다.

"부인이 따님을 욕조에 빠뜨려 죽일 이유가 있었습니까?"

감전이라도 당한 것처럼 구라키의 눈썹이 바르르 떨렸다.

"아내는 저와의 관계가 냉랭해진 원인이 딸에게 있고, 더 나아가 딸을 낳은 자신에게 모든 책임이 있다고 여겼을 겁니다."

오스기는 한숨을 쉬었다. 구라키의 말은 적당한 답변이 못 되었지만 더 따지고 들 생각은 없었다. 결국 이것은 구라키의 문제이지 남이 끼어들 사안이 아닌 것이다.

구라키가 고개를 들고 겸연쩍은 듯 웃더니 말투를 바꿔서 물었다.

"그런데, 오스기 씨의 자녀분은 몇 살입니까?"

갑자기 화세가 자기 쪽으로 돌아와 오스기는 주춤했다.

"어디 보자, 아마 열다섯 살일 겁니다. 외동딸이에요. 다루기 힘든 나이죠."

갑자기 입안이 떨떠름해지는 것 같아 오스기는 얼굴을 찡그렸다.

"열다섯 살이면 중학교 3학년인가. 가장 까다로울 때죠. 학교폭력이나 시너 흡입 등."

구라키가 아무렇지도 않게 던진 말이 오스기의 가슴에 꽂혔다. 목구멍이 덜덜 떨리는 듯한 충동에 사로잡혀 오스기는 저도 모르게 말했다.

"제 딸은 문제아입니다. 요즘 말로는 날라리라고 하던가요. 참 아이러니하죠, 현직 형사 딸이 문제아라니."

"별로 드문 일도 아닙니다. 아이한테야 부모의 직업이 뭐인지는 상관없죠."

오스기는 희미하게 웃었다.

"하지만 우리 딸에게는 큰 상관이 있습니다. 딴 게 아니라 제가 경찰인 탓에 비뚤어졌거든요. 외동딸이라 제 엄마가 너무 응석을 받아준 탓도 있지만."

"무슨 뜻입니까?"

"두 해 전, 그러니까 딸이 중학교 1학년 때요. 한 은행원의 아내가 지적장애가 있는 어린 딸을 굶겨 죽인 사건이 있었습니다."

"아아, 저도 기억납니다. 짐승만도 못한 어머니라며 당시 몹시 떠들썩했죠. 분명 일 년 정도 전에 유죄판결을 받았지 싶은데요. 집행유예이긴 했지만."

"그렇습니다. 그리고 그 여자는 법원에서 돌아오는 길에 한 신문사 옥상에서 뛰어내려 자살했습니다."

구라키의 얼굴에 괴로운 빛이 어렴풋이 스쳤다.

"네, 그랬죠. 신문에서 본 기억이 납니다."

"사실 신문사들이 하나같이 선정적으로 보도했던 짐승만도 못한 어머니의 실상은 알려진 것과는 전혀 달랐습니다. 의사의 감정과 증언에 따르면 죽은 아이는 거식증을 앓는 상태였고, 아이 어머니는 억지로라도 밥을 먹이려고 노력했죠. 하지만 딸은 한사코 음식을 거부하다가 간병에 지친 어머니가 잠든 사이 숨을 거뒀습니다."

"어째서 입원시키지 않았을까요?"

"어느 병원에 가도 난감하다는 반응만 보여서 집에서 돌보는 수밖에 없었던 거죠. 요컨대 어머니에게는 딸에 대한 살인 의지, 아니, 미필적 고의조차 없었어요. 그런데도 유죄판결을 받았죠. 아무리 집행유예라도 견딜 수 없는 일이었을 겁니다. 저는 그 어머니가 왜 죽음을 선택했는지 이해가 갑니다."

"어쩌다 그런 오보가 나왔을까요?"

"수사본부의 첫 발표자료 때문입니다. 현장과 시신 상태를 본 수사원이 어머니의 범행이라는 선입견을 갖고 담화문을 발표했어요. 그걸 기자들이 덥석 물었고, 이야기가 부풀면서 순식간에 짐승만도 못한 어머니상이 뚝딱 만들어졌죠. 어찌나 신속하고 역동적인지 덜컥 겁이 날 정도였습니다."

"정정발표를 하면 됐을 텐데요."

"했습니다. 시간이 꽤 흐른 뒤였지만요. 하지만 그런다고 신문들이 재깍 우리가 말이 심했다고 사과할 리 없죠. 사건 관련 보도는 아예 자취를 감췄고, 그 어머니가 자살했을 때에야 기사가 났습니다."

구라키는 숨을 크게 내쉬었다.

"오스기 씨가 그 사건 담당이었군요."

오스기도 한숨을 쉬었다.

"네. 본청에서 지원을 나갔죠. 그런데 운 나쁘게도 죽은 아이의 언니가 제 딸과 매우 친한 사이였어요. 즉, 저는 딸의 친구 어머니를 취조해야 하는 상황에 처했던 겁니다."

답답한 침묵이 방을 뒤덮었다.

오스기는 다시 입을 열었다.

"딸은 그 어머니는 자기 자식을 죽일 사람이 아니니까 풀어달라고 울면서 사정하더군요. 저는 상대해주지 않았죠. 저 혼자 힘으로 어쩔 수 있는 상황도 아니었으니까요. 딸이 변한 건 그때부터였습니다. 저와 말도 섞지 않으려 했어요. 야단이라도 칠라치면 약한 사람을 그만 괴롭히라며 대들었죠. 친구 어머니가 자살했을 때가 절정이었습니다. 저한테 뭐라고 했는지 아십니까? 살인자—자기 아버지한테 증오로 눈을 번뜩이며 살인자라고 소리질렀어요. 저도 모르게 딸을 때리고 말았습니다. 난 경찰이야, 설령 딸의 친구 어머니라도 특별대우는 못 해. 아마 그렇게 고함을 질렀을 겁니다. 딸은 그길로 집을 뛰쳐나가 일주일이나 돌아오지 않았죠. 그뒤로 계속 싸움과 가출의 반복입니다. 완전히 다람쥐 쳇바퀴 돌기

예요."

오스기는 손을 뻗어 얼마 안 남은 차가운 커피를 들이켰다. 그리고 괜스레 웃으며 말했다.

"아무래도 오늘은 아저씨들끼리 가정에 대한 불만을 털어놓는 날인가 봅니다."

구라키도 힘없이 웃었다.

"정말 그렇군요. 하지만 저는 오스기 씨가 부럽습니다. 어쨌거나 부인과 따님 둘 다 이 세상에 살아 있으니까요."

"그 말씀이 맞습니다. 하지만 가끔은 그런 생각도 들어요. 마누라랑 자식이 없으면 얼마나 편할까 하고 말이죠."

6

그는 벽에 기대 몸을 웅크렸다.

머리가 깨질 듯이 아프고 어질어질했다.

"감사합니다. 이제 괜찮아요."

부축해서 일으켜준 역 매점의 여직원에게 인사했다. 실은 길바닥에 좀 더 드러누워 있고 싶었지만 여자가 끙끙대며 일으키려 애쓰는지라 억지로 일어섰다. 의식을 잃은 것은 고작 십 초 정도인 듯했다.

통통한 체격의 여자가 걱정스러운 듯이 바라보았다.

"정말로 괜찮아요?"

"네, 괜찮아요. 정말 감사합니다."

그는 이슬비가 내리는 길로 나섰다. 다리가 조금 휘청거렸지만 걷는 데는 문제없었다. 비스듬히 돌아서서 여자에게 웃음을 지어 보였다. 모퉁이를 돌아 제일 먼저 나온 카페의 문을 밀고 들어갔다.

물수건으로 얼굴을 훔치며 그 김에 더러워진 옷도 문질러 닦았다. 관자놀이가 뜨거워서 더듬어보자 약간 부어올라 있었다. 왼쪽 팔꿈치와 엉덩이도 욱신거렸다. 짜증나는 애새끼들.

하지만 더 짜증나는 건 기억이 전혀 돌아오지 않았다는 것이다. 의식을 잃기 직전에 왠지 기억을 되찾은 듯했는데, 지금 돌이켜보니 그저 흐릿한 잔상에 지나지 않았다. 이틀 전 노모토 패거리에게 머리를 얻어맞았을 때와 똑같았다.

그는 주문한 커피를 입으로 가져갔다. 현기증이 점차 잦아들고 의식이 또렷해졌다. 더불어 짜증이 더욱 심해졌다. 머리에 계속 충격을 주면 기억이 돌아올 것 같았다. 그는 두 손으로 자기 머리를 떼어내 탁자에 내동댕이치고 싶은 충동에 휩싸였다.

카페에서 나오자 비는 어느덧 그치고 젖은 땅에 희미하게 햇빛까지 비쳤다. 차가운 공기가 블루종을 파고들자 무심코 몸을 부르르 떨었다.

널찍한 길을 따라 한동안 걸었지만 그의 기억을 자극하는 것은 하나도 없었다. 하나부터 열까지 낯선 거리였다. 하긴 지도에 따르면 히가시나카노는 주오 선을 끼고 1초메부터 5초메까지 펼쳐져 있으니, 도보로는 쉽사리 돌아보지 못할 만큼 넓은 구역이다.

맨션 건물이 보일 때마다 다가가서 기억의 실마리가 될 만한 것을 찾았다. 관리인이 보이지 않을 때는 로비에 들어가 우편함의 명패를 꼼꼼히 훑었지만 신가이라는 이름은 없었다.

야마테 길이라고 표시된 큰길을 건너 3초메로 들어섰다. 지금까지 돌아본 4, 5초메에 비해 제법 높은 지대에 위치한 듯했다. 히가시나카노긴자라는 번화한 상점가가 나왔다. 길 맞은편보다 어수선한 반면 활기도 느껴졌다. 상업지역이라는 느낌이었다.

그는 여기서도 맨션을 찾아 돌아다녔지만 역시 성과는 없었다. 학교 옆을 빠져나가자 길은 거기서 끝나고, 주오 선을 내려다보며 선로를 따라가는 길이 나왔다. 테니스 라켓을 든 남녀 학생이 역 쪽으로 삼삼오오 걸어갔다. 손목시계를 보자 어느덧 네시가 넘었다. 해도 제법 기울었다.

고등학교 교문을 지나쳐 별생각 없이 철책 너머 선로 맞은편을 쳐다보았을 때였다. 한 건물이 갑자기 눈에 들어왔다. 정확하게는 건물의 일부, 꼭대기 언저리가 보였을 뿐이지만, 석양을 받은 팥죽색 타일이 그의 눈을 날카롭게 찔렀다. 아까 계단에서 굴러떨어졌을 때 본 환영이 별안간 눈꺼풀 안쪽에 되살아났다. 몸이 부들부들 떨렸다.

그는 궁지에 몰린 범죄자처럼 길을 앞뒤로 둘러보았다. 빨리 저 건물로 가야 한다. 신기루처럼 사라지기 전에.

2, 30미터 앞에 선로 위를 가로지르는 육교를 발견하고 그는 고꾸라질 듯 무서운 기세로 달려나갔다. 몸이 아픈 줄도 몰랐다. 선로를 건너서 어른거리는 팥죽색 타일을 좇아 내리막길을 뛰어내려갔다. 이윽고 평지에 당도하자 찾던 건물은 어디론가 사라지고 거리는 다시 낯선 얼굴을 내밀었다.

그는 걸음을 멈추고 땀을 훔쳤다. 여기서 발을 동동 굴러봤자 소용없다. 역에서 본 것은 환영이지만, 지금 본 것은 절대 신기루가 아니다. 그렇다면 건물은 반드시 존재한다. 초조해할 필요 없다. 다만 점점 땅거미가 지는 것이 걱정이었다. 어두워지면 더 찾기 힘들어질 것이다.

아직 비구름이 서린 하늘을 올려다보며 방향을 가늠하고 걸음을 옮겼다. 선로 맞은편에서 본 느낌으로는 그다지 먼 거리가 아니었다. 팥죽색 타일을 찾아서 길을 따라 걸었다.

잠시 후 그는 멈춰 섰다. 이대로 무작정 걸어봤자 헤매기만 할 뿐이다. 다시 한번 높은 곳으로 올라가 목표물을 확인하고 침착하게 찾아가보기로 했다. 그는 하늘에서 땅으로 눈길을 떨어뜨리고 보도블록이 깔린 오르막길로 발길을 돌렸다. 그때 길의 오른쪽 중간쯤에서 삼색 무늬 차양을 발견하고 저도 모르게 발을 멈췄다. 다음 순간 그는 언덕을 뛰어올라 밝은 불빛이 새어나오는 빵집 앞에 섰다. 옆을 쳐다보자 '피렌체'라는 간판을 내건 카페가 있었다. 문에는 선명한 스테인드글라스가 끼워져 있었다.

그는 손에 밴 땀을 바지에 문질러 닦았다. 눈앞의 광경은 틀림없이 좀 전에 환영으로 보았던 것이었다. 이 빵집과 카페는 그에게 확실히 각인되어 있었다. 심호흡을 한 번 하고 천천히 뒤돌아섰다. 길에서 몇 미터 들어간 곳에, 팥죽색 타일을 잇댄 맨션 로비가 콘크리트 빌딩에 가려 옅은빛을 내보이고 있었다.

'카사 히가시나카노'라는 글씨를 확인하고 계단을 올라 로비로 들어섰다. 바로 왼쪽에 우편함이 있었다. 앞에 적힌 이름들을 재빨리 훑었다.

101호 관리인 이와시타 사다오…… 102호 가네코 구미코…… 103호 요시다 슈…… 서른 세대밖에 살지 않는 조그만 5층 맨션이었다. 그리고 그중 신가이新谷라고 적힌 명패는 보이지 않았다.

그는 입술을 깨물고 다시 한번 명패를 살폈다. 여자 이름이 다섯 정도 있었지만 해당하는 집은 없었다. 남자 이름도 마찬가지였다. 302호의 신야마 고지가 그나마 눈길을 끌었지만 이건 우연이라 봐도 상관없을 것 같았다.

그는 어깨를 늘어뜨리고 한숨을 쉬었다. 환영에서 본 팥죽색 건물은 이 맨션이 아니었나. 아니다, 잊힌 기억 밑바닥에서 솟아오른 맨션과 빵집과 카페의 이 같은 조합이 몇 군데씩 존재할 리는 없다. 어쩌면 여동생은 가명을 쓰는지도 모른다. 그렇다면 집집이 문을 두드려 확인하는 수밖에.

다시 한번 명패를 확인하려 했을 때 로비 안쪽 문이 열리더니 뿔테안경을 낀 백발 남자가 나왔다. 얼굴이 정면으로 마주쳤다. 그는 직감으로 남자가 관리인임을 알아채고 반사적으로 가볍게 고개를 숙였다. 남자는 안경에 손을 대고 몸을 앞으로 구부리며 다가왔다.

"신가이 씨. 신가이 씨의 오빠분 아닙니까?"

"네. 수고 많으십니다. 이와시타 씨 맞으시죠?"

그는 명패의 이름을 떠올리며 주저 없이 대답했다. 역시 동생은 여기 살고 있는 것이다.

"그나저나, 동생분은 도대체 어떻게 된 겁니까? 벌써 한 달씩이나 안 보여서 걱정이 이만저만이 아니에요. 해외여행이라도 가셨습니까? 그럼 저한테 뭐라고 말씀이라도 해주셨어야지."

"죄송합니다. 실은 저도 잠시 지방에 가 있느라 동생이랑 통 연락을 못 해서요."

이야기를 척척 맞춰나가면서 그는 재빨리 머리를 굴렸다. 동생도 자신과 마찬가지로 한 달 정도 전부터 자취를 감추었단 말인가. 어째서. 도대체 어디로 간 걸까.

관리인은 그의 얼굴 흉터를 보고 눈살을 찌푸렸다.

"오빠 되는 분이 모르신다니 이를 어쩌나. 어디 가셨는지 짚이는 데도 없어요? 명색이 관리인이라 그냥 무시할 수도 없어서 말입니다."

그러면서 작업복으로 보이는 회색 점퍼를 탁탁 두드렸다. 그는 은근히 대답을 강요하는 관리인의 태도에 대한 반감을 숨기려고 괜시리 고개를 숙였다.

관리인은 우편함에 손을 뻗더니 명패 하나를 손가락으로 두드렸다.

"한 달이나 집을 비웠는데 우편물이 하나도 안 왔어요. 신문도 안 받아본 것 같고요. 동생분도 참 별나십니다그려."

그의 시선이 관리인의 손끝으로 빨려들었다. 그 명패에는 '203호 신가이 히로미'라고 적혀 있었다. 신가이深貝. 여동생은 발음은 같지만 한자가 다른 가명을 만든 것이다. 관리인이 그를 신가이라 부른 것도 이 이름을 생각하고서였다.

"혹시 행방불명이라면 경찰에 신고하는 편이 좋지 않겠어요?"

관리인의 말에 그는 정신을 차렸다.

"그러게요. 그전에 집을 좀 둘러보고 싶은데, 여벌열쇠 좀 빌려주시겠습니까?"

관리인은 입을 불만스럽게 꾹 다물었다.

"이 건물엔 여벌열쇠가 없습니다. 마스터키는 건축주인 가사이 건설에 보관되어 있고요. 집집마다 두 개씩 드렸는데 하나 안 갖고 계십니까?"

그는 실망감을 억누르며 짐짓 호주머니를 눌렀다.

"아차, 그랬지. 동생한테서 받았었습니다. 그럼."

관리인이 입을 열기 전에 그는 옆을 빠져나가 안쪽 계단으로 향했다. 등뒤로 찌르는 듯한 시선이 느껴졌다. 일부러 천천히 계단을 올랐다. 2층에 다다르자 건물 안쪽으로 자갈을 깐 작은 중정이 보였다. 그곳에 면한 복도를 따라 조용히 걸었다. 복도에는 이미 불이 들어와 있었다.

203호는 현관 반대쪽이었다. 문패에 사인펜으로 '신가이 히로미'라고 적혀 있었다. 그리 잘 쓴 글씨는 아니다. 청회색 문을 가만히 쳐다보았다. 혹시나 해서 손잡이를 돌려보았지만 역시 잠겨 있었다. 그는 차가운 문에 이마를 대고 눈을 감았다.

도대체 여동생은 어디로 간 걸까. 아직 호메이 흥업의 손아귀에 들어가지 않은 건 확실한데. 어쩌면 놈들이 두려워 몸을 숨긴 걸까. 아니, 애당초 여동생이 진짜 있기는 할까. 다른 사람 이야기에 몇 번이나 등장했지만 아직 한 번도 직접 보지 못했다. 아무리 기억을 상실했다 해도 친동생이 사는 집 앞까지 왔는데 아무 생각도 안 난다는 게 있을 법한 일일까.

그는 현기증이 나서 제자리에 쭈그리고 앉았다. 질문이 얼음장처럼 차가웠다. 문에 기댄 채 어렴풋이 눈을 뜨자 문득 작은 손잡이가 보였다. 문 옆에 같은 색으로 칠해진 미터기함이 있었는데, 손잡이는 그 아래 있는 조그만 수납고에 달려 있었다.

어느새 손잡이를 젖힌 그는 바닥에 무릎을 꿇고 수납고 안으로 손을 집어넣었다. 먼지투성이 플라스틱 용기에서 등유 냄새가 피어올라 코를 찔렀다. 그는 손을 꺼내고는 손으로 집어든 열쇠 하나를 멍하니 바라보았다. 수납고 앞쪽 천장에 박스테이프로 붙여놓은 열쇠였다. 그는 침을 삼켰다. 기억이 돌아온 것은 아니다. 현기증 때문에 흐려진 눈이 손잡이를 포착한 순간 무심코 손이 움직였고, 정신을 차려보니 저도 모르게 수납고 안을 뒤지고 있었다.

그는 일어서서 열쇠구멍에 그것을 꽂았다. 가벼운 쇳소리와 함께 열쇠가 돌아갔다. 손잡이를 잡고 조용히 당겼다. 곰팡내 가득한 공기가 훅 끼쳐와 저도 모르게 숨을 멈췄다.

그는 집안에서 희미한 시취屍臭를 맡았다.

7

문 두드리는 소리가 났다.

공안 3과 과장 와카마쓰 다다히사가 무로이 쪽을 쳐다보았다. 무로이는 퍼뜩 놀란 듯 미간을 펴고 들어와, 하고 대답했다.

문이 열리고 구라키가 들어왔다. 와카마쓰는 깜짝 놀라 윗몸을 일으켰다. 무로이도 뜻밖이라는 표정으로 단정하게 매만진 반백머리를 쓸었다.

"어쩐 일인가. 휴가는 열흘로 알고 있는데."

"몇 가지 드리고 싶은 이야기가 있어서요. 와카마쓰 과장님도 함께 계시다니 마침 잘됐습니다. 폭탄 사건의 수사 정황도 듣고 싶었거든요."

와카마쓰는 그의 말이 꺼림칙했지만 하는 수 없이 옆으로 비켜 구라키가 앉을 자리를 만들었다. 이 무뚝뚝한 남자는 상대하기 여간 까다로운 게 아니다. 자기 부하가 아니라서 정말 다행이었다.

구라키는 무릎에 얹은 서류가방을 열고 두꺼운 흰색 표지 자료철을 꺼내 무로이 앞에 놓았다. '사르도니아 공화국 대통령 방일 경비계획서'라고 적힌 표지에는 빨간색 '극비' 도장이 찍혀 있었다. 와카마쓰도 지나가면서 본 게 다일 만큼 극비 중의 극비 자료였다.

"맡고 있던 자료입니다. 한번 훑어봤습니다."

무로이는 자료를 내려다볼 뿐 손은 대지 않고 고개를 끄덕였다. 구라키는 와카마쓰에게 시선을 돌렸다.

"그런데 수사는 어떻습니까?"

와카마쓰는 괜스레 기침을 하고 바지에 묻은 먼지를 터는 척했다. 그 사건과 관련해 이 남자에게 질문을 받는 건 현재 와카마쓰가 제일 피하고 싶은 일이었다.

"유감스럽게도 그다지 진전이 없어. 중요 참고인 가케히가 사망하는 바람에 생각만큼 잘 진행되지가 않는군. 녀석이 '검은 엄니'의 간부였다는 것도 사건이 일어난 후에야 알았고, '검은 엄니'는 거의 정체불명의 그룹이니까. 담당인 특무 1과에도 데이터가 없어서야 달리 손쓸 방도가 없지. 나가노가 애쓰고 있지만."

다카노는 구라키와 같은 특무 1과 계장으로, 무로이의 지시를 받고 이 사건의 수사에 투입된 남자였다.

"과장님. 외람되지만 문제의 폭발물은 중남미 반정부 게릴라가 사용하는 신형 시한폭탄이라는 소문을 들었습니다. 당연히 이에 대해 조사하고 계시겠죠?"

와카마쓰가 구라키의 얼굴을 빤히 쳐다보았다.

"어디서 그런 소문을 들었나? 무로이 부장님께서 이번 사건의 수사요원과는 접촉을 금하라고 지시하셨을 텐데."

"자연스레 귀에 들어왔습니다. 제가 아는 정도니 언젠가는 신문에도 날 테죠."

와카마쓰는 눈살을 찌푸려 노골적으로 불쾌감을 표했다.

"아무 근거 없는 뜬소문이야."

"하지만 현장에 스위스제 여행용 시계 마그마의 파편이 남아 있었다던데요."

와카마쓰는 턱을 당기고 힐끗 무로이 쪽을 보았다. 구라키가 무로이의 명령을 어기고 이번 사건을 마구 휘젓고 다닌 것이 분명했다.

무로이가 아무 말도 하지 않기에 그는 하는 수 없이 다시 구라키에게 눈을 돌렸다.

"휴가중에 그렇게 킁킁거리며 돌아다닌 건가?"

구라키의 뺨에 힘이 살짝 들어갔다.

"아내의 죽음을 조사하는 일에 킁킁거린다는 표현이 적합하다면, 말씀하신 대로입니다."

무로이가 그제야 어깨를 들썩이며 입을 열었다.

"와카마쓰는 그런 뜻으로 말한 게 아니야. 알잖은가. 자네의 독단적인 행동이 수사에 악영향을 줄까봐 걱정하는 거라고."

"제게도 어느 정도 이번 수사에 참견할 자격이 있다고 봅니다만."

무로이는 생각을 정리하듯이 천천히 담배에 불을 붙였다.

"실은 아까도 와카마쓰와 그 이야기를 하던 참이었어. 그 폭탄의 시한장치로 마그마라는 여행용 시계가 사용된 건 사실이야. 중남미 반정부 게릴라가 그걸 즐겨 쓰는 것도 맞고. 하지만 그렇다고 그 폭탄을 그들이 만들었다고 단정하는 건 너무 경솔해. 국내 반입이 수월한 물건도 아니거니와, 가케히와 게릴라들이 연락을 주고받은 흔적도 없으니까."

와카마쓰가 바통을 넘겨받았다.

"마그마가 국내에서 찾아보기 힘든 시계인 건 확실하네. 이 정도 가격대에선 국산이 훨씬 우수하니까 가게에서 거의 취급하지 않지. 하지만 아예 없는 건 아니야."

"폭탄 성분에 특징은 없습니까? 폭발물 처리반에 올해 초 남미 칠레로 연수를 다녀온 대원이 있다고 들었는데요. 그에게 성분표를 체크해보라고 하면 어떨까요?"

와카마쓰는 야단스레 한숨을 쉬었다.

"구라키. 폭탄에 대해서는 나도 어느 정도 조예가 있어. 다른 사람 손을 빌릴 것까지도 없다고. 성분은 피크르산과 TNT 등이고, 기폭제로 뇌산수은을 쓴 것도 그닥 특이한 게 못 돼. 무게와 부피를 줄이려고 고심한 흔적은 엿보이지만 국내에서도 충분히 제조 가능한 수준이야. 딱 하나, 종래와 달리 시한장치로 마그마를 사용했다는 것 때문에 제조 루트를 파악하기가 까다로운 거지."

"가케히가 돌아다닌 곳과 '검은 엄니' 아지트에서 마그마가 발견되지는 않았습니까?"

"마그마는커녕 폭탄 제조를 의심할 만한 흔적도 전혀 없었어. '검은 엄니'는 적어도 최근 육 년간 폭탄 투쟁을 한 적이 없네."

구라키는 무로이에게 시선을 옮겼다.

"그렇다면 더더욱 중남미 쪽을 조사해봐야 합니다. 가케히가 그쪽과 접촉했는지 여부부터요."

와카마쓰가 끼어들었다.

"이봐, 말도 안 되는 소리 하지 마."

하지만 구라키는 와카마쓰를 무시하고 탁자 위의 경비계획서를 손가락으로 두드렸다.

"부장님. 12월 10일에 방일하는 사르도니아 에체베리아 대통령은 정권 획득 이래 스물한 번이나 좌익 게릴라에게 목숨을 위협받았다더군요. 이 계획서에 따르면 그중 세 번은 국외에서 시도됐습니다. 즉, 이번 방문을 기회 삼아 새로운 암살 계획을 세울 가능성이 있는 겁니다. 이 경비계획서도 그 때문에 만들어진 걸 테고요."

무로이는 아무 말 없이 재떨이에 담뱃재를 떨었다.

구라키는 계속해서 말했다.

"사르도니아의 좌익 게릴라가 대통령을 암살하기 위해 '검은 엄니' 혹은 가케히 개인에게 협력을 요청하고 폭탄을 보냈다는 가설은 성립하지 않을까요?"

와카마쓰는 웃음을 터뜨렸다.

"웃기는군. 이봐, 아무리 가설이라도 정도가 있어."

구라키는 차가운 눈으로 와카마쓰를 쳐다보았다.

"그렇다면 과장님은 그 밖에 적당한 가설이 있습니까? 있다면 어디 한번 말씀해주시죠."

대놓고 빈정거리는 말투에 와카마쓰는 참다못해 구라키를 노려보았다. 하지만 구라키가 한 걸음도 물러서지 않고 마주 노려보는 바람에 도리어 기가 꺾였다. 그가 아랫사람에게 눌리는 건 좀처럼 없는 일이었다.

분위기를 알아차린 무로이가 구원의 손길을 내밀었다.

"문제는 그걸세, 구라키. 에체베리아 대통령 방문이 국가적 행사라는 건 자네도 잘 알 테지. 따라서 우리도 경시청의 위신을 걸고 대통령 경비라는 일대 프로젝트를 이뤄내야 해. 그런데 방일을 한 달 앞둔 지금 사르도니아의 좌익 게릴라가 일본에서 대통령을 암살할 계획이라느니, 이미 폭탄까지 반입했다느니 하는 소문이 매스컴에 흘러들어가면 어찌되겠나? 만에 하나 그걸 이유로 에체베리아가 방일을 취소하기라도 해봐. 국가 체면이 땅에 떨어질 뿐 아니라 새로운 석유 공급 루트의 개발 계획도 대폭 늦춰지겠지. 우리는 그런 소문이 나돌지 않도록 최대한 노력해야 해. 이 계획서를 읽었다면 그 정도는 알 텐데."

"그렇다면 더더욱 제가 말씀드린 사안을 철저하게 조사해야 하는 것 아닙니까? 방일 전에 화근을 없애는 게 최대의 경비일 텐데요."

"물론 그렇지. 하지만 지금은 소문을 억누르는 게 먼저야. 적어도 정계에서는 그러기를 바라고 있어."

"저는 정치에 대해선 모릅니다."

구라키는 딱 잘라 말했다. 와카마쓰가 한기를 느낄 정도의 말투였다. 무로이가 입을 다물자 실내에 거북한 침묵이 감돌았다.

와카마쓰가 두 사람을 중재하듯이 말을 꺼냈다.

"자네는 기억 못 할지 모르지만, 삼 년 전 사르도니아에서 에체베리아가 쿠데타를 일으켰을 때 사업 목적으로 현지에 체류하던 마루추 물산의 오하라 요시노리 씨가 쿠데타 협력분자로 오인당해서, 당시 좌익 정부의 무장 경찰에게 총살당했어. 오하라 씨는 무로이 부장님의 사위였고."

구라키는 눈을 살짝 내리깔았다.

"그 사건은 저도 압니다."

"부장님 따님은 정신적인 충격으로 지금도 병원에 입원중이야. 부장님이 얼마나 사르도니아의 좌익 게릴라를 증오하고, 에체베리아 경비에 목숨을 걸고 계실지 생각해봤나?"

구라키는 와카마쓰를 보고 비웃듯이 입술 가장자리를 끌어올렸다.

"물론이죠. 그래서 저는 아내를 잃은 남자의 기분도 이해해주실 거라 믿었습니다."

무로이의 얼굴이 살짝 붉어졌다.

"내가 에체베리아 경비 계획에 참여하는 건 입장상 불가피해. 그리고 이번 계획의 주역은 어디까지나 경비부일세. 공안의 몫은 오히려 사전 준비 쪽이지. 그런 의미에서 자네 말처럼 가케히와 사르도니아 좌익 세력의 관계를 살펴볼 필요도 있을 것 같군. 바로 와카마쓰에게 준비시키겠네."

와카마쓰는 무로이가 양보한 게 불만스러웠지만 잠자코 어깨를 으쓱했다.

구라키는 일어서서 말없이 고개를 숙이더니 문으로 향하려 했다. 그때 무로이가 급히 불러세웠다.

"구라키. 내일부터 예정대로 4과에서 일해주게."

“제 휴가는 열흘입니다. 앞으로 이틀 더 남았어요. 내일이 토요일이니 다음주부터 시작하겠습니다.”

무로이는 약간 굳어진 표정으로 마지못해 고개를 끄덕였다.

“알겠네. 무슨 일을 할지는 정했나?”

“네. 우익 관련 자료를 죄다 털어볼 작정입니다. 우익의 살인청부업자가 가케히를 노렸다는 소문까지 나도는 마당이니, 미결 상태인 우익 테러 사건을 조사해보는 것도 헛수고는 아니겠죠.”

와카마쓰는 놀란 기색을 감추고 새삼 구라키를 쳐다보았다.

“도대체 어디서 그런 소문을 주워듣는 거지?”

“일선에서 밀려나고 보니 여기저기서 다양한 얘기들이 귀에 들어오더군요.”

와카마쓰는 말이 안 통한다는 듯이 고개를 저었다.

“그 사건이 우익의 소행일 가능성은 수사를 통해 이미 부정됐어. 게다가 초동수사 단계에서 4과 나카하타 계장이 본부에 들어왔으니 자네가 나설 자리는 없네.”

구라키는 뭐라고 대꾸하려다가 그만두었다. 무로이가 타이르듯이 말했다.

“4과 과장이 말해줄 테지만, 자네가 할 일은 에체베리아 대통령 경호를 위한 자료 수집일세. 사르도니아에서 발행된 신문과 주간지 과월호가 산더미처럼 쌓여 있어. 그걸 분석할 사람이 필요해. 스페인어라 좀 버거울 테지만 적절한 번역자를 찾아서 소임을 다해주게. 방일까지 앞으로 한 달도 안 남았으니까.”

구라키는 뺨 근육을 움찔하더니 가만히 무로이를 쳐다보았다.

“그건 방금 떠올리신 생각입니까?”

무로이는 눈썹을 치켜올렸다.

“무슨 소리. 난 예전부터 자네를 사르도니아 프로젝트에 참가시킬 생각이었네. 그래서 극비 경비계획서를 읽어보라고 들려 보냈던 거야."

8 ————

그는 마른침을 삼키며 좁은 현관 바닥을 내려다보았다.

방금 벗어던진 듯한 검은색 펌프스가 아무렇게나 놓여 있었다. 눈길을 들자 정면 벽에 걸린 검은 코트가 보였다. 왼손에 닿은 스위치를 눌러 불을 켜고 문을 닫았다. 신발을 벗고 올라섰다. 코트를 만져보았다. 아주 얇고 가벼운 코트였다. 오른쪽 문을 열었다. 세면실이었다.

왼쪽으로 뻗은 짧은 복도 끝에 문이 있었다. 열어보자 그다지 넓지 않은 거실과 부엌이 나왔다. 식탁 위에 놓인 음식 그릇에서 희미하게 썩는 냄새가 났다. 아까 시취라고 생각한 건 이 냄새였는지도 모른다.

싸구려 탁자와 소파가 전부인 거실은 파리 날리는 병원의 대기실처럼 살풍경했다. 책 비슷한 건 주간지 한 권 눈에 띄지 않았고, 조그만 캐비닛 위에 자리잡은 소형 텔레비전이 유일한 액세서리였다. 음식 찌꺼기를 제외하면 여기서 사람이 살았던 흔적은 전혀 찾아볼 수 없었다. 전화조차 보이지 않는다. 여동생은 정말 여기 살았을까.

거실 안쪽에 장지문이 있었다. 소파 뒤로 돌아가 살며시 열었다. 거실의 불빛이 다다미방으로 흘러듦과 동시에 이상한 냄새가 코를 찔렀다. 그는 주먹을 꽉 쥐었다. 틀림없이 시취였다. 왠지 모르지만 그것이 시취임을 알았다. 머리는 잊었을지 몰라도 코가 기억하고 있었다.

벽의 스위치를 눌렀다. 형광등이 깜빡거리면서 켜지고 방이 밝아졌다. 그는 방바닥에 쓰러진, 반쯤 썩은 동생의 시체를 머릿속에 그렸다. 하지만 거기에는 아무것도 없었다. 희끔한 다다미가 깔려 있을 뿐이었다. 한숨을 쉬고 주위를 둘러보았다.

다다미 여섯 장 크기의 방에는 옷장과 작은 수납장, 그리고 양쪽으로 열린 삼면경이 놓여 있었다. 그는 방안으로 발을 들여놓았다. 수납장 위에 사방 50센티미터 크기의 파란색 철망 바구니가 놓여 있었다. 곁에 가서 안을 들여다보았다. 스스로 약간 흥분했음을 느꼈다.

둥지에서 몸을 반쯤 내밀고 꼼짝도 하지 않는 암갈색 새. 참새보다 덩치가 두 배 정도 크고 부리도 날카롭다. 허공을 노려보는 눈은 그 새가 이미 죽었음을 알려주었지만, 살아 있을 때는 분명 불길한 빛을 내뿜었을 듯했다.

새장 밖에서 안쪽을 향해 고정된 쇠꼬챙이에 바짝 마른 개구리와 도마뱀의 잔해가 꽂혀 있었다. 시취의 진원지는 바로 여기였다. 그는 질릴 줄 모르고 새장을 들여다보았다. 어디서 이 새를 본 적이 있는 듯했지만 무슨 새인지 떠오르지 않았다. 퇴원하고 나서 두 번 정도 새가 나오는 꿈인지 환상인지를 본 기억이 났다. 그것도 이 새와 무슨 관련이 있는 걸까.

갑자기 머리가 송곳으로 쑤시는 것처럼 아파서 그는 제자리에 쭈그리고 앉았다. 머릿속 깊은 곳에서 뭔가가 싸우는 느낌이었다. 그는 거실로 기어가 2인용 소파에 몸을 던졌다. 아무런 이유 없이 엉뚱한 생각이 떠올랐다. 내게는 여동생이 없는 것이 아닐까. 내가 여동생과 함께 있는 모습을 실제로 본 사람이 있을까. 사토무라? 사토무라는 확실히 보았다고 했는데 그게 정말일까. 하지만 이제 확인할 길은 없다.

두통이 조금씩 가라앉자 수마가 덮쳐왔다. 일어나려 했지만 몸이 말을 듣지 않았다. 막연하게 위험을 인식하면서도 그는 그대로 잠에 빠져들었다.

블루종 안을 파고든 냉기가 살갗을 찔러 그는 잠에서 깼다. 본능적으로 윗몸을 일으키고 자세를 가다듬었다. 방안의 모습이 잠들었을 때와 다르지 않다는 것을 확인하고 나서야 한숨 돌리며 어깨 힘을 뺐다. 손목시계를 보자 바늘이 일곱시 반을 가리키고 있었다. 너무 잠이 깊었다.

미야우치와 기타니에게 얻어맞은 배가 아직도 욱신거리며 아팠다. 하지만 내장을 다친 게 아니라 단순한 근육통이니 걱정할 건 없었다. 배에 신경을 쓰자 갑자기 공복감이 몰려왔다. 생각해보니 아직 저녁을 먹지 않았다.

아카이에게서 빼돌린 40만 엔 남짓한 돈은 아직 반 넘게 남아 있다. 하지만 그 돈도 언제 다 떨어질지 모를 일이다. 도르미르 다키노가와 맨션에는 현금이 없었으니 차라리 호텔을 나와 여기를 거점으로 삼을까. 숙박비도 아낄 수 있고 그사이 여동생이 돌아올지도 모른다—만약 실제로 있다면 말이지만.

그는 소파에서 일어나 다다미방으로 돌아갔다. 이상한 냄새는 이제 더는 거슬리지 않았다. 옷장을 열어보았다. 비교적 얌전한 무늬의 정장과 스커트, 카디건 따위가 단정하게 걸려 있었다. 다음으로 수납장 서랍을 열었다. 팬티와 브래지어 등 여자 속옷이 빼곡히 들어차 있었다. 여동생인지 아닌지는 제쳐두고 이 집에 여자가 살았다는 것만은 확실한 듯했다.

가장 아래 서랍을 열자 구겨진 스타킹 위에 만 엔 지폐 다발이 아무렇게나 놓여 있었다. 꺼내서 헤아려보자 오십 장이었다. 그는 돈을 블루종 호주머니에 넣고 손의 땀을 닦았다. 여동생의 돈이라면 잠시 빌린다고 안 될 것 없겠지.

경대 앞에 섰다. 립스틱과 크림 등 화장품으로 가득했다. 하지만 모두 제자리에 놓여 있는 느낌이라 어수선해 보이지는 않았다. 여동생은 꼼꼼한 성격이었을까.

그는 별생각 없이 경대에 달린 여닫이문을 열었다가 깜짝 놀라 물러섰다. 검은 물체가 다다미 위로 툭 떨어졌다. 그는 숨을 삼키고 그것을 내려다보았다. 검고 긴 머리카락이 똬리를 튼 것처럼 돌돌 뭉쳐 있었다. 조심조심 손가락으로 집어들어보니 긴 머리 가발이었다. 가발을 치우자 그 아래 선글라스가 떨어져 있었다.

가발과 선글라스. 그는 눈을 감고 눈두덩을 손가락으로 눌렀다. 좁은 빌딩 계단…… 더러운 화장실…… 뚜껑이 반쯤 열린 양동이…… 그 안에 든 가발. 그런 광경이 어지러이 눈꺼풀 뒤를 스쳤다. 이유도 없이 분노가 끓어올라 몸안을 폭주했다. 갑자기 불덩어리가 폭발하며 어둠을 찢어발겼다. 흙먼지…… 비처럼 쏟아지는 유리 조각…… 귀청이 찢어질 듯한 비명.

그는 퍼뜩 놀라 눈을 떴다. 귓속으로 무슨 소리가 들렸다. 온몸이 땀으로 흠뻑 젖었다. 환청일까. 아니다. 경쾌한 벨소리. 누가 이 집을 찾아온 것이다. 서둘러 가발과 선글라스를 원래 있던 곳에 쑤셔넣었다. 누굴까. 설마 노모토 패거리는 아니겠지. 호메이 흥업 놈들은 여기를 모른다. 아마 그 관리인이 무슨 참견이라도 하러 온 것이리라.

그는 이마의 땀을 닦고 방금 본 환상을 머릿속에 단단히 새겨넣었다. 무슨 의미인지는 모르지만 기억을 되찾을 힌트임이 분명했다. 거실을 지나 현관으로 향했다. 일단 누구냐고 물어보자. 그렇게 생각했을 때 문 안쪽에 외시경이 달려 있다는 것을 알았다. 가만히 눈을 갖다댔다.

여동생이다. 한순간 그런 줄 알고 가슴이 철렁했다. 렌즈에 비친 것은 관리인이 아니라 베이지색 코트를 입은 여자였다. 그는 눈을 떼고 입가를 쓸었다. 처음 보는 여자다. 하지만 여동생일 리 없었다. 자기 집에 와서 왜 벨을 누르겠는가. 아마 보험 설계사 따위겠지.

그는 문을 살짝 열었다.

"무슨 일입니까?"

여자는 문틈에 얼굴을 갖다댔다.

"저기, 102호에 사는 가네코라고 하는데요. 신가이 히로미 씨의 오빠 되시나요?"

102호의 가네코. 그러고 보니 명패에 그런 이름이 있었다.

"네, 그런데요."

"동생분하고 친하게 지냈는데, 요즘 통 안 보여서 걱정했거든요."

"아, 그러시군요."

"외출했다가 돌아오니 관리인 아저씨가 오빠 되는 분이 왔다고 하셔서, 어찌된 건지 물어보려고 잠깐 들렀어요."

"실은 저도 동생을 찾고 있습니다."

"네?"

그는 잠깐 망설였다. 여동생과 친하게 지냈다는 이 여자에게 다소 흥미가 생겼다. 성가셔서 빨리 쫓아내고도 싶었지만, 한편으로는 이야기를 해보고 싶은 기분이 들었다.

그는 문을 열고 말했다.

"동생 일로 여쭤보고 싶은 것도 있으니 잠깐 들어오시죠."

여자는 주저 없이 안으로 들어왔다. 코트를 벗어 옷걸이에 걸었다. 녹갈색 정장 차림이었다. 여자치고 키가 큰 편이라 그와 거의 비슷했다. 예쁘장한 얼굴이지만 화장기가 없고 표정이 굳어서 어딘가 무뚝뚝해 보였다.

그는 여자를 거실로 안내해 소파에 마주앉았다.

"동생한테 그쪽 이야기를 못 들어봐서요. 그만 결례를 했군요."

그가 슬쩍 이야기의 물꼬를 트자 여자는 무릎 위에 얹은 숄더백 끈을 만지작거리면서 입을 열었다.

"항상 붙어다닌 건 아니니까요. 가끔 복도에서 만나면 인사하는 정도였어요."

그는 무심히 눈을 돌렸다. 이 여자는 겨우 그 정도 가지고 동생과 친하게 지냈다고 말하는 건가.

여자는 급히 말을 이었다.

"그보다도, 한 달 반 전쯤에 갑자기 돈 쓸 일이 생겨서 동생분께 10만엔을 빌렸거든요. 그런데 돈을 갚기도 전에 사라지셔서. 어디 있는지 모르세요?"

"네, 아까 말씀드린 대로 저도 찾는 중이라서요. 돈이라면 제가 대신 받아두겠습니다."

여자는 눈을 살짝 내리떴다.

"하지만 차용증을 돌려받아야 해요. 제 이름으로 써드렸거든요."

"그래요?"

그는 입을 다물었다.

분명 여동생이 있기는 한 모양이다. 이렇게 많은 사람이 있지도 않은 동생의 존재를 꾸며내며 말을 맞추기란 불가능하다. 그러나 그는 여동생의 모습을 떠올릴 수 없었다. 억지로 머릿속에 그려보려 해도 얼굴 없는 여자, 혹은 긴 머리에 선글라스를 쓴 정체불명의 여자밖에 떠오르지 않았다.

그는 과감하게 물었다.

"동생은 어떤 사람입니까?"

여자는 눈을 두세 번 깜박이고 영문을 모르겠다는 듯이 그를 쳐다보았다. 예상치 못한 질문에 말문이 막힌 것 같았다. 그는 상대를 안심시키려고 미소를 지었다.

"실은 제가 10월 말에 사고를 당했거든요. 뺨의 흉터도 그때 생긴 거고요. 머리를 세게 부딪치는 바람에 동생에 대한 것마저 거의 기억나지 않습니다."

여자는 몸을 뒤로 물리고 그를 말똥말똥 바라보았다.

"기억이 안 난다고요? 그러니까 기억상실증이라는 말씀이세요?"

"네. 믿기지 않을지 모르지만 사실입니다. 관리인 앞에서는 잘 얼버무렸습니다만."

"아무것도 기억 안 나세요?"

"네. 가끔씩 뭔가 번쩍일 때도 있지만, 제대로 정리가 안 돼요. 동생이 여기 산다는 것도 겨우 알아낸걸요. 동생과 친하게 지냈다면 당신이 저보다 동생을 훨씬 잘 아는 셈입니다. 저야말로 그애가 어디 갔는지 물어보고 싶은 심정이에요."

여자는 불안과 의혹이 뒤섞인 눈으로 그를 빤히 쳐다보았다.

"놀랐어요. 좀 믿기 힘드네요. 그냥 보기에는 보통 사람과 똑같은걸요. 얼굴의 흉터만 빼고."

"기억을 잃은 것만 제외하면 멀쩡하니까. 일상생활에는 지장 없어요. 단 사람 얼굴과 이름이 문제예요. 텔레비전에 나오는 연예인은 두세 명 기억나기 시작했습니다만."

"사고를 당하고 지금까지 어디 계셨어요?"

그는 어깨를 움츠렸다.

"지금 그 이야기를 하기는 싫군요. 그보다 동생 이야기를 들려주세요. 부탁합니다."

여자가 의심스럽다는 듯이 눈을 반짝였다.

"무슨 사정인지 몰라도, 지금 저를 시험하시는 거죠? 전 정말로 빌린 돈을……"

"말도 안 됩니다. 제가 왜 기억을 잃은 척까지 하면서 그러겠어요."

여자는 입을 다물고 잠시 골똘히 생각하다가 마지못한 듯이 말을 꺼냈다.

"실은 동생분이랑 그렇게 친했던 건 아니에요. 그냥 돈을 빌려줘서 그렇게 말씀드린 거예요."

"동생은 별로 친하지 않은 사람에게도 돈을 빌려줄 만큼 친절했습니까?"

"그렇게 물으시면 뭐라 대답해야 할지 모르겠지만, 다정한 사람이었던 건 확실해요. 둘 다 혼자 사는 처지라 가끔 차를 대접해주기도 했어요. 물론 제 집에 오신 적도 있고요."

"동생은 일을 했습니까?"

여자의 시선이 약간 흔들렸다.

"그런 이야기는 굳이 안 하던데요. 아마 밤에 나가는 일이었을 거예요."

"밤일이라면, 바나 클럽?"

"네. 밤에는 집에 없을 때가 많더라고요. 하지만 확실한 건 아니에요."

"그럼 차를 마신 건."

"낮, 대개 주말 낮이었죠. 평일에는 제가 일하러 나가니까요."

"동생이 저를 비롯해 가족이나 친구 얘기는 꺼내지 않았습니까? 그러니까, 동생의 소식을 알 만한 사람이요."

여자는 잠깐 생각하다가 고개를 저었다.

"오빠가 있다는 얘기 말고는 못 들었어요."

그는 손마디를 깨물었다.

"좀 이상한 질문 같지만, 저도 가끔 동생을 보러 여기 왔을 겁니다. 저를 본 적 있으세요? 동생이랑 함께 있는 모습 말입니다."

여자는 눈살을 가볍게 찌푸리고 진의를 살피려는 듯이 그의 얼굴을 쳐다보았다.

"네, 두 번 정도 뵈었어요."

그는 안도의 한숨을 내쉬고 손마디에 묻은 침을 바지에 문질러 닦았다. 여자는 그의 얼굴을 들여다보며 말을 이었다.

"정말 기억을 잃었다면 병원에 입원하셔야겠네요. 동생분과 가족은 제가 찾아드릴 수도 있어요."

"아니요, 걱정 감사합니다만 병원은 사양하겠습니다. 나온 지 얼마 안 되었거든요."

"하지만 지금 상태로는."

그는 손을 들어 여자의 말을 가로막았다.

"괜찮습니다, 걱정 안 하셔도 돼요. 그나저나 동생은 당신과 차를 마실

때 어떤 이야기를 했습니까?"

"그냥 잡담이요. 동생분은 말이 없는 편이라 별로 많은 이야기는 안 했어요."

"하지만 당신을 자주 여기로 불렀고요."

"네. 그래도 따져보면 제가 먼저 전화할 때가 더 많았죠."

등줄기에 차가운 것이 닿은 것처럼 그는 윗몸을 떨었다.

"전화로? 서로 전화로 연락했단 말이죠?"

그의 말투가 바뀐 걸 느꼈는지 여자의 눈에 경계의 빛이 스쳤다.

"네. 여기서는 그러는 게 보통인데요."

그는 방안을 둘러보았다.

"전화기는 어디 있습니까?"

여자는 오른손을 들고 재빨리 주변으로 시선을 돌렸다. 하지만 가리킬 대상을 찾지 못한 손은 허공에서 그대로 멈췄다.

"어머, 이상하네. 식탁 위에 있었는데."

"거참 묘하네요. 이 집에는 전화가 없습니다."

여자는 눈도 깜박이지 않고 그를 바라보았다. 허공에 뜬 손이 밀랍인형이 녹아내리듯 무릎으로 스르르 떨어졌다.

"이상하네요. 전화국에서 떼어갔나?"

"아니면 동생이 가지고 나갔을까요. 전당포에라도 맡기려고."

여자는 딱딱한 미소를 지으며 무의식적으로 숄더백 끈을 움켜잡았다.

그는 조용히 권총을 꺼내 여자의 배를 겨누었다.

"별것 아닌 데서 꼬리를 밟히셨군."

여자는 총구를 슬쩍 쳐다보고 바로 그의 얼굴로 눈길을 돌렸다.

"꼬리라뇨?"

"시치미떼지 마. 동생과 친하기는 얼어죽을. 돈을 빌렸다는 것도 거짓말일 테지."

그가 매서운 말투로 윽박지르자 여자는 입술을 달싹였지만 뭐라고 말하지는 않았다.

"넌 누구야? 어째서 동생과 친하다는 거짓말까지 하면서 내게 접근하려 했지?"

여자는 대답하지 않았다. 그는 여자를 뚫어지게 노려보았다.

"가방에 든 걸 꺼내서 탁자 위에 올려놔."

여자는 움직이지 않았다. 그러나 그가 총구를 올리며 재촉하자 마지못해 따랐다. 수첩, 콤팩트, 손수건 따위가 차례로 탁자에 놓였다. 그는 다른 것에는 눈길도 주지 않고 수첩을 집어들었다. 검은 끈이 달려 있었다. 별생각 없이 표지를 보다가 움찔 놀랐다.

그것은 경찰수첩이었다.

4장

전격

1

목이 술을 갈구했다.

히키도 신스케는 손잡이를 놓고 입가를 문질렀다. 메마른 입술 껍질이 손등을 찔렀다. 다시 손잡이를 잡고 심호흡을 했다. 벌써 여덟 시간째 위스키를 입에 대지 않았다. 요 몇 년간 처음 있는 일이었다. 알코올에 반쯤 중독되다시피 한 몸이 미친듯이 위스키를 원했다. 하지만 오늘밤만은 마시면 안 된다.

히키도는 술 생각을 떨쳐버리려는 듯 고개를 젓다가 조금 떨어진 곳에 선 남자를 훔쳐보았다. 사이사이 승객이 있어서 잘 보이지는 않지만 그리 큰 덩치는 아니다. 웰터급, 잘 쳐줘도 라이트미들급 정도다. 현역 시절 라이트급, 그것도 동양 랭킹 1위까지 오른 히키도에게 아마추어 라이트미들급은 상대도 안 된다. 링을 떠난 지 칠 년째지만 아직 주먹은 녹슬지 않았다. 술만 마시지 않으면 프로 선수와도 맞설 자신이 있었다.

술이라. 히키도는 다시 심호흡을 했다. 아직 내리막길과 거리가 먼 스물여섯 살에 은퇴한 건 오로지 술 때문이었다. 술독에 빠지지만 않았다면 동양챔피언은 물론이고 세계챔피언 자리도 노릴 수 있었다.

그런데 지금은 어떤가. 공갈, 사기, 폭행, 무전취식 등으로 경찰에 연행되기를 십수 번, 직업도 가정도 없다. 주먹으로 벌어들인 돈은 오래전에 술로 사라졌다. 곁에 남은 여자도 없다. 요컨대 삶의 보람이라고는 전무한 것이다.

가끔 폭력단의 돈을 받고 경호 일을 하는 것이 고작이지만, 그럴 때는 술을 삼가고 솜씨를 톡톡히 발휘한다. 상대가 누구든 사정없이 박살을 낸다. 그래야 다음에 또 일이 들어온다. 상대를 흠씬 두드려 팰 때 히키도는 스스로 과거의 자신을 때려눕히려 한다는 것을 깨달았다. 지금이 예전보다 강하다는 환상을 품으며 존재가치를 확인하려는 것이다. 하지만 그것이 환상에 불과하다는 것은 본인도 잘 알고 있었다.

문득 정신을 차리자 어느 틈엔가 전철이 멈춰 문이 열리고 있었다. 목표물의 머리가 출구 쪽으로 이동했다. 히키도는 허둥지둥 승객들을 헤치고 문으로 향했다. 플랫폼에 내려서 남자를 뒤쫓았다. 기둥에 붙은 표시를 보니 '후다' 역이었다. 신주쿠를 거쳐온 게이오 선 완행전철이 서는 이 역에는 예전에 몇 번 내린 적이 있다. 현역 은퇴 후 여기서 이십 분 정도 걸으면 나오는 닛카쓰* 촬영소에서 엑스트라 일을 했을 때다. 그 무렵 이미 차를 팔아치웠었다는 생각이 들자 괜히 화가 치밀었다.

역에서 나온 남자는 촬영소 방향으로 걷기 시작했다. 고슈 가도 반대쪽, 다마가와 방향이다. 히키도는 주먹을 움켜쥐었다. 벌써 밤 아홉시가 가까웠다. 낮부터 계속 남자를 따라다닌 끝에 이제야 아무 방해 없이 혼쭐을 내줄 기회가 찾아온 것이다.

트렌치코트를 입은 남자는 성큼성큼 걸어갔다. 나이는 히키도보다 조

* 일본의 영화 제작 및 배급 회사.

금 많아 보이지만 풋워크는 나쁘지 않을 듯하다. 그게 낫다. 약간은 손맛을 느낄 만한 상대라야 재미있다. 둔해빠진 중년 남자를 일방적으로 때리기만 해서야 전 동양 라이트급 1위의 간판이 아깝다. 시험 삼아 두세 방 정도 맞아주는 것도 괜찮으리라.

이윽고 상점가가 끝나자 인가가 점점 줄어들고 밭이 보였다. 넓은 사거리를 건너자 인가는 더욱 드물어졌다. 오가는 사람도 거의 없다. 앞쪽에 높직한 건물들이 보였다. 닛카쓰 촬영소가 있던 곳이다. 히키도는 눈살을 찌푸렸다. 저건 맨션 아닌가. 어찌된 거지. 촬영소는 이미 없어졌나.

앞서 걷던 남자가 갑자기 걸음을 멈추고 뒤돌아보았다. 가로등 바로 아래였다. 히키도는 놀라서 고꾸라질 뻔하며 멈춰 섰다. 가로등 불빛이 얼굴을 똑바로 비췄다.

"계속 따라오는 것 같은데, 무슨 볼일이지?"

남자는 부드럽게 말했다. 마치 길이라도 묻는 듯 느긋한 말투였다. 히키도는 말문이 탁 막혔다. 상대의 침착한 태도에 이유 없이 기가 죽었다.

그날 오전 이번 고용주가 니시오기쿠보의 한 맨션에서 나오는 남자를 가리켰을 때, 사실 히키도는 왠지 기분이 꺼림칙했다. 어딘가 어두운 그늘을 짊어진 남자의 모습은 마치 일본도의 칼날처럼 섬뜩했다. 버거운 상대라는 직감이 왔다. 그때의 기분을 떠올리고 히키도는 새삼 긴장했다.

"볼일은 없는데. 그냥 댁을 좀 패주고 싶어서."

잔뜩 힘을 주어 으르듯이 대답했다. 가로등 아래서 남자가 냉소를 짓는 것이 보였다.

"한번 해보지그래."

남자는 깔보는 투로 말했다. 자존심에 상처를 입은 히키도는 발끈했다. 누군지 알고나 그딴 소리를 지껄이는 거냐. 좋아, 지금 똑똑히 일러주지.

"그럼 저기서 붙어볼까."

히키도는 화를 억누르고 턱으로 도로 옆 공터를 가리켰다. 밭을 택지용으로 다듬었는지 군데군데 돌멩이와 잡초만 고개를 내민 평평한 공터였다. 히키도는 철조망이 쳐진 울타리를 오른손으로 짚고 힘차게 뛰어넘었다. 마치 로프를 넘어 링에 오르는 기분이었다.

남자는 코트를 벗어 울타리 기둥에 걸쳐놓고 철조망 사이로 몸을 굽혀 천천히 들어왔다. 히키도는 초조한 마음을 달래며 조금씩 뒤로 물러났다. 최대한 도로와 가로등에서 멀어지는 편이 좋다. 발밑의 땅은 생각보다 단단해서 디디기에 나쁘지 않았다.

히키도는 도로 반대편 가장자리까지 물러났다. 뒤쪽은 산을 깎아낸 절벽이었다. 가로등 불빛이 거의 닿지 않는다. 서로 치고받기에 안성맞춤인 장소다. 가죽점퍼를 벗어 멀리 내던졌다. 한 번 심호흡을 한 후 두 주먹을 턱밑에 대고 자세를 취했다.

남자가 그 모습을 보고 말했다.

"퇴물 복서인가?"

"전직 복서라고 해줬으면 좋겠군. 왜, 겁먹었나?"

남자는 대답 없이 체크무늬 블레이저를 벗고 반으로 접어 땅에 가만히 내려놓았다. 어둠 속에서 와이셔츠의 흰색이 히키도의 눈앞에 떠올랐다. 몸을 일으킨 남자 역시 주먹을 쥐고 자세를 취했다. 히키도가 보기에는 빈틈투성이였다. 복싱은 물론 가라테도 배운 적 없는 것이 분명했다.

히키도는 가볍게 사이드스텝을 밟으며 조금씩 거리를 좁혔다. 남자는 히키도의 움직임에 맞추어 몸을 흔들었지만 발을 움직이려 들지는 않았다. 히키도는 얼굴을 살짝 찡그렸다. 이쪽이 전직 복서인 줄 알고도 도망치기는커녕 눈썹 하나 까딱 않는 모습에 문득 불안해진 것이다. 칼이라도 가지고 있는 걸까. 그렇대도 별 상관은 없다. 아마추어가 아무리 칼을 재빨리 휘둘러봤자 전직 복서 눈에는 슬로모션에 지나지 않는다. 쏘는 무기를 가지고 있다면 이야기가 달라지지만, 그런 것 같지도 않았다.

히키도는 가볍게 레프트 잽을 날려 상대의 반응을 살폈다. 남자는 도발에 응하지 않고 왼쪽 팔꿈치를 살짝 들어 막을 뿐이었다. 히키도는 자신이 지나치게 신중하다는 생각에 속으로 혀를 찼다. 상대의 신원을 모르기는 평소와 마찬가지니 유독 불안해하거나 수상쩍어할 필요는 없다. 나는 그저 고용주가 지정한 상대를 때려눕히면 그만이다. 그 밖의 일은 신경쓸 필요 없다. 다만 이번 일을 맡으면서는 두 가지 지시를 받았다. 삼사 주는 자리에서 못 일어나도록, 하지만 죽지는 않을 정도로 조심하면서 최대한 따끔한 맛을 보여줄 것. 지갑을 빼앗아 강도나 들치기로 위장할 것.

히키도는 잡념을 떨쳐내고 부지런히 스텝을 밟으며 상대에게 다가갔다. 일단 얼굴에다 잽을 열 방 정도 퍼부으면 의식이 몽롱해지고 다리도 후들거릴 것이다. 바로 그때 배에 펀치를 꽂는다. 저항력을 뺏으면 그다음부터는 마음대로 요리할 수 있다. 슬개골을 망가뜨리면 당분간 걷지도 못하리라.

히키도가 안으로 파고들려 했을 때, 갑자기 남자의 왼쪽 팔이 호를 그리며 얼굴을 덮쳤다. 예상치 못한 속도였지만 히키도는 별 어려움 없이 몸을 숙여 피했다. 동시에 텅 빈 남자의 턱에 카운터를 먹이려고 왼손으로 펀치를 날렸다. 그 순간, 자세가 약간 무너졌던 남자의 오른팔이 휘면서 히키도의 왼팔과 교차했다. 주먹에 이상한 느낌이 닿음과 동시에 히키도는 눈에 충격을 받고 비틀거리며 뒤로 물러섰다. 날카로운 통증에 저도 모르게 소리를 질렀다. 상대가 얼굴에 흙을 던진 것을 알아차렸을 때는 이미 늦었다. 히키도는 배를 세게 걷어차여 뒤로 나자빠졌다. 내장이 찢기는 듯한 고통에 숨도 제대로 쉬지 못하고 몸을 새우처럼 구부린 채 그 자리에서 데굴데굴 굴렀다. 기습이 안겨준 놀라움과 분노로 거의 제정신이 아니었다.

한숨 돌릴 틈도 없이 상대의 구둣발이 히키도의 몸을 파고들었다. 마치 장의사가 관에 못을 박듯이 정확하고 가차없는 발길질이었다. 히키도는 몸을 웅크리고 명치와 사타구니를 감싸는 것이 고작이었다. 죽창이 뻗친 함정에 떨어진 듯 공포와 격통이 닥쳐오며 까딱하면 정신을 잃을 것만 같았다. 공격이 멈춘 느낌에 몸에서 힘을 뺀 순간 기다렸다는 듯이 옆구리에 일격이 날아들어 체면 불고하고 비명을 질렀다. 눈에서 눈물이 넘쳐흘렀고, 악문 이 사이로 피맛이 느껴지는 위액이 흘러나왔다.

엎드린 히키도의 목덜미를 남자가 짓밟았다. 굴욕감과 함께 자신을 은퇴로 몰아넣은 신인 복서의 강렬한 펀치가 떠올랐다. 그는 그 한 방으로 링에서 쓰러져 인생의 수렁에 빠졌다.

하지만 지금 히키도를 이렇게 만든 남자는 복서가 아니다. 허를 찔렸다고는 하나 아마추어에게 이토록 호되게 당하기는 처음이었다. 블레이저를 땅에 내려놓았을 때 남자가 몰래 흙을 움켜쥐었다는 것을 예상해야 했다.

"누가 시켰나?"

머리 위에서 남자의 목소리가 들렸다. 히키도는 대답하지 않고 가만히 눈을 떴다. 아직 통증이 남아 있지만 눈물과 함께 흙이 씻겨나가 저멀리 가로등 불빛이 희미하게 보였다. 온몸이 뜨겁고 욱신거렸다. 슬그머니 팔다리 관절을 움직여보았다. 뼈는 부러지지 않은 듯했다.

"호메이 흥업의 사주인가?"

히키도는 움찔 놀랐지만 역시 대답하지 않았다. 고용주의 이름만은 입이 찢어져도 밝힐 수 없다. 자존심 문제가 아니라 그랬다가는 목숨이 위험할 거란 공포 때문이었다.

"지갑 꺼내."

남자가 딱딱한 목소리로 지시했다. 히키도는 목덜미를 밟힌 채 왼손을 바지 호주머니에 넣었다. 아무것도 없다는 걸 알면서 빈손을 꺼내 보여준 후 오른손으로 반대쪽 호주머니를 뒤지면서 말했다.

"가죽점퍼 호주머니에 있어."

지갑에는 현금 2만 엔 정도가 들어 있을 뿐 신원을 알 만한 물건은 전혀 없다. 남자가 목덜미에서 발을 치우자 히키도는 몸을 빙글 돌려 하늘을 보고 누웠다. 호주머니 안에서 브라스 너클에 손가락을 끼웠다. 알량한 자존심 때문에 이제껏 이런 무기는 사용하지 않았지만 지금 같아서는 맨주먹으로 상대할 자신이 없었다. 처음 한 방으로 상대에게 타격을 주지 않으면 반격할 기회를 잃고 만다.

점퍼를 살펴보고 돌아온 남자가 조심스레 히키도의 머리 쪽에 섰다.

"솔직히 말할 때까지 머리를 걷어차주지. 말해두는데, 난 대학 때 축구를 했어. 머리가 어디로 날아가도 난 몰라."

히키도는 직감적으로 남자의 말이 거짓이 아님을 알아차렸다.

"그만둬. 말할게."

일부러 목멘 소리로 말했다.

"안 들려. 똑똑히 말해."

"목소리가 안 나와."

히키도는 눈물이 맺힌 눈을 가늘게 뜨고 위에서 자신을 응시하는 남자의 얼굴을 올려다보았다. 저멀리 가로등 불빛이 희미하게 비쳤다. 그 얼굴이 느닷없이 가까워져 히키도는 바짝 긴장했다. 남자가 몸을 구부린 것이다. 그와 동시에 히키도는 오른팔에 한껏 힘을 주고 머리 위로 브라스 너클을 낀 주먹을 내질렀다. 한순간 해냈다 싶었다. 하지만 팔에 전해진 것은 주먹이 닿은 감촉이 아니라 그 직전에 튕겨나간 손목의 충격이었다. 예상보다 훨씬 버거운 상대였다.

히키도는 신음하며 몸을 비틀어 다시 한번 남자를 때리려 했다. 남자가 히키도의 손목을 꽉 틀어잡았다. 가죽 채찍에 휘감긴 것처럼 무시무시한 힘이었다. 히키도는 소리를 지르며 왼손으로 땅을 벅벅 긁었다. 상대와 같은 수법을 써야겠다는 냉정한 계산을 한 건 아니지만, 히키도는 무의식중에 왼손으로 흙을 움켜쥐고 남자의 얼굴에 뿌렸다.

이번에는 성공이었다. 남자의 손에서 힘이 빠지고 몸이 뒤로 넘어갔다. 히키도는 왼팔을 거두며 필사적으로 몸을 일으켰다. 여기저기 날카로운 통증이 느껴졌지만 아파하고 있을 여유가 없었다. 남자가 얼굴을 감싸며 뒤로 물러섰다. 지금이다, 지금이 아니면 기회가 없다. 히키도는 후들거리는 다리에 힘을 주고 성큼 앞으로 다가가서 남자의 관자놀이를 향해 브라스 너클을 낀 주먹을 날렸다. 눈에서 흙을 떨어내려던 남자가 낌새를 챘는지 왼쪽 팔꿈치를 들어 히키도의 펀치를 막았다. 하지만 곧 브라스 너클에 손목을 맞아 비척대다가 한쪽 무릎을 꿇었다. 히키도가 보디를 겨냥해 날린 레프트 훅이 남자의 가슴에 명중했다. 남자는 뒤로 넘어졌지만 그대로 한 바퀴 굴러 일어섰다.

히키도는 다시 한번 파고들어 엉거주춤하게 선 남자의 뺨을 브라스 너클을 낀 주먹으로 후려갈겼다. 이번에는 작정하고 날린 일격이었다. 남자는 거의 한 바퀴를 돌아 땅바닥에 너부러졌다. 여유를 되찾은 히키도가 어깨를 들썩이며 남자를 내려다보았다. 이 브라스 너클에 얼굴을 정통으로 맞고 일어선 놈은 이제껏 하나도 없었다. 하지만 남자는 애벌레처럼 꿈틀대다가 아래를 본 채 천천히 일어서기 시작했다. 히키도는 깜짝 놀라 남자의 옆구리를 걷어차려고 했다. 하지만 생각을 바꿔 남자의 움직임을 가만히 지켜보았다. 이러다가는 자기 주먹에 자신감을 잃을 것 같았다.

히키도는 남자가 비틀대며 일어서기를 기다렸다가 이번에는 배에다 주먹을 꽂아넣었다. 남자는 기역자로 몸을 구부리고 쓰러져 뱃속의 것을 게워냈다. 잠시 그대로 괴로워하며 뒹굴다가 삼십 초 정도 지나자 다시 엎드린 자세로 일어서려고 발버둥치기 시작했다. 히키도는 귀신이라도 보는 듯한 눈으로 남자를 가만히 바라보았다. 이 남자는 전직 프로 복서가 브라스 너클을 끼고 날린 펀치를 두 방이나 먹고도 일어서려 하고 있다. 그것도 신음소리 한 번 내지 않고.

남자가 비틀거리며 결국 두 발로 일어섰을 때, 히키도는 말로 표현할 수 없는 공포에 휩싸여 남자의 멱살을 움켜잡고, 얼굴이며 배며 가리지 않고 닥치는 대로 주먹을 날렸다. 너무 흥분해서 자신이 뭘 하는지도 모를 지경이었다. 결국 지쳐서 남자를 내동댕이치고 엉덩방아를 찧었다. 온몸에 땀이 줄줄 흐르고 심장이 펌프질하듯이 요동쳤다. 15라운드까지 경기를 뛴 기분이었다.

문득 정신이 들어 살펴보니 남자는 히키도에게서 2, 3미터 떨어진 곳에 누더기처럼 구겨져 있었다. 꿈쩍도 하지 않았다. 히키도는 슬그머니 몸을 일으켜 남자의 상태를 살폈다. 설마 죽은 건가 싶어 가슴이 철렁했다. 공포와 분노로 자제력을 잃다니 후회막급이다. 지금까지 사람을 죽인 적은 없을뿐더러, 이번에는 죽이지 말라는 엄명을 받은 터이다.

히키도는 불안에 떨며 무심결에 뒷걸음쳤다. 땀을 닦으려다 브라스 너클이 이마에 닿아 흠칫 놀랐다. 뻣뻣하게 굳은 손가락을 억지로 펴서 브라스 너클을 빼고 점퍼를 찾아 입었다. 큰길로 돌아가려는데 남자가 벗어서 땅에 내려놓은 블레이저가 눈에 들어왔다. 그렇다, 강도짓으로 위장해야 한다. 몸을 구부려 블레이저 안주머니를 뒤졌다. 손에 수첩 같은 것이 닿았다. 별생각 없이 그것을 꺼내 가로등 불빛에 비춰보았다가 히키도는 심장이 멎는 줄 알았다. 어둠 속에서 빛나는 금문자.

그것은 경찰수첩이었다.

2

그는 경찰수첩을 덮어 탁자에 내려놓았다.

아케보시 미키. 경시청 공안부 공안 3과. 순사부장. 기억 속에 그런 이름은 없었다. 머릿속이 혼란스러워서 잠시 말이 나오지 않았다. 퇴원하고 며칠 사이 여러 사람을 만났지만 이런 곳에서 경찰을, 그것도 여자 사복형사를 대면하리라고는 상상도 하지 못했다.

"당신, 진짜 형사야?"

그는 마음에도 없는 시시한 질문을 했다. 하지만 묻지 않을 수도 없었다.

"그래."

여자의 얼굴에서 갑자기 표정이 사라졌다. 태어나서 한 번도 웃어본 적이 없는 것처럼 딱딱한 표정이었다. 하지만 눈빛에는 불안이나 두려움이 없었다. 정체가 들통났는데도 당황하지 않는 여자의 태도에 그는 오히려 불안해졌다.

"날 아나?"

"알아."

"내 이름을 말해봐."

"신가이. 신가이 가즈히코. 당신, 정말로 기억을 잃었어?"

"닥쳐. 질문은 내가 해."

위압적으로 말하자 여자는 입을 다물었지만 조금도 기가 죽은 것 같지는 않았다. 그는 일어서서 권총을 여자에게 겨눈 채 방으로 들어갔다. 스타킹을 가져와서 여자를 소파에 엎드리게 하고 손발을 단단히 묶었다. 다시 정면을 보도록 몸을 뒤집고 자리로 돌아왔다. 불안이 사그라짐과 동시에 분노도 가라앉아 그는 냉정함을 되찾았다.

"날 찾아다녔나?"

여자가 고개를 끄덕였다. 묶인 탓인지 얼굴의 핏기가 가셨다.

"내가 여기 있는 걸 어떻게 알았지?"

"관리인한테 부탁했어. 당신 여동생이 돌아오거나 누가 찾아오면 바로 전화해달라고."

그는 입술을 일그러뜨렸다. 젠장, 그 관리인도 한패였나.

"왜 나를 찾는 거지? 내가 도대체 뭘 어쨌다고?"

"정말로 아무것도 기억 안 나?"

여자가 의심스럽다는 듯 묻자 그는 화가 치밀어올라 총구로 탁자를 두드렸다.

"나한테 질문하지 말라고 했다. 이게 두번째야."

여자는 그의 얼굴을 가만히 쳐다보다가 어깨를 으쓱했다.

"알았어. 당신은 살인청부업자야. 조직에 고용되어 사람을 죽이는 게 직업이지."

그는 입가를 문질렀다. 어느 정도 예상은 했지만 형사 입에서 대놓고 그런 말이 나오자 조금은 동요했다.

"조직이라면 호메이 흥업 말인가?"

여자는 눈을 두세 번 깜박였다.

"맞아. 기억이 났나보지? 아, 이건 질문은 아니고."

속을 긁는 말투였지만 그는 애써 마음을 가다듬었다.

"한 달 전쯤 신주쿠에서 일어난 폭탄 사건도 내가 한 짓인가?"

여자는 무심코 입술을 핥았다. 잔뜩 뜸을 들이다가 눈을 내리깔고 대답했다.

"그래. 당신이 가케히라는 과격파 남자의 보스턴백에 시한폭탄을 장착했어. 떠올리기 싫다는 건 이해해. 끔찍한 사건이었으니까."

그는 여자를 노려보았다. 상대의 기분을 거스르는 말만 늘어놓다니 대체 무슨 속셈일까.

"그 사건으로 죽은 여자의 남편도 공안형사 같더군. 이름이 구라키라던가. 날 찾는 모양인데 지금 어디 있지? 당신 파트너일 거 아니야."

"파트너는 아니야. 소속이 다른걸. 구라키 경부님은 열흘 전쯤 사고를 당해서 지금 병원에 있어."

그는 눈살을 찌푸렸다. 사고라. 마음이 조금 편해졌다. 자신을 쫓는 사람이 하나라도 줄어드는 것은 대환영이다.

"어느 병원이지?"

"병문안이라도 가려고?"

그는 천천히 일어서서 여자 곁으로 다가갔다. 희미하게 공포의 빛이 서리는 눈을 보자 이유 없이 쾌감이 들었다. 여자의 아랫배에 총구를 대고 꽉 눌렀다. 여자의 입술이 바르르 떨렸다.

"조후 제1병원."

"병실은?"

"507호."

그는 여자의 표정을 한참 관찰하다 총구를 치웠다. 여자는 마개가 뽑힌 것처럼 크게 숨을 내쉬었다.

"혹시나 해서 말해두겠는데, 그 사람한테 손대려 해도 소용없어. 병실 주위에 경찰이 쫙 깔렸으니까."

그는 소파로 돌아갔다. 구라키를 손봐줄 생각은 없었다. 그저 자신이 어떤 처지인지도 모르는 듯한 여형사에게 누가 질문하는 역할인지 알려줬을 뿐이다.

"날 어쩌려고 했지? 체포할 생각이었나?"

"그랬다면 문을 열자마자 덮쳤겠지."

"그럼 도대체 무슨 속셈이야?"

"당신이 살인청부업자인 건 분명하지만 증거가 없어. 예의 폭탄 사건도 그렇고. 증거가 없으면 체포도 못 해. 난 어떻게든 증거를 찾고 싶어."

"그래서 동생 친구인 척 내게 접근했다?"

"그래. 하지만 당신이 정말로 기억을 잃었다면 병원에 입원해야 할 거야. 치료가 필요해."

"그리고 기억이 돌아오자마자 수갑을 채우겠다는 꿍꿍이로군. 그건 사양하겠어. 난 내가 누군지 알아내는 데 남의 힘을 빌리고 싶지 않아."

"호메이 홍업에서 당신을 찾는 모양이야. 만약 기억을 잃은 게 그놈들 때문이라면 경찰에 보호 요청을 하는 편이 현명해. 그들은 당신이 영원히 기억을 찾지 못하도록 입을 막고 싶어할 테니까."

그는 총구를 조금 내렸다.

"사진이 발견되지 않는 한, 놈들은 날 못 죽여."

여자의 표정이 살짝 흔들렸다.

"사진? 무슨 사진?"

그는 여자를 물끄러미 쳐다보았다. 여자의 얼굴에 떠오른 당혹의 빛은 연기가 아닌 듯했다. 그렇다면 놈들이 찾는 사진에 대해서는 경찰도 모른다는 것이다.

"아무것도 아니야. 모르면 됐어."

여자는 뭐라고 대꾸하려다가 그의 얼굴을 보고 입을 다물었다.

그는 말을 이었다.

"내 동생 이야기를 해봐. 좀 전 이야기는 지어냈다 해도 나보다는 뭔가 아는 게 더 있을 테지."

"멀리서 본 게 전부라 거의 몰라. 당신 꼬리를 잡으려고 돌아다니는 사이에 여기 산다는 걸 알아낸 정도야."

"나랑 같이 있는 모습을 봤다는 건 정말인가?"

"그래. 딱 한 번뿐이지만."

"동생은 어떤 여자지?"

"비교적 몸집이 크고, 입술을 진하게 칠하고, 항상 선글라스를 끼고 다녔어."

"머리 모양은?"

"길었어. 앞머리는 눈썹에 닿을 정도."

"정말 내 동생처럼 보였나?"

"무슨 뜻이지?"

"그러니까, 당신은 내 동생의 맨얼굴을 본 적이 없어."

여자는 눈을 두어 번 깜박였다.

"얼굴이 닮았느냐는 질문이라면 단언은 못 해. 그런 느낌이기는 했지만 바로 앞에서 본 건 아니니까. 다만 관리인 얘기로는 당신이 여동생이라고 했다던걸. 그래서 나도 그렇게 믿었지."

그는 권총을 고쳐 잡았다. 또 새로운 가능성이 생겼다. 관리인, 그리고 사토무라도 자신의 말을 근거로 그렇게 믿었을 뿐, 실제로 그 여자는 진짜 동생이 아니었을지도 모른다.

"관리인이 내 동생에 대해 또 뭐라고 했지?"

"특별한 건 없어. 평범해 보이진 않는다고 했지만. 말하는 걸 본 적이 한 번도 없어서 벙어리인가 싶기도 했대."

그때 느닷없이 초인종이 울리는 바람에 그는 말 그대로 펄쩍 뛰어올랐다. 소파 뒤로 돌아가 권총으로 여자를 겨누었다. 여자는 자유롭지 못한 상반신을 일으키고 눈을 번쩍이며 말했다.

"포기해. 삼십 분이 지나도 안 나오면 상황을 살피러 오라고 동료한테 말해뒀으니까."

"동료?"

"그래. 내가 여기 혼자 뛰어들 만큼 바보로 보여?"

그는 방아쇠에 손가락을 걸었다. 아까 여자를 들인 뒤 현관문을 잠갔다. 그리 쉽게 뚫고 들어오지는 못할 것이다.

여자가 거듭 설득했다.

"내 말 들어. 병원 가서 치료를 받아. 당신 동생은 우리가 꼭 찾아줄게."

"입 닥쳐."

초인종이 두세 번 더 울리다가 이윽고 미친듯이 울려대기 시작했다. 그는 여자에게 총을 겨눈 채 주저했다. 여자를 쏘아죽이는 건 간단하지만 뒷일이 문제다. 사토무라를 처리한 것과는 사정이 다르다. 만약 이 형사를 죽이면 경찰은 눈에 불을 켜고 자신을 쫓을 것이다. 그러면 달아날 수 있는 확률은 제로에 가깝다.

그는 여자를 남겨두고 방안으로 뛰어들었다. 유리문을 열고 베란다로 나갔다. 어둠에 잠긴 아래를 내려다보자 작은 마당이 눈에 들어왔다. 1층 집의 전용 공간인 모양이다. 창문에서 불빛이 새어나오지 않는 것으로 보아 지금은 아무도 없는 듯했다. 그는 철책을 뛰어넘어 기둥에 매달렸다가 마당으로 뛰어내렸다. 잔디 덕분에 소리와 충격은 거의 없었다. 위쪽에서는 여전히 희미하게 초인종 소리가 들려왔다.

그는 권총을 벨트에 끼우고 1층 울타리를 뛰어넘으려 했다. 그 순간 누가 뒤에서 어깨를 확 잡아당겨 잔디에 엉덩방아를 찧었다. 공포와 분노에 사로잡힌 그는 위에서 덮쳐누르는 남자를 필사적으로 떨쳐내려 했다.

"주거침입 현행범으로 체포한다. 꼼짝 마."

남자가 억누른 목소리로 말했다. 젠장, 이런 곳에 한 명이 더 숨어 있었을 줄이야. 그는 왼팔로 상대의 가슴을 밀치며 오른손으로 잔디 위를 더듬었다. 아까 얼핏 보았던 화분이 손끝에 닿았다. 화분을 손에 쥐자마자 위에 올라탄 남자의 머리를 향해 힘껏 휘둘렀다. 둔탁한 소리와 함께 화분이 깨지고 흙이 사방으로 튀었다. 남자의 몸이 힘없이 처졌다.

남자를 밀쳐내고 일어선 그는 울타리를 넘어 보도블록이 깔린 좁은 골목으로 내려섰다. 왼쪽으로 가면 맨션 정문이 나온다. 그는 오른쪽으로 힘차게 달렸다.

널찍한 길이 나올 때까지 수십 미터를 질주하다가 뒤를 한 번 돌아보았다. 아무도 쫓아오지 않았다. 좋아, 다행이다. 그는 의심받지 않도록 걸음을 늦추고 길로 나섰다. 가로등이 밝게 켜진 주택가였다. 가능한 한 빨리 현장을 벗어나야 한다.

종종걸음으로 모퉁이를 세 개 정도 돌았다. 뒤에서 자동차 소리와 함께 헤드라이트 불빛이 쏟아졌다. 그는 식은땀을 흘리며 길가에 붙어 차를 먼저 보냈다. 택시였다. 택시는 그에게 배기가스를 퍼부으며 50미터 정도 나아가다 오른쪽 맨션 앞에서 멈췄다. 여자 두 명이 내렸다.

그는 냅다 달려갔다. 택시를 잡으면 이제 안심이다. 손을 들고 발을 재게 놀렸다. 그러나 택시는 그가 달려오는 줄 모르고 문을 쾅 닫더니 바로 앞에 멈춰 있던 검은색 차를 피해 출발해버렸다.

그는 작게 욕을 내뱉고 발을 멈췄다. 다시 한번 뒤돌아보았다. 아무도 없었다. 아무래도 포기한 모양이다. 그는 한숨을 크게 내쉬고 다시 걷기 시작했다.

검은색 차 몇 미터 앞까지 갔을 때 남자 두 명이 오른쪽 맨션의 계단을 내려왔다. 그가 그쪽을 보자 두 사람도 그를 쳐다보았다. 한순간 세 사람 다 얼어붙은 듯이 움직임을 딱 멈췄다.

그는 급히 블루종 안쪽에 손을 찔러넣었다가 저도 모르게 입술을 깨물었다. 벨트에 끼워둔 권총이 없었다. 아까 격투중에 떨어뜨린 것 같았다.

까까머리 남자가 우두커니 선 그의 뒤로 돌아갔다.

"이게 웬 떡이야. 운수대통이네."

앞에 선 파마머리 남자가 고개를 끄덕였다.

"그러게 내가 뭐랬어. 이 근처 맨션을 이잡듯이 뒤지면 언젠가는 나타날 거라고 했잖아."

3

바늘은 열한시를 가리키고 있었다.

아케보시 미키는 벽시계에서 눈을 돌리고 미간을 찌푸렸다. 직업상 기다리는 데는 익숙하지만 오늘밤은 사정이 달랐다. 전화를 받은 지 두 시간 동안 텔레비전을 틀었다가 책을 펼쳤다가 끝내는 석 달이나 내팽개쳐둔 뜨개질거리까지 집어들었지만 무엇 하나 손에 잡히지 않았다. 적지 않은 긴장감과 일말의 기대 때문에 명치께가 답답하고 오한이 났다. 이런 적은 처음이었다.

또다시 시계를 올려다보고 한숨을 내쉬었을 때 갑자기 초인종이 울렸다. 허를 찔린 미키는 뜨개질거리를 바닥에 떨어뜨렸다. 가슴이 쿵쿵 뛰었다.

최대한 천천히 현관으로 향했다. 조심성 없이 바로 자물쇠를 풀려다가 문득 손을 멈추고 문 너머로 누구세요, 하고 물어보았다. 대답 대신 문 밖에서 뭔가 스치는 듯한 소리가 났다.

"누구세요?"

다시 한번, 이번에는 목소리에 힘을 주어 물었다.

"구라키."

흐릿한 목소리가 들리자 미키는 안심하고 몸의 힘을 뺐다. 만약을 위해 체인이 걸려 있는 것을 확인하고 자물쇠를 풀었다. 살짝 열리는 문이 묘하게 무거웠다. 체인 건너편에서 상대의 몸이 비틀거리고 있었다.

미키는 입술을 깨물었다.

"경부님, 술 드셨어요?"

밖에서 가쁜 숨소리가 들렸다.

"아니. 좀 다쳤을 뿐이야."

다치다니요? 그렇게 되물으려는데 미키의 눈앞에 피투성이 손이 문틈으로 쑥 들어왔다. 작게 소리를 지른 미키가 서둘러 체인을 풀고 문을 힘껏 밀어서 열었다. 그리고 쓰러지는 구라키를 가까스로 끌어안아 부축했다.

구라키를 거실로 데려가 소파에 눕힌 미키는 잠시 그 자리에 멍하니 서 있었다. 구라키의 얼굴은 원래 모습을 알아보기 힘들 만큼 검푸르게 부어올랐고, 군데군데 피부가 찢겨 피와 흙이 엉겨붙어 있었다. 풀어헤

친 코트와 블레이저 아래 드러난 와이셔츠와 바지도 마찬가지였다. 마치 콘크리트 믹서에서 빠져나온 것 같은 처참한 몰골이었다. 미키는 구역질을 참으며 두 손을 꽉 움켜쥐었다. 너무 놀라서 말이 나오지 않았다.

"구급차 부를게요."

겨우 그렇게 말하고 전화를 걸려고 하자 뜻밖에도 구라키가 날카로운 목소리로 제지했다.

"잠깐. 전화로도 말했지만 난 자네한테 할말이 있어서 온 거야. 구급차나 불러달라는 게 아니라."

미키는 발끈해서 말대꾸를 했다.

"하지만 경부님이 여기서 죽으면 제 입장이 뭐가 돼요."

구라키가 이를 내보였다. 그것이 웃음임을 알아차리기까지 시간이 좀 걸렸다.

"걱정 마. 죽더라도 자네 이야기를 다 듣고 밖에 나가서 죽을 테니."

미키는 잠깐 망설이다가 전화 걸기를 단념하고 세면실로 향했다. 수건과 뜨거운 물, 소독용 알코올을 가지고 돌아왔다. 아까보다 마음이 차분해지자 꼭 골목대장 아들의 어머니가 된 것 같은 기분이 들었다. 조심스럽게 코트와 윗옷을 벗기고 와이셔츠 앞섶을 젖혔다. 몸은 멍투성이에다 전체적으로 검붉게 물들어 있었다. 제트코스터 같은 것에 치였나 싶을 만큼 끔찍했다.

"도대체 어떻게 된 거예요?"

"미안하지만 설명할 시간이 없어. 병원에는 갈 거야. 일단 자네와 이야기하고 나서."

미키는 입을 다물고 수건에 뜨거운 물을 적셔 구라키의 얼굴에 묻은 피와 흙을 살살 닦아냈다. 왼뺨이 찢겨 벌건 속살이 드러난 것을 보자 몸이 부르르 떨렸다. 오른쪽 눈은 거의 감겼고 관자놀이는 푹 익은 석류처럼 우그러졌다. 미키는 수건을 내려놓고 알코올을 솜에 듬뿍 적셨다. 갑자기 가학적인 감정이 솟아서 구라키의 얼굴에 주저 없이 솜을 갖다댔다. 구라키는 짐승처럼 신음하며 미키의 손목을 잡았다. 엄청난 힘이었지만 미키는 물러서지 않고 솜으로 상처 부위를 꾹꾹 눌렀다. 저도 모르게 웃음이 날 만큼 통쾌했다.

구라키가 갑자기 손을 놓는 바람에 미키는 균형을 잃었다. 그는 오른팔을 미키의 허리에 둘러 자기 쪽으로 끌어당겼다. 깜짝 놀라 몸을 떼려 했지만 구라키가 먼저 미키의 블라우스 위로 오른쪽 젖가슴을 꽉 움켜쥐었다. 미키는 죽을 만큼 놀라서 냅다 구라키의 어깨를 떠밀었다. 구라키는 고통에 찬 소리를 지르며 손을 놓았다.

미키는 맞은편 소파까지 물러나서 무의식적으로 가슴을 감싸안았다. 무릎이 떨려 그대로 소파에 주저앉았다.

"이게 무슨 짓이에요!"

구라키는 상처에서 솜을 떼어내 바닥에 내던졌다.

"당한 만큼 갚아주는 게 내 방식이거든."

미키는 속입술을 지그시 깨물었다. 서둘러 수건과 대야를 챙겨들어 물이 쏟아지든 말든 상관 않고 거실에서 나갔다.

세면대에 물을 비우고 숨을 가다듬었다. 거울을 보자 당장이라도 창에서 뛰어내릴 것처럼 표정이 일그러진 여자가 보였다. 미키는 심호흡을 하고 손으로 머리를 빗었다. 지금 냉정함을 잃어서는 안 된다. 구라키의 목적이 뭔지 확인하는 것이 먼저다.

거실로 돌아가자 구라키는 아까와 똑같은 자세로 소파에 누운 채 입을 열었다.

"실은 네댓새 전에 자네가 알려준 신가이의 집에 가서 관리인을 만나봤어. 그 사람 말로 폭탄 사건 당일 신가이는 내내 집에 있었다더군. 그런데 자네는 녀석을 미행했다고 하고. 누구 말이 맞지?"

미키는 사이드보드에서 위스키를 꺼내고 잔에 따라 구라키에게 건넸다. 구라키는 받아들기는 했지만 바로 마시진 않고 미키의 대답을 기다렸다.

"그건 관리인의 착각일 뿐이죠. 신가이는 로비가 아니라 비상계단으로 빠져나갔어요. 저는 양쪽 출구를 다 확인할 수 있는 곳에 잠복해 있었고요."

막힘없이 술술 대답했다. 구라키는 천천히 술을 비우고 잔을 탁자에 내려놓았다.

"예상했던 답과 100퍼센트 일치하는군."

"사실을 말씀드렸을 뿐이에요. 아니면 제가 거짓말이라도 했다는 건가요?"

"자네는 필요하다면 충분히 거짓말을 할 여자야."

단정하는 듯한 말투에 움츠러들었다가 미키는 바로 되받아쳤다.

"그건 인정하지만, 그렇지 않은 여자도 있다는 걸 경부님이 믿으실지 의문이군요."

구라키는 이를 내보이며 소리 없이 웃었다. 무슨 일이 있었는지는 모르지만 온몸이 만신창이가 되고도 이 사건을 물고 늘어지려는 그의 집념에 미키는 감탄하는 대신 등골이 서늘해졌다. 이 남자는 뼛속까지 경찰인 걸까, 혹은 그저 죽은 아내를 포기 못 하는 것뿐일까, 아니면 전혀 다른 이유가 있는 걸까.

"실은 오늘 신주쿠 마르세유에 가서 여종업원을 만났어."

미키는 무릎을 움켜쥐었다. 마르세유는 폭탄 사건이 일어나기 직전 가케히 슌조가 들른 카페다.

"그런데요."

"요전번 자네 이야기를 듣고 마르세유에 가서 모든 종업원에게 가케히의 사진을 보여줬지. 예의 사건이 일어나기 직전에 이 남자가 가게에 온 걸 기억하느냐고 물었어. 유감스럽게도 아무도 기억 못 하더군. 사건 다음날 유럽여행을 가서 그 자리에 없었던 한 사람만 빼고. 그 종업원이 이삼일 전에 귀국해서 오늘 가게에 나왔다기에 붙잡아서 물어봤지."

구라키는 말을 끊고 뺨의 상처에 살짝 손등을 댔다. 이 사이로 숨결이 새어나왔다. 말하기가 상당히 힘들어 보였다. 이대로 내버려둬도 될까. 구급차는 부르지 않더라도 이야기를 중단시키고 침대에 누이는 편이 낫지 않을까.

침대를 떠올리자 미키는 가슴이 울렁거려서 꿈틀대며 자세를 고쳤다. 하나밖에 없는 이 집 침대에는 아직 남자가 누운 적이 없다.

"—좀 주겠나."

구라키의 목소리에 정신을 차렸다. 다른 생각을 하느라 말머리를 놓쳤다. 하지만 잔을 가리킨 구라키의 손가락을 보고 술을 청했다는 것을 알았다.

위스키를 채운 잔을 건네자 구라키는 단숨에 비웠다.

"그 종업원이 가케히를 기억하고 있었어. 직접 주문을 받았거든. 커피에 멋대로 크림을 넣었다고 하도 구시렁대서 기억에 남았대."

미키는 맞은편 자리로 돌아갔다.

"그래서요?"

구라키는 잔을 손가락으로 만지작거리며 추하게 감긴 눈을 미키에게 돌렸다.

"종업원의 증언에 따르면 가케히는 여자와 함께 있었다더군. 정확하게 말하면 여자가 먼저 왔고, 나중에 가케히가 합석했어."

미키는 놀라서 등을 꼿꼿이 폈다.

"가케히가 여자와 만날 약속을 했다는 말인가요?"

"그래. 자네는 신가이와 가케히를 쫓아 마르세유에 들어갔다가 다시 밖으로 나와서 출구를 감시했다고 했지. 그때 가케히가 앉은 자리에서 여자 모습을 못 봤나?"

미키는 뺨이 달아오르는 것을 느꼈다.

"자리가 백 석도 넘는 대형 카페인데다 칸막이의 화분들 때문에 잘 안 보였어요. 게다가 그때 제 미행 대상은 가케히가 아니라 신가이였다고요."

"하지만 자네는 신가이가 무슨 테러를 청부했다 생각하고 미행을 시작했을 텐데. 그런 신가이가 가케히를 미행했다면 상식적으로 가케히가 테러 대상이 아닐까 의심할 거야. 적어도 평균적인 능력을 지닌 공안형사라면. 그렇다면 어떤 악조건에서도 두 사람에게서 눈을 떼선 안 됐어."

구라키의 말이 미키의 가슴에 날카롭게 꽂혔다. 잘못을 지적받자 관자놀이 언저리가 뜨거워졌다. 몸은 너덜너덜해졌어도 머리 회전은 여전하다.

"물론 저도 경계했습니다. 하지만 설마 가게 안에서 가케히를 죽이지는 못하리라 판단했고, 실제로 그 안에서는 아무 일도 일어나지 않았어요."

"우연히, 결과적으로 그랬을 뿐이야. 그리고 가게 안에서 아무 일도 일어나지 않았다고 단정할 수 있는 사람은 없어."

미키는 무심결에 엄지손톱을 깨물었다. 일리 있는 말인 만큼 반박하면 더더욱 궁지에 몰릴 것 같았다.

"가케히가 만난 여자는 누구죠?"

미키가 묻자 구라키는 입술에 냉소를 띠며 손가락으로 잔을 어루만졌다. 너무 갑작스럽고 부자연스럽게 화제를 바꾸었음을 알아차리고 미키는 식은땀을 흘렸다.

"검은색 코트를 입고 선글라스를 낀, 긴 머리 여자였다는군."

미키는 스커트 자락을 움켜쥐었다. 심장박동이 빨라졌다.

"정말로 그 여자가 가케히보다 먼저 와 있었나요?"

반쯤 감긴 구라키의 눈이 번쩍 빛났다.

"무슨 뜻이지? 그 여자가 가케히보다 나중에 왔을 거라 생각하는 근거라도 있나?"

"아니요, 그냥 확인하고 싶어서요. 일전에 말씀드렸을 텐데, 마르세유에서 신가이보다 조금 앞서 여자 하나가 나왔었어요. 지금 생각해보니 그 여자가 분명 선글라스를 끼고 검은색 코트를 입었던 것 같아요."

"음. 이야기의 아귀가 점점 들어맞는군."

미키가 힘을 주어 입을 꾹 다물었다.

"제가 꾸며낸 이야기를 했다는 말씀인가요?"

"아니. 하지만 자네가 지금까지 내게 한 이야기가 진실인지 아닌지는 자네밖에 모르잖아. 만약 거짓말일 수도 있다고 의심하면 전혀 다른 국면이 나타나지."

"예를 들면 어떤?"

"예를 들면 그 수수께끼의 여자는 자네가 변장한 모습일 수도 있어."

4

미키는 웃음을 터뜨렸다.

부자연스럽게 가시 돋친 웃음이라는 것을 스스로도 잘 알 수 있었다.

구라키는 미키를 물끄러미 쳐다보았다. 미키의 웃음은 곧 덧없이 허공으로 사라지고 거북한 침묵이 주변을 지배했다.

"뭐, 됐어. 그리고 오늘 다시 가게 사람들에게 신가이의 사진을 보여주고 기억이 나느냐고 물어봤지."

미키는 턱을 끌어당겼다.

"신가이의 사진이라. 그런 걸 어디서 구하셨어요?"

"네댓새 전에 놈의 집에서 실례해왔어."

"집을 수색하셨어요?"

"그래. 호메이 흥업 놈들이 한바탕 휩쓸고 간 뒤였지만. 놈들도 뭔가를 찾고 있었나봐."

"뭘요?"

"놈들 말로는 신가이가 빼돌린 돈을 찾는다고 했어. 물론 거짓말이지."

"호메이 흥업과도 접촉하셨나요?"

구라키가 고개를 끄덕였다. 미키는 시선을 떨어뜨리고 넌지시 스커트의 주름을 폈다. 이 남자는 이쪽에서 노린 대로 움직이고 있다. 상당히 위험한 도박이지만 지금은 상황을 지켜보는 수밖에 없다.

"뭘 찾는지 짐작이 가나?"

"아뇨, 전혀요."

그건 정말이었다. 만약 호메이 흥업이 뭔가를 찾고 있는 게 사실이라면 명심해둘 필요가 있다.

"이야기를 되돌리지. 아까 말한 여종업원을 포함해 마르세유 사람들 모두 신가이가 기억 안 난다고 대답했어. 어떻게 생각하나?"

"어쩔 수 없죠. 하루에도 드나드는 손님이 수백 명은 될 테니까요."

"확실히 그렇긴 해. 하지만 반대로 신가이가 가게에 들어가지 않았다고 볼 수도 있지. 더 나아가, 신가이는 애당초 자네와 가케히 사이에 끼어들지도 않았을지 몰라."

미키는 눈을 내리깔았다.

"경부님은 어떻게든 저를 그 수수께끼의 여자로 만들고 싶으신 모양이네요."

"난 뭘 만들어내고 싶은 생각은 없어. 그저 그렇게 생각하면 앞뒤가 들어맞는다고 말하고 싶을 뿐이야."

미키는 눈길을 들고 조용히 대답했다.

"전혀 들어맞는 것 같지 않은데요."

"그럼 이야기를 바꾸지. 자네는 신가이의 여동생에 대해 얼마나 아나?"

구라키의 날카로운 질문에 미키는 허를 찔렸다. 이 남자는 상대방 논리의 빈틈을 파고들어 잇달아 날카로운 이를 들이댄다. 어떻게 대답해야 추궁을 피할 수 있을지 순간적으로 판단이 서지 않았다.

미키는 몸을 일으켜 병을 들고 구라키의 빈 잔에 술을 따랐다. 기적적으로 손이 떨리지 않아서 엎지르지는 않았다. 병을 놓고 소파에 다시 앉았다.

"신가이에게 여동생이 있다니 금시초문이네요. 어디서 들으셨나요?"

그렇게 대답하고 구라키의 얼굴을 똑바로 쳐다보았다. 눈이 반쯤 감겨서 시선을 맞추기 힘든 것이 미키에게는 행운이었다.

구라키는 또다시 단번에 잔을 비웠다.

"리비에라에서 신가이 밑에 있던 사토무라라는 남자한테서 들었어. 그리고 도르미르 다키노가와의 관리인도 두세 번 본 적 있다더군. 자네가 그들에게 그런 정보를 얻어내지 못했다면 공안형사로서 더더욱 실격이야. 차라리 자네가 거짓말을 하는 것이길 바라고 싶군. 자네 자신을 위해서."

미키는 굴욕감에 입술을 깨물었지만 아무 반박도 하지 않았다. 반박할수록 구라키의 계략에 빠져 난처해질 뿐이다. 잠자코 있어도 난처해지기는 마찬가지지만 말꼬리를 잡히지는 않는다. 가만히 참는 수밖에 없다.

구라키는 잠시 조용히 호흡하다가 기운을 끌어모으려는 듯 숨을 들이마셨다.

"하나만 더 묻지. 쓰키 경시정*이라고 아나?"

이번에는 정말로 충격을 받아 막대기를 삼킨 듯 등줄기가 굳었다. 경악한 기색이 얼굴에 고스란히 드러난 것을 알았지만 어떻게 얼버무릴 방법이 없었다.

---

* 한국 경찰의 경무관에 해당하는 계급.

구라키가 부은 입술을 추하게 일그러뜨렸다.

“또 술을 따르고 넘어가지그래?”

미키는 땀에 젖은 손으로 무릎을 감쌌다.

“알아요. 그런데 왜요?”

목소리가 힘없이 떨렸다.

“얼마 전 자네가 쓰키 경시정과 아사쿠사의 전골집에서 식사하는 걸 우연히 봤거든.”

왈칵 분노가 치밀었다.

“우연히 봤다고요? 저를 미행했다고 솔직히 인정하시죠. 유능한 공안 형사라면 당연히 그럴 테니까요.”

구라키는 이성을 잃은 미키를 바라보고 아무 일도 없었다는 듯이 말을 이었다.

“그와는 어떤 관계지?”

미키는 턱을 내밀었다.

“지극히 사적인 관계예요. 그런 질문을 하다니 오지랖도 참 넓으시네요.”

“글쎄, 모르지. 자네가 분노의 가면 아래 뭘 숨기고 있을지.”

미키는 구라키를 가만히 쳐다보았다. 증오심이 갑자기 고개를 쳐들었다. 지금까지 경험한 적 없는 격렬한 감정이었다.

“도대체 무슨 말씀이 하고 싶은 건가요?”

구라키는 괴로운 듯이 어깨를 들썩이며 숨을 쉬었다.

“자네가 경시정과 부적절한 관계처럼 보이지는 않았다는 뜻이야.”

미키도 어깨를 들썩였다. 구라키는 그칠 줄 모르고 집요하게 추궁하며 미키를 몰아붙이고 있었다. 어떻게 발뺌해도 의미 없는 발버둥일 것이 불 보듯 뻔했지만, 그녀에게는 다른 길이 없었다.

“그러면 또 어때서요. 저와 경시정님 둘 다 미혼이고 성인인걸요.”

"그렇게까지 우기겠다면 그렇다고 해두지. 다만 그의 직책이 참 흥미롭단 말이야. 쓰키 슌스케, 경찰청 경무국에 소속된 경시정이자 특별감찰관. 맞나?"

"네."

"특별감찰관의 임무는 경찰 내부에서 발생하는 부정 및 범죄의 조사와 단속이야. 물론 잘 알 테지."

"그렇게 들었어요."

"하지만 실제로는 그런 불상사를 외부, 특히 매스컴에 새어나가지 않도록 무마하거나 아예 묻어버리는 게 주된 일이라는 소문도 있어."

"전 몰라요."

미키가 강하게 부정하자 구라키는 턱을 살짝 끌어당겼다.

"몇 년 전, 자네가 공안으로 오기도 전에, 내 동료 형사가 불상사를 일으키고 당시 경시였던 쓰키에게 사살당한 사건이 있었어. 결국 그 형사의 개인적인 범죄로 처리되었지만 실은 배후에 상당히 복잡한 정치문제가 얽혀 있다는 말이 나돌았지."

"그 사건은 들은 적 있어요."

"잠자리에서?"

미키는 주먹을 꽉 움켜쥐었다. 구라키가 자신의 화를 돋우려 한다는 것을 깨닫고 간신히 모욕을 참아냈다.

구라키는 말을 이었다.

"사건 후 그는 파리 인터폴로 갔지. 주위가 잠잠해질 때까지 몸을 피한 거야. 그리고 어느 틈엔가 귀국해서 경시정으로 승진했어."

"그게 저와 무슨 상관인가요?"

미키는 결국 초조한 기색을 드러냈다.

"그건 나도 몰라. 다만 그가 또 물어뜯을 먹잇감을 발견한 게 아닌가 싶어서."

구라키는 아무렇지 않은 투로 말하고 잠시 미키를 바라보았다. 더는 추궁할 생각이 없는 것 같았다.

"정말 고마워. 역시 만나러 온 보람이 있었어."

구라키가 갑자기 선선히 물러나서 미키는 내심 안도의 한숨을 내쉬었다. 딱히 빈정거림은 느껴지지 않았지만 한마디 쏘아붙이지 않고는 배기지 못했다.

"천만에요. 하지만 경부님은 제 이야기를 안 믿으시잖아요."

구라키는 희미하게 웃었다.

"자네가 진실만 말해줄 거라는 기대는 처음부터 하지도 않았어."

미키는 뒤통수를 얻어맞은 것 같아 입술을 깨물었다. 패배감이 밀려와 반박할 기력조차 없었다.

"이만 실례하지."

구라키의 말을 듣고서야 미키는 제정신이 들었다. 시선을 돌리자 그는 소파에서 몸을 일으키려는 중이었다. 하지만 체력이 다했는지 잠깐 몸을 뒤척이다 말았다. 미키는 반사적으로 일어서서 구라키를 도왔다. 구라키는 미키의 어깨를 붙잡고 간신히 일어났다. 고통을 참는지 악다문 이 사이로 거친 숨소리가 새어나왔다. 겨우겨우 윗옷과 코트를 입었다.

"구급차를 부를게요."

"됐어. 자네 집에서 실려나가다니 말도 안 돼. 아내를 잃은 지 얼마 지나지 않은 형사가 동료 여형사 집에 있었다는 사실이 알려져봐. 쓰키 경시정한테 납셔달라고 애원하는 꼴이라고."

구라키가 현관으로 발걸음을 옮기자 미키는 허둥지둥 어깨를 빌려주었다.

두 사람은 서로를 나란히 끌어안듯이 서서 현관 쪽 복도로 나왔다. 미키는 구라키가 부축을 받으면서도 되도록 자신에게 기대지 않으려고 다리에 힘을 주어 버티는 것을 알아채고 가슴이 찡했다. 이 남자도 그저 상처입기 쉬운 마음에 허세라는 갑옷을 걸치고 있는 게 아닐까.

복도 중간에서 구라키는 균형을 잃고 바닥에 한쪽 무릎을 꿇었다. 미키는 쪼그리고 앉아 구라키의 가슴을 아래서 밀어올렸다. 구라키는 벽에 어깨를 기대고 겨우 일어섰다. 미키는 그의 오른팔을 다시 어깨에 둘렀다. 두 사람의 얼굴이 예상외로 가까워서 위스키 냄새가 확 풍겼다.

다음 순간 구라키가 입술을 내리누르는 바람에 미키는 놀라서 몸을 뒤로 젖혔다. 부어오른 입술에서 피맛이 느껴지고 그 감촉은 마치 배를 잔뜩 채운 거머리 같아 소름이 끼쳤다. 구라키는 미키가 달아나지 못하도록 오른팔로 그녀의 어깨를 꼭 끌어안았다.

미키는 구라키의 가슴에 손을 댔지만 아까처럼 힘껏 밀어내지는 못했다. 몸안에서 무언가가 무너져내리고 손발에서 저항하는 힘이 빠져나갔다. 미키는 눈을 감고 구라키의 혀를 받아들였다. 눈꺼풀 안쪽에 침대가 떠오르자 저도 모르게 몸이 떨렸다.

겨우 입술이 떨어지자 미키는 숨을 크게 내쉬었다. 조금 전까지는 구라키를 부축하고 있던 자신이 지금은 반대로 그의 품에 끌어안겨 있었다. 두 사람은 벽에 기대 거친 숨을 몰아쉬었다. 방에 침대가 있어요. 마음속으로 그렇게 외치면서도 소리 내어 말하지는 못하는 것이 안타까워 미키는 입술을 세게 깨물었다. 한마디라도 좋으니 구라키가 먼저 그런 뜻을 내비쳐주기를 바랐다.

구라키는 느릿느릿 미키의 몸을 밀어냈다. 혼자 힘으로 현관까지 가더니 몸을 웅크리고 구두에 손을 뻗었다. 미키는 쫓아가서 구두를 빼앗았다. 냉장고에 내던져버리고 싶을 만큼 성질이 났다.

하지만 곧 잠자코 다리를 뻗는 구라키를 보고 하는 수 없이 구두를 신겨주었다. 혹시 구라키도 내가 한마디하기를 기다리는 게 아닐까란 생각이 언뜻 머리를 스쳤다. 그러나 미키는 어떤 의미로든 그 말을 입에 담을 수 없었다.

구라키는 벽에 양손을 짚고 천천히 일어섰다. 그리고 등을 돌리고 서서 말했다.

"부탁이 하나 있어. 오스기 경부보에게 꼭 병문안 오라고 전해줘."

"어느 병원으로 가실 건데요?"

"몰라. 내일 신문이나 찾아보고 확인해."

미키가 입을 열기도 전에 구라키는 문을 열고 비틀거리며 밖으로 나갔다. 철문이 차갑게 닫히자 미키는 그 자리에 홀로 남겨졌다. 주체할 수 없는 초조감에 저도 모르게 두 손을 모아 쥐었다.

구라키와의 밀회 사실이 들통나면 확실히 난처해진다. 하지만 중상을 입은 그를 혼자 내버려둬도 되는 걸까. 하다못해 근처 병원까지 데려가는 정도라면 아무도 탓하지 않을 것이다.

쏜살같이 문을 연 미키는 신발도 신지 않고 복도로 뛰쳐나갔다.

"경부님."

하지만 구라키는 이미 거기 없었다.

미키는 힘없이 문에 기대 아무도 없는 복도를 멍하니 바라보았다.

5

그는 비명을 지르며 몸을 뒤틀었다.

충격과 통증이 온몸을 휘감았다. 팔다리를 묶은 가죽끈이 사정없이 살갗을 파고들었다. 모공이 죄다 오므라들고 온몸에 소름이 끼쳤다. 정신이 아득했지만 의식을 완전히 잃지는 않은 탓에 고통은 한참이나 그의 몸을 좀먹었다.

굳은 근육이 겨우 풀렸다. 어느 틈엔가 사타구니가 미지근하게 젖어 있었다. 아무래도 실금한 모양이다.

머리 위에서 목소리가 들렸다.

"선생, 어떻게 된 거야. 전혀 경련하지 않잖아. 전압이 너무 낮은 거 아니야?"

노모토의 목소리였다.

그는 의식을 잃은 척하고 귀를 기울였다.

"아니, 전압과 시간은 이게 한계야. 사람에 따라서, 그리고 몸 상태에 따라서 이런 경우도 있어. 잠깐 상태를 지켜보지."

그렇게 대답한 사람은 원장 고야마였다.

이 병원에 끌려온 지 적어도 열 시간은 넘었다. 어딘지 모르겠지만 도쿄에서 그렇게 먼 곳은 아닌 듯하다.

고야마는 노모토의 의뢰, 아니, 명령을 받고 그에게 전기요법을 시행하고 있었다. 처음엔 전기충격은 주로 조현병 치료에 사용하는 것이고 기억상실에는 효과가 없다며 반대했지만 결국 노모토의 협박에 꺾이고 말았다. 그는 눈앞에서 두 사람의 대화를 들으며 전기요법에 대한 공포와 함께 일종의 기대를 품었다. 만약 기억이 돌아올 가능성이 있다면 어느 정도의 충격은 견뎌볼 만할 것 같았다. 그래서 놈들이 그를 침대에 묶을 때도 저항하지 않고 가만있었다.

하지만 지금은 후회하고 있었다. 고야마의 설명으로는 머리에 전극을 붙이고 전기를 흘려보내면 바로 의식을 잃기 때문에 고통은 거의 없을 거라고 했다. 몇 분 간격으로 몸에 경련이 일어나지만 본인은 못 느낀다는 것이다. 하지만 실제로 해보니 의식을 잃기는커녕 경련도 없고 격렬한 통증과 불쾌감만 느껴질 뿐이었다. 전압을 100볼트 이상으로 높이고 시간을 늘려도 결과는 마찬가지였다.

노모토가 입을 열었다.

"하는 수 없군. 내일 다시 하지. 그때는 전압을 50볼트 더 올려서 오래오래 지져주는 거야."

"당치도 않은 소릴."

"뭐가 당치도 않아. 몇천 볼트나 되는 벼락을 맞고 목숨을 건진 놈도 있는데."

그는 고통을 참는 와중에 하마터면 웃음을 터뜨릴 뻔했다. 노모토의 단세포적인 발상에 기가 막힐 지경이었다.

고야마의 목소리가 바뀌었다.

"여기가 어딘 줄이나 아나? 절대로 안 돼."

"아아. 알다마다. 높으신 집안 사람을 잔뜩 모시고 있는 유서 깊은 병원이잖아. 그래서 뭐 어쩌라고? 높으신 분의 총애는 우리도 받고 있거든. 함부로 깝죽거리지 마."

그는 살짝 실눈을 떴다. 머리 바로 위의 형광등이 눈부셨다. 고야마가 기계를 조작하던 남자 간병인에게 신호하는 것이 보였다. 간병인은 침대로 다가와 그의 팔다리를 묶은 가죽끈을 풀어냈다. 반소매 가운 아래로 드러난 팔이 철사처럼 뻣뻣한 털로 덮여 있다. 키는 크지 않지만 가슴팍이 바위처럼 두터웠다.

"보호실로 데려가. 속옷도 갈아입히고."

간병인은 그의 몸 아래로 굵은 팔을 집어넣어 가볍게 안아올렸다. 그는 다시 어린아이가 된 것 같은 느낌에 잠시나마 고통을 잊었다. 안락한 감각이 몸을 감쌌다.

간병인은 내내 한 번도 입을 떼지 않았다. 시키는 대로 하는 것으로 보면 청각장애인은 아닌 것 같았다.

보호실은 사방이 콘크리트 벽이고 철문이 달린 독방이었다. 식사를 들이고 내놓을 수 있도록 문 아래쪽에 작은 여닫이문이 달려 있었다. 낡아빠진 침대 하나, 방구석에 변기가 놓여 있다. 천장 구석에는 비디오카메라가 달려 있다. 그는 일거수일투족을 모조리 감시당하고 있는 것이다.

간병인은 그를 침대에 누이고 파자마와 속옷을 벗겼다. 그는 신기한 것을 관찰하듯 자신의 발기한 성기를 바라보았다. 간병인은 그쪽으로는 눈길 한 번 주지 않고 속옷과 파자마를 척척 갈아입혔다.

"고마워."

시험 삼아 말을 걸어보았지만 간병인은 딱딱한 얼굴로 눈썹 하나 까딱하지 않고 잠자코 나갔다.

그는 파자마를 끌어내리고 속옷 안으로 손을 넣었다. 단단한 성기가 자기 것이라는 게 믿기지 않았다. 손으로 감싸쥐고 가볍게 위아래로 훑었다. 곧 허리 언저리에 근질근질한 쾌감이 몰려왔다. 그 감각에 당황하고 놀라면서 더 빨리 훑었다. 해일이 몰려오듯 신음소리가 높아졌고, 결국 참지 못하고 속옷에 사정했다. 괄약근이 꿈틀대는 느낌에 몸부림치는 동안 그는 무수한 화면이 잇달아 눈꺼풀 안쪽을 스치는 것을 보았다. 소리를 지르며 지나가는 화면을 멈추려 했지만 헛수고였다.

정신을 차리자 그는 다시 차가운 침대에 누워 있었다. 미지근한 체액으로 범벅이 된 손이 끈적끈적했다. 손을 빼내 시트에 문질러 닦았다. 눈을 뜨자 천장 구석에서 비디오카메라가 그를 응시하고 있었다. 수치심이 고개를 살짝 쳐들었지만 바로 사라졌다. 다시 눈을 감았다.

방금 눈꺼풀 안쪽을 스친 것은 분명 잃어버린 기억의 조각이었다. 하지만 절정감이 사그라지자 더는 떠오르지 않았다.

무엇이 자신을 흥분시켰는지, 그는 곰곰이 생각에 잠겼다.

6

포렴이 살그머니 드리워 있었다.

구단우에 근처 뒷골목. 모르면 그냥 지나쳤을 정도로 작은 입구다.

빳빳하게 풀을 먹인 요리복 차림의 안주인은 오스기 료타의 이름만 듣고도 알겠다는 듯 미소를 띠며 2층으로 안내해주었다. 제일 안쪽 여닫이 문을 열고 오스기를 들여보냈다. 새로 깐 다다미 냄새가 기분좋게 코를 간질이는 다다미 넉 장 반 크기의 방이었다.

아케보시 미키가 방석에서 일어나 오스기에게 도코노마*를 등진 자리를 권했다. 오스기는 조금 망설이다 그녀가 권하는 대로 상석에 앉았다. 만나자고 먼저 말을 꺼낸 건 자신이지만 장소는 미키가 정했다. 이쯤은 상대의 체면을 살려주어도 될 것이다.

"오랜만이군."

오스기는 틀에 박힌 인사를 하고 물수건으로 땀도 나지 않은 얼굴을 닦았다.

"신주쿠 주오 서에서 뵙고 처음이군요."

"그래. 벌써 사 주 가까이 지났지. 상황은 거의 변함없지만."

미키는 고풍스러운 회색 맞춤 정장을 입고 있었다. 손목의 붕대는 풀 듯했다. 오스기는 헛기침을 하고 식탁 위 젓가락 받침과 접시의 위치를 바로잡았다.

"어째서 진전이 없죠?"

"그런 정보는 자네 직속상관한테 물어보는 편이 나을걸. 이 사건의 실질적인 책임자는 누가 뭐래도 와카마쓰 경시니까."

미키가 희미하게 웃었다.

"와카마쓰 과장님이 마음에 안 드시는 모양이군요."

오스기도 냉소로 답했다.

"마음에 든다는 사람이 있거든 한번 보고 싶네."

여종업원이 술을 들고 와서 대화가 끊겼다. 따라주는 술을 받으면서 오스기는 자기 오른쪽 벽이 장지문이란 것을 알아차리고 가슴이 철렁했

---

* 다다미방의 바닥을 한층 높여 족자나 도자기 등을 장식해두는 곳.

다. 괜히 심장이 뛰었다. 문을 열면 안쪽에 이부자리와 베개 한 쌍이 준비되어 있고, 덤으로 분홍색 알전구까지 켜져 있을 것 같다는 망상이 머릿속을 내달렸다.

여종업원이 요리들을 늘어놓고 물러가자 오스기는 잡념을 떨쳐내려는 듯이 말을 꺼냈다.

"어제 구라키 경부님 병문안을 다녀왔어. 자네 연락을 받고 바로 찾아가려고 했는데 공안 녀석들이 하도 막아대서 말이야. 그건 그렇고, 자네가 구라키 경부님과 접촉할 줄은 예상 못 했는걸."

"제가 부른 게 아니에요."

"지금은 누가 먼저 접근했느냐를 따질 때가 아니야. 이미 이야기 다 들었어. 경부님이 자네를 신문해서 신가이라는 살인청부업자에 대해 알아낸 것과, 호메이 흥업의 입김을 받은 퇴물 복서에게 당하고 자네 집에 간 것까지 전부 다."

"호메이 흥업이라고요?"

"그래. 설마 술 취해서 불량배와 붙었다는 신문 기사를 믿은 건 아니겠지?"

"그건 그렇지만."

"폭탄 사건이 일어난 날 어째서 내게 사실을 말하지 않았나? 신가이가 가케히를 미행하고 자네가 그 뒤를 밟았다고 말이야. 이 일이 윗선에 들어가면 얌전히 넘어갈 리 없어."

미키의 얼굴이 굳었다.

"그 이유도 구라키 경부님께 말씀드렸어요. 그나저나 경부님은 절대 다른 데 말하지 않겠다고 약속하셨는데. 제가 사람을 잘못 봤군요."

오스기는 미키의 표정 변화를 조금이라도 놓치지 않으려는 듯 가만히 응시했다.

"글쎄, 과연 그럴까. 자네는 뭔가를 노리고 경부님께 그 얘기를 털어놓은 거야. 경부님이 어떤 행동에 나서기를 기대하고서."

미키는 한순간 눈을 내리깔았다.

"경부님이 그렇게 말씀하셨나요?"

"그래. 하지만 경부님은 목표 지점에 도달하기 전에 그런 불상사를 당해서 옴짝달싹 못하고 있지. 그래서 나보고 뒷일을 맡아달라시더군."

"그래서 승낙하셨나요?"

"하면 안 되나?"

미키는 무릎에 시선을 떨어뜨리고 손수건을 구겨 쥐었다. 그 자세로 입을 열었다.

"공적으로요? 아니면 사적으로?"

"물론 사적으로. 구라키 경부님은 이 사건에 개입을 금지당했으니, 내가 경부님과 접촉한 걸 알면 와카마쓰 경시가 내 구두를 갈기갈기 찢어버릴 테지. 어제도 들키지 않고 들어가느라 얼마나 고생했다고."

한숨 돌린 듯이 미키의 어깨가 흔들렸다.

"하지만 경부보님은 수사본부의 책임자 중 한 사람이잖아요. 사적으로 움직이기 불가능하실 텐데요."

"벌써 움직이고 있어. 신주쿠 주오 서 서장은 와카마쓰 경시의 지시만 내려온다면 내게 하수구 청소라도 맡길 심산이야. 그런 상태에서 일이 제대로 되겠나? 이 사건이 미궁에 빠지기를 바라는 건가 싶은 생각까지 든다니까."

"바랄 뿐 아니라, 그쪽으로 몰아가고 있을지도 모르죠."

오스기가 잔을 든 손을 멈췄다.

"무슨 뜻이지?"

"별 뜻 없어요. 다만 사건이 일어나고 한 달이나 지났는데 수사에 전혀 진전이 없다는 게 이상하지 않나요?"

오스기는 미키를 쳐다보며 잔을 비웠다.

"그 말이 맞아. 슬슬 속내를 털어놔주실까."

"속내라니 무슨 말씀이신지?"

"딴청 부리지 마!"

고함을 지르고 나서야 제 목소리가 얼마나 컸는지 알아차리고 오스기는 입을 다물었다. 미키의 볼이 발그스름해졌다.

"그렇게 해서 속이 풀릴 것 같으면 탁자를 내리치셔도 상관없어요. 안주인에게 사정을 설명해두었으니까요."

오스기는 주먹을 움켜쥐고 화를 눌렀다. 이 여자랑 대화하다보면 이유없이 성질이 급해진다. 암, 좋고말고. 내리치는 게 다 뭐냐, 아예 반으로 쪼개서 창밖으로 내던져주마.

"잘 들어. 난 구라키 경부님처럼 뒤에 뭔가 있다는 걸 알면서도 모르는 척 상대의 손바닥 안에서 놀아나지는 못해. 공안에선 상투적인 방법일지 모르지만 적어도 내 취향은 아니라고. 난 내 방식대로 하겠어. 자네한테서 진실을 알아내기 위해서라면 머리끄덩이를 잡고 벽에 들이받는 정도는 식은 죽 먹기야. 안주인에게 사정을 설명했든 말든."

미키는 오스기를 가만히 쳐다보다가 눈을 내리뜨고 잔에 입을 갖다댔다.

"구라키 경부님께 전부 다 들었다고 하셨죠."

"그래."

"경부님께 딱 한 가지 거짓말을 했어요. 그것도 중요한 부분을."

오스기는 앉음새를 바로 했다.

"뭐지?"

미키가 등을 곧게 폈다.

"전 경부님께 리비에라 이케부쿠로 지점 점장인 신가이 가즈히코가 우익 테러리스트라고 말씀드렸어요."

"그랬나보더군. 그게 거짓말이라는 건가?"

"네. 신가이는 호메이 흥업에서 일을 맡아올 뿐이고, 테러를 실행하는 건 다른 사람이에요."

오스기는 탁자 아래로 무릎을 움켜쥐었다.

"그게 누군데?"

"신가이 히로미. 가즈히코의 여동생이죠."

별것 아닌 듯 툭 내뱉은 뒤 미키는 자기가 한 말의 효과를 헤아리려는 듯이 오스기의 표정을 살폈다. 놀라지 않았다고 하면 거짓말이지만, 오스기는 의식적으로 눈썹 하나 까딱하지 않고 미키의 시선을 되받았다.

"구라키 경부님이 신가이의 여동생 이야기를 꺼냈을 때 자네는 처음 듣는 말이라며 시치미를 뗐다던데."

"그때는 어쩔 수 없었어요. 여동생의 존재는 신가이를 감시한 지 얼마 지나지 않아 알게 되었죠."

"히로미라는 여동생이 테러 실행범이라고?"

"네. 신가이는 호메이 흥업에서 일만 받아올 뿐 죽이는 건 여동생한테 시켜요. 호메이 흥업은 신가이가 직접 처리하는 줄 아는 모양이지만."

"여동생이 실행범이란 건 어떻게 알았지?"

"신가이의 움직임이 별로 없어서 대상을 히로미로 바꿨더니, 제 감시 중에 적어도 두 건의 테러를 실행했거든요."

오스기는 눈을 크게 떴다.

"감시중에?"

"정확하게는 미행중이었죠. 한 건은 제가 목표물을 확인하기도 전에 처리했고, 다른 한 건은 현장이 혼잡한 경마장이라서 가까이 갈 수 없었어요. 게다가 두 건 다 히로미가 손을 썼다는 확실한 증거가 없어요. 피해자들은 목 뒤를 아이스픽으로 찔렸는데, 그녀가 찌르는 장면을 본 사람은 아무도 없었죠."

"그 두 사람은 누구지?"

"겉보기에는 평범한 회사원이지만 나중에 신좌익 세력의 간부로 판명

됐어요. 언론에는 공개하지 않았지만요."

"어째서 히로미를 체포하지 않았나?"

"방금 말씀드렸다시피 증거가 없었으니까요."

오스기는 질렸다는 듯이 고개를 저었다.

"두 눈 뻔히 뜨고 범인을 놓쳐놓고 잘도 순사부장 자리에 앉아 있군."

미키의 볼이 붉게 물들었다.

"변명은 하지 않겠습니다."

"그래야지. 그렇다면 이번 사건에서도 가케히를 노린 건 여동생이겠군."

"네. 저는 그날 히로미가 히가시나카노의 맨션을 나설 때부터 미행했어요."

"그리고 와세다로 가서, 사무실에서 나온 가케히를 쫓기 시작했고."

"네."

"히로미의 모습은 어땠지?"

"평소처럼 검은색 코트를 입고 선글라스를 쓰고 있었어요. 머리가 길고 키가 크지만 맨얼굴은 본 적 없어요."

"구라키 경부님이 마르세유 종업원한테 듣기로는 가케히가 가게에서 검은색 코트에 선글라스를 쓴 긴 머리 여자와 동석했다는데. 그게 히로미였군."

"저도 잠깐 그런 줄 알았어요. 하지만 종업원은 가케히보다 여자가 먼저 와 있었다고 증언했죠. 그렇다면 가케히를 뒤쫓던 히로미가 그 여자일 리 없잖아요."

"종업원이 착각했는지도 모르지. 히로미가 가케히와 접촉한 뒤 몰래 보스턴백에 폭탄을 설치했다고 생각하면 앞뒤가 맞아."

미키는 마지못해 고개를 끄덕였다. 오스기는 생선회를 잔뜩 우물거리다가 술과 함께 넘겼다. 질 좋은 생선회였지만 맛을 즐길 여유는 없었다.

"사건 후 신가이는 자취를 감추었다는데, 여동생은 어떻지?"

"같은 날 맨션에서 나간 뒤로 행방이 묘연해요."

"맨션 이름은?"

"카사 히가시나카노요. 관리인에게 히로미와 가즈히코 둘 중 하나라도 나타나면 바로 전화하라고 부탁해두었지만 아직 연락이 없어요."

오스기는 좌식의자 등받이에 기대 팔짱을 꼈다. 만약 신가이 남매가 가케히를 죽였다면 그들은 어디서 어떻게 그 폭탄을 손에 넣었을까. 호메이 흥업일까. 그렇다면 놈들은 또 어디서 입수했을까.

어차피 지금 여기서 골머리를 앓아봤자 별수없다. 오스기는 팔짱을 풀었다.

"그럼 이제 제일 중요한 얘길 해줘야겠군. 대체 왜 수사본부에는 입다물고서 구라키 경부님에게만 신가이에 대해 알려줬지? 그것도 여동생에 대해서만 거짓말을 하다니, 무슨 꿍꿍이속이 있는 게 분명해."

미키는 혀로 입술을 슬쩍 핥았다. 망설이는 눈빛이 스쳤다. 조금만 더 밀어붙이면 되겠다고 판단한 오스기는 연달아서 퍼부었다.

"경부님 이야기를 들어보니, 자네는 경찰청 경무국 소속 특별감찰관인 쓰키 아무개 경시정과 접촉한 모양이더군."

"네."

"쓰키 감찰관의 소문은 나도 들은 적이 있어. 경찰 내부의 불상사를 처리하는, 이를테면 화장실 청소부 같은 역할이지."

안색이 변한 미키가 몸을 부들부들 떨었다. 부자연스러울 만큼 당황하는 모습이었다.

"말이 지나치세요."

"그렇게 정색할 것 없어. 자네와 그 경시정이 연인일 가능성은 제로라고 구라키 경부님이 말했으니까."

미키는 차분하지 못한 눈빛으로 주변을 힐끔거렸다.

오스기는 말을 이었다.

"경부님은 자네가 쓰키 감찰관의 명령으로 이번 폭탄 사건에 얽힌 공안 내부의 구린 문제를 파헤치고 있다고 봤어. 즉 자네는 그의 스파이란 소리지. 나도 그 가설에 동의하고. 어때, 정곡을 찔렀지?"

"네, 정말이지 콱 찔렸습니다."

오스기는 깜짝 놀라 엉거주춤 일어섰다. 미키가 아니라 부드러운 남자 목소리가 그렇게 대답한 것이다.

옆쪽 장지문이 스르르 열리고 남자의 머리가 나타났다. 오스기는 반쯤 일어선 채 아무 말 못 하고 그 남자를 쳐다보았다. 키는 별로 크지 않지만 상반신이 비상하게 발달한 사십대 후반의 남자였다.

남자는 명함을 꺼내더니 가볍게 차려 자세를 취하고 오스기에게 고개를 숙였다.

"갑자기 끼어들어 미안합니다. 저는 이런 사람입니다."

오스기는 바닥에 무릎을 세운 어중간한 자세로 멍하니 명함을 받아들었다. 그 순간 놀라기에 앞서 얼굴의 핏기가 싹 가셨다. 명함에는 경찰청 경무국 특별감찰관 경시정 쓰키 슌스케라고 찍혀 있었다. 식은땀이 흥건하게 배어나왔다.

"도대체, 어떻게 된 겁니까?"

목소리가 떨리지 않도록 최대한 애쓰면서 말했다. 이 정도 기습을 당하기는 오랜만이었다. 오랜 습관 때문에 계급의 고하로 단번에 서로의 입장이 정리됨을 의식할 수밖에 없었다.

"사전에 말씀 안 드린 건 사과하겠습니다. 문제가 문제이니만큼 오스기 씨의 심중을 알아두고 싶었습니다."

쓰키는 빈자리에 앉아 손뼉을 쳤다. 기다렸다는 듯이 좀 전의 여종업원이 요리 1인분과 새 술을 들고 왔다.

젠장, 걸려들었다. 오스기는 분노를 억누르면서 미키를 노려보았다. 씹어 죽이고 싶을 정도였다. 어쩐지 행동거지가 이상하다 싶더라니 이런

카드를 숨기고 있었을 줄이야. 그래서 아까 자신이 쓰키의 험담을 했을 때 몹시 당황한 것이다.

"자, 한잔하시죠."

쓰키가 술병을 내밀기에 오스기는 황급히 잔을 들었다. 술을 받다가 순서가 반대임을 깨닫고 다시 식은땀을 흘렸다.

이렇게 된 이상 허둥대도 소용없다. 될 대로 되라는 식으로 마음을 단단히 먹었다.

"저는 사정을 들을 권리가 있다고 사료됩니다만."

격식을 차려 딱딱하게 말하자 쓰키는 그리스 조각상처럼 유독 높은 코를 손가락으로 매만졌다.

"그 말씀이 맞습니다. 아시다시피 이번에 제가 청소하려는 건 공안의 화장실입니다."

"그러니까 그 말씀은—"

오스기는 말하다 말고 다시 미키를 죽일 듯이 노려보았다. 미키는 낌새를 알아차렸는지 생선찜의 가시를 발라내는 데 전념하는 척했다. 쓰키는 요란스러운 손짓으로 오스기를 제지했다.

"자자, 참으십시오. 오늘밤 일은 제가 계획한 겁니다. 아케보시에게는 책임이 없어요. 당신이 만나자고 청했다기에 제가 이 가게로 오라고 지시했죠. 너그럽게 봐주십시오."

오스기는 불만스러운 표정으로 잔을 입에 댔다.

쓰키가 어떤 남자인지 아직 짐작이 가지 않았지만 보통 경찰과 다르다는 것은 알 수 있었다. 오스기보다 세 계급이나 높은데다 몇 살 연상으로 보이는데도 꼬박꼬박 존대하고 조금도 거들먹대지 않는다. 무슨 농간이 아니라 타고난 인품 같았다. 오스기는 닫힌 마음이 조금 열리는 걸 느꼈다.

"아케보시 순사부장은 경시정님의 스…… 조력자였습니까?"

"스파이 맞으니까 마음 쓰실 것 없습니다. 몇 개월 전 적합한 인재다 싶어서 사정을 설명하고 제 수족으로 삼았죠. 듣기 좋은 말은 아닙니다만, 영락없이 스파이이자 수족입니다."

쓰키는 당당하게 단언하고 또 코를 매만졌다.

7

그는 고개를 들었다.

듣기 싫은 소리와 함께 철문이 열렸다. 체격 좋은 간병인을 밀어젖히며 노모토가 들어왔다.

"일어나."

윗몸을 일으킨 그는 침대에 걸터앉아 바닥에 발을 내렸다. 그 앞에 노모토가 떡하니 버티고 섰다. 천장의 형광등 불빛이 숱이 적은 노모토의 머리카락을 지나 피부에 반사되었다. 콘크리트 바닥은 시리도록 차가웠다.

노모토는 그를 가만히 내려다보았다. 눈에는 분노가 깃들었고 뺨이 실룩거렸다.

"사토무라가 죽었다."

그는 표정을 바꾸지 않았다. 노모토는 갈색 렌즈를 끼운 안경에 손을 대고 그의 얼굴을 관찰하듯 들여다보았다.

"귀먹었나? 사토무라가 죽었다고."

"알아들었어."

"어제 오늘 가게에 안 나와서 사람을 집에 보냈지. 들어가보니 칼이 목에 꽂혀 있었다더군. 아마 즉사했을 거야."

"그럼 고통 없이 죽었겠군."

말이 끝나기가 무섭게 노모토의 오른손이 날아들어 그는 침대에 쓰러졌다. 충격으로 한순간 눈앞이 캄캄해졌다. 입안에서 피맛이 느껴졌다. 침대에 엎드려 머리를 흔들었다. 무의식중에 과거를 떠올리려 했다.

노모토가 파자마 옷깃을 잡고 그를 일으켰다. 얼굴을 가까이 들이대자 마늘 냄새가 코를 찔렀다.

"시치미떼지 마. 네놈이 사토무라를 죽인 거 다 알아."

그는 아무 대꾸도 하지 않았다. 노모토는 그를 더 가까이 끌어당겼다. 머리가 어질어질했다.

"아카이도 네가 죽였지?"

그는 잠자코 있었다.

"그렇지 않고서야 그날 이후로 코빼기도 안 내비칠 리 없어. 적어도 전화 정도는 해야 정상인데."

아무래도 고로자키 갑에 버려둔 차는 여전히 발견되지 않은 모양이다. 노모토가 양팔에 힘을 주는 통에 그는 숨이 막혀서 버둥거렸다. 노모토는 눈을 부라리며 마늘 냄새 나는 입김을 퍼부었다.

"잘 들어. 사토무라는 둘째 치고 아카이를 죽였다면 절대 그냥 못 넘어간다."

"경찰에 넘기지그래."

노모토가 입술을 비죽거렸다.

"일머리 하나는 기가 막히게 꿰는군. 아카이보다 한 수 위야. 그거 하나는 변함이 없어. 지금까지 맡은 임무를 그르친 적도 없으니 이런 일만 없었다면 좀더 뒤를 봐주었을 텐데 말이야."

그가 가만있자 노모토는 말을 이었다.

"네 녀석의 기억이 돌아오든지 뇌가 튀어나오든지, 어느 쪽이든 끝장을 볼 때까지 대갈통을 조져줄 테니 각오해."

그는 노모토의 목소리를 건성으로 들으며 문 옆에 선 간병인을 훔쳐보았다. 간병인은 빳빳한 털로 뒤덮인 팔로 팔짱을 낀 채 무표정하게 그의 시선을 되받았다.

그때 복도를 바삐 달려오는 발소리가 나더니 기타니가 문가에서 고개를 들이밀었다.

"전무님, 전화 왔습니다. 엄청 급한 일이라는데요."

"누군데?"

노모토가 그렇게 되묻고는 그를 침대에 내동댕이치고 기타니의 대답을 제지했다.

"아니, 됐어. 저쪽에서 듣지."

노모토는 문가로 향하다가 빙글 몸을 돌렸다. 침대에 쓰러진 그에게 집게손가락을 들이댔다.

"알겠나? 기억이 돌아오든 말든, 네 목숨은 내일로 끝이야."

―――― 8

노모토 다쓰오는 전무실 책상에 발을 얹고 여송연을 피우고 있었다.

오랜만에 여유가 넘쳤다. 영 거슬리던 그 공안형사를 계획대로 반불구로 만들어 병원에 처넣고 나니 실로 통쾌했다. 하기야 일을 준 퇴물 복서 역시 드러누웠다는 소문이니 그 형사도 만만치 않았던 모양이지만.

하여튼 그분의 지시는 반드시 따를 필요가 있다. 실패는 허용되지 않는다. 실패는 바로 이쪽의 파멸로 이어진다. 신가이를 저멀리 노토 반도까지 데려가서, 그것도 녀석이 가케히를 정리한 다음날 처리한 것은 제법 괜찮았다. 거기선 시체가 떠오를 걱정도 없다.

그나저나 이해가 안 되는 것은 그후 그분이 갑자기 신가이의 집과 리비에라 점장실을 수색해 사진을 찾아내라고 명령한 것이다. 어떤 사진인지 설명도 해주지 않았다. 그분의 생각은 도무지 알 수가 없다.

노모토가 미간을 찌푸리며 연기를 내뿜었을 때 바깥에서 심상찮은 발소리가 들려왔다. 노모토는 황급히 책상에서 발을 내리고 일어섰다. 문이 난폭하게 열렸다.

"초저녁부터 왜 이리 시끄러워!"

고함을 지르던 노모토의 입이 벌어지다 말고 멈췄다. 낯선 남자가 문가에 버티고 서서 노모토를 노려보고 있었다. 그 뒤에 부하 서너 명이 성난 얼굴로 들러붙어 있지만 그들 눈에는 두려움이 서려 있었다. 노모토는 이유도 없이 오싹했다. 순간 습격인가 싶었지만 상대는 폭력배처럼 보이지 않았다.

땅딸막한 중년 남자, 유도에 조예가 깊은지 다리가 꽤 휘었다. 싸구려 기성품 티가 나는 양복을 입었고, 구두는 더럽진 않지만 코 부분이 벗겨졌다. 노모토는 그가 형사라고 직감했다.

남자는 내팽개치듯이 문을 닫고 노모토를 응시하며 경찰수첩을 꺼냈다.

"본청 수사 1과의 오스기다. 네가 노모토냐?"

굵은 목소리를 듣고 노모토는 슬며시 어깨 힘을 뺐다. 역시 예상대로다. 수사 1과든 어디든 간에 일단 을러메고 보는 무식한 형사들은 질릴 만큼 많이 봐왔고, 어떻게 상대해야 하는지도 잘 안다. 겁먹을 줄 알았다면 오산이다.

노모토는 책상을 돌아 오스기 앞에 섰다. 값어치를 매기듯이 상대를 훑어보다가 여송연 재를 바닥에 떨었다.

"그런데요. 그나저나 아무리 경찰 나리라도 이렇게 막무가내로 쳐들어오는 건 결례 아닙니까?"

"화적패한테 예의는 무슨 얼어죽을 놈의 예의."

노모토는 턱을 끌어당겼다. 화적패라는, 거의 사어에 가까운 호칭을 듣자 자존심이 확 상했다.

"말조심하시지. 우리는 엄연한 회사조직이고, 본바탕은 우익 정치단체야."

오스기는 코웃음을 쳤다.

"건방지게 나불대기는. 진짜 우익은 적어도 사상과 신념을 지니고 있어. 네놈들은 도리도 없고 근성도 없지. 폭력배보다 못해. 양아치, 화적패가 딱 어울려."

노모토는 화가 치밀어 자칫 이성을 잃을 뻔했다. 상대가 누구든 면전에서 이렇게 모욕을 당하기는 처음이었다. 하지만 오랜 경험 덕에 상대가 자신을 도발하려는 것을 깨닫고 간신히 분을 억눌렀다. 도대체 이 남자는 뭘 하러 온 건가.

"오스기 씨라고 했던가. 볼일이 있으면 빨리 끝내지. 우리 애들은 한번 열받으면 상대가 형사든 뭐든 눈에 뵈는 게 없으니까."

애써 으름장을 놓았지만 오스기는 눈썹 하나 꿈쩍하지 않았다.

"그럼 그 녀석들이 신가이를 해치웠나?"

노모토는 가슴이 덜컥 내려앉아서 숨을 죽였다.

"신가이? 신가이가 뭐 어쨌다는 거야?"

"딴청 부리지 마. 그는 네놈들의 명령을 받고 살인을 저질러왔지. 그런데 지난달 신주쿠 폭탄 사건 이후로 소식이 뚝 끊겼어. 네놈들이 입막음하려고 처리한 게 뻔하지 않나?"

노모토는 억지로 웃음을 띠었다.

"아닌 밤중에 홍두깨라더니, 도대체 무슨 소리야? 살인이니 폭탄 사건이니 전혀 영문을 모르겠군. 착각도 이만저만이 아니야."

일단 반박은 했지만 오스기의 날카로운 시선을 견디기 힘들어서 노모토는 재떨이를 찾는 척하며 주변을 두리번거렸다. 순간 오스기가 손을 쑥 내밀어 노모토의 손에서 여송연을 낚아챘다. 그리고 책상 위에 있던 노모토의 찻잔에 아무렇게나 던져넣었다.

"무슨 짓이야!"

울컥해서 하마터면 오스기를 밀칠 뻔한 것을 겨우 참았다. 팔이 떨리고 오금에 진땀이 배어나왔다. 위험했다. 만약 이 남자에게 손가락 하나라도 댔다면 기다렸다는 듯이 수갑을 꺼냈으리라. 이유는 뭐든지 갖다붙이면 그만이다.

오스기가 희미하게 웃었다.

"왜? 오셀로게임처럼 눈깔만 희번덕거리지 말고 때리고 싶으면 때려봐."

노모토는 손등으로 콧방울의 땀을 닦았다.

"놈이 장부를 조작하고 내뺀 통에 우리도 어디 있는지 찾고 있어. 하지만 댁들 힘을 빌릴 생각은 추호도 없고, 빌려줄 생각도 없어. 잘 알아들었지? 이제 가봐."

"미안하지만, 신가이가 살해당한 것 같으니 조사해달라는 요청이 들어와서 말이야. 우리로서는 그냥 내버려둘 수 없거든."

노모토는 입술을 핥았다.

"누가 그런 요청을 했지?"

"본청 공안부의 구라키 경부."

노모토는 놀라서 한 발짝 물러섰다.

"구라키라고?"

"그래. 네놈들이 퇴물 복서를 고용해 반쯤 죽여놓은 그 구라키 경부 말이야."

노모토는 한층 냉정함을 잃고 떨리는 손으로 안경을 바로잡았다.

"괜한 트집 잡지 마. 그 형사는 딱 한 번 여기 온 게 다야. 신문을 보니 술에 취해 쌈질이라도 한 모양이던데. 그걸 우리가 시켰다니 얼토당토않은 누명이군."

오스기는 양손을 뻗어 노모토의 멱살을 움켜쥐고 확 끌어당겼다. 노모토는 그 손을 뿌리치려 했지만 상대는 꿈쩍도 하지 않았다.

"아아, 그러셔. 그런데 이번 상대는 나거든. 난 구라키 경부보다 좀더 터프하니까 사람을 잘 골라서 보내도록 해."

노모토는 굴욕으로 목이 메었다.

"젠장할, 내가 그냥 넘어갈 줄 알고? 형사라고 숙이고 들어가줬더니만 어디까지 기어오를 셈이야."

"그렇게 진부한 협박에 내가 겁먹을 것 같나? 누가 네놈들 뒤를 봐주는지는 모르겠다만 똑똑히 전해. 이쪽은 이미 증거를 쥐고 있으니, 슬슬 젯값 치를 준비나 하라고 말이야."

오스기는 마지막으로 노모토의 안경에 하아, 하고 숨을 내뱉고 가볍게 밀쳤다. 노모토는 비틀거리며 물러나다 소파에 세게 엉덩방아를 찧었다. 오스기의 숨결로 렌즈가 흐려져 앞이 보이지 않았다. 문 닫히는 소리가 났다.

렌즈가 맑아지자 노모토는 전무실에 혼자 남겨져 있었다.

"이런 빌어먹을!"

노모토는 고함을 지르며 책상 모서리를 힘껏 걷어찼다. 격렬한 분노로 숨이 턱턱 막히고 몸이 폭발할 지경이었다. 이렇게 도발을 당하고도 주먹 한 번 쓰지 않다니 스스로도 믿기지 않았다. 하지만 상대가 경찰이라서는 아니다. 그것은 스스로를 납득시키기 위한 변명에 지나지 않았다.

그는 오스기의 눈을 보고 난생처음으로 공포를 느꼈다. 구라키의 으스스함과는 또다른 생리적인 공포였다. 그 눈에서는 분명 살의가 느껴졌다.

손수건으로 땀을 닦고 있는데 조심스럽게 문 두드리는 소리가 났다. 노모토는 손수건을 집어넣고 옷매무새를 가다듬었다. 공포와 분노가 썰물처럼 빠져나가고 기묘한 무력감만 남았다.

"들어와."

문이 살짝 열리더니 아카이가 머뭇머뭇 얼굴을 디밀고 노모토의 눈치를 살폈다. 노모토는 한숨을 쉬었다.

"뭘 그렇게 쭈뼛거려. 네가 계집애냐?"

아카이는 안으로 들어와 문을 닫았다. 손에 신문을 쥐고 있었다.

"볼일 보고 들어오는데 어떤 놈이 여기서 나가던데요. 형사라면서요?"

노모토는 탁자에서 새 여송연을 집어들고 불을 붙였다. 평소 같으면 아카이에게 화풀이를 하겠지만 오늘은 그럴 기력도 없었다. 끝이 없는 검은 구멍을 들여다본 기분이었다.

"아아, 수사 1과의 오스기라는 놈이야. 아마 구라키가 뭐라고 종알댔나봐. 어찌나 넘겨짚으며 지랄을 떨던지. 물론 내가 그런 수법에 넘어갈 리 없지만."

"넘겨짚어요?"

"우리가 구라키를 반쯤 죽여놨다느니, 신가이를 입막음하려고 없앴다느니, 뭐 그런 소리야. 무슨 증거를 잡고 있다는 양 지껄였지만 허세일 게 뻔해. 정말로 증거를 잡았다면 우리를 가만히 내버려뒀겠어?"

아카이가 조심스레 맞은편 소파에 앉았다.

"전무님, 실은 신가이 말인데요."

노모토는 묘하게 잠긴 아카이의 목소리에 그의 얼굴을 쳐다보았다. 이마에 땀이 맺혀 있었다. 안색도 시원치 않다.

"무슨 일이야?"

"신가이가 아직 살아 있습니다."

노모토는 순간 소파가 푹 꺼지는 듯한 충격을 받고 황급히 팔걸이를 붙잡았다.

"뭐라고!"

아카이가 손등으로 입을 문질렀다.

"분명 절벽 위에서 내던졌는데, 어찌된 일인지 뒈지지 않고 살아남은 모양입니다. 이걸 보세요."

그렇게 말하고 반으로 접은 신문을 탁자 위로 내밀었다. 노모토는 여송연을 재떨이에 내던지고 신문을 집어들었다.

아카이가 말을 이었다.

"일주일 전, 그러니까 11월 13일자 노토 신문입니다. 오늘 스가와라 선생님 사무실에서 우연히 발견하고 가져왔어요."

스가와라 데쓰이치는 이시카와 현에서 선출된 민정당 의원으로, 호메이 흥업과는 오래전부터 연줄이 있는 남자다. 지금은 호메이 흥업이 민정당에 상납하는 정치헌금*의 전담 창구 역할을 하고 있다.

제일 먼저 노모토의 눈에 들어온 것은 파자마 차림의 신가이 가즈히코가 흐릿하게 찍힌 사진이었다.

저는 누구일까요

의식은 돌아왔지만 기억은 돌아오지 않아

지난달 28일, 고모사키 갑에서 신원불명의 남성이 머리 등에 중상을 입은 채 발견되어 스즈 시 주오 병원에서 치료를 받았다. 오늘 그 회복 상황에 대한 담당의사의 발표가 있었다.

스즈 시 주오 병원 마에노 뇌외과부장에 따르면 이 남성은 발견된 지 이틀 후 의식을 회복했지만 이전의 기억을 완전히 잃었다고 한다. 머리의 부상 자체는 그리 심하지 않으나 정신적인 충격으로 해리성 기억상실증에 걸린 것으로 보인다.

경찰 조사 결과 이 남성은 신원증명에 필요한 물건을 소지하고 있지 않아 나이마저 확실치 않다. 추정 연령은 30~35세, 중키에 마른 체격이며 지문 조회를 통해 전과가 없음이 확인되었다. 현장 상황으로 보아 사고 혹은 자살미수일 가능성이 높으며, 경찰은 가출자와 실종자 조회에 초점을 맞추어 조사를 진행

* 회사에서 정당, 정치단체, 혹은 정치인 개인에게 활동자금을 제공하는 행위.

할 방침이다.

노모토는 온몸의 피가 멎은 기분으로 멍하니 신문을 보았다. 눈을 믿을 수가 없었다.

"이런 등신이."

간신히 아카이에게 욕을 내뱉었지만 충격으로 더는 말이 나오지 않았다. 아카이도 핏기가 가신 얼굴로 진땀을 흘렸다.

노모토는 한층 억누른 목소리로 말했다.

"이런 기사가 그분 눈에 띄면 우리가 어떻게 되는지는 알지?"

아카이는 수조에서 튀어나온 금붕어처럼 헐떡였다.

"물론이죠. 그나저나 분명 아래로 떨어졌는데 어떻게 살아났을까요?"

"떨어지다 나뭇가지 같은 데 걸렸나보지. 그게 문제가 아니라 빨리 무슨 수를 써야 해. 꾸물대다 신가이의 기억이 돌아오기라도 하면 끝장이라고."

노모토는 신문을 내던지고 머리를 감싸쥐었다.

그러나 곧 고개를 번쩍 들었다.

"이 기사가 전국에 나가지는 않았겠지?"

아카이는 서둘러 고개를 끄덕였다.

"스가와라 선생님 사무실에서 확인한 바로는요. 그런 촌구석에 지국을 두는 신문은 없죠."

"그렇지만 통신원이 있을지도 모르고, 이걸 보고 가나자와 부근의 지국에서 취재를 갈 수도 있어. 그게 아니라도 그분에게는 특별 보고 루트가 있고."

아카이가 침을 꿀꺽 삼켰다.

"어떻게 하죠?"

"멍청아, 당연한 걸 뭘 묻나? 지금 당장 신가이를 저기서 빼내와. 그리고 최대한 빨리, 이번에야말로 확실하게 놈의 숨통을 끊어. 빠르면 빠를수록 좋다. 절대로 꼬리가 잡히지 않게 처리해."

"그럼 고로자키 갑에서 다시 던져버리겠습니다. 이번에는 확실히 죽이고 나서요."

"그건 네가 알아서 해. 하지만 이번에도 실패하면 가만두지 않겠어."

아카이는 튀어오르듯이 일어섰다.

"알겠습니다. 내일 안에 반드시 결판을 내겠습니다."

"꼭이다. 그리고 녀석을 빼낼 때 힘 말고 머리를 써. 큰 문제 생기지 않도록."

아카이는 문을 열려다가 잠시 망설이더니 몸을 반쯤 돌렸다.

"전무님, 그분이 찾으시는 물건 말입니다. 신가이가 살아 있다면 놈에게서 알아낼 수도 있지 않을까요? 뭐, 일단 기억이 돌아와야겠지만."

노모토는 소파 팔걸이를 힘껏 내리쳤다.

"쓸데없는 생각 집어치워. 우리는 놈이 가케히를 해치우면 바로 처리하라는 명령을 받았어. 찾는 물건이 나오든 말든 알 바 아니야. 어쨌거나 우리는 신가이부터 처리해야 한다고. 알겠나?"

아카이가 방에서 뛰쳐나가자 노모토는 소파에 몸을 푹 파묻었다. 신가이가 살아 있다는 사실이 그분께 알려지면 이쪽의 신용은 바로 땅에 떨어진다. 하물며 구라키와 오스기가 냄새를 맡기라도 하면 그냥 넘어가지 않으리라. 한시라도 빨리 저세상으로 돌려보내야 한다.

거기까지 생각했을 때 문득 아카이의 마지막 말이 떠올라 노모토는 턱을 긁적였다. 그분이 찾는 사진은 신가이가 어딘가에 숨겨뒀을 공산이 크다. 그렇다면 신가이의 기억이 돌아오기를 기다려서 녀석을 추궁하는 것도 하나의 방법이다. 만약 그분께 신가이가 실은 살아 있다고 말하면 어떨까. 아니다, 그만두자. 일부러 이쪽에서 잘못을 보고할 필요는 없다.

하지만 만에 하나—

노모토는 한숨을 쉬고 술을 꺼내려고 일어섰다. 아직 시간은 있다. 잘 생각해보자.

9 ————

그는 눈을 떴다.

열쇠 돌아가는 소리다. 이렇게 귀가 밝다니 스스로도 놀랄 정도였다. 계속 켜놓은 천장의 형광등이 눈부셨다. 철문이 삐걱대더니 체격 좋은 간병인이 들어왔다. 잠자코 그의 곁으로 다가와 가운 호주머니에서 수건을 꺼내 이불 위에 놓았다.

그는 윗몸을 일으켜 수건을 집어들었다. 간병인을 올려다보자 그는 손짓으로 그것을 입에 쑤셔넣는 시늉을 했다.

"이걸 입에 넣으라고?"

그가 묻자 간병인은 말없이 고개를 끄덕였다. 그는 고개를 젓고 수건을 내던지려 했다. 그러자 간병인의 표정이 돌변하더니 등뒤로 돌리고 있던 손을 앞으로 뻗었다. 그는 반사적으로 몸을 젖혔다. 간병인의 손에는 날카로운 메스가 쥐여 있었다.

간병인은 하는 수 없다는 듯 수건을 뭉쳐 입안에 쑤셔넣었다. 바짝 마른 수건은 생각보다 부피가 커서 반 넘게 입 밖으로 튀어나왔다. 간병인은 오른손으로는 메스를 쥔 채 왼손으로 이불을 바닥으로 치웠다. 그리고 무심결에 혀로 입술을 한 번 핥고 그의 파자마 바지에 손을 올렸다.

간병인이 뭘 하려는지 이해할 수 없어서 본능적으로 몸이 굳었다. 곧 심장박동이 빨라졌다. 지금까지 맛본 적 없는 묘한 흥분이 온몸을 감쌌다. 공포와도 기대와도 다른 불가사의한 감정이었다. 그만두라고 말하려 했지만 입에서는 힘없는 신음소리밖에 나오지 않았다.

파자마를 끌어내린 후 간병인은 메스를 움직여 그에게 바닥으로 내려오라고 명령했다. 그는 침대에서 미끄러져내려와 바닥의 이불 위에 무릎을 꿇었다. 이불 너머로 딱딱하고 차가운 콘크리트의 감촉이 전해져 저도 모르게 몸이 부르르 떨렸다. 간병인이 그의 어깨를 찍어눌러 엎드리게 했다. 그는 이불에 달라붙어 발버둥쳤지만 소용없었다. 간병인은 덩치에 걸맞게 힘이 엄청났다.

그는 몸에서 진땀이 배어나는 것을 느끼고 수건을 문 입으로 작게 끙끙댔다. 왠지 모르지만 이상하게 가슴이 두근대고 하복부로 피가 몰렸다. 몇 시간 전에 더럽혔던 속옷이 문득 머리를 스쳤다. 그 속옷을 간병인이 난폭하게 잡아뜯었다.

차가운 공기가 엉덩이에 닿자 그는 무의식적으로 무릎을 오므렸다. 지금까지 경험한 적 없는 격정이 머릿속을 소용돌이치고 존재 자체가 산산조각날 것 같았다. 간병인이 뭘 하려는지 어렴풋이 알 것도 같았지만, 한편으로는 알고 싶지 않다는 마음도 강했다.

간병인이 뒤로 돌아가는 기척이 느껴졌다. 그는 이불을 움켜쥐고 눈앞의 벽에 묻은 얼룩을 바라보았다. 가슴이 터질 것 같았다. 느닷없이 엉덩이에 차가운 것이 느껴져 무릎을 세웠다. 미끈미끈하고 불쾌한 감촉이었다. 그는 고개를 돌려 간병인을 훔쳐보았다. 메스를 입에 문 간병인의 오른손이 하얀 크림 같은 것으로 범벅이 되어 있었다. 그 아래쪽에 거대하게 부풀어오른 남근이 불쑥 솟아올라 있었다.

그는 수건 안쪽에서 목소리를 쥐어짜내며 도망치려 했다. 그때 간병인이 먹잇감을 낚아채는 독수리처럼 등뒤로 덮쳐들었다. 그는 힘없이 짓눌려 딱딱한 바닥에 팔꿈치를 찧었다. 성난 뱀의 대가리 같은 것이 엉덩이 주위에서 마구 꿈틀대는 것이 느껴졌다. 그는 벽 쪽으로 피하려고 몸을 위로 움직였다. 하지만 이불만 질질 끌려올 뿐이었다.

갑자기 엉덩이에 엄청난 통증이 몰려와서 그는 소리를 질렀다. 비명은 수건에 가로막혀 제 귀에만 들려왔다. 너무 아파서 숨이 막히고 눈물이 흘러나왔다. 마치 새빨갛게 달군 굵은 쇠막대기를 억지로 몸속에 쑤셔넣은 것 같았다. 그 막대기가 살아 있는 것처럼 사정없이 그의 몸속을 휘저었다.

간병인의 거친 숨결이 목덜미에 닿았다. 우람한 두 팔이 그의 어깨를 으스러뜨릴 기세로 세게 끌어안았다. 그는 간병인의 움직임에 자신을 맡겼다. 신기하게도 처음의 격통이 가시자 마비된 듯한 하반신에서 기묘한 감각이 조금씩 차오르기 시작했다. 간병인의 움직임이 한층 격렬해졌다. 간병인이 신음하자 눈앞 이불에 뭔가 번쩍이는 것이 떨어졌다.

간병인이 두 팔에 힘을 꽉 주며 새우처럼 몸을 푸들푸들 떨었다. 동시에 짓눌린 그의 내부에서도 뭔가가 폭발하며 눈앞에 하얀 불꽃이 튀었다. 그는 전기요법을 당했을 때처럼 온몸을 경련하며 깊은 나락으로 떨어져내렸다.

모즈는 눈을 떴다.

방으로 숨어드는 아침 기운이 느껴졌다. 머리맡의 시계를 보려고 고개를 돌리자 몸 마디마디가 쑤셨다. 어제의 폭탄 사건이 머릿속에 되살아났다. 그때는 정신이 없어서 몰랐는데 집에 돌아와 살펴보자 여기저기 부딪히고 긁힌 상처가 있었다. 이만하길 다행이라고 생각해야 할 것이다.

시곗바늘은 여섯시 조금 전을 가리키고 있었다. 바로 일어나서 거실로 나가 텔레비전을 켰다. 신문을 받지 않으므로 정보를 얻을 곳은 텔레비전밖에 없다. 어제 심야 뉴스에 남자와 여자가 한 명씩 사망했다는 보도가 나왔지만 신원은 발표되지 않았다.

여섯시 뉴스에서는 폭탄 사건을 톱뉴스로 다루었다. 현장 상황이 화면에 비쳤다. 인도에 뻥 뚫린 검은 구멍. 어지러이 흩어진 유리 조각과 보도블록 파편. 반으로 고꾸라진 가로수. 산산조각난 입간판. 휘어버린 가드레일. 한쪽이 떨어져나간 자동차. 엄청난 폭발이었음이 실감났다. 이 상황에서 겨우 두 명밖에 죽지 않았다면 기적이나 다름없다.

아나운서가 자못 침통한 얼굴로 사건을 전했다. 사망한 여자는 스기나미 구에 사는 주부 구라키 다마에. 남자는 르포라이터 가케히 순조. 안주머니의 타다 만 지갑에서 명함이 발견되었다고 한다.

모즈는 텔레비전을 끄고 욕실로 가서 꼼꼼히 샤워를 했다. 어젯밤 뉴스에선 남자가 들고 있던 보스턴백 안의 폭발물이 터졌다고 했다. 가케히는 평소에 폭탄을 가지고 다녔던 걸까. 늘 그렇듯 모즈는 목표물의 신원에 대해서는 몰랐다. 지금이야 과격파 투사였으리라 짐작이 가지만, 설령 그렇더라도 폭탄을 들고 거리를 돌아다닐 일이 있을까. 어쩌면…… 신주쿠의 대형 카페에서 가케히를 내버려두고 나간 검은색 코트의 여자. 긴 머리에 선글라스를 낀 얼굴이 떠올랐다. 그 여자는 근처 낡은 빌딩으로 들어가 변장을 풀고 모즈의 눈을 피해 감쪽같이 도망쳤다. 플라스틱 양동이에 버리고 간 검은색 코트와 긴 머리 가발. 그 여자가 사건에 관여했다면—

하여튼 직접 손쓰기 전에 가케히가 죽었으니, 뒷맛이 쓰지만 수고를 던 셈이다. 이 일은 바로 가즈히코에게 알리는 편이 좋겠다. 그렇게 결심한 모즈는 알몸으로 욕실을 나와 침실로 돌아갔다. 옷장을 열고 베이지색 스커트를 꺼내려다 문득 손을 멈췄다. 정강이에 든 검푸른 멍이 떠올랐다. 스커트를 입으면 눈에 띌 것이다. 모즈는 잠시 고민하다 옷장에 단 한 벌뿐인 특별한 옷을 입고 가기로 했다. 가끔은 가즈히코를 놀래주는 것도 나쁘지 않겠지.

새장을 들여다보자 둥지 속에서 때까치가 날카롭게 쏘아보았다. 모즈와 모즈*의 눈싸움. 모즈는 소리 없이 웃었다. 어제 먹이로 준 개구리와 도마뱀이 쇠꼬챙이에 아직 절반 넘게 남아 있었다. 정말 멋진 새다. 이름을 붙이려 한 적도 있지만 역시 모즈보다 어울리는 이름은 없었다. 모즈

---

* 일본어로 '모즈(百舌)'는 때까치라는 뜻. 다른 새의 울음소리를 잘 흉내낸다 하여 백 개의 혀라는 뜻의 이름이 붙었다.

는 모즈로 충분하다. 자신이 자신으로 충분한 것처럼.

열쇠를 미터기함 아래 수납고에 숨겼다. 모즈 말고 이 비밀장소를 아는 사람은 가즈히코밖에 없다. 관리인에게 들키지 않도록 현관을 피해 비상계단으로 맨션을 나왔다. 누구와도 마주치지 않았다.

간조 6호선 도로까지 걸어가 택시를 잡았다. 이른 아침인데도 통행량이 꽤 많았다. 삼십 분이 좀 지나서 가즈히코의 집이 있는 기타 구 다키노가와에 도착했다.

도르미르 다키노가와 옆에서 내리려 했을 때 모즈는 맨션 현관에서 나오는 네 남자를 보았다. 서둘러 시트에 몸을 묻었다. 넷 중 하나는 가즈히코였다. 그는 요란한 옷을 입은 남자 세 명에게 둘러싸여 있었다. 모즈는 숨을 죽이고 네 사람을 살폈다. 남자들은 택시에 눈길도 주지 않고 그 옆 주차장으로 가즈히코를 데려갔다.

모즈는 냉큼 지갑에서 만 엔을 꺼내 운전사에게 건네고 주차장에서 나오는 차의 뒤를 밟아달라고 부탁했다. 운전사는 정중히 지폐를 받아들고 흔쾌히 청을 들어주었다. 모즈는 남자들 중 하나를 본 기억이 있었다. 리비에라 체인의 관리자, 이름이 분명 아카이였을 것이다. 일전에 가즈히코가 사원여행 사진을 보여주었을 때 이름과 얼굴을 외워두었다.

주차장에서 빠져나온 검은색 차를 쫓아 택시도 달리기 시작했다.

조금 전 상황에서 특별히 긴박한 분위기는 느껴지지 않았다. 가즈히코의 얼굴에도 이렇다 할 긴장이나 공포의 빛은 없었던 것 같다. 하지만 모즈의 본능이 위험을 알리고 있었다. 이렇게 아침 일찍 어딜 가는지는 모르겠지만, 적어도 가즈히코의 뜻은 아니라고 직감했다.

가즈히코는 아무 말 안 하지만 그에게 살인을 의뢰하는 것은 틀림없이 아카이 패거리였다. 그리고 그들 뒤에 살인을 지시하는 흑막이 있는 것도 확실했다. 하기야 그들은 자신들이 맡긴 살인 임무를 모즈가 실행하는 줄은 모를 테지만.

이십오 분 후 아카이 일행은 우에노 역 앞에 도착해 차에서 내렸다. 아카이와 까까머리 남자만 가즈히코와 함께 내리고 다른 한 명은 차를 몰고 사라졌다. 두 사람은 가즈히코를 사이에 끼고 역 건물로 들어갔다. 어디 멀리 나가려는 걸까.

모즈는 세 사람이 표를 사려고 줄을 선 사이 자동판매기로 승차권을 샀다. 어디로 가는지 모르지만 일단 타고 나서 정산하면 된다.

세 사람은 16번 플랫폼으로 들어갔다. 모즈는 거리를 충분히 유지하고 표시판을 확인했다. 아홉시에 출발하는 가나자와 행 특급, 시라야마 1호라고 나와 있었다. 도대체 어디까지 갈 생각일까.

여덟시 반이 지나 열차가 플랫폼으로 들어오자 세 사람은 자유석 차량에 올라탔다. 줄이 제법 길었지만 화장실 옆 4인석을 확보하고 앉았다. 반대쪽 문으로 같은 차량에 탄 모즈는 연결통로에서 그 모습을 확인하고는 역시 끄트머리의 4인석 중 하나에 앉았다. 차량은 같지만 세 사람과 대각선으로 멀리 떨어진 자리다. 여기서는 들키지 않고 세 명을 감시할 수 있다. 모즈에게는 까까머리 남자의 왼쪽 뒤통수만 보였지만, 그보다 더 알아보기 쉬운 표식은 없었다.

가즈히코에게 몰래 자신의 존재를 알릴까 생각도 했지만 곧 마음을 접었다. 아카이의 목적을 알아낼 때까지는 그냥 상황을 지켜보자. 만약 신변에 위험을 느끼면 분명 가즈히코가 무슨 행동을 취할 테고, 놈들의 손에서 달아나려 들지도 모른다. 그때 뛰어들어 구해주는 것도 불가능하지는 않을 것이다. 선불리 움직이다 상대방의 경계심을 자극하면 골치 아프다. 일단 적당한 때를 기다리자. 여차할 때까지—

모즈는 마음을 정하고 좌석 깊이 몸을 묻었다.

열차는 오후 네시 조금 전에 종착역 가나자와의 플랫폼으로 들어갔다. 모즈는 뭉친 어깨를 두어 번 돌리고 근육을 주물러서 풀었다. 성가신 일이 없도록 표검사 때 종착역까지 가는 표를 다시 샀는데 정말로 여기까지 와버렸다. 세 사람은 식당칸에 가서 점심을 먹고 온 뒤로는 화장실에 갈 때 말고 자리를 뜨지 않았다. 모즈는 식당칸 입구에서 세 사람을 살폈지만 식사하는 모습에서 특별히 긴박한 분위기는 없었다. 둘은 적어도 가즈히코를 이 열차에서 떨어뜨릴 생각은 없는 듯 보였다.

세 사람이 개찰구를 통과했다. 모즈의 날카로운 눈은 그들이 표를 역무원에게 건네지 않고 보여주기만 했다는 것을 놓치지 않았다. 더 멀리까지 가는 승차권을 샀고, 여기서는 그저 갈아탈 셈인 것이다. 모즈의 예상대로 셋은 열차 운행 표시판을 바라보며 시간을 확인한 후 바로 옆 카페로 들어갔다. 그 모습을 확인하고 모즈는 다시 승차권을 사서 그들이 나오기를 기다렸다.

세 사람은 한 시간 정도 카페에서 죽치고 있다가 다시 개찰구로 들어가서 이번에는 노토지 11호라는 와지마 행 급행을 탔다. 모즈는 표검사 때 다시 종착역까지 가는 표로 바꾸었다.

하지만 세 사람은 와지마까지 가지 않고 도중에 아나미즈라는 역에서 내려 다른 완행열차로 갈아탔다. 환승 시간이 이삼 분밖에 되지 않아 모즈는 하마터면 그들을 놓칠 뻔했다.

그 열차는 노토 선 다코지마 행 완행열차였다. 오후 일곱시가 지나 아나미즈를 출발했으니 우에노를 떠난 지 이미 열 시간이 지났다. 이쯤 되자 세 사람이 어디로 가려는지 겨우 짐작이 갔다. 예전에 가즈히코가 보여준 사원여행 사진은 노토 반도 끄트머리에 있는 무슨 갑에서 찍은 것이었다. 그 근처에 호메이 흥업과 가까운 민정당 의원의 별장이 있어서 레저용으로 제공받았다고 가즈히코가 말해준 기억이 났다. 아카이는 가즈히코를 그 별장으로 데려가려는 게 아닐까.

모즈는 또 차내에서 정산해 다코지마까지 가는 표를 샀다. 하지만 예상과 달리 세 사람은 종착역까지 가지 않고 두 정거장 전의 스즈라는 역에서 내렸다. 지방선이라 사람이 적어 같은 차량에 타지 않았던 모즈는 자칫 못 내릴 뻔해서 식은땀을 흘렸다. 시각은 아홉시가 가까웠다.

세 사람은 역 앞 식당으로 들어갔다. 모즈는 한산한 광장을 둘러보았다. 만약 여기서 그 별장으로 갈 생각이라면 택시를 타야 할 것이다. 같은 열차로 온 승객들이 타고 떠나서 승차장에는 택시가 한 대도 남아 있지 않지만 금방 또 돌아올 테지.

십오 분 정도 후 까까머리 남자가 혼자 식당을 나와 광장 가장자리로 향했다. 렌터카 영업소가 아직 열려 있었다. 렌터카라. 모즈는 입술을 깨물었다. 큰일이다. 운전면허는 없다. 아무리 돈을 준다 해도 면허증이 없으면 차를 빌리지 못한다.

까까머리는 대여 절차를 밟고 뒤쪽 주차장으로 들어갔다. 이윽고 회색 중형차를 몰고 나왔다. 모즈는 안내판 뒤에 몸을 숨기고 주변을 살폈다. 택시는 아직 한 대도 돌아오지 않았다. 초조함이 미친듯이 등줄기를 기어올라왔다.

차로 시선을 돌렸다. 까까머리는 식당과 기념품 가게 사이 골목길에 후진으로 주차하고 식당으로 돌아갔다. 모즈는 바로 마음을 정하고 종종걸음으로 광장을 가로질렀다. 기념품 가게는 문을 닫았다. 식당 창문에도 커튼이 쳐져 있어 차가 세워진 골목길에는 빛이 거의 닿지 않았다.

모즈는 차 옆에 서서 태연하게 주위를 둘러보았다. 이쪽을 보는 사람은 아무도 없었다. 망설임 없이 운전석 문을 당겼다. 역시나 잠겨 있지 않아서 차내등이 희미한 빛을 발했다. 모즈는 좌석 옆을 더듬어 손잡이를 찾아서 잡아당겼다. 뒤에서 트렁크 뚜껑이 천천히 열렸다. 문을 닫고 뒤로 돌아갔다.

다시 한번 주위를 살피고 재빨리 트렁크 안으로 들어갔다. 무릎을 굽히고 옆으로 누워 뚜껑을 살며시 닫았다. 완전히 닫히지 않도록 잠금쇠 사이에 손수건을 끼우는 것을 잊지 않았다. 트렁크 안은 예상보다 훨씬 좁았고, 윤활유와 녹슨 금속 냄새가 코를 찔렀다. 하지만 배부른 소리는 할 수 없다. 여기서 놓치면 지금까지의 고생이 물거품으로 돌아간다.

모즈는 어둠 속에서 가만히 숨을 내뱉으며 세 사람을 기다렸다.

시간이 많이 흐른 것 같지만 실제로는 오 분 정도였을 것이다. 발소리가 나고 문이 열리는 기척이 전해졌다. 차체가 흔들렸다. 모즈는 트렁크 잠금쇠에 손가락을 넣어 뚜껑을 꽉 붙잡았다. 차는 천천히 출발했다.

평탄한 도로인지 생각보다 흔들리지 않았다. 좀 답답하기는 했지만 산소가 모자라서가 아니라 긴장한 탓이리라.

모즈는 몸을 약간 위로 돌리고 잠금쇠에 손가락을 건 채 심호흡을 한 번 했다. 코도 역한 냄새에 익숙해졌다. 갑자기 배가 고팠다. 생각해보니 아침에 급하게 베이컨 에그를 먹다 남긴 뒤로 열차에서 파는 맛없는 샌드위치를 먹은 것이 고작이었다.

시가지를 벗어난 듯 뚜껑 틈새로 비쳐들던 희미한 빛이 사라졌다. 모즈는 눈을 감았다. 10월 하순 노토의 밤공기는 도쿄보다 몇 배는 차가웠다.

그러고 보니 모즈가 나고 자란 나가노 현 이다 시의 비지*도 추운 곳이었다. 이렇게 차의 흔들림에 몸을 맡기고 있자니 어렸을 적 가즈히코와 함께 숨어들었던 비료 트럭이 떠올랐다. 비지에서 시내까지 5킬로미터쯤 되는 거리를 '밀항'하는 것이다. 시내에서 영화를 보거나 서점에서 만화책을 읽으며 한나절을 보내고 집까지 걸어갔다. 어린아이의 걸음으로는 두 시간도 넘게 걸렸지만 즐거운 모험이었다.

아버지의 얼굴이 떠올라 모즈는 몸을 살짝 뒤척였다. 아버지를 생각하면 지금도 기묘한 긴장감이 몸을 감싼다. 히로미, 히로미 하며 애지중지 불러주던 것이 바로 어제 일 같다. 축제날에 유카타**를 입히고 립스틱을

---

* 飛地. 지역적으로 연속되지 않고 다른 영토나 행정구역에 둘러싸인 지역을 가리킨다.

살짝 발라주던 다정한 아버지. 행복해 보이던 미소. 그렇지만 모즈가 가즈히코를 흉내내 나무에라도 오를라치면 딴사람처럼 버럭 화를 내곤 했다. 여자애가 그런 짓을 하면 안 된다면서.

모즈는 한숨을 쉬었다. 아내와 일찍 사별하고 남자 혼자 손으로 두 아이를 기른 아버지. 수작업으로 민예 가구를 만들면서 언젠가 작가가 되겠다며 광고지 뒷면에 소설을 끄적이던 아버지. 아버지가 죽은 후 그런 종이 다발이 반침에서 쏟아져나온 것을 기억한다. 그런 아버지의 마음에 들기 위해 어린 마음에 얼마나 고생했던가. 그런 노력을 할 필요 없었던 가즈히코가 얼마나 부러웠던가.

처음으로 개구리의 목덜미에 뾰족한 부젓가락을 꽂았던 때가 떠올랐다. 몸과 영혼이 떨려오던 그때의 황홀함은 지금도 잊지 못한다. 쥐, 참새, 도마뱀, 그리고 고양이, 토끼, 염소, 점점 큰 동물로 옮겨간 것은 당연하다면 당연한 결과였다. 나중에 가즈히코가 분석한 것처럼, 내부에 억눌려 있던 것을 표출할 방법이 그것밖에 없었기 때문이리라.

동물로 만족할 때는 그나마 다행이었다. 자신과 똑같은 인간을 한번 죽여보고 싶다. 그렇게 생각했을 때 모즈의 앞날은 정해졌다고 봐도 무방했다. 적어도 첫번째 희생양으로 피의 축제를 벌였을 때 이미 확고해졌다. 그 일을 생각하면 언제나 손에 땀이 차고 가슴이 답답해진다. 하지만 그 비밀을 아는 사람은 가즈히코뿐이다. 가즈히코는 그 일을 알았을 때 모즈를 용서하고 모즈와 함께 살아가는 길을 택함으로써 스스로 공범이 되었다. 가즈히코는 생물, 그중에서도 인간의 생명을 빼앗아야 성이 차게 된 모즈의 무시무시한 살인벽을 허용했다. 그뿐 아니라 살해 대상을 찾아내고 지시해서, 모즈가 무차별 살인을 범해 경찰에 체포되지 않도록 손을 썼다. 모즈는 가즈히코가 그러면서 누군가에게—아마 호메이

** 목욕 후나 여름에 입는 간편한 전통의상.

홍업에게—돈을 받는다는 것을 알고 있었다. 그 돈은 모즈의 민꽃식물 같은 은둔생활을 유지하는 데도 쓰였다.

모즈. 둘 사이에서만 통하는 이 이름도 가즈히코가 지어주었다. 개구리나 도마뱀을 부젓가락에 꿰는 모습을 보고 그렇게 부른 것이다. 모즈는 그 이름이 마음에 들었다. 히로미 따위보다 훨씬 좋았다.

갑자기 차가 크게 흔들리며 몸이 바닥에 내동댕이쳐졌다. 머리가 트렁크 뚜껑에 부딪혀 엉겁결에 소리를 내고 말았다. 차가 비포장도로에 들어선 모양이다. 목소리가 차 안까지 들리지 않았을까 불안했다. 하지만 차는 멈추는 기색 없이 덜컹대며 울퉁불퉁한 길을 달려갔다. 얼마나 됐을까. 어둠 속에서 생각에 잠긴 탓에 시간감각이 완전히 사라졌다. 오 분, 아니면 한 시간?

차가 급커브를 틀었다. 뭔가가 와삭대며 차체를 스치는 소리. 탁탁 부딪히는 소리. 풀숲이나 나무 사이를 빠져나가는 듯했다. 드디어 목적지에 가까워진 모양이다. 모즈는 숨을 크게 들이마셨다가 내뱉었다.

차는 조금 더 달리다가 모래땅 같은 곳에 멈췄다. 시동이 꺼지자 주변이 조용해졌다. 이윽고 문이 열리는 소리. 차체가 흔들리고 사람이 내리는 기척.

"왜 별장 앞에 안 대고요?"

가즈히코의 목소리다. 모즈는 입술을 축였다. 역시 목적지는 민정당 의원의 별장인 모양이다. 그런데 왜 별장까지 차로 들어가지 않은 걸까.

"앞쪽 길을 공사하는 중이라 못 들어가. 걸어가도 금방이야."

대답한 쪽은 아카이 같았다. 문이 닫히고 차체의 흔들림이 멎었다.

"그쪽이야. 가자."

모래땅을 밟는 희미한 발소리가 점차 멀어졌다. 이윽고 완벽한 정적이 찾아왔다. 몸을 옆으로 돌리려다 모즈는 헉 숨을 삼켰다. 어느 틈엔가 잠금쇠에서 손가락을 떼고 있었다. 당황해서 두 손으로 뚜껑을 밀어올리려

했다. 뚜껑은 꿈쩍도 하지 않았다. 큰일이다, 잠금쇠가 걸려버렸다. 손으로 더듬자 배 위에 떨어진 손수건이 만져졌다. 모즈는 이를 악물었다. 아까 차가 요동쳤을 때 소리를 지른 것에 정신이 팔려 손가락이 잠금쇠를 벗어난 줄도 몰랐다.

모즈는 헛일인 줄 알면서도 혼신의 힘을 다해 뚜껑을 밀어올렸다. 열릴 리가 없었다. 진땀이 배어나왔다. 좁은 트렁크에 갇힌 것보다 가즈히코가 더 걱정되었다. 아카이와 까까머리가 정말로 가즈히코를 별장으로 데려가려는 것인지 확인해야 했다. 만약 그게 아니라면……

모즈는 필사적으로 잠금쇠 언저리를 더듬었다. 어딘가에 안에서도 열 수 있게 용수철 장치가 달려 있을 것이다. 손끝으로 바쁘게 주위를 훑었지만 서두르면 서두를수록 장치가 복잡하게 느껴졌다. 부자연스러운 자세로 신경을 집중한 탓에 몸 여기저기가 저려왔다. 이마에 맺힌 땀방울이 눈으로 흘러들었다. 어찌해야 할까. 이러는 동안 가즈히코에게 위험이 닥칠지도 모르는데.

주먹을 움켜쥐고 뚜껑을 두드렸다. 만에 하나 까까머리 남자가 차에 남아 있다면 트렁크를 열 것이다. 그후에 어떻게 될지는 나중 문제다. 하지만 모즈가 아무리 두드려도 트렁크를 열어줄 사람은 오지 않았다. 모즈는 절망한 나머지 뚜껑 안쪽을 벅벅 긁었다.

그때 전기 코드 같은 것이 손끝에 닿았다. 황급히 앞뒤를 더듬거렸다. 운전석에서 트렁크를 여는 손잡이에 연결된 연장 코드다. 희망의 불빛이 확 켜졌다. 모즈는 잠금쇠까지 비닐 피복을 더듬어갔다. 끄트머리에 가느다란 구리 전선이 드러나 있었다. 모즈는 그 부분을 잡고 반대 방향으로 휙 잡아당겼다.

찰칵하는 금속음과 함께 잠금쇠가 풀렸다. 모즈는 뚜껑을 세게 밀쳐냈다. 무심결에 숨을 크게 들이마셨다. 싸늘한 밤공기가 폐 구석구석까지 스며들었다. 모래땅에 구르다시피 밖으로 나왔지만 잠시 일어설 수 없었다. 암흑 속에 있었던 덕분에 희미한 달빛만으로도 주변이 훤히 눈에 들어왔다. 차는 나무들로 둘러싸인 공터 같은 곳에 세워져 있었다. 아무도 없다. 멀리서 파도 소리 같은 것이 들려왔다.

모즈는 주저 없이 자동차 대각선 앞쪽에 입을 벌린 샛길로 돌진했다. 본능적으로 위험의 냄새를 감지했다. 위험하다. 가즈히코가 살해당한다. 좁은 길로 튀어나온 나뭇가지와 덩굴이 얼굴을 때렸지만 모즈는 아픔을 거의 느끼지 못했다.

느닷없이 늑대가 울부짖는 듯한 비명소리가 길게 꼬리를 끌며 모즈의 귀를 때렸다. 저도 모르게 발을 멈추고 귀를 기울였다. 더는 아무 소리도 들리지 않았다. 무슨 소리였을까. 그냥 헛들은 걸까, 아니면…… 모즈는 다시 발걸음을 재촉했다. 달빛을 가로막는 나무 때문에 잡초투성이 길이 제대로 보이지 않았다. 눈을 감고 걷는 것이나 마찬가지였다.

모즈는 반사적으로 몸을 낮추고 옆의 풀숲으로 굴러들어갔다. 희미하게 사람 목소리가 나더니 앞쪽에서 살짝 빛이 보인 것이다. 땅에 납작 엎드려 모든 신경을 눈과 귀에 집중했다. 손전등 같은 조그만 불빛이 나무 사이로 어른어른 다가왔다. 모즈는 입으로 숨을 쉬면서 귀를 기울였다.

이윽고 잡초를 밟는 발소리가 들려왔다. 동그란 손전등 불빛이 점차 커졌다.

"그나저나 방해꾼이 없어서 다행이야."

새된 목소리가 묘하게 들뜬 투로 말했다. 아카이인 듯했다.

"그러게, 도쿄에서 열두 시간이나 걸려서 내려온 보람이 있네요."

까까머리의 목소리 같았다. 역시 신난 말투다. 그렇다면 좀 전의 비명소리는 가즈히코의 것인가.

숨을 죽이고 숨어 있는 모즈 바로 옆을 두 쌍의 발소리가 지나쳐갔다. 모즈는 땅에 손톱을 세우고 몸을 떨었다. 도대체 가즈히코를 어떻게 한 거지. 쫓아가서 알아낼까. 아니다, 지금 상황에서 둘이나 상대하는 건 불리하다. 무엇보다 가즈히코가 걱정되었다. 저 두 사람의 정체는 이미 알고 있다. 나중에 얼마든지 죗값을 받아낼 수 있다.

모즈는 풀숲을 기어나왔다. 마음이 앞서서 두 번이나 발을 헛디뎠다. 달빛이 들지 않아 손발로 더듬으며 나아가야 했다. 멀리 뒤쪽에서 자동차가 출발하는 소리가 들려 모즈는 한순간 흠칫했다. 하지만 걸음을 멈추진 않았다. 지금 머릿속은 가즈히코로 가득했다. 총에 맞지는 않았을 것이다. 총소리는 들리지 않았다. 흉기에 찔려 쓰러졌다면 아직 구할 수 있을지도 모른다. 하다못해 숨이라도 붙어 있다면—

죽을둥살둥 달려가는 모즈의 눈에 희미한 달빛이 비쳤다. 나무숲 저편이 밝았다. 반짝이는 달빛이 눈을 찔렀다. 숲이 끝나고 트인 곳으로 나왔다. 마음이 급한 나머지 발이 경사진 절벽을 내디뎠다는 것을 0.5초 늦게 깨달았다. 앞으로 고꾸라지는 몸을 되돌리려고 다리에 힘을 주었을 때 풀에 발이 걸려 엉덩방아를 찧었다. 생각보다 훨씬 경사가 급해서 모즈는 그대로 줄줄 미끄러져내려갔다. 허둥지둥 움켜쥔 풀뿌리가 허무하게 쑥 뽑혀나왔다. 점점 속도가 붙는 몸을 멈추려고 땅 위로 뻗은 나뭇가지를 악착같이 붙들었다. 가지는 덧없이 휘어져서 모즈와 함께 비탈을 미끄러졌다. 다음 순간, 모즈의 몸은 허공에 붕 떴다.

아래서 불어올라오는 차가운 바닷바람이 나뭇가지를 붙잡은 모즈를 세차게 흔들었다. 모즈는 필사적으로 나뭇가지를 붙잡았다. 휘어질 대로 휘어진 가지에서 뚜둑뚜둑 불길한 소리가 났다. 발아래 아무것도 없다—그 사실이 모즈를 지금껏 경험한 적 없는 공포로 몰아넣었다. 근육이 강철처럼 경직되고 온몸에 소름이 돋았다. 새카만 구멍 아래쪽에 거품 같은 파도가 보였다. 모즈는 자신이 절벽에서 떨어질 뻔했다는 것을 깨닫고 혼란에 빠졌다. 가즈히코의 비명소리가 귓속에서 되살아났다. 어두운 해면을 향해 거꾸로 떨어지는 가즈히코의 모습이 보였다.

모즈는 한손을 놓고 나뭇가지 위쪽을 고쳐 잡으려고 했다. 몸이 심하게 흔들리더니, 생나무 부러지는 소리가 귀를 찔렀다. 부러진 나뭇가지가 줄기에서 떨어져나오고 모즈는 공중으로 내던져졌다. 모즈는 저도 모르게 비명을 질렀다. 그 비명소리는 모즈의 귓속에서 끊임없이 메아리쳤다.

아버지의 목덜미에 꽂은 부젓가락을 타고 피가 흘러내렸다. 뽑아내자 쫓아오듯이 핏줄기가 확 솟구쳤다. 뒷산으로 도망치는 아버지. 뒤쫓는 모즈. 발이 미끄러져 우거진 조릿대 덤불로 쓰러지는 아버지. 마치 상처를 노린 듯 대나무 그루터기가 목덜미를 꿰뚫었다. 모즈는 분노와 흥분, 그리고 기묘한 쾌감에 도취된 채 그 모습을 내려다보았다. 어느새 뒤로 다가온 가즈히코가 모즈의 손에서 부젓가락을 뺏었다. 가만히 그를 바라보는 가즈히코의 눈.

"아버지는 여기서 미끄러졌어. 그게 다야. 알겠지?"

모즈는 잠자코 고개를 끄덕였다. 아버지가 죽자 주술과도 같던 속박이 일음처럼 녹아내렸다. 그렇다, 아버지가 잘못한 것이다. 아무리 애지중지하던 큰딸이 죽었다 해도 나중에 태어난 쌍둥이 형제 중 하나에게 히로미라는 딸의 이름을 붙이고 여자아이로 키우려 하다니—모즈는 아버지의 환심을 사려고 온 정성을 다해 딸의 역할을 해냈다. 남자로 돌아가고 싶다는 본능과 싸우며, 굴절된 감정을 몸안에 쌓아가면서. 하지만 그것만은 도저히 참을 수 없었다. 그날 밤, 모즈의 뒤를 덮쳐 미친 야수의 칼날을 들이박으려던 아버지는 용서할 수 없었다.

바람에 휘말려 추락하는 모즈의 머릿속을 핏빛 추억이 스쳤다. 이걸로 됐다. 더구나 오늘은 특별한 옷을 입었다. 좀처럼 입지 않는, 단 한 벌뿐인 양복을 입었다. 그렇다, 난 남자로서 죽는 것이다. 세상을 속이기 위해 여자의 모습으로 살아왔지만, 죽을 때가 돼서는 결국 남자로 돌아온 것이다.

절벽 중턱에 튀어나온 소나무 가지에 걸린 모즈는 떨어지는 방향을 약간 바꾸어, 부러진 나뭇가지와 함께 기적적으로 중간에 튀어나온 바위 위로 떨어졌다. 모서리에 뒤통수를 부딪혀 의식이 아득해졌다. 하지만 두 손이 본능적으로 바위를 붙들어 추락을 면했다.

오랜 시간이 흐른 후에야 겨우 모즈는 움직이기 시작했다.

5장

탈출

1

명함 모서리가 너덜너덜했다.

오스기 료타는 주먹을 움켜쥐고 상대의 얼굴을 노려보았다. 〈특보 타임스〉 편집주간 기바 히데스케. 특보 타임스는 무슨. 공갈과 갈취로 밥벌이를 하는 황색신문이라는 것 정도는 척 봐도 안다. 아무리 그래도 현직 형사를 협박하려 들다니 보통 배짱이 아니다.

기바는 색이 들어간 안경을 밀어올리고 오스기 옆에서 입을 삐쭉이고 있는 딸 메구미를 턱으로 가리켰다.

"따님 스스로 도둑질을 했다고 인정했어요. 그보다 확실한 증거는 없을 텐데요."

오스기는 갈색으로 물들인 메구미의 머리카락을 슬쩍 보았다. 칠칠맞지 못하게 번질번질해진 세일러복. 검은색 양말은 한쪽만 복사뼈까지 흘러내렸다. 큰 소리로 뭐라 하고 싶은 심정을 꿀꺽 삼키고 오스기는 말했다.

“그래서 원하는 게 뭐지? 기사를 안 내는 대신 돈이라도 쥐여달라는 소리인가?”

기바는 과장되게 턱을 당기더니 스포츠머리를 세게 한 번 훑었다.

“무슨 당치 않은 말씀을. 그래서야 완전히 공갈협박이죠. 형사님을 상대로 그럴 배짱은 없습니다.”

오스기는 기바를 닦아세우고 싶은 것을 간신히 참았다. 기바가 말을 이었다.

“저는 그저 국민의 치안을 담당하는 형사님이 자기 딸의 손버릇도 다스리지 못한다는 현실에 모순을 느꼈을 뿐입니다. 사회정의에 눈을 떴다고나 할까요. 이걸 기사로 써서 세상에 널리 알리는 것이 사회의 목탁인 저희 임무가 아닐까 합니다만.”

“고견은 잘 들었수다.”

오스기는 기바의 장광설을 자르고 소파에서 일어서려 했다. 메구미가 그의 팔을 붙잡았다.

“어떻게 좀 해줘. 학교에 알려지면 큰일이란 말이야. 기사가 나면 당신도 형사 일 때려치워야 할걸.”

오스기는 조용히 딸의 손을 떼어내고 다시 자리에 앉았다. 메구미를 때리고 싶은 마음과 필사적으로 싸웠다. 단 하나뿐인 딸에게 당신 소리를 듣게 된 건 대체 언제부터일까.

예의 도둑질 사건은 이미 그 자리에서 마무리되었다. 어째서 이런 공갈꾼에게 정보가 새어나갔을까. 게다가 딸의 이 반항적인 태도는 또 뭔가. 한심해서 눈물도 안 나온다.

여느 때 같으면 기바의 멱살을 붙들고 바깥에 내동댕이쳤겠지만, 메구미의 도둑질 사건이 얽혀 있으면 이야기가 다르다. 안 그래도 평소에 신경을 못 써줘서 찔리는 구석이 있는 마당이다. 딸이 도둑이라는 오명을 쓰는 것만은 피하고 싶었다. 그것은 자신이 경찰이라서가 아니라, 메구미의 아버지이기 때문이었다.

"도대체 어쩌라는 거야?"

오스기는 잇새로 내뱉었다. 대답은 듣지 않아도 짐작이 갔다. 수사 4과가 공갈 혐의로 자기들을 조사하는 것을 어찌어찌 무마해달라는 이야기일 게 뻔하다. 4과에 아는 사람은 많지만 이런 놈을 위해 아쉬운 소리를 하다니 생각만 해도 마음이 무거워졌다.

오스기는 말없이 기바를 노려보았다.

"편의를 봐달라는 일이 있거든 냉큼 말해. 다만 분수는 지켜줬으면 좋겠군. 내가 할 수 있는 일과 할 수 없는 일이 있으니까."

겨우 이 정도 말하면서도 피를 토하는 기분이었다. 기바는 만면에 능글맞은 웃음을 띠었다. 안경 너머 눈이 승리감으로 빛났다.

"별것 아닙니다, 오스기 씨. 당신한테 뭘 해달라고 할 일은 없어요. 오히려 아무것도 하지 말라고 부탁하고 싶습니다."

"무슨 뜻이지?"

기바는 눈을 한 번 내리깔았다가 알랑거리듯이 치뜨고 오스기를 쳐다보았다.

"실은 제가 이케부쿠로의 호메이 흥업과 친분이 있거든요."

"호메이 흥업?"

오스기의 마음속에서 뭔가가 팍 튀었다.

"네. 이제 짐작이 가시는 모양이네요. 그쪽 신세를 꽤 많이 졌는지라, 댁이 생트집을 잡는다는 소식에 잠자코 있을 수가 있어야죠."

오스기는 손에 배어난 땀을 바지에 문질러 닦았다.

"노모토한테 부탁받았나?"

기바는 짐짓 고개를 저었다.

"무슨 말씀을. 누구한테 부탁받은 적 없습니다. 그냥 그 사람들이 투덜대는 소리를 듣다보니 가만있으면 안 되겠다 싶어서요."

"그러니까, 딸의 도둑질을 눈감아줄 테니 호메이 흥업을 더는 건드리지 마라 이거냐?"

기바는 의기양양한 표정으로 고개를 끄덕였다.

"네. 간단하죠? 뭘 해달라는 것도 아니니."

"딸이 도둑질을 했다는 건 어디서 들었지?"

기바가 눈을 깜박거렸다. 예상치 못한 질문에 허를 찔린 눈치였다.

"어딘지는 말 못 합니다. 정보원은 밝히지 않는 게 원칙이니까요."

"사건이 난 슈퍼에선 나리마스 서 청소년과에만 알리고 학교나 주민자치회에는 아무 소리 안 했을 거야. 딸아이가 잡히자마자 제 아빠가 형사라며 주인을 을러댔거든. 뒷일을 생각하면 거기서도 그 정도 계산과 배려는 했겠지."

"정보원은 못 밝힙니다."

기바는 거듭 말하고 입을 다물었다.

오스기는 주먹을 쥐었다. 슈퍼에서 새어나가지 않았다면 남은 것은 경찰뿐이다.

오스기는 느닷없이 팔을 뻗어 기바의 멱살을 움켜쥐고 확 끌어당겼다. 탁자가 기울어지고 찻잔이 넘어졌다. 메구미가 작게 비명을 지르며 몸을 뒤로 뺐다.

"말하기 싫거든 그냥 닥치고 있어. 네놈이 호메이 흥업의 사주로 왔다는 걸 알았으니 충분하다."

기바는 얼굴이 시뻘게져서 오스기의 손을 떼어내려고 용을 썼지만 상대는 꿈쩍도 하지 않았다.

"그게 뭐 어쨌다는 거야?"

기바의 찢어질 듯한 목소리가 부들부들 떨렸다. 아까까지의 유들유들한 태도는 온데간데없었다.

오스기는 이를 드러냈다.

“애석하게 됐군, 기바. 다른 일이었다면 네 감언이설을 받아들여 편의를 봐줬을지도 모르는데.”

“무슨 소리야. 그렇게 대단한 거래도 아니잖아. 더 번거로운 일을 시킬 수도 있었어.”

오스기는 코웃음을 쳤다.

“차라리 그러지. 그랬으면 날 더 잘 구워삶을 수 있었을 텐데.”

기바가 눈썹을 끌어올렸다.

“잠자코 거래하는 편이 서로를 위해—”

“닥쳐, 이 양아치야. 방금 막 결심했다. 쓰고 싶으면 써. 네놈의 저질 신문에다 기사 쓰라고. 제가 뿌린 씨앗이니 딸아이한테는 알아서 책임지라고 할 거야. 학교에 알려져도 하는 수 없어. 내가 경찰 짓을 못 하게 되면 그것도 어쩔 수 없고. 하지만 이번 일에서 손뗄 생각이 없다는 것만은 말해두지. 알았나, 양아치 양반?”

기바는 힘없이 오스기의 소맷자락을 붙잡았다. 뺨이 딱딱하게 굳어 있었다.

“하지만, 아까 편의를 봐주겠다고 했잖아.”

“잠깐 헛소리가 나왔어.”

“딸이, 딸이 어떻게 되든 상관없다는 건가?”

오스기가 기바의 옷깃을 고쳐 잡고 서로의 코가 닿을 만큼 끌어당겼다. 몸속에서 흉포한 분노가 소용돌이치며 출구를 찾아 미쳐 날뛰었다. 호메이 흥업의 더러운 수법에 욕지기가 날 지경이었다. 조금 전까지는 찾아볼 수 없던 공포의 빛이 기바의 눈에 가득한 것을 보고 오스기는 자제력을 조금 되찾았다.

“난 아이 아버지이기 이전에 경찰이다. 설령 딸을 위해서일지라도 소신을 굽힐 생각은 없어. 알았으면 썩 꺼져.”

오스기는 그대로 기바를 끌고 나가 현관 쪽으로 내던졌다. 좁은 현관 바닥에 나뒹군 기바가 꼴사납게 비명을 질렀다. 허둥지둥 네발로 기며 자기 신발을 그러모았다.

신발을 신고 일어서자, 기바는 언제든지 도망칠 수 있도록 현관 유리문을 잡고서 내뱉었다.

"망할 자식, 나중에 울고불고 후회해도 난 모른다."

말을 채 끝맺기도 전에 도망치듯 몸을 반쯤 밖으로 내밀더니 화풀이하듯 쾅 소리를 내며 유리문을 닫았다. 오스기는 주먹을 움켜쥔 채 복도에 가만히 서 있었다. 부아가 치밀었지만 무력감이 응어리져서 그대로 서 있는 것이 고작이었다.

기바가 노모토의 사주로 찾아온 것은 틀림없다. 그런데 노모토에게 메구미 일을 알려준 건 대체 누구일까. 나리마스 서 청소년과에서 본청에 보고하겠다며 한소리 하기는 했다만—

"여보."

어느 틈엔가 아내 우메코가 곁에 와 있었다. 고개를 돌리자 그 뒤에 메구미가 서 있었다. 우메코의 수척한 얼굴이 원망스러운 듯 일그러졌다. 메구미의 큰 눈이 이상하게 빛나고 있었다. 두 사람의 불신과 비난이 소리 없는 압력으로 오스기를 짓누르려 했다.

오스기는 저도 모르게 뒷걸음쳤다.

"난…… 미안해, 어쩔 수 없었어."

목소리를 쥐어짜내 말하고 나서 더는 참지 못하고 신발을 신고 밖으로 나왔다. 부지불식간에 눈물이 흘러내릴 뻔했다. 입술을 꽉 깨물고 골목길을 빠져나가 상점가로 향했다. 갈 곳은 없었지만 집에 있는 것보다는 나았다. 기바의 모습이 보이지 않아서 한숨 놓았다. 아직도 이 부근에서 얼쩡거리고 있었다면 목을 비틀어버려야 직성이 풀렸으리라.

오스기가 호메이 흥업으로 쳐들어가 노모토를 으르고 온 지 아직 사흘밖에 지나지 않았다. 그런데 놈들은 퇴물 복서를 고용해 구라키를 습격한 것처럼 오스기에게도 수작을 부리려 했다. 이것은 나쁜 징조가 아니다. 이쪽 짐작이 맞아떨어졌다고 자백해준 셈이나 다름없다. 이왕 이렇게 되었으니 철저하게 물고 늘어져주마. 놈들이 어떻게 나올지 기대되는군.

오스기는 걸음을 멈췄다. 슬롯머신 게임장에서 왁자지껄한 소리와 빛이 흘러나왔다. 마치 다른 세상처럼 화려했다. 맨 앞쪽 기계에서 점퍼를 입은 중년 남자가 구슬을 튕기고 있었다. 어깨에는 아직 초등학생 같은 소녀가 달라붙어 있었다. 이제 집에 가자고 말하는 것처럼 보였다. 오스기는 잠시 두 사람을 쳐다보다가 힘없이 발걸음을 돌렸다. 자신과 메구미도 몇 년 전에는 저런 모습이었다는 생각이 들었다.

집으로 이어지는 골목길로 꺾어들었을 때 오스기는 모퉁이 가로등 뒤에 누가 서 있는 것을 알아차리고 퍼뜩 놀라 자세를 다잡았다. 생각에 빠져 있었던 탓에 순간적으로 반응이 늦었다. 하지만 오스기가 염려하던 상대는 아니었다.

메구미였다.

오스기는 당황하면서 어깨 힘을 뺐다. 메구미의 노려보는 듯한 눈길이 오스기를 향했다. 오스기는 어쩔 줄 몰라 바지 호주머니에 손을 집어넣었다. 무슨 말을 하려고 했지만 할말이 떠오르지 않았다.

"메구미. 나는, 그……"

말하다 말고 오스기는 별안간 자신에게 부아가 돋아 입을 다물었다. 딸의 손버릇도 관리 못 하는 형사는 확실히 실격이다.

메구미가 입을 삐죽 내밀었다.

"자기 딸도 안 감싸주는구나."

오스기는 누가 등에 송곳을 쑤셔넣은 것 같아서 바로 대답할 수 없었다.

메구미가 말을 이었다.

"그럼 딸의 친구 엄마래도 특별대우는 못 해줬겠네."

오스기는 메구미의 말이 예의 이 년 전 사건을 가리킨다는 것을 깨달왔다. 아직도 그 일에 앙심을 품고 있나 싶어 마음이 암담해졌다. 입을 꾹 다물고 말없이 딸의 옆을 지나쳤다.

"아빠."

메구미가 부르는 소리에 오스기는 걸음을 멈췄다. 가슴을 쿡 찔린 기분이었다. 실로 오랜만에 딸에게 아빠 소리를 들었다. 오스기는 천천히 뒤돌아섰다.

"어쩔 수 없었어. 난……"

그 말을 막듯이 메구미가 입을 열었다.

"아빠, 아까 멋있었어."

오스기는 깜짝 놀라 딸의 얼굴을 바라보았다. 머릿속이 혼란스러웠다.

잔뜩 찡그린 메구미의 얼굴에 눈물이 흘러내렸다.

2

모즈는 메스의 선지피를 닦았다.

냉기 때문에 몸이 쉴새없이 떨렸지만 머리는 보일러처럼 뜨겁게 타올랐다. 엄청난 속도로 절벽에서 미끄러지다가 공중에 내던져지는 꿈을 꾼 듯했다. 하지만 지금 그것은 현실의 기억으로 온몸에 선명하게 되살아났다.

모즈는 식은땀이 배어나오는 것을 느꼈다. 가즈히코의 긴 비명소리가 귓속에서 메아리쳤다. 그렇다, 가즈히코는 절벽에서 그 두 놈에게 떠밀려 죽었다. 아니, 둘뿐만 아니라 호메이 흥업과 그 배후에 있는 흑막에 살해당한 것이다. 모즈는 더러워진 벽을 가만히 쳐다보았다. 가즈히코의 죽음이 비로소 그의 마음을 흔들어 깊은 슬픔을 불러일으켰다. 가슴에 시커먼 구멍이 뚫린 것 같았다.

스즈 시 주오 병원에서 의식을 되찾은 후의 일들이 어렴풋이 떠올랐다. 지금은 오히려 그것이 꿈처럼 느껴졌다. 뒤통수에 손을 대자 아직 흉터가 생생하게 만져졌다. 뺨의 상처를 꿰맨 자국 역시 도톰하게 올라와 있다.

아카이를 비롯한 호메이 흥업 놈들의 행동을 돌이켜보건대 그들은 모즈를 가즈히코로 착각하는 것이 분명했다. 또한 그의 여동생이 바로 모즈이자, 지금껏 살인을 실행해온 장본인이라는 사실도 모른다.

호메이 흥업 놈들은 폭탄 사건이 일어난 다음날 가즈히코를 멀리 노토 반도까지 데려가 고로자키 갑의 절벽에서 던져버렸다. 가케히가 죽은 것을 확인하고 가즈히코의 입을 영원히 막으려 한 것이다. 더러운 놈들. 그때 자동차 트렁크만 닫히지 않았어도—

모즈는 입술을 깨물었다. 가즈히코의 원수는 반드시 갚아주겠다. 이 원한을 풀고야 말겠다. 가즈히코가 없는 모즈는 그저 히로미일 뿐이다. 가즈히코가 있어야 모즈는 모즈일 수 있는 것이다.

가즈히코가 살해당한 어두운 갑에서 아카이와 여자를 죽였을 때가 떠올랐다. 지금 생각해보면 저도 모르는 사이 가즈히코의 원수를 갚은 셈이다. 그리고 사토무라. 죽인 것을 후회하진 않는다. 사토무라가 배신한 탓에 호메이 흥업에 붙잡혀 노모토 패거리에게 뼈아픈 위협을 당했으니까.

모즈는 다부진 간병인의 시체를 침대로 끌어올리고 피를 빨아들인 이불을 그 위에 덮었다. 항문 주위가 화끈거려 얼굴을 찌푸렸다. 간병인의 예상치 못한 행위가 극도의 흥분으로 모즈의 의식을 빼앗으면서, 머나먼 과거의 꺼림칙한 기억을 되살렸다. 등뒤를 덮친 아버지의 거친 숨결이 목덜미에 닿은 것만 같았다. 그 순간, 몸속의 톱니바퀴가 무시무시한 속도로 역회전하며 모즈는 어두운 나락의 바닥에서 현실세계로 뛰어올라온 것이다.

모즈는 간병인의 입에서 떨어진 메스를 거의 무의식중에 집어들었다. 자신에게 피 한 방울 튀기지 않고 간병인의 목을 가르는 일은 모즈에게 식은 죽 먹기였다.

기억을 완전히 되찾은 모즈는 복수에 대한 염원으로 불타고 있었다.

메스를 고쳐 쥐고 문으로 향하려다가 천장 구석에 달린 비디오카메라를 알아채고 움찔했다. 차가운 렌즈는 이 방에서 일어난 일을 계속 지켜보고 있었다. 모즈는 렌즈를 빤히 올려다보았다. 뭔가 이상하다. 카메라는 분명 여기서 일어난 이변을 포착했을 것이다. 그렇다면 벌써 누가 달려오고도 남았어야 한다. 모니터실에 아무도 없는 걸까. 아니면 스위치가 꺼져 있는 걸까.

어쨌거나 꾸물댈 틈은 없다. 모즈는 철문을 열고 바깥을 살폈다. 길고 어스레한 복도에는 인기척이 없었다. 모즈는 독방을 소리 없이 빠져나와 타일이 깔린 복도를 오른쪽으로 달렸다. 왼편은 콘크리트 벽이고 오른편에 독방과 같은 철문이 죽 늘어서 있다. 복도 모퉁이에 다다르자 한 방의 유리창에서 빛이 새어나오고 있었다. 발소리를 죽이고 안을 들여다보니 흑백텔레비전 화면이 줄지어 있을 뿐 아무도 없었다. 독방 감시용 모니터실이 분명했다. 9번 화면이 모즈의 독방인 듯, 침대에 씌운 회색 이불에 번진 검은 얼룩을 또렷이 비추고 있었다. 간병인의 흰색 신발도 보였다.

그 간병인은 숙직을 기회 삼아 자신의 특이한 취미를 독방 환자에게 강요하는 것이 다반사였으리라. 모즈가 풍기는 특유의 냄새를 직감하고 덤벼든 것이 분명하다.

모니터실을 지나쳐 막다른 곳에서 오른쪽으로 돌았다. 화장실, 탕비실, 식기세척장. 긴 복도 왼편으로 쇠창살이 끼워진 창문들이 보였다. 오른쪽에 모니터실처럼 빛이 새어나오는 방이 있었다. 통유리로 되어 있고 따로 문이 없었다. 안을 살피자 의자에 앉은 간호사 한 명이 보였다. 가슴에 턱을 묻고 다리를 아무렇게나 뻗은 채 졸고 있다. 고정핀 한쪽이 빠져서 금방이라도 모자가 흘러내릴 것 같았다.

모즈는 메스를 다시 한번 고쳐 쥐었다. 이 간호사를 위협해서 필요한 정보를 빼내야겠다.

모즈는 조용히 대기실로 숨어들었다.

3

신주쿠 주오 서로 향하면서 오스기 료타는 뛰는 가슴을 억누르느라 애를 먹었다.

방금 전 옛 친구 구사카 시게루가 알려준 극비정보 덕분에 수사가 크게 진전되리라는 확신이 섰다.

잘나가는 화보 주간지 〈새터데이〉의 편집장인 구사카는 한 시간쯤 전 전화를 걸어와 오스기를 근처 카페로 불러냈다. 예전에 구사카가 다른 월간지의 편집장으로 일할 때 오스기는 부탁에 못 이겨 정치헌금과 관련된 비밀정보를 넘겨준 적이 있었다. 그 특종으로 정치인 두 명이 자리에서 물러났고 구사카의 주가는 껑충 뛰어올랐다.

구사카는 그때의 빚을 갚겠다며 이야기를 꺼냈다.

그날 아침 젊은 여자가 익명으로 구사카에게 전화를 해와 〈새터데이〉에 특종 사진을 팔고 싶다고 말했다. 처음에는 어떤 사진인지 밝히려 들지 않았다. 하지만 구사카가 끈질기게 물고 늘어지자 결국은 죽은 가케히 슌조라는 남자가 맡긴 사진이라고 털어놓았다. 가케히는 만약 자신이 죽으면 그걸 〈새터데이〉에 팔아라, 그럼 돈이 될 거라고 말했다 한다. 말투로 보아 유흥업 종사자인 듯한데 가케히와 꽤 가까운 사이였던 모양이다.

구사카는 직감적으로 특종거리라 판단하고 여자가 부른 30만 엔이라는 값에 동의했다. 거래 시간과 장소는 그날 밤 자정 신주쿠 주오 공원 구름다리 위. 표시는 여자의 흰색 스카프와 구사카의 흰색 비닐우산이다.

오스기는 걸으면서 손수건으로 땀을 닦았다. 물론 엉터리 정보일 수도 있다. 구사카가 정보를 제공한 것도 빚을 갚으려는 마음보다 내용이 의심스러웠기 때문이리라. 하지만 오스기는 진짜라고 직감했다.

조후 제1병원으로 구라키의 병문안을 가서 들은 놀라운 이야기 가운데 호메이 흥업 놈들이 뭔가를 필사적으로 찾고 있다는 내용이 있었다. 놈들은 그것을 신가이가 가지고 있다고 여긴 듯, 폭탄 사건 다음날 그를 어딘가로 데려갔다고 한다.

하지만 그후 신가이가 살던 집을 다시 찾아와 이잡듯이 뒤졌으니, 신가이는 입을 열지 않고 죽었든지 도중에 달아난 것일 테다. 어쨌거나 놈들이 찾는 것이 바로 오늘밤 제 손에 들어올지 모르는 그 사진이 아닐까 하는 강한 예감이 들었다.

수사본부에 들어가자 곧장 서장실로 오라는 전언을 받았다. 잔다리밟아 경시정 자리까지 오른 서장은 우직함이 장점인 평범한 경찰이었다. 이 사건에서 수사본부장을 맡았으나 실질적인 지휘권을 본청 공안부에 빼앗기는 바람에, 책임을 추궁당할 때 방패막이 역할을 하는 것 말고는 일이 없다.

서장실로 들어가자 그를 기다리던 사람은 서장만이 아니었다. 본청 공안부 공안 3과 과장 와카마쓰 경시가 함께 있었다. 자연스레 얼굴이 굳었다. 서장은 미간에 세로로 주름을 잡고 있었다.

서장이 소파 맞은편 자리를 가리켰다. 와카마쓰는 창가에 서서 바깥을 바라보는 척했다.

오스기가 자리에 앉자 서장은 안경을 벗고 손에 든 신문을 요모조모 살피며 혼잣말처럼 말했다.

"정말이지 골치 아픈 짓을 했더군."

그리고 신문을 오스기 쪽을 향해 탁자 위로 펼쳤다. 그것을 보고 오스기는 몸이 뻣뻣해졌다. 〈특보 타임스〉라는 독살스러운 글자가 눈에 들어왔다.

서장은 씁쓸하게 입을 열었다.

"자네 딸이 슈퍼에서 도둑질을 했다는군. 아, 설명할 필요는 없네. 나리마스 서에 문의해서 이미 확인했어."

오스기는 아무 말 없이 재빨리 눈으로 활자를 좇았다. 빨간 글씨로 '현직 형사 딸이 도둑질, 아버지에게 반성의 기색은 전혀 없었다!'라는 제목이 붙어 있었다. 기사를 읽어내려가는 사이 오스기의 몸은 굴욕감과 분노로 떨리기 시작했다.

'……소녀는 학교에서도 이름난 문제아로 주위 사람들의 기피 대상이라고 한다. 부전여전이라더니 소녀의 아버지는 신사적으로 취재를 요청한 본지 기자에게 폭언을 퍼부었을 뿐 아니라 일부러 몸을 밀치는 등 폭력을 행사했다. 딸의 비행에 일말의 책임감도 느끼지 않는 듯 반성의 기색을 조금도 찾아볼 수 없는 태도였다. 더군다나 부녀가 입을 모아 기사를 쓰시 말라고 협박하는 모습은 갖은 경험으로 단련된 기자도 쩔쩔맬 만큼 위압적이었다. 하지만 본지는 그 같은 압박에 굴하지 않고 이렇게 정의의 기사를 싣는 바이다.'

서장은 오스기가 찢어버릴 것을 우려한 듯 재빨리 신문을 잡아채서 접었다.

"오스기, 자네 딸이 도둑질한 건 그리 큰일이 아니야. 초범인 듯하고, 물품도 천 엔 상당의 학용품 정도니까. 그런데 이 기사 뒷부분은 사실인가? 자네가 기자를 폭행했다는 부분 말일세."

"사실입니다. 폭행이 아니라 살인미수로 고소당해도 할말 없습니다."

서장은 놀라서 몸을 뒤로 뺐다.

"도대체 무슨 소리야?"

"죽이고 싶을 만큼 열받았었다는 말입니다."

오스기가 내뱉듯이 말하자 서장은 초조하게 엉덩이를 들썩거렸다.

"이보게, 그런 말 함부로 하는 거 아니야. 그나저나 이 기사가 사실이라면 우리도 손쓸 방도가 없는데."

"상관없습니다. 내버려두십시오. 그 양아치가 기사를 써서 사방에 뿌려댈 건 각오했으니까요."

서장이 부루퉁한 얼굴을 했다.

"이건 자네 개인의 문제가 아니야. 경찰 전체의 신용과도 이어진다고. 그 정도는 자각해야 하지 않나? 직속상관도 아닌 내가 말하기는 뭣하지만, 어쨌든 현재 내 지휘하에 있는 이상—"

"파견근무중 물의를 빚어서 정말 죄송합니다. 근간에 꼭 책임을 지겠습니다."

오스기가 말을 끊으며 고개를 숙이자 서장은 심기가 편치 않은 듯 다리를 꼬고 와카마쓰 쪽을 슬쩍 쳐다보았다.

"그 얘기 말인데, 으음, 여기 와카마쓰 경시가 할말이 있다고 하네. 난 회의가 있어서 잠깐 실례하지."

서장은 그 말을 남기고 서둘러 일어나 방에서 나갔다.

서장이 앉았던 소파에 와카마쓰가 꾸물꾸물 자리를 잡았다.

오스기는 와카마쓰가 싫었다. 그걸 와카마쓰가 눈치챘다는 것도 잘 알고 있었다. 확실히 머리는 좋지만 인간이 너무 차갑다. 게다가 이번 사건에서는 참견하고 나서는 데 비해 거의 성과를 거두지 못했다.

그리고 오스기와 동년배면서 필요 이상으로 계급의 차이를 강조하려 들었다.

"오스기 경부보. 이번 일은 냉정을 잃었다고 할까, 좀 경솔했던 것 같군. 그런 녀석들한테는 꼬투리를 잡히지 않도록 조심했어야지."

"다음번에 또 딸이 도둑질을 하면 그러도록 하죠."

오스기는 그렇게 내뱉고 나서야 뒤늦게 후회했다. 아니나 다를까 와카마쓰는 뺨을 실룩거렸다.

"과연, 기사대로 별로 반성하지 않은 모양이군. 계속 그런 태도로 나온다면 우리도 처분을 고려하는 수밖에."

"우리라고 하시면?"

오스기가 따지고 들자 와카마쓰가 언짢은 표정을 지었다.

"물론 이 수사본부 입장을 말하네."

"어떤 처분입니까?"

와카마쓰가 얼굴을 한층 찌푸렸다.

"유감스러우나 수사반에서 제외시켜 본청으로 돌려보낼 거야."

오스기는 목안의 뜨거운 덩어리를 꿀꺽 삼켰다.

"실례지만, 제 이동은 경시님 권한이 아니라고 알고 있는데요."

와카마쓰의 눈언저리에 의기양양한 미소 같은 것이 언뜻 비쳤다.

"이 일에 대해 이미 본청 수사 1과 과장과 형사부장님 의견을 들어봤네. 물론 그쪽에서도 신문을 받아봤다더군. 두 분 다 자네 처분을 내게 맡기겠다고 했어. 본청으로 돌아간 뒤의 처분은 물론 내 권한 밖이지만."

오스기는 분노를 꾹 눌렀다. 이 남자의 콧대에 한 방 날릴 수 있다면 얼마나 속이 시원할까.

"오늘, 바로 이 순간부터 저는 이 수사본부에 더 볼일이 없다는 말씀입니까?"

와카마쓰가 주먹을 입에 대고 헛기침을 했다.

"그렇게 받아들여도 상관없어."

오스기는 천천히 소파에서 일어섰다. 가볍게 고개를 숙이고 문으로 향했다. 하지만 문을 열기 전에 몸을 돌렸다. 아무래도 와카마쓰의 콧대를 꺾어줘야 직성이 풀릴 것 같았다.

"한 가지만 말씀드리겠습니다. 오늘밤 저는 가케히가 가지고 있었던 것으로 추정되는 극비 사진을 입수할 예정입니다. 그것도 내팽개쳐도 될까요?"

4

차가운 바람에 윗옷이 펄럭였다.

오스기는 인기척 없는 구름다리 난간에 기대 몸을 떨었다. 초고층 빌딩의 불빛이 모조리 꺼져서 신주쿠 주오 공원의 나무들은 위쪽만 어렴풋이 밝았다.

NS 빌딩 서쪽 구름다리. 주오 공원 방면 난간 한가운데. 구사카가 말해준 약속장소를 다시 한번 곱씹었다. 여기가 틀림없다. 오스기는 신주쿠 주오 서 창고에서 꺼내온 흰색 비닐우산을 눈에 잘 띄도록 흔들면서 주변을 둘러보았다. 오가는 차는 꽤 많지만 다니는 사람은 거의 없다. 멀찍이 떨어진 곳에 커플 두 쌍이 찰싹 달라붙어 있을 뿐이다.

와카마쓰가 보인 야릇하고 복잡한 표정이 눈에 선했다. 그는 오스기의 이야기를 듣더니 눈빛이 달라졌다. 하지만 바로 별 관심 없다는 태도로 사진을 거래하는 장소와 시간을 알아내려고 했다. 그때 오스기는 방금 내린 처분을 철회하고 이 일을 자신에게 맡겨달라고 요구했다. 와카마쓰는 분한 듯이 뺨을 실룩거렸지만, 결국 억지로 냉소를 지으며 오스기의 조건을 받아들였다.

"어차피 엉터리 정보일 거야. 그런 정보를 믿고 귀중한 수사원을 할당할 수는 없지. 어디 자네 혼자 처리해봐. 공을 독점할지, 실패의 책임을 혼자 떠안을지 즐겁게 지켜보겠어."

그렇게 한마디 덧붙인 것이 와카마쓰에게는 최선의 반격이었으리라. 오스기도 이의는 없었다. 만약 엉터리 정보라면 제 발로 수사본부에서 물러날 각오였다. 와카마쓰에게 자세한 거래 내용을 알리고 30만 엔을 지원해달라고 요청했으나 예상대로 거부당했다. 그 역시 여자에게 선뜻 돈을 건넬 생각은 없지만 실물을 보여주어야 할 상황이 닥칠지도 모른다. 하는 수 없이 수중의 만 엔 지폐와 신문지로 30만 엔어치 가짜 돈다

발을 준비하고, 봉투에 담아 윗옷 안주머니에 넣어두었다.

손목시계를 빛에 비춰보았다. 자정에서 사 분 정도 지났다. 구름다리 남쪽과 북쪽을 번갈아 바라보았다. 커플들의 모습도 어느덧 사라져 이제는 아무도 없었다. 역시 그냥 장난전화였나 싶어 불안해졌다. 다시 한번 시계를 보고 고개를 들었을 때였다. 북쪽 계단 부근에서 사람의 형체가 움직였다. 구름다리 아래를 직각으로 교차하는 도로에서 누가 올라오는 것 같았다.

오스기는 시선을 집중했다. 거리는 6, 70미터쯤. 가로등 불빛을 받아 희멀건한 것이 언뜻 눈에 들어왔다. 잠시 후 흰색 스카프로 머리를 감싼 사람이 구름다리에 나타났다. 베이지색 코트 아래로 가느다란 다리가 보였다. 여자다. 오스기는 몸이 뜨거워지는 것을 느꼈다. 역시 엉터리 정보가 아니었다.

"고마워."

오스기는 누구에게랄 것 없이 소리 내어 말하고, 잘 보이도록 흰 우산을 몸 옆으로 내밀었다. 여자는 숄더백 끈을 꼭 쥐고 오스기 쪽을 가만히 쳐다보았다. 좀처럼 걸음을 떼려 하지 않았다. 안달난 오스기는 우산을 펼쳐 휘두를까 반쯤 진심으로 생각했다.

이윽고 여자가 오스기를 향해 걸어오기 시작했다. 오스기도 안심하고 두세 발짝 걸음을 옮겼다. 그때 갑자기 시끄러운 엔진 소리와 함께 검은색 자동차가 오스기 옆을 지나쳤다. 그러고 보니 남쪽에 자동차 한 대가 라이트를 끄고 조용히 서 있던 것이 떠올랐다. 차가 지나쳐간 순간 오스기는 괜히 가슴이 두근거렸다. 어릴 때 본 스파이 영화에서는 이런 장면에서 반드시 훼방꾼이 끼어들곤 했다.

자동차는 4, 50미터 정도 달리는가 싶더니 여자 조금 앞에서 인도에 바짝 붙어 급정차했다. 브레이크 소리가 귀에 닿자마자 오스기는 맹렬한 기세로 튀어나갔다. 말도 안 된다. 이건 영화가 아니다. 훼방꾼이 나타날

리 없다. 하지만 오스기의 예감을 뒷받침하듯 차문들이 일제히 열리더니 남자 네 명이 인도와 차도로 뛰쳐나왔다. 운전석에 있던 남자가 헤드라이트 불빛을 뚫고 여자 쪽으로 돌진했다. 나머지 세 명은 오스기 쪽으로 달려왔다.

"무슨 짓이야!"

날카로운 여자의 목소리가 밤공기를 잡아찢었다. 검은 옷을 입은 남자가 숄더백을 빼앗고 여자를 힘껏 떠밀었다.

"망할."

마치 그림으로 그린 듯한 훼방에 오스기는 뚜껑이 완전히 열렸다. 폭주족 같은 차림의 세 남자 사이로 폭풍처럼 파고들었다.

"경찰이다. 방해하면 죽여버리겠어."

그렇게 고함을 지르며 정면의 모히칸 머리 남자를 몸으로 들이받았다. 왼쪽에서 튀어나온 가죽점퍼 남자의 사타구니를 힘껏 걷어차고 차로 달려갔다. 오른쪽에 있던 금발 청년이 오스기의 발치로 뛰어들어 다리를 걸었다. 오스기는 쓰러지며 인도에 무릎과 팔꿈치를 호되게 부딪혔다. 눈 몇 미터 앞에 문이 열린 차가 보였다.

재빨리 몸을 뒤집은 오스기는 달려드는 모히칸 머리의 옆얼굴에다 들고 있던 우산을 냅다 휘둘렀다. 모히칸 머리는 비명을 지르며 차도로 굴러떨어졌다. 오스기는 살이 망가진 우산을 내던졌다. 끈질기게 발치를 노리는 금발에게 발차기를 먹이고 벌떡 일어나 차로 돌진했다. 운전석 문이 닫히고 차가 급발진했다. 그 기세에 열려 있던 문들이 쾅쾅 닫혔다. 오스기는 마지막으로 닫히려는 문에 죽을둥살둥 매달렸다. 안쪽 손잡이에 가까스로 오른손이 닿았다.

그 순간 또 발목을 잡혀 오스기의 무거운 몸이 쭉 늘어졌다. 머리를 걷어차 간신히 금발을 떼어냈을 때, 차는 속도를 높이며 인도에서 멀어지기 시작했다. 차도로 끌려내려온 충격으로 손잡이를 놓쳤다. 아스팔트에 세게 내동댕이쳐지는 바람에 오스기는 고통스러운 비명을 질렀다. 한 순간 숨이 턱 막히고 눈앞이 캄캄해졌다. 문이 닫히는 소리, 그리고 순식간에 멀어지는 배기음. 오스기는 아스팔트 바닥을 벅벅 긁으며 일어서려 악을 썼다. 하다못해 번호판이라도 확인하려고 눈을 돌렸지만, 반대편 차선에서 다가오는 헤드라이트 불빛을 정통으로 받는 바람에 잠시 앞이 보이지 않았다.

"제기랄."

고통과 분노로 이성을 잃고 오스기는 주먹으로 아스팔트를 내리쳤다. 믿기지 않았다. 방심한 것은 사실이지만 이 일에 방해될 만한 요소는 하나도 없었다. 구사카가 자기네 잡지를 위해 복잡한 트릭을 쓴 게 아니라면.

오스기는 고통을 참으며 일어나 인도를 뒤돌아보았다. 수십 미터 정도 떨어진 곳에서 세 사람의 그림자가 종종걸음으로 달아나고 있었다. 양옆의 두 사람이 나머지 한 사람을 부축하는 듯 보였다. 가죽점퍼 남자의 물건은 당분간 써먹지 못하겠지. 오스기는 세 사람이 어둠으로 사라지는 모습을 가만히 지켜보았다. 쫓아가서 배후를 밝혀낼까 싶었지만 기력이 솟지 않았다. 폭주족 차림인 것으로 보아 돈을 주고 잠시 부린 것이 분명하니, 붙잡으려면 여자의 숄더백을 빼앗아간 남자를 잡아야 한다. 안 그러면 뒤에서 조종하는 녀석들을 알아낼 수 없다.

오스기는 인도로 올라가 구름다리 북쪽으로 눈을 돌렸다. 아무도 없었다. 여자도 허겁지겁 달아나고 말았다. 아까 오스기가 경찰이라고 고함친 소리를 그 여자도 들었다. 설마하니 숄더백 도난신고를 하진 않을 것이다.

오스기는 더러워진 옷을 털고 힘없이 걷기 시작했다.

와카마쓰 경시는 아무도 없는 수사본부 소파에 몸을 기대고 오스기를 가만히 올려다보았다. 와카마쓰가 기다리고 있을 줄은 몰랐던 오스기는 있는 그대로 보고하는 수밖에 없었다. 이야기를 다 듣고 나자 와카마쓰는 입술 가장자리에 보일 듯 말 듯 비웃음을 지었다.

"그 이야기를 믿게 해줄 증인은 있나?"

"상대편 남자들과 문제의 여자 말고는 없습니다."

"그렇다면 자네는 그냥 꿈을 꾼 건지도 모르겠군."

오스기는 크게 낙담해 자기 손을 내려다보았다.

"변명의 여지가 없습니다."

"꿈으로 해두는 편이 자네를 위해서도 좋아. 만약 보고 내용과 같은 일이 일어났다면 치명적인 실수를 저지른 셈이지. 수사본부에서 빠지는 것 정도로는 어림도 없을걸."

오스기는 이마의 땀을 닦았다.

"그렇겠죠. 누군가가 오늘밤 일을 눈치채고 사진을 빼돌릴 계획을 세운 게 아니라면요."

와카마쓰가 차디찬 웃음을 지었다.

"실수를 인정하지 않고 억지를 부리다니 보기 흉하군. 누가 방해했다면 그건 가케히의 동료, 즉 '검은 엄니'의 투사들 짓이라고 봐야겠지. 분명 〈새터데이〉 쪽에서 새어나갔을 거야. 어쨌거나 자네는 책임을 면할 길이 없어."

오스기는 고개를 들었다.

"와카마쓰 경시님. 솔직하게 말씀드리겠습니다. 오늘밤 일을 아는 사람은 거래를 청해온 여자를 제외하면 〈새터데이〉의 구사카 편집장과 저, 그리고 경시님 세 명뿐입니다. 구사카와 전 불알친구라 절대 서로를 배신하지 않아요. 그렇다면 결론은 하나죠. 경시님이 누군가에게 명령해서 문제의 사진을 가로챈 겁니다."

와카마쓰의 억센 턱 근육이 꿈틀거렸다. 눈이 증오를 머금고 타올랐다.

"오스기, 제정신인가? 지금 무슨 소리를 했는지는 알고 있겠지?"

"알다마다요. 당신은 처음부터 이 사건을 해결할 마음이 없었습니다. 수사 1과와 합동으로 진행해야 하는데도 수집한 증거를 꽁꽁 감추고, 정보 제공도 없이 팀워크를 완전히 무시했죠."

"그건 자네들이 무능하기 때문이야."

"웃기지 마십시오. 수사 1과를 얕봐도 유분수지. 이번 폭탄 사건 내막에 모종의 음모가 있고 공안이 얽혀 있다는 것쯤은 뻔히 압니다. 그게 밝혀지면 안 되니까 구라키 경부님을 습격해 병원에 입원시키고, 딸의 비행을 빌미삼아 저를 수사본부에서 제외하려고 한 겁니다. 호메이 흥업을 잘 아시죠? 놈들에게 정보를 흘리고 뒤에서 조종한 게 바로 당신입니다. 전부터 수상하다 싶었는데 오늘밤 일로 확실해졌군요."

와카마쓰는 기가 막힌다는 듯 고개를 저으면서 일어섰다.

"아무래도 제정신이 아니군. 그딴 이야기를 누구한테서 들었지? 구라키인가?"

"이렇게 보면요. 하지만 결론은 저 스스로 내렸습니다. 저뿐만이 아닙니다. 경찰청의 적임자 하나가 이 일에 관련된 음모를 은밀히 조사하고 있습니다."

그 말을 들은 순간 처음으로 와카마쓰의 표정에 동요의 빛이 스쳤다. 와카마쓰는 책상 위의 포트를 들어 찻잔에 차를 따랐다. 천천히 잔을 비운 후 다시 오스기를 쳐다보았다.

"오스기, 자네 목적은 뭔가? 내게 그런 거짓말을 해서 뭘 어쩌려고?"

오스기는 와카마쓰의 말투가 약간 바뀐 것을 알고 눈에 보이지 않는 승리감을 느꼈다. 증거 하나 없는 단순한 직감에 불과했지만 속내를 털어놓는 사이 신기하게도 일이 어떻게 돌아가는 건지 대략 눈에 들어왔다. 와카마쓰는 아케보시 미키의 직속상관이다. 쓰키 경시정이 미키에게 스파이 노릇을 부탁했다면, 감시 대상으로 제일 먼저 고려할 수 있는 인물은 와카마쓰 아니겠는가.

"경시님. 저도 당신이 사실을 바로 인정하리라고는 생각지 않고, 그러라고 강요할 생각도 없습니다. 하지만 오늘밤 일을 포함해 제가 이상하다고 느낀 점을 죄다 경찰청에 보고하겠습니다. 사표를 낸다 해도 그건 그다음 일입니다."

오스기는 와카마쓰에게 등을 돌리고 문으로 향했다.

"오스기. 경찰청의 적임자라는 게 구체적으로 누구지?"

와카마쓰가 말을 걸었지만 오스기는 걸음을 멈추지 않았다.

"말 못 합니다. 실례하겠습니다."

"기다려. 할말이 있네."

와카마쓰의 절박한 목소리에 오스기는 문간에서 뒤돌아보았다. 잠자코 상대가 입을 열기를 기다렸다. 와카마쓰는 들고 있던 잔을 책상 위 쟁반에 내려놓았다. 찻잔이 넘어지며 남아 있던 차가 쏟아졌다. 와카마쓰는 그런 줄도 모르고 입가에 손을 가져갔다.

"오스기, 피차 오해가 있는 것 같군. 천천히 이야기를 해보자고."

오스기는 내심 싱글거렸다. 용의자의 자백을 받아내는 기술로는 누구에게도 뒤지지 않을 자신이 있다. 여기까지 왔으니 한 번만 더 밀어붙이면 된다.

"오해는 눈곱만큼도 안 했습니다. 그러니 이야기해봤자 허사죠."

"자네가 생각하는 대로 이 일에는 깊은 사정이 있어. 이른바 정치적인 배경이지. 지금 나와 함께 어딜 갔으면 하는데. 그러면 납득할 만한 설명을 들을 수 있을 거야."

와카마쓰의 입에서 이런 말이 나오다니 커다란 수확이었다. 오스기는 충분히 계산한 다음 조용히 고개를 저었다.

"설령 그곳이 총리 관저라 해도 함께 갈 생각은 없습니다. 그럼 실례."

오스기는 차갑게 내뱉고 수사본부 회의실을 나갔다. 숙직하는 서원에게 가볍게 손을 들어 인사를 하고 경찰서 현관을 나섰다.

심야의 신주쿠는 아직 밝고, 마지막 전철을 놓친 취객이 거리에 가득했다. 자동차도 많다. 오스기는 길을 건너 경찰서 현관이 보이는 위치에서 택시를 기다렸다. 오늘밤 와카마쓰가 어디로 가든 끝까지 달라붙을 작정이었다.

조금 떨어진 가로수 아래 서 있던 자동차 문이 열렸다. 오스기는 반사적으로 자세를 가다듬고 운전석에서 나오는 덩치 작은 남자를 바라보았다. 남자는 인도로 올라와 오스기에게 다가왔다.

"괜찮다면 타시겠습니까?"

쓰키 슌스케였다.

5

기다니는 까까머리를 벅벅 긁었다.

현관 포치에서 정문으로 이어지는 자갈길을 쳐다보았다. 어둠에 잠긴 나무숲과 정원수들이 쥐죽은듯이 고요하고 차 소리가 들려오는 기척은 없다. 혀를 차며 입구로 돌아가 수위실에 들어갔다. 수위는 오늘밤 방해되지 않도록 뒷문으로 보냈다. 정문을 열어두었으니 차는 곧장 현관까지 들어올 수 있을 것이다.

도하* 이나기 시에 위치한 이 료토쿠카이 병원은 고슈 가도와 쓰루카와 가도를 타고 오면 신주쿠에서 거의 일직선 길이다. 사진 가로채기 작전이 계획대로 성공했다면 슬슬 미야우치가 도착할 것이다.

노모토가 급히 전화해서 사진을 빼앗으라고 지시할 때까지 어떤 사정이 있었는지 기타니와 미야우치는 모른다. 그건 노모토 혼자 알고 있으

* 도쿄 도 23구 이외의 시, 군, 섬 따위를 가리키는 말.

면 그만이다. 기타니와 미야우치는 그분과의 교섭에 관심 없었다.

미야우치의 실력이라면 호랑이 형사 한두 명쯤 다루는 것쯤 일도 아니다. 그래도 만에 하나 꼬리를 잡히지 않도록 훔친 차를 사용하고 양아치들을 불러 연막을 치라고 충고해주었는데 과연 그럴 시간이 있었을까. 하여튼 그분의 명령은 영문도 모르겠는데다 항상 느닷없이 내려온다. 그것이 두통의 근원이었다.

가케히 슌조의 지인이라는 여자가 〈새터데이〉에 팔아넘기려 한 사진이 만약 그분이 찾으라고 명령한 그것이라면, 신가이를 쫓아다닌 것은 완전히 헛일이었던 셈이다. 신가이의 기억이 돌아와봤자 사진이 어디 있는지 알 리 없다. 아무리 생각해도 그분이 하는 일은 뒤죽박죽이다. 신가이를 죽이라고 명령해놓고는 아카이의 실수로 살아 있음이 확인되자 기억을 되살려서 사진이 어디 있는지 알아내라고 한다. 가케히가 죽고 사진이 발견되지 않자 신가이가 가져갔다고 생각한 걸까. 어쨌거나 미야우치만 돌아오면 답은 명백해진다. 무슨 사진인지 몰라도 이 귀찮은 일에서 헤어날 수 있다면 그만이다.

그나저나 늦는다. 기타니는 수위실에서 나와 다시 한번 현관 쪽을 살폈다. 엔진 소리는 들리지 않았다. 어쩌면 원장실에 있는 노모토에게 미야우치가 전화했을지도 모른다. 그렇게 생각하고 기타니는 계단으로 향했다. 일단 원장실로 돌아가보자.

그는 2층으로 올라가 걸음을 멈췄다. 원장실은 한 층 위지만 이왕 나온 김에 2층 보호실도 확인할 셈이었다. 오늘밤 손에 들어올 사진이 그분이 찾는 물건이라면 신가이에게는 더이상 볼일이 없다. 이번에야말로 확실히 숨통을 끊어주마.

기타니는 큰 방 앞을 지나 보호실 구역으로 이어지는 복도로 향했다. 바로 왼편에 감시용 모니터실이 있다. 말을 걸려다가 안에 아무도 없다는 것을 알아차리고 눈살을 찌푸렸다. 여기는 원래 항상 야근하는 간병인이 대기중이다. 화장실에 갔나, 아니면 순찰이라도 도는 걸까.

죽 늘어선 열 개의 모니터를 별생각 없이 쳐다보았다. 아무런 움직임도 없다. 모두 잠든 모양이다. 9호실에도 불이 켜져 있다. 기타니는 화들짝 놀라 눈을 화면 가까이 가져갔다. 잠든 신가이가 머리까지 뒤집어쓴 이불에 이상한 얼룩이 번져 있었다. 게다가 튀어나온 발에 흰색 신발을 신고 있다. 이것은 분명—

기타니는 모니터실에서 뛰쳐나와 9호실을 향해 복도를 달렸다. 고무창을 댄 신발에서 둔한 소리가 울려퍼졌다. 제기랄, 설마. 하지만 신가이를 얕보면 안 된다. 신가이는 아카이가 놓은 덫을 빠져나왔을 뿐 아니라 기타니와 미야우치에게서도 한 번 탈출한 적이 있다.

9호실로 달려가 작은 창문으로 안을 들여다보았다. 저도 모르게 주먹을 움켜쥐었다. 침대를 덮은 피투성이 이불과 튀어나온 흰색 신발 바닥이 눈에 들어왔다. 철문 손잡이를 잡았다가 순간 망설였다. 신가이가 갑자기 튀어나올 것만 같았다. 아직까지 안에 있을 리 없다고 생각을 고쳐먹고 문을 당겼다. 역시 아무도 없었다. 이렇게 겁에 질리기는 어린 시절 담력시험을 하러 밤중에 공동묘지에 갔을 때 이후로 처음이었다.

기타니는 괜한 호기심이 발동해 이불을 젖혀보고 싶은 유혹을 애써 떨쳐냈다. 이불 아래에는 간병인이 있고 이미 죽은 게 분명했다. 머뭇거리던 그는 결국 안으로 더 들어가지 않고 복도를 뛰어서 되돌아갔다. 얼굴에서 핏기가 가신 것을 느낄 수 있었다. 신가이에 대한 공포감이 새삼스레 솟구쳤다. 자신도 제법 많은 수라장을 헤쳐왔지만 그와는 질이 다른 공포감이었다.

신가이가 노모토의 지휘 아래 그분이 지시한 테러를 담당했다는 것은 기타니도 어렴풋이 알고 있었다. 그러나 이번 일을 계기로 다른 사람에게 시키지 않고 신가이 본인이 테러를 수행했다는 사실까지 확실해졌다. 추측건대 요 며칠 동안 신가이는 아카이, 사토무라, 간병인까지 최소한

세 명을 죽였다. 평소 점잖은 리비에라 이케부쿠로 지점 점장의 모습과는 완전히 딴판으로 흉악했다.

어쨌든 원장과 노모토에게 서둘러 알리고 사람을 모아야 한다. 이 병원은 담장이 높고 정문과 뒷문 외에 출구가 없다. 기타니는 혀를 차며 달렸다. 뒷문에는 수위가 있지만 정문은 미야우치 때문에 열어둔 채다. 기타니는 모니터실 앞을 지나쳐 복도 끝에서 오른쪽으로 꺾었다. 숙직하는 간호사를 원장실로 보내 사정을 알리고 자기는 현관으로 돌아갈 작정이었다. 신가이는 병원 사정에 어두우니 지금 출구를 봉쇄해도 늦지 않았을 것이다.

기타니는 간호사 대기실로 뛰어들었다.

"이봐, 9호실 환자가 탈출했다. 빨리 원장한테 말해서 이 안을 수색해."

등을 돌리고 앉아 있는 간호사에게 빠른 말투로 명령했다. 황급히 일어선 간호사가 모자를 누르며 고개를 크게 끄덕였다.

"가는 김에, 난 정문을 감시하면서 미야우치를 기다리겠다고 노모토 전무님께 전해."

기타니는 연거푸 말하다가 간호사가 커다란 마스크를 하고 있는 것을 알아차리고 문득 묘한 느낌을 받았다. 간호사는 오른손을 등뒤로 돌리고 있었다.

"야, 뭘 숨긴 거야."

기타니는 잔뜩 성난 목소리로 말하며 간호사의 어깨를 확 잡아챘다. 그 순간 흰색 모자가 머리에서 떨어지고 짧은 머리카락이 드러났다. 기타니는 놀라서 붙잡고 있던 어깨를 반사적으로 밀쳐내려고 했다. 그 직전에 간호사의 몸이 쑥 가라앉는 바람에 기타니는 앞으로 휘청거렸다. 내민 팔 아래를 간호사가 지나가는 모습이 마치 슬로모션 화면처럼 천천히 눈구석을 스쳤다.

뭔가가 번쩍 빛났다.

중심을 잃은 기타니는 넘어지지 않으려고 한 발을 앞으로 내디뎠다. 그 순간 목 한가운데 가늘고, 단단하고, 날카로운 뭔가가 깊숙이 박혔다.

바닥에 쓰러지기도 전에 기타니는 의식을 잃고 그대로 영원한 암흑으로 떨어졌다.

6

모즈는 천천히 메스를 뽑았다.

바닥에 쓰러진 기타니가 부자연스럽게 몸을 비꼰 채 희미하게 경련하고 있었다. 모즈는 바닥에 무릎을 꿇고서 죽어가는 기타니를 지켜보았다. 미련이 남은 듯 눈꺼풀이 나방의 날갯짓처럼 떨렸다. 몸에서 점차 힘이 빠져나가는 것이 보였다. 이것으로 가즈히코를 직접 죽음으로 몰아넣은 두 남자를 제 손으로 지옥으로 보낸 셈이다. 허무한 만족감이 몸속 구석구석으로 서서히 스며들었다. 그것은 사막에 내린 소나기처럼 금세 말라버렸다.

모즈는 모자를 주워 머리에 단단히 고정했다. 긴 머리 가발이 그리웠다. 치료 때문에 짧게 깎은 머리는 아무리 해도 정이 들지 않았다.

일어서서 안쪽 커튼 뒤를 들여다보았다. 슬립 차림의 중년 간호사가 간이침대에 누워 있다. 목이 졸려 눈이 까뒤집힌 상태다. 이대로 깨어나지 못할지도 모르지만 아무래도 상관없다. 몇 명을 죽이든 마찬가지다.

원장실이 3층에 있다는 말은 간호사한테서 들었고, 거기에 원장과 노모토가 있다는 사실을 기타니의 말에서 알아냈다. 노모토를 처리하고 싶지만 누가 함께 있다면 일이 번거로워진다. 차라리 들키기 전에 탈출해서 다음 기회를 노리는 편이 나을 것이다. 간호사 말에 따르면 여기는 도하 이나기 시 사카하마에 위치한 료토쿠카이라는 정신병원이라 한다. 모즈는 일찍이 이나기 시에 사는 야당 의원을 처리하며 이 부근을 몇 번 사전조사한 적이 있어서 대략의 지리를 알았다. 료토쿠카이 병원 역시 담장을 따라 걸어본 기억이 있다. 여기서 히가시나카노의 맨션으로 돌아가 아지트를 옮길 준비를 하자.

모즈는 간호사 대기실에서 몰래 빠져나왔다. 계단을 찾아 일단 1층으로 내려갔다. 바짝 긴장한 채 인기척 없는 휴게실과 놀이방 옆을 지나 어둑어둑한 복도를 나아갔다. 간호사의 신발이 작아서 걷기 힘들었지만 비교적 몸집이 큰 여자라 유니폼은 모즈의 가냘픈 몸에 딱 맞았다. 흰색 팬티스타킹도 잘 어울렸다.

복도를 빠져나가자 현관홀이 나왔다. 옆으로 또다른 계단이 보였다. 유리문을 나오자 양옆에 신발장과 수위실이 있고, 앞쪽에 유리문 하나가 더 있었다. 수위실에는 아무도 없고 유리문은 잠겨 있지 않았다. 문을 열고 밖으로 나가려 했을 때 자동차 엔진 소리가 들리더니 헤드라이트 불빛이 정면의 정원수를 스쳤다.

모즈는 재빨리 수위실로 몸을 숨겼다. 다다미 두 장 크기쯤 되는 좁은 방에는 작은 책상과 의자가 전부였다. 벽에 열쇠함과 비상용 손전등, 경봉과 밧줄 따위가 걸려 있었다. 유리 너머로 상황을 살피자 차가 자갈들을 튕겨내며 미끄러져들어왔다. 브레이크 밟는 소리가 나고 시동이 꺼졌다. 헤드라이트 불빛도 사라졌다. 모즈는 오른손의 메스를 꽉 움켜쥐었다. 아까 미야우치를 기다리겠다던 기타니의 말이 떠올랐다.

문 닫히는 소리가 한 번. 현관 쪽으로 달려올라오는 발소리가 한 번. 좋아. 모즈는 고개를 살짝 내밀었다. 앞문을 밀고 들어온 것은 역시 미야우치였다. 거무스름한 옷을 입고 오른손에 자동차 키, 왼손에 종이봉투를 들고 있었다. 모즈는 수위실 문간에 섰다. 미야우치가 깜짝 놀라 신발장 앞에 멈춰 섰다. 역광 때문에 그에게는 모즈의 얼굴이 보이지 않을 것이다.

간호사라고 생각했는지 미야우치가 긴장을 풀었다.

"노모토 전무님은 어디 계시지? 별동? 원장실? 어디야."

"원장실이요."

마스크 안쪽에서 자연스레 가성이 새어나왔다. 고개를 끄덕인 미야우치가 안쪽 유리문을 밀려 했을 때 모즈는 왼손을 뻗어 미야우치의 파마머리를 덥석 움켜쥐고 끌어당겼다. 아무리 체격이 좋은 남자라도 머리카락을 붙잡히면 반드시 균형을 잃는다. 하물며 비쩍 마른 미야우치는 잠시도 버티지 못하고 타일 위에 무릎을 꿇었다.

"무슨 짓이야!"

고함을 지르는 미야우치의 목소리가 끊겼다. 모즈는 기타니의 목숨을 빼앗을 때와 똑같은 위치에 메스를 푹 꽂아넣었다. 몸이 뻣뻣하게 굳은 미야우치가 목 졸린 닭처럼 팔다리를 몇 번 버둥거렸다. 모즈는 메스를 놓고 미야우치의 멱살을 붙잡아 수위실 안으로 끌어다놓았다. 미야우치는 더는 움식이지 않았다.

모즈는 미야우치가 왼손에 꽉 쥐고 있는 종이봉투를 낚아챘다. 급하게 달려온 것으로 보아 뭔가 중요한 것이 들어 있는 듯했다. 종이봉투를 거꾸로 들고 흔들자 카비네판 사진 열 몇 장과 현상한 필름 몇 개가 떨어졌다. 모즈는 천장의 침침한 형광등 불빛이 닿도록 몸을 틀고 카비네판 사진을 한 장씩 살펴보았다. 무슨 서류를 찍은 것들 같았다. 순서가 뒤죽박죽이었다. 인명 목록. 시간표. 건물 평면도 같은 것. 화살표를 친 도로 지도. 누름돌 삼아 놓아둔 듯한 펜촉 모양 문진이 구석에 찍혀 있었다.

몇 장 넘기다보니 표지로 보이는 사진이 한 장 나왔다. 눈을 가까이 가져다대고 글씨를 읽었다.

'사르도니아 공화국 대통령 방일 경비계획서'

오른쪽 윗부분에 '극비' 도장이 찍혀 있다. 모즈는 고개를 갸웃했다. 사진을 더 살펴보자 서류가 몇 장 이어진 뒤 다른 것들과 전혀 어울리지 않는 컬러사진 세 장이 나타났다. 서로 어깨를 끌어안은 남녀가 척 봐도 모텔 같은 건물 입구에서 나오는 모습이다. 몇 초 간격으로 세 장을 연달아 찍은 듯했다. 야간에 망원렌즈로 몰래 찍었는지 화질이 거칠었지만 인물의 얼굴은 구분이 간다. 남자는 젊은 나이가 아니다. 사십대에서 오십대. 본 기억은 없었다. 여자는 삼십대일까. 대강 미인 축에 들었다. 어딘가에서 본 것 같기도 하지만 확실치 않았다.

모즈는 사진을 재빨리 종이봉투에 다시 집어넣었다. 노모토 패거리가 끈질기게 모즈를 추궁한 사진이 이것일 게 틀림없었다. 미야우치는 오늘 밤 어딘가에서 이걸 손에 넣어 노모토에게 건네주려 온 것이리라. 이 사진이 무엇을 뜻하는지는 모르겠지만 놈들에게 아주 중요한 물건임은 확실하다. 괜찮은 것이 손에 들어왔다. 어딘가에 도움이 될 터이다.

어쨌거나 여기서 벗어나야 한다. 모즈는 미야우치의 오른손에서 자동차 열쇠를 집어들고 수위실 불을 끈 후 밖으로 나갔다. 면허는 없지만 운전은 할 줄 안다. 문을 열고 운전석에 올라탄 뒤 시동을 걸고 조용히 차를 출발시켰다.

병원 정문을 나서서 쓰루카와 가도를 타고 도쿄로 향했다. 순찰차 눈에 띄거나 검문에 걸리지 않도록 조심해야 한다. 간호사가 한밤중에 시커먼 자가용을 운전하는 모습만으로도 이목을 끌기에 충분하다.

그건 그렇고 이 사진은 호메이 흥업에 어떤 가치가 있는 걸까. 놈들이 혈안이 되어 찾을 이유가 어디 숨어 있는 걸까. 어느 나라 대통령의 방일 경비계획서. 호메이 흥업 같은 폭력단에게 쓸모가 있어 보이진 않는다. 혹시 놈들의 배후가 찾고 있는 걸까. 가즈히코가 슬쩍 언급한 바에 따르면 놈들의 배후에는 사이비 우익단체가 있다. 경찰에 영향력이 있다고도 했다. 그때는 흘려들었는데 어딘가 중요한 연관이 있는 듯한 기분이 들었다.

그리고 모텔 앞에서 찍힌 남자와 여자는 누굴까. 물론 부부는 아니다.

어딘가 남들 눈을 피하는 듯한 비밀스러운 냄새가 풍겼다. 그 남자는 누구일까. 그리고 그 여자는. 어디서 만난 적 있는 것 같은데.

모즈는 갑자기 운전대를 놓칠 뻔해서 급브레이크를 밟고 차를 왼쪽으로 댔다. 다마가와 강을 건넌 참이었다. 차를 세우고 운전대에 얼굴을 묻었다. 여전히 간호사 모자를 쓰고 있다는 것을 깨닫고 허둥지둥 벗었다. 사진 속 여자의 얼굴이 느닷없이 머릿속에 되살아나 모즈의 시야를 어지럽힌 것이다. 그 여자다. 사진에 찍혀 있던 사람은 그 여자다.

신주쿠에서 폭탄 사건이 일어나기 직전, 예의 대형 카페에서 가케히를 남겨두고 도망친 여자. 모즈는 그 여자를 쫓아 근처 오래된 빌딩까지 갔다. 하지만 여자는 빌딩 안에서 코트와 가발을 버리고 모습을 바꿔 모즈의 눈앞을 빠져나갔다. 그사이 빌딩에서 나온 여자 몇 명 중 그 여자가 섞여 있었다. 지금 그 한 명의 얼굴이 똑똑히 떠오른 것이다. 사진 속 여자가 귀 옆 머리를 쓸어올리는 모습이 기억을 되살렸다. 빌딩에서 나온 여자 가운데 한 명이 같은 동작을 하면서 바삐 걸어가던 모습이 눈에 선했다. 틀림없이 그 여자다.

모즈는 손등으로 이마 언저리를 훔쳤다. 그 여자가 가케히의 보스턴백에 폭탄을 설치했다고 생각하면 앞뒤가 전부 들어맞는다. 가케히가 화장실에 갔을 때 충분히 기회가 됐을 것이다. 화장실로 가케히를 쫓아갔던 모즈가 죽이기를 포기하고 자리로 돌아왔을 때, 여자는 급히 가게를 빠져나가던 참이었다. 그 황급한 기색이 모든 것을 말해주지 않는가. 이 이야기를 해주면 전에 만난 여형사도, 그리고 가즈히코를 쫓는 구라키라는 공안형사도 폭탄 사건의 범인이 따로 있다고 받아들일 것이다.

문득 모즈의 머릿속에 또 구라키가 떠올랐다. 맨션에서 만난 여형사는 그가 조후 제1병원에 입원했다고 말했다. 그렇다, 조후 제1병원 507호실. 그 병원이라면 잘 안다. 고슈 가도 옆에 있는, 이 부근에서 제일 큰 종합병원이라는 것. 그리고 여기서 차로 오 분도 걸리지 않는다는 것도.

구라키가 어떤 사내인지는 모르지만 공안형사라면 경비계획서를 찍은 사진이 뭘 의미하는지 설명할 수 있을지도 모른다. 침대에 누워 있는 몸이라면 위험할 것도 없다. 여차하면 메스 한 자루로 충분히 처리할 수 있다.

모즈는 방향지시등을 켜고 천천히 차를 출발시켰다.

——— 7 ———

따뜻한 차 안으로 들어오고 나서야 바깥 공기가 제법 싸늘하다는 게 실감났다.

와카마쓰 경시가 탄 택시는 혼잡한 야스쿠니 길을 빠져나와 고슈 가도로 들어섰다.

쓰키 슌스케는 교묘하게 운전대를 다루며 차 두세 대를 사이에 두고 들키지 않도록 와카마쓰를 미행했다.

"경시정님도 와카마쓰 경시를 감시하고 계셨습니까?"

오스기가 묻자 쓰키는 왼손을 운전대에서 떼고 기도하는 시늉을 했다.

"그 경시정이라는 호칭, 어떻게 좀 안 되겠습니까. 민간에서도 혁신적인 회사는 지위로 부르기를 그만두는 시대입니다. 이름으로 불러주세요."

"그건 좀 어렵겠는데요. 저도 오랜 세월 경찰로 일한 탓에."

"왜요? 쓰키 씨라고 한번 불러보세요."

오스기는 마음이 불편한 듯 조수석에서 엉덩이를 움찔거렸다.

"쓰키 씨."

"좋네요. 그런데 그 질문에 대답하기 전에, 왜 당신이 와카마쓰 경시를 미행할 마음을 먹었는지부터 알려주지 않겠습니까?"

오스기는 문제의 사진을 가로채인 경위를 낱낱이 설명했다.

"따라서 사진을 거래한다는 사실과 장소를 알던 사람 중, 제삼자에게 알려서 방해할 가능성이 있는 건 와카마쓰 경시밖에 없습니다."

오스기가 딱 잘라 말하자 쓰키는 힘주어 고개를 끄덕였다.

"알겠습니다. 그리고 당신은 그 의혹을 와카마쓰에게 단도직입적으로 토로했고요."

오스기는 약간 놀라 쓰키의 옆얼굴을 훔쳐보았다.

"네, 그랬습니다. 어떻게 아셨습니까?"

"당신이 그런 사람인 줄은 첫인상으로 알았습니다. 그렇다고 성질이 급한 게 아니라 철저히 계산해서 행동하죠. 와카마쓰가 그 말에 자극받아 어떤 행동에 나서리라 예상한 것 아닙니까?"

오스기는 코를 문질렀다.

"뭐, 그런 셈입니다."

차는 간조 8호선을 넘었다. 깊은 밤이라 교통 흐름이 비교적 원활했다.

쓰키는 잠시 뜸을 들이다 입을 열었다.

"좀 전 질문의 답입니다. 제가 와카마쓰를 감시한 건 맞습니다."

오스기는 어깨 힘을 뺐다.

"역시 그랬습니까. 경시정님…… 아니, 쓰키 씨가 아케보시 순사부장에게 조사하라고 한 상대는 역시 와카마쓰 경시였군요."

"뭐, 그렇습니다."

"이렇게 직접 나오시다니, 오늘밤 와카마쓰 경시의 신변에 무슨 변화가 생긴 걸 테죠."

"네. 정확히 말하면 아케보시 씨가 감시하는 호메이 흥업의 움직임이 심상치 않아서 저도 감시를 강화한 겁니다."

"무슨 말씀이신지."

쓰키가 가볍게 헛기침을 했다.

"당신한테 알릴 여유가 없었습니다만, 실은 행방불명된 신가이 가즈히코가 어젯밤 갑자기 나타났습니다. 히가시나카노에 있는 여동생 집에요."

"정말입니까?"

"네. 사정을 설명해두었던 맨션 관리인이 아케보시 씨에게 전화로 알려줬습니다. 아케보시 씨 연락을 받고 함께 맨션으로 달려갔지만 아무 혐의 없이 신가이를 체포할 수는 없었어요. 그래서 상황을 살피고자 아케보시 씨가 이웃사람으로 위장하고 신가이의 여동생 집을 방문하기로 했죠."

"상당히 위험한 다리를 건너셨군요. 문제는 없었습니까?"

"삼십 분이 지나도 안 나와서 관리인에게 초인종을 누르라고 했습니다. 만약을 위해 저는 아랫집 전용 마당에 숨어 기다리고 있었고요. 혹시나 신가이가 도망치려다가 베란다로 내려오면 주거침입죄로 체포할 구실이 생기니까요."

"그래서요?"

"예상대로 일 분도 지나지 않아 신가이가 베란다에서 뛰어내렸습니다. 바로 덤벼들었지만, 제가 그 남자를 너무 얕봤어요."

오스기는 침착하지 못하게 어깨를 흔들었다.

"그러니까 그, 놓쳤다는 말씀입니까?"

"창피하지만 그렇습니다. 화분에 머리를 얻어맞는 바람에."

오스기는 헛기침을 하며 짜증을 억눌렀다. 현장 경험이 적은 엘리트 경찰과 건방진 여형사가 저지를 법한 실수다.

와카마쓰가 탄 택시는 고슈 가도에서 왼쪽으로 꺾었다. 조후 근방이었다. 다른 차 한 대를 사이에 두고 쓰키도 좌회전했다.

"하지만 그 덕분에 새로운 사실 몇 가지를 밝혀냈습니다. 일단, 아케보시 씨의 보고에 따르면 신가이는 기억상실증에 걸렸다고 합니다."

"기억상실증요?"

"네. 얼굴과 뒤통수에 흉터가 있었다는군요. 머리를 심하게 부딪혀서 기억을 잃었겠죠."

"그러는 척하는 건 아니고요?"

"아케보시 씨가 관찰한 바로는 진짜인 모양입니다. 살인청부업자임을 알려주고 신주쿠의 폭탄 사건 역시 그의 짓이라고 말해줘도 아무 반응이 없었다더군요. 뭐, 아케보시 씨도 실제로는 그의 여동생이 임무를 맡았다는 걸 알면서 일부러 떠본 거지만요."

"자신이 한 짓이 아니라면 반응이 없는 게 당연하죠."

쓰키는 의미심장한 눈으로 오스기를 쳐다보았다.

"그런데 그렇지도 않아요. 실은 저와 싸우다 도주하면서 신가이는 들고 있던 권총을 떨어뜨렸습니다. 만약을 위해 오늘 과경연(경찰청 과학경찰 연구소)에서 권총의 지문을 검출했죠. 이 일에 착수한 뒤로 저는 아케보시 씨를 시켜 모든 관계자의 지문을 모았습니다. 그런데 권총에서 채취된 두 종류의 지문 모두 신가이 가즈히코의 것과 일치하지 않았어요. 상갑도 없이 맨손으로 권총을 쥐고 있었는데 말이죠."

오스기는 수수께끼를 내는 듯한 쓰키의 말투에 조바심을 느꼈다.

"알아들을 수 있게 설명해주십시오. 신가이의 지문이 아니라면 누구 지문입니까?"

"하나는 호메이 흥업의 아카이 히데야라는 남자의 것입니다. 아케보시 씨 말에 따르면 그는 요 며칠 사무소에 나오지 않았다는군요."

오스기는 다리를 달달 떨었다.

"그러면 다른 하나는."

"신가이 히로미. 역시 행방불명된 가즈히코 여동생의 지문이었습니다."

순간 오스기는 어안이 벙벙해져 떨던 다리를 멈췄다.

"잠깐만요. 무슨 말씀입니까? 설마 신가이 가즈히코와 여동생 히로미가 동일인물이라는 건 아닐 테죠."

"그건 아닙니다. 가즈히코와 히로미가 같이 있는 모습을 아케보시 씨 말고도 몇 명이 목격했고, 당연히 둘은 지문도 달라요. 가즈히코가 여장을 하고 히로미 행세를 했을 가능성은 없습니다."

"그렇다면 반대로 히로미가 남장을 하고 가즈히코인 척했을 가능성도 없는 겁니까?"

쓰키가 차분하게 고개를 저었다.

"없습니다. 둘은 완전히 다른 사람이니까요."

오스기는 입술을 핥았다. 쓰키의 이야기에서 유추할 수 있는 결론은 하나뿐이다.

"그렇다면 가즈히코와 히로미는 아주 닮은 형제, 즉 쌍둥이라는 말이군요."

"바로 그겁니다. 더 자세히는 일란성 쌍둥이 형제겠죠. 동생 히로미는 살인청부업자라는 정체를 감추려고 평소 여장을 하고 여동생 행세를 한 겁니다."

오스기는 천천히 고개를 내저었다.

"제 상상력이 모자란 건지, 그런 기상천외한 이야기는 도저히 믿기지 않는군요."

"하지만 사실입니다."

"다른 건 둘째 치고 아케보시나 주위 사람들도 히로미가 여장 남자란 걸 몰랐습니까?"

"아케보시 씨는 일의 특성상 히로미에게 가까이 접근할 수 없었습니다. 히로미는 이웃과 친하게 지내지 않았고 신문도 받아보지 않았어요. 맨션 관리인은 그가 청각장애인인 줄 알았을 정도라는군요."

"아무리 그래도 그렇지. 저 같으면 그런 변태를 대번에 구분할 수 있을 텐데요."

"주변 상황도 도움이 되었겠죠. 다른 사람의 생활에 간섭하지 않는 공동주택이었기 때문에 위장이 통했을 겁니다."

오스기는 엄지손톱을 깨물었다.

"그렇다면 히로미는 어떤 연유로든 기억을 잃은 후, 본래의 남자 모습으로 돌아왔다는 겁니까?"

"그렇습니다. 그 때문에 주변 사람들은 히로미가 가즈히코인 줄 알았을 테고, 본인 역시 그렇게 오해한 게 틀림없습니다."

"뭐, 도망친 남자는 히로미였다고 칩시다. 그렇다면 신가이 가즈히코는 도대체 어디로 사라진 겁니까?"

"모르겠습니다. 어디까지나 추측입니다만, 가즈히코는 호메이 흥업이 이미 처리했지 싶군요. 그런데 가즈히코와 똑같이 생긴 히로미가 나타났으니 놈들이 질겁했어도 이상할 게 없죠. 말하는 걸 깜빡했는데, 히로미는 어젯밤 제게서 도망친 후 호메이 흥업 패거리에게 붙잡힌 것 같습니다."

오스기는 쓰키를 쳐다보았다. 이제 무슨 말을 들어도 놀라지 않을 것 같았다.

"자세히 설명해주시죠."

"오늘 그 부근에서 탐문수사를 했는데, 근처 맨션에 사는 사람이 어젯밤 집에 들어오다가 히로미로 추정되는 남자가 '호豊'라는 동그란 마크가 찍힌 검은색 차로 끌려가는 모습을 봤다고 증언했습니다."

"정말 히로미였을까요?"

"뺨에 흉터가 있었다고 하니 틀림없겠죠."

오스기는 고개를 갸웃했다.

"우연이 너무 지나친 것 아닙니까?"

"어찌 보자면요. 하지만 호메이 흥업 놈들도 신가이 가즈히코의 여동생이 히가시나카노 일대의 맨션에 산다는 정보쯤은 입수했을 겁니다. 그걸 알고 근처에서 그물을 치고 기다렸다면 그렇게 뜻밖의 일도 아니죠."

"그렇다면 히로미의 목숨도 위험하군요."

"아마도요. 그래서 지금 아케보시 씨가 놈들, 특히 노모토라는 간부의 움직임을 주시하고 있습니다."

"노모토는 저도 압니다. 일전에 쓰키 씨를 만난 다음날 호메이 흥업으로 쳐들어가 한바탕 을러주고 왔거든요."

"알아요. 아케보시 씨한테 들었습니다."

오스기는 입술을 시옷자로 구부렸다. 그렇다면 아케보시 미키는 그때도 호메이 흥업을 감시하고 있었던 셈이다.

쓰키는 좌석 사이에 놓인 차량 전화를 가볍게 두드렸다.

"최근 아케보시 씨가 연락하기를, 노모토는 현재 료토쿠카이라는 병원에 있다고 합니다. 유감스럽게도 환자는 아닙니다만."

"료토쿠카이라. 그게 어딥니까?"

오스기가 묻자 쓰키는 희미하게 웃으며 턱으로 앞을 가리켰다.

"도하 이나기 시 사카하마. 와카마쓰가 안내해줄 겁니다."

8

모즈는 어둑어둑한 복도를 바라보았다.

저멀리 간호사 대기실로 보이는 곳의 불빛이 보였다. 복도 중간쯤 위치한 507호실 주위에는 아무도 없었다.

때마침 구급차가 도착해 시끌벅적해진 틈을 타서 병원 안으로 숨어든 뒤로 모즈는 아무런 제지 없이 5층까지 올라왔다. 간호사로 변장한 덕분에 아무도 의심하지 않았다. 모자와 유니폼이 다를지도 모르지만 이런 한밤중에 그런 것을 유심히 살피는 사람은 없으리라.

모즈는 507호실 앞에 서서 귀를 기울였다. 아무 소리도 들리지 않았다. 다시 한번 양옆을 살피고 재빨리 들어가 문을 닫았다.

침대 옆에 달린 사이드램프가 병실을 희미하게 비추었다. 그리 넓지는 않지만 화장실과 개수대가 딸려 있고 텔레비전도 놓여 있다.

침대로 다가가 일단 간호사 호출벨을 손이 닿지 않는 곳으로 치웠다. 희미한 숨소리를 내며 잠들어 있는 남자의 얼굴을 들여다보고 모즈는 저도 모르게 숨을 삼켰다. 마스크 아래로 입술을 축였다. 구라키는 무슨 사고를 당해 입원했다고 그 여형사는 말했다. 그게 사실이라면 상당히 심각한 사고인 게 분명했다.

구라키의 얼굴은 상처투성이이고 검붉게 변색되어 원래 모습을 알아보기가 거의 불가능했다. 왼쪽 뺨에 꿰맨 자국이 있었다. 실은 뽑았지만 상처는 여전히 부어올라 있다. 오른쪽 관자놀이에서 눈꺼풀까지 보기에도 무참한 멍이 퍼졌고 부기도 아직 빠지지 않았다. 모즈는 자신의 상처와 흉터가 떠올라 체온이 급속히 떨어지는 걸 느꼈다.

마치 그 소리가 들린 것처럼 새근대는 숨소리가 뚝 멎더니 구라키가 눈을 떴다. 모즈는 당황해서 오른손에 쥔 메스를 치켜들고 왼손으로 구라키의 입을 막았다.

"큰 소리 내지 마."

마스크 너머로 흐릿한 목소리로 말하자 구라키는 반사적으로 들어올렸던 머리를 천천히 베개에 내려놓았다.

모즈는 말을 이었다.

"공안의 구라키 맞지?"

"그런데. 넌?"

구라키가 분명치 않은 목소리로 대답했다. 모즈는 구라키의 입에서 손을 치우고 메스를 상대에게 보이도록 내밀었다. 천천히 마스크를 벗었다. 한순간 구라키의 눈이 빛난 것을 모즈는 놓치지 않았다.

"날 아나?"

대답하기 전에 구라키는 모즈를 가만히 쳐다보았다.

"신가이 가즈히코. 아니면 그의 여동생. 만약 여동생이 실제로 있다면 말이지만."

모즈는 내심 움찔했다. 처음 마주하는데도 이 남자는 날카롭게 핵심을 찔렀다.

"감이 좋군. 난 남동생이야. 가즈히코와 쌍둥이 형제였지."

구라키는 이해했다는 듯이 희미한 웃음을 지었다.

"그렇군. 즉 넌 평소에 여장을 하고 다닌 거야. 바로 지금처럼."

"그래, 네 말이 맞아."

구라키는 가볍게 턱을 움직였다.

"방금 형제였다고 했는데, 가즈히코는 죽었나?"

모즈는 구라키의 예리한 주의력에 혀를 내둘렀다.

"그래, 형은 죽었어. 호메이 흥업 놈들이 노토 반도 절벽에서 밀어뜨렸지."

"노토 반도. 언제 일이지?"

"한 달 전, 신주쿠에서 폭탄 사건이 일어난 다음날. 놈들은 그게 형이 한 짓인 줄 알고 입막음하려고 죽인 거야. 난 간발의 차이로 형을 구할 기회를 놓쳤지. 그때 나도 절벽에서 발을 헛디뎌서 하마터면 죽을 뻔했어. 다치기만 하고 살아났지만 기억을 잃어버렸지. 바로 얼마 전에야 돌아왔어."

"기억을 잃었었다고?"

"그래. 호메이 흥업 놈들은 형이 살아 돌아온 줄 알고 다시 처리하려고 안달복달이지. 지금도 놈들 손에서 도망쳐나온 참이야."

"내가 여기 있는 줄은 어떻게 알았지?"

"아케보시라는 여형사한테서 들었어."

구라키는 눈살을 살짝 찌푸렸다.

"아케보시 미키를 만났나?"

"그 형사 말을 들어보니 무슨 사고를 당해서 입원했다던데, 어떻게 된 거지?"

"호메이 흥업이 고용한 놈에게 당했어."

모즈는 소리 죽여 쿡쿡 웃었다.

"같은 놈들한테 당했군."

"너, 살인청부업자였지?"

갑작스러운 반격에 모즈는 웃음을 거두었다. 무심결에 메스를 고쳐 잡았다. 노모토의 말대로라면 이 남자는 아내를 살해당한 원한을 풀기 위해 모즈의 행방을 찾아다녔던 것이다.

"그 폭탄 사건은 우리 형제 짓이 아니야."

"과연 그럴까."

구라키의 차가운 반응에 모즈는 한층 열띤 목소리로 말했다.

"형이 호메이 흥업한테서 가케히를 죽이라는 지시를 받고 내게 일을 맡긴 건 맞아. 그리고 나는 그날 가케히를 처리하려고 놈의 뒤를 밟았지. 하지만 보스턴백에 폭탄을 설치한 건 절대 내가 아니야."

구라키는 여전히 감정 없는 눈으로 모즈를 쳐다보았다. 모즈는 마음이 불편해져서 무심코 변명하듯 덧붙였다.

"그러니까, 가케히와 네 마누라가 죽은 건 내 책임이 아니라는 말이야."

"그 말을 하려고 일부러 여기까지 찾아왔나?"

"그럼 안 되나? 난 하지도 않은 일 때문에 쫓겨다니기는 싫어."

"부정은 누구든 할 수 있어."

"그게 다가 아니야. 가케히의 보스턴백에 폭탄을 설치한 게 누구인지 짚이는 데가 있어."

모즈가 그렇게 말한 순간 구라키의 눈이 섬뜩한 빛을 뿜었다. 모즈는 기가 눌려서 무심코 몸을 움츠렸다.

"정말로 아나? 도대체 누구지?"

구라키의 목소리는 애써 억누른 듯 잠겨 있었다.

"네가 날 마누라의 원수로 여기고 찾아다녔다는 건 알아."

구라키가 잇새로 숨을 쉭 뱉어냈다.

"누가 진범이냐고!"

목을 물고 늘어질 기세라 모즈는 서둘러 대답했다.

"여자야."

"여자?"

"그래."

모즈는 그날 있었던 일을 상세하게 설명했다. 폭탄 사건이 일어나기 직전 가케히 슌조가 근처 카페에서 선글라스를 낀 여자를 만났다는 것. 가케히가 화장실에 간 틈에 여자가 가게를 나갔다는 것. 그리고 근처 빌딩에서 변장을 풀고, 감시하던 모즈의 눈앞에서 유유히 빠져나갔다는 것.

"그때는 영락없이 당했지만, 아까 그 여자의 얼굴이 떠올랐어."

"그 여자가 누구지?"

초조함이 섞인 구라키의 질문을 모즈는 일부러 무시했다.

"어쨌거나 가케히의 보스턴백에 누가 폭탄을 설치했다면, 그리고 그게 가케히 자신이 아니라면 범인은 그 여자밖에 없어."

"부탁이야, 말해줘."

베개에서 쳐든 얼굴에 진땀이 배어난 것을 보고 모즈는 놀랐다. 이 남자는 그렇게나 아내의 원수를 갚고 싶은 걸까.

모즈는 유니폼 안쪽에 손을 넣어 미야우치에게서 빼앗은 종이봉투를 꺼냈다.

"호메이 흥업 놈들은 혈안이 돼서 이 사진을 찾았어. 형이 숨겼다고 믿은 모양이지만 실은 아니었지. 그러다 오늘밤 어딘가에서 손에 넣었는데 내가 가로챘어. 지금쯤 아마 난리가 났을걸."

구라키는 베개에 머리를 푹 묻었다.

"애태우지 마. 부탁이야."

"애태우긴. 이 사진 중에 남자와 여자를 찍은 사진이 세 장 있어. 그 여자가 선수를 쳐서 가케히를 죽게 만든 거야. 틀림없어."

구라키가 왼손을 시트 아래서 꺼냈다.

"보여줘."

모즈는 사진을 봉투에서 꺼내, 여자가 제일 선명하게 찍힌 것을 골라서 구라키에게 건넸다.

"모텔에서 나오는 모습이야. 불륜 현장이지. 좀 흐릿하지만 얼굴을 못 알아볼 정도는 아니야. 어때, 누군지 짐작이 가나?"

모즈는 말하다 말고 흠칫 놀라 상체가 뻣뻣해졌다. 낚아채듯 사진을 받아들고 가만히 들여다보던 구라키의 옆얼굴이 기묘한 생물처럼 움찔거린 것이다. 병실에 가득찬 으스스한 긴장감이 모즈를 좀먹기 시작했다. 어느덧 손에 땀이 배었다. 구라키는 마치 석상으로 변한 것처럼 꿈쩍도 않고 사진을 보았다. 모즈는 귀울림이 나서 고개를 흔들고 초조함이 깃든 목소리로 물었다.

"어때? 누군지 알겠어, 모르겠어?"

구라키는 입을 다문 채 사진만 들여다보았다. 모즈는 손을 뻗어 구라키에게서 사진을 낚아챘다. 하지만 구라키는 여전히 사진을 쥐고 있는 것처럼 미동도 하지 않고 허공을 쳐다보았다. 모즈는 등줄기가 서늘해져 침을 꿀꺽 삼켰다.

긴 시간이 흘렀다. 구라키의 왼손이 소리 없이 시트 위에 떨어졌다.

"다른 사진도 보여줘."

아무 일 없었다는 듯한 목소리였다. 모즈는 자신의 질문이 무시당한 것도 잊고 최면에 걸린 것처럼 그의 말에 따랐다.

구라키는 시간을 들여 모든 사진을 꼼꼼히 살폈다. 처음 본 사진에 무슨 충격을 받은 듯했지만 지금은 그 흔적이 남아 있지 않았다.

모즈는 구라키에게서 사진을 돌려받아 봉투에 넣었다.

"아직 내 질문에 대답 안 했어. 이 여자를 아나?"

오싹한 미소가 상처 입은 구라키의 뺨을 슬쩍 스쳤다.

"알아. 하지만 그 여자는 이미 죽었어. 자기가 설치한 폭탄에."

9

쓰키 슌스케는 높은 담장에 바짝 붙여 차를 세웠다.

시동과 헤드라이트를 껐다. 그리고 손을 들어 실내등을 켜고 나지막하게 다섯까지 헤아리고 다시 껐다. 정문 근처만 어슴푸레하게 밝고 주변은 칠흑 같은 어둠에 싸여 있었다. 오른쪽은 잡목림이고, 그 너머에는 무슨 공장 같은 건물이 별이 빛나는 하늘을 향해 시커멓게 솟아 있었다.

잠시 후 뒷좌석 창문을 톡톡 두드리는 소리가 났다. 오스기가 퍼뜩 고개를 돌리자 어둠 속에서 하얀 얼굴이 희미하게 보였다. 아케보시 미키였다. 오스기는 팔을 뻗어 문의 잠금장치를 풀었다. 뒷좌석에 올라탄 미키가 무뚝뚝한 목소리로 오스기에게 고맙다고 인사했다. 오스기는 입속으로 끙 앓는 소리를 냈다.

"안쪽 상황은 어떻습니까?"

쓰키가 미키에게 물었다. 변함없이 정중한 말투다.

"호메이 흥업의 노모토, 기타니, 미야우치 세 사람이 안에 들어간 것을 확인했습니다."

"나간 사람은 없었고요?"

"미야우치가 오후 늦게 차를 타고 어딘가로 나갔습니다만, 한 시간쯤 전에 돌아왔어요."

쓰키가 오스기를 쳐다보았다.

"당신한테서 사진을 가로챈 게 미야우치일지도 모르겠군요."

"그렇군요. 제 이야기를 들은 와카마쓰 경시가 바로 여기에 전화를 걸어 지시를 내렸다. 명령을 받은 미야우치가 급히 현장으로 향했다. 충분히 가능한 이야기입니다."

오스기는 그렇게 말하고 미키를 힐끔 쳐다보았다. 지금 두 사람이 무슨 이야기를 나누는지 이해가 안 갈 테니 아마 사정을 물으려 들 것이라고 생각한 것이다. 하지만 예상과 달리 미키는 입을 열지 않았다. 오스기는 김이 빠져서 코를 문질렀다. 쓰키 앞이라서 더 얌전한 척하는 거겠지.

그때 자동차 엔진 소리가 들리더니 와카마쓰 경시가 타고 왔던 택시가 정문을 빠져나갔다. 후미등 불빛이 멀어지자 쓰키가 미키를 보고 말했다.

"그 밖의 움직임은?"

"미야우치가 돌아온 지 십 분도 되지 않아 누가 같은 차를 타고 나갔습니다. 입구 불빛으로 얼핏 본 게 다라서 확신할 수는 없지만, 운전자는 간호사 같았습니다. 적어도 호메이 흥업 사람은 아니었어요."

"누가 뒤에 타고 있던가요?"

"아니요, 간호사 혼자였어요."

오스기가 끼어들었다.

"한밤중에 간호사 혼자 드라이브를 나갈 리가 있나. 놓친 거 아냐?"

"누가 지붕에 붙어 있었다면 못 봤을지도 모르죠."

미키의 대답에 발끈해서 맞받아치려는데 상황을 무마하려는 듯 쓰키가 끼어들었다.

"아케보시 씨. 실은 오늘밤 오스기 경부보는 가케히 슌조가 유흥업소 여자에게 맡긴 극비 사진을 입수할 뻔했습니다. 갑자기 끼어든 이들한테 빼앗겨버렸지만."

"극비 사진요? 그러고 보니 구라키 경부님이 호메이 흥업에서 필사적으로 뭔가를 찾고 있다고 하셨고, 신가이 역시 어젯밤 사진이 어쩌고저쩌고 했어요. 그게 그 사진인지도 모르겠군요. 놈들은 신가이가 숨겨놨다고 생각한 모양입니다만."

오스기는 마지못해 고개를 끄덕였다.

"그렇군. 신가이가 가케히를 처리하기 전에 그 사진을 빼앗아갔다고 생각한 거야."

쓰키 역시 고개를 끄덕였다.

"가케히의 집이나 유품에서 사진이 나오지 않았으면 당연히 그렇게 생각하겠죠."

"그 사실을 알 만한 사람은 와카마쓰 경시뿐입니다. 그는 가케히의 집에서 압수한 증거물들을 독차지하고는 이 주썩이나 우리에게 손끝 하나 못 대게 했어요. 합동수사 때 공안은 늘 그런 식이니까 별말 안 했죠. 하지만 지금 생각해보니 사진을 찾으려고 그런 걸지도 모르겠군요."

"그럴 수 있죠."

"와카마쓰 경시는 호메이 흥업의 부탁을 받아 그 사진을 찾고 있던 걸까요?"

쓰키가 눈을 돌리고 어둠을 응시했다. 오스기는 다시 입을 열었다.

"아니면 반대로, 와카마쓰 경시가 사진을 찾으려고 놈들을 부린 걸까요?"

"지금은 어느 쪽이라고 단정할 수 없습니다. 어쨌거나 우리는 여태 아무 증거도 확보하지 못했으니까요. 거의 다 추측에 지나지 않아요. 발단이 된 신주쿠 사건부터 그렇죠. 신가이 히로미가 여장을 하고 가케히의 뒤를 밟았음이 사실이라 쳐도 그가 폭탄을 설치했다는 증거는 전혀 없습니다. 오히려 수법이 다른 만큼 다른 사람의 짓이라고 보는 게 타당해요."

"하지만 여기까지 온 이상 와카마쓰 경시가 가케히 살해 건에 깊이, 그것도 수사관으로서가 아니라 다른 입장에서 관여했음은 틀림없어 보입니다만."

오스기가 작정하고 말하자 쓰키는 두터운 가슴 가득 숨을 들이마셨다가 내쉬었다. 잠시 잠자코 있다가 천천히 입을 열었다.

"그건 오늘밤에 확실해지겠죠. 아케보시 씨, 여기서 대기하고 있어요. 저와 오스기 경부보 둘이서 병원에 잠입하겠습니다."

오스기는 어깨를 으쓱했다. 물론 이의는 없었다. 자기가 먼저 제안할 생각이었는데 쓰키에게 선수를 빼앗긴 것이 조금 아쉬웠다.

"그런데, 권총은 가지고 계십니까?"

쓰키의 물음에 오스기는 윗옷 자락을 눌렀다.

"아니요. 권총이 필요할 것 같으십니까?"

"단정할 수는 없지만 있는 편이 든든하죠."

"빌려드릴까요? 22구경입니다만."

미키가 뒤에서 말했다. 오스기는 다시 한번 어깨를 으쓱했다.

"필요 없어. 22구경은 물총이나 마찬가지니까."

두 사람은 차에서 내려 정문 쪽으로 다가갔다. 주변을 주의깊게 살피며 안으로 들어갔다. 눈앞을 뒤덮은 울창한 나무 아래로 자갈길이 수은등 불빛을 받으며 안쪽으로 뻗어 있었다. 두 사람은 발소리를 죽이고 길섶을 따라 걸음을 옮겼다.

삼 분 정도 걷자 자갈길이 오른쪽으로 크게 휘며 병원 포치가 나왔다. 현관등은 꺼져 있고 안쪽에서만 불빛이 희미하게 새어나왔다. 두 사람은 현관으로 올라가 유리문을 밀었다. 잠겨 있지는 않았다. 안쪽 문까지 열고 어두운 홀에 들어섰다. 오스기는 뭔가 비릿한 냄새를 맡았지만 홀로 들어가자 그 냄새는 사라졌다.

안쪽으로 이어지는 복도 중간쯤 조명 하나가 켜져 간신히 홀 입구를 비추어주었다. 2층 층계참에서 새어나오는 불빛 덕분에 옆에 계단이 있다는 것을 알아차렸다. 그래도 전체적으로는 코끼리가 자고 있어도 모를 만큼 어두웠다.

어디로 갈지 서로 얼굴을 마주보았을 때 자동차 엔진 소리가 나지막이 울려퍼졌다. 타이어가 자갈을 튕겨내는 소리와 함께 헤드라이트 불빛이 유리문을 한 번 핥았다. 그 불빛에 오스기는 쓰키의 긴장한 얼굴을 확인할 수 있었다.

"지금 들키면 큰일인데. 몸을 숨깁시다."

쓰키는 그렇게 속삭이고 복도 쪽으로 오스기를 떠밀었다. 단단한 콘크리트 바닥이라서 구두 소리가 묘하게 크게 울렸다. 두 사람은 재빨리 뒤꿈치를 들고 살금살금 걸어 복도 바로 앞의 문으로 향했다. 문손잡이를 밀어서 열고 안으로 숨어들었다. 캄캄해서 무슨 방인지는 알 수 없었지만 기름내와 곰팡내가 뒤섞인 듯한 냄새가 코를 찔렀다.

두 사람은 문을 1센티미터쯤 열어두고 위아래로 얼굴을 바싹 갖다댄 채 바깥을 엿보았다. 문이 열리는 기척이 나더니 조급한 발소리가 홀에 메아리쳤다. 오스기는 숨을 죽이고 불빛이 닿는 복도 쪽에 시선을 집중했다. 시커먼 사람 형체가 시야를 슥 가로질렀다. 그러나 발소리의 주인은 복도로 들어오지 않고 옆쪽 계단을 사뿐사뿐 올라갔다.

두 사람은 동시에 숨을 내뱉고 몸을 일으켰다. 발소리가 사라지자 오스기는 이마의 땀을 닦으며 말했다.

"잠입한 건 좋은데, 이제 어떻게 하죠? 가령 와카마쓰 경시가 호메이 흥업 놈들과 같이 있는 현장을 덮친다 해도 그것만으로는 죄를 물을 수 없을 겁니다."

"뭐, 그렇겠죠. 오늘밤 당신이 빼앗겼던 사진을 여기서 되찾는다면 어떻게든 길이 트일 테지만."

오스기는 문득 조후 제1병원으로 구라키를 찾아갔을 때 들은 이야기를 떠올렸다. 말하면서 빈정거리듯 입술을 일그러뜨리던 구라키의 모습까지 눈에 선했다. 쓰키의 임무는 경찰 내부의 범죄를 단속하는 게 아니라, 그 사실이 외부에 새어나가지 않도록 무마하는 것이라고—

쓰키가 문을 열고 미끄러지듯 복도로 나갔다. 오스기도 뒤를 이었다.

쓰키가 엄지로 복도 안쪽을 가리켰다.

"이쪽으로 가봅시다. 다른 계단으로 2층에 올라가죠."

두 사람은 인기척 없는 복도를 조용조용 걸었다. 오스기는 뒤따라가면서 머리숱이 성긴 쓰키의 정수리를 별생각 없이 쳐다보았다. 작은 몸집에 날카로운 눈매, 필요 이상으로 정중한 이 남자는 도대체 뭘 꾸미고 있는 걸까. 아니, 뭘 꾸미든 내가 알 바 아니다. 나는 내가 본 그대로 보고할 뿐이다. 경찰청의 압력 따위에 굴복하지 않는다.

휴게실과 탁구대가 있는 홀을 지나자 오른쪽으로 올라가는 계단이 나왔다. 쓰키가 앞장서서 올라가기 시작했다. 층계참에 각층 안내판이 걸려 있었다. 쓰키는 손가락으로 안내판을 훑었다.

"3층에 원장실이 있군요. 가봅시다."

3층까지 올라가서 복도 좌우를 둘러보았다. 어느 방에서 여자가 흐느끼는 듯한 소리가 희미하게 들려왔다.

쓰키가 턱을 어루만졌다.

"이렇게 탁 트여서야 누가 방에서 나오면 바로 들키겠군요."

"원장실은 어디일까요?"

"옥상으로 나가봅시다. 위에서 보면 불 켜진 방이 있을 겁니다."

오스기는 미련이 남은 듯 잠시 복도를 둘러보았다. 리놀륨 바닥 군데군데 벤치와 세탁바구니, 바퀴 달린 운반차 따위가 놓여 있다. 하지만 몸을 숨길 만한 곳은 전혀 없었다.

"오스기 씨."

뒤돌아보자 쓰키는 이미 옥상으로 향하는 계단에 발을 걸치고 있었다. 어느새 오른손에 펜 라이트를 쥐고 있다.

오스기는 반쯤 어이없는 심정으로 잠자코 쓰키를 뒤따랐다.

10

"뭐?"

모즈는 눈을 깜박이는 것도 잊고 구라키의 옆얼굴을 바라보았다. 이 남자, 정신이 어떻게 된 건가. 지금 뭐라고 했나. 이 사진에 찍힌 여자를 안다고, 분명히 그렇게 말했다. 게다가 그 여자는 스스로 설치한 폭탄에 죽었다고도.

모즈는 누가 등줄기에 차가운 물고기를 쏟아부은 것처럼 몸을 부르르 떨었다. 굳어버린 입에서 겨우 말을 쥐어짜냈다.

"설마, 이 여자가 네 마누라라는 건 아니겠지."

구라키의 얼굴은 데스마스크처럼 무표정했다.

"그 여자는 내 아내야. 틀림없어."

모즈는 왼손으로 이마의 땀을 닦았다.

"그렇다면 가케히의 보스턴백에 폭탄을 설치하고 도망친 게 네 마누라란 소리야?"

"그런 셈이지."

"하지만 네 마누라는 다른 장소에서 친구들을 만났잖아. 노모토가 보여준 신문 기사에 분명히 그렇게 쓰여 있었어."

"네가 여자를 놓친 곳과 폭발 현장은 2, 300미터밖에 떨어져 있지 않아. 그날 아내는 학창 시절 친구들과 현장 바로 앞에 있는 카페에서 만나기로 약속했어. 그리고 그보다 조금 앞서 마르세유에서 가케히를 만났고, 틈을 봐서 보스턴백에 시한폭탄을 설치한 거야. 폭발 시간은 길어봤자 삼사십 분 후로 설정했겠지. 너무 여유를 두면 가케히가 알아차릴 테니까."

구라키가 입을 다물자 모즈는 더이상 참지 못하고 앞질러 말했다.

"그리고 근처 허름한 빌딩으로 도망쳐들어가서 변장을 풀고, 친구들을 만나러 갔다는 건가?"

"그래. 그런데 우연하게도 아내 일행이 카페에서 나왔을 때 가케히와 맞닥뜨렸지. 그때 아내 일행은 시비를 거는 부랑자 때문에 오도 가도 못하고 있었어. 가케히가 소리를 지르며 달려온 건 여자들을 부랑자에게서 구해주기 위해서가 아니라, 자기를 내버려두고 간 여자를 발견했기 때문이겠지."

모즈는 메스를 고쳐 쥐었다. 얼마나 꽉 움켜쥐고 있었는지 손가락이 저릴 정도였다. 어깨에서 힘을 빼고 숨을 내쉬었다.

"네가 이 여자를 마누라라고 주장한다면, 그건 그렇다고 쳐. 하지만 어째서 공안형사의 마누라가 가케히 같은 과격파 투사와 접촉하고, 그걸로도 모자라 폭탄까지 설치한 거지? 게다가 설치한 뒤에 멀리 도망친다면 모를까 근처에서 친구랑 수다를 떨다니, 폭발에 휘말릴 공산이 너무 크잖아. 실제로 제대로 한 방 먹었고. 난 도저히 이해가 안 가는군."

구라키는 천장을 바라보았다.

"친구와 만나는 기회를 이용한 건 일종의 알리바이 작업이었겠지. 만에 하나 근처에서 폭발이 일어나도 거기 있었던 게 그저 우연이었다는 합리적인 이유를 만든 거야."

"설령 그렇다 해도 그게 가케히와 네 마누라가 어떻게 엮여 있는지 설명해주지는 못해. 두 사람은 대체 어떤 관계였지?"

구라키는 천장에 시선을 고정한 채 대답하려 들지 않았다. 모즈는 안달이 나서 사진을 쳐들었다.

"그리고, 여기 네 마누라와 같이 찍힌 사람은 누구지? 누구랑 바람을 피운 거냐고."

구라키는 역시나 천장만 쳐다보며 잠자코 있었다. 그러다 뺨에 힘을 꾹 주더니 희미하게 신음했다. 모즈는 왠지 오싹해져서 입을 다물었다.

구라키는 이를 악문 채 낮은 목소리로 말했다.

"그 사진을 어디서 손에 넣었지?"

"호메이 흥업의 미야우치라는 놈한테서 빼앗았어."

"난 장소를 물은 거야."

으스스할 만큼 억누른 구라키의 목소리에는 거스르지 못할 압력이 실려 있었다. 모즈는 마지못해 대답했다.

"이나기 시에 있는 료토쿠카이라는 병원."

"정신과?"

"그래. 거기가 놈들 아지트인가보더군. 난 거기서 차를 훔쳐 도망쳤어. 미야우치를 처리하고 나서 말이야."

모즈는 그렇게 말하고 반응을 살폈지만 구라키의 표정은 털끝만큼도 바뀌지 않았다. 그는 차가운 눈으로 모즈를 바라보며 말했다.

"날 거기로 안내해줘. 이나기라면 차로 십오 분도 걸리지 않을 거야."

모즈는 발끈해서 어깨를 들썩였다.

"기어오르지 마. 내 질문에 제대로 대답도 안 해놓고 무슨 건방진 소리야? 명령은 내가 한다. 생각을 하고서 지껄여."

"신가이, 날 그 병원으로 데려가줘. 넌 분명 그렇게 할 거야."

구라키의 말은 악마의 화살처럼 모즈의 가슴에 꽂혔다. 모즈는 금방이라도 최면에 걸릴 듯한 자신을 추슬러 침대 위로 올라갔다. 구라키의 얼굴 위로 덮칠 듯이 다가가 메스를 목에 바짝 갖다댔다.

"내 질문에 대답해. 당신 마누라는—"

모즈는 갑자기 말을 끊고 몸을 굳혔다. 딱딱하고 뾰족한 뭔가가 배꼽 언저리를 누르는 것이 느껴진 것이다.

연민과도 같은 감정이 구라키의 눈을 스쳤다.

"어디 한번 해보시지. 답례로 아랫배에 납탄을 박아줄 테니."

모즈는 무심결에 생침을 삼켰다.

"허튼수작 부리지 마."

"허튼수작이 아니야. 호메이 흥업 놈들이 나타나면 언제든지 죽일 수 있도록 침대 안에 권총을 넣어뒀어. 그 정도는 예상했어야지."

모즈는 구라키의 눈에서 광기를 보았다. 죽음에 대한 공포는 없다시피 했지만 그 눈빛을 보고 있자니 온몸이 서늘해졌다. 모즈는 자신을 두렵게 만드는 인간이 있다는 것을 알고 놀랐다.

모즈의 마음을 읽은 것처럼 구라키가 말을 이었다.

"사진과 메스를 그쪽 탁자에 올려놔. 천천히. 만약 네 아랫배를 누른 게 그냥 수도꼭지 같거든 시험해봐도 상관없어."

모즈는 족히 일 분 정도 구라키와 눈싸움을 했다. 그리고 결국 자신이 졌다는 걸 깨달았다. 침대에 드러누운 부상자에게 당했다고 생각하자 진땀이 날 만큼 분했지만 가까스로 감정을 억눌렀다. 뜻밖에도 아까부터 구라키가 보여준 강한 자제력과 집념에 대해 감탄에 가까운 감정이 들기 시작했다.

모즈는 어깨 힘을 빼고 천천히 상체를 일으켰다. 아래쪽으로 눈을 돌리자 구라키 말대로 시트 밑에서 비죽이 솟아 아랫배를 노리는 총구가 보였다. 모즈는 상체를 틀어 사진과 메스를 협탁에 내려놓았다.

구라키는 방구석에 있는 붙박이 옷장을 슬쩍 눈짓했다.

"저 안에 옷과 구두가 있어. 꺼내서 침대 위에 늘어놔. 그리고 내가 다 입을 때까지 옷장에 들어가 있어. 방해받기 싫으니까."

십 분 후 모즈가 옷장에서 나오자 구라키는 와이셔츠에 반물색 상하의를 갖춰입고 침대 가에 서 있었다. 넥타이는 매지 않았다. 가슴이나 배를 다쳤는지 몸을 앞으로 약간 숙이고 있었다.

"앞장서. 천천히."

구라키의 목소리가 갈라지는 것을 알아차리고 모즈는 진심으로 눈살을 찌푸렸다.

"그런 상태로 걸을 수 있겠어?"

"업어달라고는 안 할게."

구라키는 총구로 문간을 가리켰다. 모즈는 마음을 정하고 문으로 향했다. 구라키가 료토쿠카이 병원에 가서 뭘 하려는지 확인하고 싶기도 했다. 게다가 상대가 이 상태라면 위험한 상황이 닥쳐도 금방 도망칠 수 있다.

가케히의 보스턴백에 폭탄을 설치한 수수께끼의 여자가 정말로 구라키의 아내라면, 이대로 내막을 모르고 넘어갈 순 없다. 그 여자 때문에 폭탄 사건 범인이라는 오해를 받았으니까.

비상구로 몰래 병원을 빠져나간 두 사람은 근처 길에 세워둔 호메이 흥업 차에 올라탔다. 구라키는 온몸을 보호하려는 듯이 뒷좌석 깊숙이 몸을 묻었다.

새벽 두시가 지난 터라 고슈 가도의 교통 흐름은 원활했다. 쓰루카와 가도로 들어서자 자동차 수가 눈에 띄게 줄어들었다. 하지만 모즈는 크게 속도를 내지 않고 신중하게 운전했다. 경찰에 붙잡히는 것만은 피하고 싶었다.

정확하게 십 분 후 차는 료토쿠카이 병원에 도착했다. 모즈는 구라키의 명령대로 열려 있는 정문을 그대로 통과해 건물 현관으로 향했다.

차를 대려는데 아까까지 없었던 흰색 차 한 대가 현관 바로 앞에 서 있었다. 모즈는 자갈이 튀지 않도록 조심스레 차를 세우고 헤드라이트와 시동을 껐다. 구라키가 살짝 창문을 내리는 기척이 느껴졌다. 우듬지를 스치는 바람 소리만 들릴 뿐 주변은 쥐죽은듯 조용했다.

모즈는 어깨 너머로 말했다.

"자, 이제 어떻게 할 셈이지?"

대답 대신 문 열리는 소리가 났다. 모즈는 급히 뒤돌아보았다. 켜진 실내등 아래서 구라키의 새파란 얼굴이 불길하게 흔들렸다. 입술에서 목소리가 새어나왔다.

"넌 이제 자유야. 여기서 헤어지지."

구라키는 문을 밀어서 열고 천천히 밖으로 나갔다. 모즈는 그의 등에 대고 말했다.

"원장실은 3층이야."

구라키는 조용히 문을 닫았다. 모즈는 운전대를 잡은 채 그의 시커먼 그림자가 비척대며 현관 쪽으로 다가가는 모습을 바라보았다. 희미하게 반사되는 안쪽 불빛을 빼면 홀은 거의 암흑이었다. 구라키의 윤곽만이 어둠에 흐릿하게 떠 있었다.

구라키의 모습이 유리문 너머로 사라지고 나서도 모즈는 시트에 가만히 앉아 있었다. 일 분이 흐르고, 이 분이 흘렀다.

삼 분이 되었을 때 모즈는 운전석 문을 열고 차가운 밤공기 속에 내려섰다.

6장

모략

1

도대체 어떻게 된 길까.

노모토 다쓰오는 벽에 걸린 전자시계와 손목시계를 거듭 번갈아 보며 초초하게 담배 연기를 내뿜었다.

미야우치는 돌아올 기미가 없고 기타니마저 어디로 가버렸다. 미야우치를 마중 나갔다가 무슨 일이라도 생긴 걸까.

노모토는 소파에서 일어나 원장 책상에 놓인 전화기를 들고 사무실 번호를 돌렸다. 이것으로 다섯번째였다. 전화를 받은 젊은 직원은 마지못한 듯이 같은 대답을 되풀이했다. 아니요, 미야우치 형님한테서는 아무 연락도 없었습니다—

노모토는 수화기를 내동댕이치듯 내려놓고 맞은편 소파를 힐끗 바라보았다. 와카마쓰 경시가 인내심이 한계에 다다른 듯 억센 턱을 쳐들었다.

"녀석이 설마 허튼 생각을 하는 건 아니겠지."

노모토는 황급히 고개를 저었다.

"당치도 않습니다. 미야우치는 그런 놈이 아니에요."

"그럼 왜 안 돌아오는 거야? 사진을 가로챈 게 확실한데 어디로 갔느냐고. 그로부터 벌써 세 시간이 다 돼가는데. 신주쿠에서 사방치기라도 하면서 올 생각인가?"

노모토는 손수건을 꺼내 땀을 닦았다.

"저도 도대체 뭐가 어떻게 된 건지…… 설마 속도위반으로 짭새한테 걸린 건 아니겠죠?"

와카마쓰의 표정이 일그러지는 것을 보고 노모토는 목을 움츠렸다. 생각해보니 와카마쓰도 경찰이었다. 노모토를 부하처럼 부리는 탓에 무심코 같은 부류라고 여기고 말았다.

"내가 도착할 때쯤에는 이미 와 있을 줄 알았는데. 기타니는 또 어디 있지? 아무나 보내서 불러와."

"그게, 오늘밤에는 되도록 사람 수를 줄이라고 원장한테 말해놔서요."

"그럼 네가 가서 불러와."

노모토는 안도의 한숨을 내쉬었다. 단둘만 있는 거북한 원장실에서 벗어날 수 있다니 바라 마지않는 일이었다. 이러다 원장 일행이 돌아오기라도 하면 더한 바늘방석에 앉게 될 것이다.

"알겠습니다. 잠깐 가서 보고 오죠. 현관 근처에서 어정대고 있을지도 모릅니다."

몸을 돌려 문으로 향했다. 노모토는 손잡이를 잡아당겨 복도로 나가려다 흠칫 놀라 멈춰 섰다.

거기에는 한 남자가 소리도 없이 서 있었다.

"넌 뭐야, 이 새끼야."

노모토는 홧김에 욕을 퍼붓다가 상대를 보고 말을 멈췄다. 앞에 선 남자의 얼굴은 곰에게 얻어맞은 것처럼 상처투성이였다.

다음 순간 노모토는 상대의 정체를 깨닫고, 이번에야말로 간이 콩알만

해져서 엉겁결에 뒷걸음쳤다.

남자는 구라키였다.

"무슨 일이야?"

소파에서 와카마쓰가 말했다.

구라키는 원장실로 들어와 손을 뒤로 돌려서 문을 닫았다. 노모토는 그 움직임에 눌려 소파까지 물러났다. 팔걸이에 엉덩이가 부딪혀 무너지듯이 주저앉았다.

"구라키, 자네가 어떻게 여기에."

와카마쓰의 허둥거리는 꼴도 볼만했다. 소파에서 엉거주춤 일어나 손마디의 핏기가 가실 만큼 팔걸이를 꽉 움켜쥐었다. 안색이 창백해져 거무스레한 다박수염 자국이 도드라졌다. 그 모습을 곁눈질하고 노모토는 침착함을 약간 되찾았다.

구라키의 망가진 얼굴이 더욱 일그러졌다. 아무래도 웃은 것 같았다.

"그 질문을 그대로 돌려드리죠, 와카마쓰 경시님."

구라키의 쉰 목소리에는 가시 돋친 비아냥이 담겨 있었다. 이름과 계급을 불린 와카마쓰는 더더욱 마음이 불편한지 소파에 고쳐 앉았다. 구라키는 노모토를 흘긋 보더니 무거운 발걸음으로 다가왔다. 노모토는 급히 소파에서 일어나 와카마쓰 쪽으로 돌아갔다.

구라키는 당연하다는 듯이 노모토가 비운 자리에 앉았다. 와카마쓰 옆에 앉기도 뭣해서 노모토는 소파 옆에 선 채 구라키를 바라보았다.

그 퇴물 복서가 일 한번 제대로 한 모양이다. 이만큼 당했으면 보통 사람은 최소 한 달은 일어나지 못할 것이다. 이 남자는 괴물인가.

구라키는 노모토에게 눈길도 주지 않고 와카마쓰를 똑바로 쳐다보았다.

"호메이 흥업 간부와 함께 있는 모습을 들켰으니 더이상 서투른 변명은 하지 마십시오, 경시님. 공안 3과 과장이라는 요직에 있는 당신이 단속 대상인 우익 폭력단과 결탁하다니 대체 무슨 꿍꿍이입니까?"

와카마쓰는 소파 등받이에 몸을 맡기고 숨을 크게 내뱉었다.

"뭔가 오해한 모양이군, 구라키. 자네도 공안형사이니 정보 수집을 위해 가끔 이런 녀석들을 만날 필요가 있다는 것쯤은 잘 알 텐데."

"정보 수집이라. 시치미 그만 떼시죠. 당신은 대일본 극성회와 호메이 흥업 뒤에 숨어 신가이라는 살인청부업자한테 테러 행위를 지시했습니다."

"어이가 없군. 무슨 근거로 그런 엉터리 소리를 늘어놓는 거지?"

구라키는 내뱉듯이 말한 와카마쓰를 딱하다는 듯 바라보았다.

"신가이 가즈히코를 모르신다고요?"

"모르네."

구라키의 눈이 덫에 걸린 여우를 보는 사냥꾼처럼 빛났다.

"호메이 흥업이 운영하는 펍 체인점 리비에라의 이케부쿠로 지점도 모르시겠군요."

와카마쓰는 가만히 침을 삼켰다. 입장이 불리해질까 염려해서인지 대답을 하지 않았다.

구라키는 계속 말했다.

"그 가게에서 일하는 사토무라라는 종업원 말이, 눈매가 날카롭고 체격이 좋은 사십대 중반 남자가 가끔 점장을 찾아왔다더군요. 여기서 점장이란 바로 신가이입니다. 사토무라가 당신을 보면 예의 그 남자라고 대번에 알아볼걸요."

노모토는 짐짓 웃었다. 끼어들지 않을 수가 없었다.

"형사님, 유감스럽지만 사토무라는 아무도 못 만나. 죽었거든."

구라키가 날카로운 눈으로 노모토를 쳐다보았다.

"처리했나?"

"웃기지 마. 우리는 아무 짓도 안 했어. 범인은 신가이야."

"신가이라고?"

"그래. 살인광 같은 놈이거든. 우리는 아무 상관도 없어. 놈이 멋대로 저지른 일이야."

와카마쓰가 여유를 되찾은 듯 입을 열었다.

"이자의 말이 맞네, 구라키. 신가이는 머리가 이상한 놈이었어."

구라키는 냉소를 머금고 비꼬는 투로 말했다.

"신가이를 아시다니 의외군요."

와카마쓰의 거무스름한 얼굴이 붉어졌다.

"직무상 기밀까지 자네한테 밝힐 필요는 없다고 생각했네."

"직무상 기밀? 그야 그렇겠죠. 신가이에게 가케히 슌조 살해 명령을 내렸다고 공공연히 떠들 수는 없을 테니까."

와카마쓰의 눈이 휘둥그레졌다. 상체가 딱딱하게 굳었다.

"도대체 무슨 소리야?"

"가케히가 폭탄 사건으로 죽자, 이번에는 입막음을 하려고 신가이를 죽였지. 사실은 신가이가 폭탄을 설치한 게 아닌데 말이야."

와카마쓰는 전지가 닳은 로봇처럼 꼼짝도 하지 않고 구라키를 쳐다보았다. 노모토는 무릎이 막대기처럼 뻣뻣해지는 것을 느끼고 그 자리에 주저앉고 싶어졌다.

구라키가 말을 이었다.

"한 가지 덧붙이자면, 너희가 살인을 사주해왔다고 생각하는 신가이는 한 번도 직접 손을 쓴 적이 없어. 진짜 살인자는 가즈히코의 쌍둥이 남동생 히로미야."

"쌍둥이."

노모토와 와카마쓰는 이구동성으로 말하며 얼굴을 마주보았다.

"그래. 여장을 하고 그의 여동생인 척했지만 실은 남자였지. 당신들은 가즈히코를 노토로 데려가 처리하는 데 성공했지만, 기억을 잃고 나타난 동생 히로미를 보고서 가즈히코가 죽지 않고 돌아왔다고 생각한 모양이더군."

노모토의 입이 딱 벌어졌다.

"어떻게 그걸—당신이 그걸 알 리 없는데."

"입 닥쳐!"

와카마쓰가 고함을 지르며 노모토를 무시무시하게 노려보았다. 노모토는 당황해서 입을 다물었지만 이미 늦었다. 구라키의 눈이 이상하게 빛났다.

와카마쓰는 홧김에 턱짓을 하며 명령했다.

"허튼소리 그만두고 빨리 기타니나 찾아와."

노모토는 튕겨오르듯 선뜻 몸을 펴더니 서둘러 문으로 향했다. 그 어깻부들기에 대고 구라키가 말을 걸었다.

"그 남자라면 2층 간호사 대기실에 있어. 야근중인 간호사와 함께. 둘 다 싸늘하게 식었지만."

노모토는 걸음을 멈추고 얼어붙은 것처럼 구라키를 내려다보았다. 심장이 멎는 기분이었다.

"죽었다는 건가?"

"그래. 너희가 가둬둔 신가이 히로미에게 당했어."

노모토는 할말을 잃고 도움을 청하듯 와카마쓰를 바라보았다. 와카마쓰의 얼굴 역시 오래된 돼지 간처럼 제 빛을 잃은 상태였다.

구라키는 두 사람을 번갈아 쳐다보았다.

"그 꼴을 보니 한 명 더 당했다는 것도 모르는 모양이군."

노모토는 저도 모르게 휘청했다.

"미야우치도 당했다고?"

"아마도. 너희가 찾던 사진은 신가이 히로미가 가져갔어. 여기서 아무리 기다려도 안 올 거야."

와카마쓰는 팔걸이를 꽉 움켜잡았다.

"자네, 어떻게 그런 것까지."

구라키는 그 말을 무시했다.

"와카마쓰 경시. 그 사진을 목숨걸고 찾으시는 것 같던데. 그렇게 보고 싶다면 보여주지."

구라키는 안주머니에 손을 넣어 사진 몇 장을 꺼내서 탁자 위에 내던졌다. 와카마쓰는 쇳물 세례라도 당할 것처럼 몸을 젖히고, 믿기지 않는다는 표정으로 멍하니 사진을 보았다.

놀라기는 노모토도 마찬가지였다. 와카마쓰가 그렇게나 집착하던 사진을 이토록 쉽게, 그것도 구라키의 손으로 눈앞에서 보게 될 줄은 상상도 못 했다.

와카마쓰는 탁자로 머뭇머뭇 손을 뻗었다. 손끝이 떨려 두세 번 미끄러졌다. 겨우 집어들고 잡아먹을 듯이 사진을 쳐다보았다.

사진의 정체를 모르던 노모토는 호기심을 참지 못하고 와카마쓰의 어깨 너머로 들여다보았다. 자잘한 글자가 인쇄된 서류를 찍은 사진 같았다. 표지로 보이는 것에 사르도니아 공화국 어쩌고 하는 고딕체 글자가 눈에 들어왔다. 다른 사진들은 글자가 작아서 알아볼 수 없었다.

와카마쓰가 갑자기 헛기침을 했다. 노모토는 움찔 놀라 몸을 폈다. 뜻밖에 기운찬 그 헛기침에는 지금까지의 열세를 뒤집을 듯한 힘이 어려 있었다. 손가락의 떨림도 가라앉았다.

긴 침묵 끝에 와카마쓰가 입을 열었다. 자신감을 되찾은 듯한 말투였다.

"자네는 이 사진을 신가이한테서 받아왔겠군."

"그래."

"이게 원래 누구 손에 있었는지 아나?"

구라키는 한순간 머뭇거렸지만 바로 대답했다.

"가케히 슌조겠지."

노모토는 구라키의 예리한 감에 내심 혀를 내둘렀다. 와카마쓰도 마찬가지였던 듯 망연한 표정으로 어깨를 으쓱했다. 하지만 곧이어 두번째 화살을 날렸다.

"거기까지 안다면 이해가 빠르겠군. 자네가 지적했던 대로 가케히가 지휘하는 '검은 엄니' 일파는 사르도니아 반정부 게릴라 조직과 공모해 방일한 에체베리아 대통령을 암살할 계획을 세웠어. 그런 가케히가 어떻게 운좋게도 대통령 방일 경비계획서 사진을 가지고 있었는가. 이건 중대한 문제야."

구라키는 아무 말도 하지 않았다. 와카마쓰는 표지가 찍힌 장을 제일 위로 해서 사진들을 탁자에 내려놓고 굵은 손가락으로 거칠게 두드렸다.

"잘 봐. 계획서 표지 왼쪽 위에 09라는 배포번호가 찍혀 있지. 01은 내각총리에게 제출하고, 02는 국가공안위원장, 03은 경찰청장에게 보내. 순서대로 내려가서 09는 누구 몫일 것 같나?"

구라키는 꿈쩍도 않고 대수롭지 않다는 투로 대답했다.

"무로이 공안부장인가."

노모토는 저도 모르게 주먹을 쥐었다. 와카마쓰의 얼굴에 혈색이 돌아오고 눈초리에 긴장이 감돌았다.

"그래. 이 계획서는 공안부장실 금고에 보관되어 있고 극히 일부의 간부밖에 열람할 수 없어. 가케히가 경시청 11층 공안부장실에 숨어들어 금고를 열고 도촬했다는 건 말도 안 되는 소리야. 그렇다면 가능성은 단 하나. 부장님이 계획서를 자네에게 맡긴 며칠 사이에 찍힌 거지."

노모토는 슬그머니 왼손을 들어 코밑에 밴 땀을 닦았다. 목이 몹시 말랐다. 와카마쓰의 예상치 못한 반격에 놀랐지만 아직 사정은 제대로 이해할 수 없었다. 설마 구라키가 계획서 사진을 찍어서 가케히에게 넘겼다고 말하려는 걸까.

하지만 구라키는 입가에 이해할 수 없는 미소를 띠고 태연한 투로 말했다.

"그 사진을 잘 봐. 계획서를 펼쳐놓은 왼쪽 위에 펜촉 모양 문진이 있을 거야. 내 집 책상 위에 있는 것과 완전히 똑같아. 도금이 벗겨진 부분까지 말이야."

와카마쓰는 서둘러 다시 사진을 살폈다. 그리고 저도 모르게 고개를 끄덕인 후 등을 펴고 위압적으로 말했다.

"즉, 자네는 극비 자료를 촬영해 가케히에게 넘겼다고 인정하는 거군."

"아니."

"무슨 헛소리. 이렇게 확실한 증거가 눈앞에 있는데 시치미뗄 작정인가? 도대체 어째서 가케히에게 이런—"

"내가 아니라고 했을 텐데."

구라키가 거리낌없이 와카마쓰의 말을 막았다. 와카마쓰는 팔짱을 풀고 구라키에게 삿대질을 해댔다.

"뭐라고! 방금 여기 찍힌 문진이 자네 것이라고 인정했잖아."

"사진을 찍은 건 내 아내야. 다마에는 내가 가져온 경비계획서를 몰래 찍어서 가케히한테 그 필름을 넘겼어."

와카마쓰가 삿대질하던 손가락을 딱 멈췄다. 입이 반쯤 벌어진 채 멍하니 구라키를 쳐다보았다. 이윽고 무릎 위로 손을 떨어뜨리고 바지를 꽉 움켜잡았다.

"자네 부인이 가케히와 내통했다는 건가?"

와카마쓰의 목소리가 한 옥타브 낮아져 있었다. 노모토는 현기증이 나서 소파 등받이를 붙잡았다.

"그래. 그리고 가케히의 보스턴백에 시한폭탄을 설치한 것도 아내야."

"무슨 그런 말도 안 되는 소리인가. 못 믿겠어. 자네 부인이 과격파와 내통할 필요가 어디 있나? 설마 죽은 자는 말이 없다고 부인에게 죄를 떠넘기려는 건 아니겠지."

한순간 구라키의 눈에 차가운 분노의 화염이 타올랐다 금세 사라졌다.

"다마에가 가케히와 내통한 데는 이유가 있어."

구라키는 윗옷 안주머니에 손을 넣고 다른 사진 몇 장을 꺼내 와카마쓰의 무릎에 던졌다.

"다마에를 뒤에서 조종한 게 그 남자야. 가케히는 이 사진을 볼모로 두 사람을 협박했고."

무릎에 떨어진 사진을 본 순간, 와카마쓰는 감전된 것처럼 어깨를 움찔하더니 이윽고 덜덜 떨기 시작했다.

"이, 이건."

노모토는 참지 못하고 와카마쓰의 어깨 너머로 사진을 훔쳐보려 했다.

그 순간 문손잡이가 움직이는 소리와 함께 차가운 공기가 흘러들어왔다. 노모토는 당황해서 뒤를 돌아보았다. 문간에 한 남자가 서 있었다.

공안부장 무로이 겐이었다.

2

와카마쓰 다다히사는 온몸에서 진땀이 배어나오는 것을 느꼈다.

다시금 구라키보다 우위에 섰다고 생각한 찰나 또다른 사진이 눈앞에 나타나 결정적인 타격을 입었다. 지금까지 와카마쓰는 무로이 공안부장을 위해 어떤 때는 명령에 따라, 또 어떤 때는 독단적으로 다양한 책략을 꾸며왔다. 그리고 지금, 다름아닌 그 무로이 때문에 모든 고생이 물거품으로 돌아갈 위기에 처했다.

무로이는 한밤중인데도 회색 양복을 단정하게 차려입고 있었다. 풍성한 반백 머리칼을 깔끔하게 매만졌고, 수염도 방금 깎은 것처럼 보였다.

방으로 들어온 무로이가 구라키에게 차분한 시선을 던졌다.

"실은 딸아이가 이 병원에 신세를 지고 있어. 사위가 사르도니아에서 비명횡사한 뒤로 쭉 그랬으니까 벌써 삼 년째로군."

입을 여는 사람은 아무도 없었다. 방안에 묵직한 침묵이 감돌았다.

무로이가 다시 입을 열었다.

"지금까지 딸아이 병실에 있었네. 요새 좀 발길이 뜸해서 오랜만에 보러 왔어."

마치 그것이 자기가 여기 있는 유일한 이유라는 듯한 말투였다.

구라키가 바짝 말라비틀어진 목소리로 물었다.

"이 시간에 말입니까?"

무로이는 대답 없이 와카마쓰가 앉아 있는 소파로 다가왔다. 와카마쓰는 안쪽으로 비켜나 무로이에게 자리를 내주었다. 그리고 고개를 돌려 벽 쪽에 시계처럼 서 있는 노모토 다쓰오를 보았다.

"기타니와 미야우치가 어떻게 됐는지 보고 와. 혹시 일이 터졌더라도 소란 피우지 말고. 원장과 상의해서 아무도 모르게 처리해."

노모토는 고개를 움츠리듯 끄덕이고 쭈뼛거리며 문으로 향했다.

노모토가 나가자 무로이는 팔짱을 끼고 소파 등받이에 몸을 기댔다. 구슬픈 눈으로 탁자 위의 사진을 바라보았다.

와카마쓰는 문득 항상 충성을 다해온 무로이에게 심술을 부리고픈 기분이 들었다.

"부장님이 반드시 입수해오라고 명령하신 사진이 이거 맞습니까?"

무로이의 눈이 한순간 공허해졌다.

"그래. 자네는 입수에 실패했을 뿐 아니라, 제일 꺼려왔던 대상에게 들켜버리는 실책을 저질렀어. 혹시나 해서 말해두겠는데 자네를 탓하는 건 아닐세. 전부 자업자득이니까."

와카마쓰는 울컥했다. 솜으로 바늘을 감싼 듯한 무로이의 말투에 화가 치밀었다. 처음부터 전부 털어놓았다면 그나마 손쓸 방도가 있었을지도 모르는데.

구라키가 어두운 목소리로 말했다.

"다마에가 나와 결혼하기 전부터 그런 관계였지?"

와카마쓰는 가슴이 철렁해서 무로이 쪽을 보았다. 내용은 둘째 치고 그 말투에 놀랐다. 일개 계장이 부장에게 쓸 말투는 아니다.

하지만 무로이는 어깨만 살짝 움찔할 뿐이었다.

"이제 와서 부정해봤자 소용없을 것 같군. 맞아, 다마에…… 자네 부인과는 그녀가 총무부장 비서로 일하던 시절부터 잘 알고 지냈지."

"그냥 다마에라고 불러. 당신이 그녀에 대해 더 잘 아는 것 같으니까."

무로이는 고개를 끄덕이고 시키는 대로 했다.

"다마에는 최고의 여자였어. 밝고 모난 데 없고 머리도 좋았지. 눈치 빠르고 배려심도 깊었어."

"게다가 입까지 무거웠고."

무로이는 구라키의 빈정거림을 무시했다.

"그 무렵 사쿠라다몬 신청사 낙성을 앞두고 니시신바시 임시 청사에서 이전 준비가 한창이었지. 당시 공안 총무부에 있던 나는 그 일로 자주 총무부장을 찾아갔어. 그게 다마에와 친해진 계기였지. 하지만 관계가 깊어진 뒤로도 언젠가 헤어져야 한다고 각오하고 있었어. 내게는 아내가 있었고—"

"스캔들이라도 터지면 공들여 쌓아올린 경력에 흠이 갈 테고."

무로이가 눈길을 떨어뜨렸다.

"맞아. 그리고 다마에 정도의 여자라면 얼마든지 다시 시작할 수 있다고 생각했어. 마음만 먹으면 혼담이 물밀듯이 들어올 테니 결혼해서 행복하게 살 줄 알았지."

구라키가 입술을 비쭉였다.

"그런데 하필이면 나 같은 남자와 결혼하고 말았다."

무로이는 구라키를 물끄러미 쳐다보다가 가만히 고개를 저었다.

"안 믿을지도 모르지만, 다마에한테서 자네와 교제한다는 이야기를 들었을 때 비로소 헤어질 결심이 섰어. 당시 내가 알던 자네는 성실하고 실력 있는 공안형사였지. 다마에를 행복하게 해줄 남자라고 확신했어. 그래서 하루빨리 결혼하라고 권했을 정도야."

"하루빨리 혹을 떼어내고 싶었던 게 아니라?"

무로이의 뺨에 힘이 들어갔다.

"아닐세. 난 다마에를 사랑했어."

구라키의 입술이 일그러지고 상처투성이 얼굴에 검붉은 빛이 서렸다.

"과연. 그래서 결혼식 직전에 다마에의 뱃속에 작별선물 대신 씨를 뿌린 거로군."

와카마쓰는 저도 모르게 꿀꺽 침을 삼켰다. 안 그래도 듣고 있기 힘든 이야기가 점점 더 추잡해질 기세라 아예 소파 아래로 들어가고 싶은 심정이었다. 무로이가 구라키의 아내와 정을 통했다니 도저히 믿기 힘들었다.

무로이는 펼친 손을 내려다보았다.

"변명할 생각은 없네."

구라키는 이 사이로 숨을 내쉬고 신음하듯 말했다.

"딸 가호루가 크게 다쳐 수혈했을 때 나와 혈액형이 안 맞는다는 걸 알았어. 다마에는 O형이고 난 B형이야. 둘 사이에서 A형이 나올 확률은 없지."

무로이의 얼굴이 비로소 괴롭게 일그러졌다.

"자네 말이 맞아."

"그럼 가호루가 당신 아이였다는 걸 인정하나?"

긴 침묵 후 무로이가 잠긴 목소리로 대답했다.

"인정하네. —어느 날 다마에가 만나고 싶다고 전화를 해왔어. 결혼한 뒤로는 처음이었지. 그때 다마에는 딸이 한 달쯤 전에 욕조에서 익사했다는 것과, 그 딸이 실은 내 아이였다고 고백했어. 충격이었지. 아이가 내 자식이라는 것도 그랬지만, 죽고 나서야 사실을 밝힌 그녀의 속마음이 더 충격이었어."

"하지만 그 일을 계기로 당신은 다마에와의 관계를 회복했잖아."

무로이는 다시 자기 손을 쳐다보았다.

"그래. 다마에는 자네에게 딸의 혈액형 문제가 알려진 후 부부관계가 완전히 식었다고 했어. 딸이 죽었을 때도 자네는 다마에가 일부러 욕조에 빠뜨린 게 아닌가 의심했던 모양이더군."

"그 상황에서 내가 다마에의 말을 어떻게 믿나? 자살한답시고 자작극을 벌여봤자 의혹이 사라지진 않아."

무로이는 구라키를 쳐다보았다.

"그건 사고였네. 다마에에겐 딸을 죽일 이유가 없어. 다마에는 자네가 사실을 알고 나서도 여전히 딸을 사랑했다는 걸 알았다고."

"알고 있었으니까 죽였다는 생각은 안 해봤나?"

구라키의 말을 듣고 오싹해졌는지 무로이의 상체가 굳었다. 와카마쓰는 무로이의 눈에서 연민의 감정을 읽었다.

무로이가 무거운 말투로 입을 열었다.

"구라키, 자네는 가차없는 남자로군."

"난 필요하면 얼마든지 가차없어질 수 있어. 하지만 그렇다고 다마에와 당신 관계가 예전으로 돌아간 게 나 때문이라는 소리는 하지 마."

"알아. 하지만 다마에는 기댈 곳이 필요했어. 누가 그녀를 지켜봐주지 않았다면 몇 번이고 손목을 그었을 거야. 자작극이라니 당치도 않네."

"그래서 스스로를 다마에의 보호관찰관으로 임명했다는 건가?"

무로이는 다시 눈길을 떨어뜨리고 바지 무릎 부분을 만지작거렸다.

"마침 사위 오하라가 죽은 지 석 달 정도 지났을 때였어. 딸아이는 사위의 죽음으로 정신이 이상해져서 이미 이 병원에 입원한 상태였지. 그 때문에 나와 아내의 관계도 소원해졌고. 이런저런 일이 겹쳐 나 역시 다마에를 다시 원하게 됐다는 사실은 솔직히 인정하겠네."

와카마쓰는 손수건을 꺼내 얼굴의 땀을 닦았다. 벽 앞의 히터가 뿜어내는 온풍이 몹시 뜨겁게 느껴졌다. 그런데도 손발은 차갑게 식어 저려왔다.

자신의 인생을 무로이에게 건 것이 옳았는지 아닌지 더는 판단이 서지 않았다. 하지만 여기까지 온 이상 끝까지 밀어붙이는 수밖에 없다. 무로이의 파멸은 곧 자신의 파멸이기 때문이다.

구라키가 탁자 위의 사진을 향해 고개를 끄덕였다.

"당신들이 밀회한다는 걸 가케히가 알아낸 건 언제지?"

무로이는 사진에 눈길도 주지 않았다.

"올해 초봄. 가케히는 에체베리아 대통령의 방일이 정해진 1월 무렵부터 본청 공안부서 관련 간부들의 동정과 사생활을 살핀 모양이야. 난 그들 입맛에 딱 맞는 먹잇감이 되었지. 가케히가 집으로 이 사진을 보냈을 때는 제대로 서 있지도 못하겠더군."

"그 사진을 볼모로 방일 경비계획서 사본을 넘기라고 협박했겠군."

"그 밖에도 요구사항이 있었지만, 그게 가케히의 가장 큰 목적이었던 건 사실일세."

"당신은 직접 사본을 만들지 않고 아무것도 모르는 내게 계획서를 들려보낸 후 다마에한테 사진을 찍으라고 시켰어. 그리고 다마에를 가케히와의 연락책으로 이용했지."

"결과적으로는 그 말이 맞지만, 그렇게 하자고 주장한 건 다마에야."

구라키는 무서운 눈으로 무로이를 노려보았다. 와카마쓰가 지금까지 한 번도 본 적 없는 증오로 가득한 눈이었다. 하지만 무로이는 주눅들지 않고 그 눈빛을 받아냈다. 무로이에게도 그 나름의 신념이 있는 건지 모른다.

구라키는 한 마디 한 마디 씹듯이 내뱉었다.

"다마에한테 시한폭탄을 건네주고 가케히를 죽이라고 지시한 것도 당신인가?"

무로이는 바로 고개를 저었다.

"아니야. 가케히를 죽이라는 말은 한 마디도 하지 않았어. 그것만은 믿어주게."

"폭탄을 건넨 건 인정하나?"

무로이는 잠깐 주저했다.

"……인정하네."

구라키가 분노를 터뜨렸다.

"대체 뭣 때문에 폭탄 같은 걸 준 거야!"

무로이는 무릎으로 눈길을 한 번 떨어뜨렸다가 다시 구라키를 보았다.

"가케히한테 전달하라고 신신당부하고 맡긴 거였어."

"가케히한테 폭탄을 전달해서 뭘 어쩌려고."

무로이가 어깨를 움츠리는 시늉을 했다.

"에체베리아를 날려버리기 위해서지. 당연하잖은가."

—— 3 ——

와카마쓰는 반사적으로 무로이의 얼굴을 똑바로 쳐다보았다.

농담하는 것처럼 보이지는 않았다.

더는 잠자코 있을 수 없었다.

"그게 무슨 말씀입니까, 부장님. 부장님이 가케히에게 경비계획서 내용을 알려줬다는 것만으로도 충격인데, 에체베리아를 암살할 폭탄까지 제공하셨다고요?"

무로이가 싸늘한 눈으로 와카마쓰를 바라보았다.

"자네는 가케히가 내게 접근했다는 걸 알았어. 협박한 것도 어렴풋이 눈치챘을 거야. 그래서 독단으로 신가이라는 살인청부업자한테 가케히를 처리하라고 명령했겠지."

"그건 그렇습니다만, 저는 훨씬 하찮은 공안정보를 유출하신 줄 알았습니다. 그래서 가케히가 더 큰 요구를 하기 전에 처리하는 편이 낫겠다 싶어서—"

"나하고 상의했어야 해. 그랬다면 이번 같은 혼란은 발생하지 않았을 걸세. 이 사진을 손에 넣기 전에는 가케히를 저세상으로 보낼 수 없다는 것도 자네에게 알려줄 수 있었을 테고."

"제가 부장님 약점을 잡고 있다는 사실을 부장님이 모르시길 바랐습니다. 그건 제 본의가 아니었어요."

"하지만 자네가 앞질러 나간 덕분에, 난 이렇게 필요 이상으로 창피를 당하게 됐네."

"최소한 저에게만이라도 지금 같은 이야기를 다 털어놓으셨다면 이런 사태는 벌어지지 않았을 겁니다."

두 사람의 대화를 묵묵히 듣고 있던 구라키가 불쑥 끼어들었다.

"과연. 이제 알겠군. 당신은 가케히가 갑자기 죽어버리는 바람에 이 사진이 외부로 새어나갈까봐 겁을 먹었어. 그래서 곧장 와카마쓰 경시를 수사본부로 보내 가케히 주변에 사진이 없는지 알아보게 했지. 오스기 경부보가 공안에서 통 증거물을 넘겨주지 않는다며 투덜댔던 이유를 알겠어."

두 사람이 입을 다무는 것을 보고 구라키는 와카마쓰에게 눈길을 돌려 말을 이었다.

"신가이가 폭탄을 터뜨려 가케히를 죽였다고 지레짐작한 당신은, 즉시 신가이를 멀리 데려가 처리하라고 호메이 흥업의 노모토에게 명령했어. 신가이는 가케히뿐 아니라 다른 살인도 몇 건 맡아왔으니 이미 너무 많은 비밀을 아는 존재였어. 처리하기에 마침맞았겠지."

와카마쓰는 구라키가 생각보다 훨씬 사태를 자세하게 파악하고 있음을 새삼스레 깨달았다.

"자네, 아까 직접 살인을 한 사람은 신가이가 아니라 그의 남동생이라고 했지?"

"그래. 하지만 너희는 기억을 잃은 그 동생을 형으로 착각하고 녀석의 행방을 쫓았어. 어쩌면 신가이가 가케히를 해치우기 전에 사진을 가져갔을지 모른다는 일말의 희망을 품고서."

와카마쓰는 입술을 깨물었다. 구라키의 지적대로였다. 진즉에 죽었을 신가이가 살아서 도쿄로 돌아왔다는 이야기를 들었을 때, 노모토에게 불벼락을 내리는 대신 생포하라고 명령한 것은 그런 사정 때문이었다.

무로이가 와카마쓰에게 눈길을 돌렸다.

"자네도 정말이지 쓸데없는 일을 했군."

그 냉랭한 말투에 와카마쓰는 화가 치밀었다. 도대체 누구를 위해 그런 쓸데없는 일을 했는데. 무로이가 생각만큼 자신을 높이 평가하지 않음을 깨닫고 와카마쓰는 아연실색했다.

"부장님. 이런 말씀을 드리기는 뭐합니다만, 저는 지금껏 부장님을 위해 상당히 위험한 다리도 건너왔습니다. 신가이를 부려 법의 손이 닿지 않는 불온분자 몇 명을 처리한 것도, 부장님의 재직기간 동안 무슨 일이 터져서 경력에 흠집이 나지 않도록 저 나름대로 마음을 쓴 겁니다."

"그런 일까지 해달라고 부탁한 기억은 없네."

"하지만 그 덕에 한숨 돌리신 적도 몇 번은 될 텐데요."

"도대체 무슨 말이 하고 싶은가?"

무로이가 눈살을 찌푸리고 말했다. 와카마쓰는 무로이를 향해 몸을 반쯤 돌렸다.

"제가 그런 짓까지 하면서 지키려고 애쓴 부장님의 경력을, 부장님은 본인의 손으로 망치려 하셨습니다. 심지어 가케히에게 폭탄을 건네 에체베리아 암살을 시도하다니, 정말이지 제정신이 아니시군요."

구라키가 끼어들었다.

"그 말이 맞아, 부장. 설령 가케히가 폭탄을 넘기라고 협박했다 해도 당신이 곧이곧대로 따랐을 리 없지. 다마에를 이용해 가케히를 죽일 목적이었다고 보는 게 타당해."

무로이는 두 사람을 번갈아 쳐다보고는 고개를 저었다.

"아니, 방금 한 말에 거짓은 없어."

"그렇다면 그 폭탄은 그저 우연히 터졌다는 말인가?"

무로이의 얼굴에 주저하는 빛이 스쳤다.

"자네가 알아본 대로 그 폭탄은 남미에서 만들어진 고성능 폭탄이고, 특히 시한장치가 뛰어나기로 유명한 물건이지. 따라서 우연히 터질 리는 없어."

긴장했는지 구라키의 턱에 힘이 들어갔다. 멈추었던 숨을 내뱉음과 동시에 거친 투로 말했다.

"그렇다면 다마에는, 당신한테 받은 폭탄을 독단적으로 가케히의 보스턴백에 넣었다는 건가?"

무로이는 한숨을 내쉬었다.

"유감스럽지만 그렇게 결론 내리는 수밖에. 다마에는 이렇게 말했어. 가케히는 우리 행복을 파괴하려는 악마라고. 가케히만 죽으면 지금의 행복이 영원할 거라고 생각했겠지."

와카마쓰는 무로이가 행복이라는 말을 입에 담을 때마다 구라키의 얼굴이 움찔거리는 것을 알 수 있었다.

하지만 무로이는 그런 줄도 모르고 말을 계속했다.

"자네도 알다시피 다마에는 한번 마음 먹으면 결사적으로 덤벼드는 면이 있었어. 한 가지에 몰두하면 다른 일이 눈에 안 들어오는 거지."

구라키는 입을 다문 채 옴짝달싹하지 않았다.

"냉정하게 따져보면 가케히의 보스턴백에 폭탄을 넣은 것이 주변에 얼마나 큰 참사를 불러올지 쉽게 상상할 수 있었을 텐데, 다마에는 그걸 몰랐어. 믿기 어렵지만 말이야. 그 때문에 자신마저 폭발에 휘말려들었으니 그야말로 신의 조화가 아니고 뭐겠는가."

구라키는 무시무시한 미소를 짓더니 가시 돋친 목소리로 말했다.

"당신 입에서 신이라는 말이 나오다니, 웃기는군."

무로이는 얼굴을 붉히고 제 손을 내려다보았다.

구라키는 그 모습을 가만히 바라보다가 천천히 입을 열었다.

"좋아, 이야기를 되돌리지. 당신이 왜 가케히의 위협에 굴복해 경비계획서뿐 아니라 폭탄까지 넘겨주려 했는지 그 이유를 듣고 싶어."

와카마쓰는 무로이를 보았다. 그 역시 구라키와 같은 의문이 들었던 것이다. 잠시 입을 다물고 있던 무로이의 입가에 문득 기묘한 웃음이 떠올랐다.

"아까 내가 오랜만에 딸의 병실을 찾았다고 했지. 자네들은 예민한 성격의 한 여자가 사랑하는 남편을 잃고 발광하면 어떻게 될지 생각해본 적 있나?"

와카마쓰는 발광이라는 말에 이유도 없이 가슴이 철렁했다. 그 말에는 마치 지옥을 엿본 듯 두려운 여운이 깃들어 있었다.

구라키가 초조하게 말을 내뱉었다.

"생각해본 적 없고, 생각하고 싶지도 않아. 내 질문에 대답이나 해."

무로이는 들은 체 만 체 말을 이었다.

"딸아이는 바깥세상에 전혀 관심을 보이지 않아. 남편과 둘만의 추억 속에 살고 있지. 아니, 그 아이의 의식 속에서 오하라는 아직 죽지 않은 모양이야. 딸아이는 아침부터 밤까지 고작 반년 동안의 행복했던 신혼생활을 재현해. 혼자서 말이야. 남편을 깨우고, 아침밥을 짓고, 출근하는 남편을 배웅하지. 여기까지는 행동이 따르지만 그다음부터는 창가에 앉아 해가 질 때까지 꼼짝하지 않아. 말 그대로 석상처럼 눈 한 번 깜박이지 않는 거야. 지저분한 이야기지만 대소변도 그냥 그 자리에서 해결해. 억지로 옮기려 하면 발작을 일으켜서 창살에 머리를 찧거나 벽을 긁어대는 통에 손쓸 방도가 없거든."

무로이는 말을 끊었다. 구라키도 이번에는 잠자코 있었다.

"밤이 되면 딸아이는 들뜬 기색으로 남편을 맞이해. 옷을 갈아입히고, 욕실에 들어가 등을 씻어주고, 밥을 지어 식사 시중을 들지. 이걸 매일 되풀이해. 오물로 범벅이 된 채로. 몸을 씻기고 영양을 공급하기 위해 하루에 한 번 마취약으로 재워야 할 지경이야. 그런데 아까 찾아갔을 때 그 아이가 뭘 하고 있었는지 아나? 옷을 몽땅 벗고 바닥에 대자로 누워 섹스를 하고 있더군. 자위가 아니라 남편이랑 몸을 섞고 있었다고. 게다가 오르가슴까지 느꼈고. 정말이지 난 감동했어."

와카마쓰는 입안이 바싹 마르는 것을 느꼈다. 구라키는 미동도 하지 않았다.

무로이가 숨을 한 번 내쉬고 다시 입을 열었다.

"어쨌거나, 딸아이의 그런 모습까지 봐야 하는 아버지의 기분을 헤아려주게나. 딸을 이 꼴로 만든 놈을 내가 얼마나 증오하는지 알겠나?"

그 말을 듣고 와카마쓰는 정신을 차렸다.

"물론 압니다, 부장님. 그렇다면 더더욱, 오하라 씨를 참혹하게 죽인 사르도니아 좌익 게릴라와 한패인 가케히에게 폭탄을 넘기는 건 이상하지 않습니까?"

무로이가 와카마쓰 쪽을 보았다.

"전혀 이상할 것 없어. 오하라는 좌익 게릴라한테 살해당한 게 아니야."

"하지만 신정부가 공식조사를 통해 발표한 결과는 그렇습니다. 목격증인도 몇 명 있었다고 기억합니다만."

"진범이 대통령이 되었으니 그 정도야 얼마든지 날조할 수 있지."

와카마쓰는 머리를 세게 얻어맞은 듯한 충격에 어안이 벙벙해 무로이를 쳐다보았다. 제 귀를 믿을 수 없었다. 슬그머니 구라키 쪽을 훔쳐보았다. 엉망이 된 구라키의 얼굴에서도 놀라움의 빛이 엿보였다.

와카마쓰는 다시 무로이에게 눈길을 돌리고 확인하듯 물었다.

"그러니까 부장님은, 에체베리아 대통령이 오하라 씨를 죽음으로 몰아넣었다고 말씀하시는 겁니까?"

"몰아넣은 게 아니야. 말 그대로 에체베리아가 직접 오하라를 죽였어."

"그걸 어떻게 아십니까?"

무로이는 일부러 천천히 담배를 꺼내 불을 붙였다. 라이터를 집어넣고 연기를 깊이 빨아들였다.

"올해 1월, 에체베리아 방일이 정식으로 결정된 직후의 일이야. 일요일 밤으로 기억하는데, 사르도니아 대사관 일등 서기관이라는 남자가 갑자기 집으로 찾아왔지. 일본어를 잘하는 알론소라는 남자였어. 그는 대통령 방일과 관련해 대사관의 이바니에스 참사관이 뵙고 싶어하니 부디 동행해달라고 부탁했지. 난 수아레스 대사와 면식이 있었으니 대사님은 아는 일이냐고 물었지. 그러자 알론소는 긴장한 얼굴로, 대사님은 이번 일을 모르고 알릴 생각도 없다고 하는 거야."

무로이는 담배를 재떨이에 비벼끄고 말을 이었다.

"나는 현재 내 입장에서는 그런 비공식 면담에 응할 수 없다고 거절했어. 그러자 알론소는 그의 용건이 오하라 요시노리 사망 사건의 진상과 관련된 것이라고 하더군. 내가 동행을 결심하는 데 그리 오랜 시간이 걸리지 않았다는 건 짐작하겠지."

와카마쓰가 밭은기침을 하며 물었다.

"그래서 이바니에스가 진범은 대통령이라고—"

"이야기를 끝까지 들어."

입을 연 것은 구라키였다. 무로이의 눈도 그렇게 말하고 있었다. 와카마쓰는 얼굴이 불그무레해지는 것을 느끼고 입을 다물었다.

무로이가 다시 말을 이었다.

"알론소는 날 도내의 한 호텔로 데려갔어. 이바니에스 참사관은 그곳 방에서 기다리고 있더군. 자기소개를 마친 후 그는 방의 텔레비전에 비디오데크를 연결하라고 알론소에게 지시했어. 그때 본 고작 몇 분의 영상이 모든 일의 시작이었지. —삼 년 전 쿠데타가 일어났을 때, 사르도니아 국영 방송국의 뉴스 카메라맨이 촬영한 영상의 일부라고 했어. 카메라맨은 결국 반란군 병사에게 살해당했지만, 테이프는 손에서 손으로 옮겨다니며 살아남은 거야."

와카마쓰는 뭐라고 말하고 싶어 입이 근질근질했지만 무로이의 안색을 보고 겨우 자제했다.

"화면이 흐릿하고 몹시 흔들렸지만 사람 얼굴을 구분 못 할 정도는 아니었어. 미처 도망치지 못한 정부군 장교와 정부 측에 붙은 민간인 포로들을 에체베리아가 직접 처형하는 광경을 숨어서 촬영한 거였지. 소리는 나지 않았지만, 아니, 오히려 소리가 나지 않아서인지 정말로 끔찍한 장면이었어. 지금 떠올려도 온몸의 털이 곤두설 정도야."

무로이는 침을 삼키고 살짝 몸을 떨었다. 숨막히는 침묵.

구라키가 그 침묵을 박차듯이 말했다.

"그 희생자 가운데 오하라 요시노리가 있었다는 건가?"

무로이는 눈을 내리깔고 고개를 작게 끄덕였다. 그리고 손바닥을 가만히 내려다보았다.

"그래. 에체베리아는 울면서 애원하는 오하라의 관자놀이에 45구경 권총 총구를 들이대고 머리를 날려버렸지. 한순간에 머리가 박살나서 사라졌어. 그 거리에서는 사람 머리도 수박과 다를 바 없더군."

와카마쓰는 속이 메스꺼워서 입술을 축였다. 무슨 말이라도 하지 않으면 뱃속의 것을 게워낼 것만 같았다.

"도대체 어쩌다 그렇게 된 겁니까?"

"이바니에스 말로는, 쿠데타가 일어났을 때 오하라는 수도 만사나레스 시내의 레스토랑에서 정부에 물건을 납품하는 상인과 교섭중이었다더군. 그리고 상인과 안면이 있던 정부군 정보 담당 장교가 우연히 같은 자리에 앉아 있었지. 그때 반란군이 난입하는 바람에 세 사람이 함께 체포된 모양이야."

"고작 그런 이유로 총살당하다니 믿기지가 않는데요. 일본 대사관은 뭘 하고 있었습니까?"

"대사관은 에체베리아가 대통령에 취임한 지 일 년 후 개설됐어. 당시에는 영사관밖에 없었고, 오하라가 처형당했다는 사실은 일주일이 지나서야 그곳에 알려졌지. 에체베리아는 체포한 사람이 무고한지 아닌지, 외국인인지 내국인인지 전혀 상관하지 않았어. 자신의 권력을 과시하고 적대자에게 공포를 심어주기 위해서라면 갓난아이라도 학살할 작자야."

구라키가 입을 열었다.

"그렇다면, 이바니에스 참사관과 알론소 일등 서기관은 반정부 조직 편이었겠군."

"그래. 수아레스 대사는 열렬한 에체베리아파지만, 이바니에스 이하 대사관 직원 대부분은 반정부파라고 했어."

구라키는 소파에서 가볍게 몸을 틀었다.

"이바니에스의 목적은 뭐였지?"

그 말을 듣고 무로이는 작게 웃었다.

"이제 짐작이 갈 텐데. 이바니에스는 내게 방일한 에체베리아를 암살해달라고 부탁했어."

"그런 어처구니없는 일이."

와카마쓰가 무심코 말하자 무로이가 차가운 눈으로 노려보았다.

"뭐가 어처구니없다는 건가? 오하라가 살해당한 탓에 내 딸이 어떻게 되었고, 그 때문에 우리 부부가 얼마나 괴로웠는지 그들은 철저히 조사했어. 모든 불행의 원흉이 아직 멀쩡히 살아 있을 뿐 아니라 조만간 일본에 온다는 걸 알면 내 기분이 어떨지 충분히 계산한 거야."

"하지만 부장님께는 입장이라는 게 있습니다."

"그 입장에 눈독을 들인 거야. 지금까지 스무 번도 넘게 시도한 에체베리아 암살 계획이 죄다 실패로 돌아간 건 경비 부문의 내부 협력자를 찾지 못했기 때문이라더군. 그들에게 나는 더할 나위 없이 적합한 협력자였지."

구라키가 말했다.

"폭탄은 이바니에스에게서 받았나?"

"그래. 외교행낭에 넣어 일본에 들여왔어. 한 조직원이 가케히와 접촉하고는 나더러 폭탄을 그에게 넘기라고 지시했지. 자기들이 직접 넘기지 않은 것은 양쪽 관계가 드러날 위험을 피하기 위해서였겠고."

"당신이 가케히에게 직접 폭탄을 전달하지 않고 다마에를 이용한 것과 같은 이유로군."

"그건 부정하지 않겠네. 하지만 다마에도 싫은 내색을 하기는커녕 적극적으로 받아들였어. 지금 생각해보면 그때 이미 폭탄으로 가케히를 죽일 결심을 굳힌 거겠지."

구라키는 나지막하게 웃었다.

"글쎄, 어떨까. 아무리 부정해봤자 당신이 다마에한테 가케히를 죽이라고 지시하지 않았다는 증거는 어디에도 없어."

"그런 지시는 전혀 내리지 않았네."

"은근히 내비치지도 않았나?"

"물론. 가케히를 죽일 필요가 있었다면 내가 직접 손을 썼겠지."

"허울좋은 소리 그만두시지. 당신은 결국 양쪽을 저울에 단 거야. 성가신 존재를 없앨 수 있으니 다마에가 가케히를 죽이는 것도 오케이, 딸과 사위의 원수를 갚을 수 있으니 폭탄이 무사히 가케히의 손에 넘어가는 것도 오케이."

무로이는 숨을 들이마시고 구라키를 노려보았지만 그 이상 반박하려 들지는 않았다.

와카마쓰가 말을 거들려는 듯이 그 틈으로 끼어들었다.

"하지만 가케히에게 폭탄을 넘겼다고 반드시 에체베리아를 암살할 수 있는 건 아니잖습니까. 사전에 경비계획서를 훑어본 정도로 그렇게 엄중한 경비망을 뚫을 수는 없을 텐데요."

무로이가 업신여기는 듯한 눈길로 와카마쓰를 보았다.

"영빈관일세. 내가 힘만 쓰면 에체베리아가 묵을 아카사카 영빈관에 가케히를 잠입시키는 것쯤 일도 아니지. 이봐, 완벽한 경비 계획이란 어디에도 없어."

거들어줄 작정이었던 와카마쓰는 울컥해서 어깨를 들썩였다.

"저는 아직 이해가 안 됩니다. 오직 오하라 씨와 따님의 원수를 갚기 위해 부장님이 지금껏 쌓아온 경력을 망치면서까지 에체베리아 암살 음모에 가담하시다뇨. 뭔가 다른 이유가 있는 것 아닙니까?"

"그 말이 맞습니다. 또다른 이유가 있죠."

그렇게 말한 것은 무로이도 구라키도 아니었다. 일제히 놀란 세 사람은 베란다에 면한 창문을 바라보았다. 천장에서 바닥까지 쳐진 두꺼운 녹색 커튼 뒤에서 목소리가 들려온 것이다.

커튼이 흔들리고 차가운 공기가 발치로 기어왔다. 와카마쓰는 굳은 몸으로 커튼 쪽을 쳐다보았다.

4

아케보시 미키는 제 가슴을 꼭 끌어안았다.

시동을 끈 차 안은 바깥과 다를 바 없이 싸늘했다. 점점 밀려드는 초조함 때문에 미키는 크게 소리지르고 싶은 기분이었다.

공복과 긴장으로 위가 쪼그라들었다. 마지막으로 뭘 먹은 지 몇 시간이 지났을까. 어제 오후 호메이 흥업 사무실에서 여기까지 노모토 다쓰오를 미행한 뒤로 벌써 열두 시간이 흘렀다. 가벼운 끼닛거리를 사러 근처 빵집에 들른 십 분을 제외하면 자리를 떠난 적이 없다.

가로등에 시계를 비춰보았다. 새벽 세시. 쓰키와 오스기가 병원에 잠입한 지 한 시간이 지났다. 하지만 미키가 초조한 건 그 때문이 아니었다. 공안 임무에 기다림은 늘 따르는 일이고, 그것을 위한 훈련도 받아왔다. 문제는 두 사람이 안으로 들어간 후 거의 번갈아 차 두 대가 들어왔다는 것이다.

한 대는 흰색 자가용. 운전자의 얼굴을 얼핏 보았지만 백발의 남자라는 것 말고는 알 수 없었다. 다른 한 대는 예의 간호사가 몰고 왔고 역시 다른 사람을 태운 것처럼 보이지는 않았다. 미키는 그 간호사가 묘하게 마음에 걸렸다. 오스기 말대로 이런 시간에 간호사 혼자 차를 몰고 드나든다는 건 아무리 생각해도 이상하다.

거기까지 생각했을 때 미키는 가슴이 철렁해서 시트에서 몸을 일으켰다. 혹시 신가이가 아니었을까. 신가이는 그제 밤 쓰키와 자신에게서 달아난 뒤 호메이 흥업에 붙잡힌 것 같았다. 그렇다면 놈들이 이곳에 신가이를 감금했을 가능성도 있을 법하지 않은가.

쓰키의 추리에 따르면 기억을 잃은 신가이는 가즈히코가 아니라 남동생 히로미라고 한다. 신가이가 떨어뜨린 권총에서 채취한 지문으로 확실히 증명되었다. 하지만 히로미가 여동생이 아니라 쌍둥이 남동생이라는 쓰키의 지적은 바로 수긍하기 어려웠다. 멀리서나마 몇 번씩 목격했던 히로미의 겉모습과 동작에서는 전혀 남자를 떠올릴 수 없었다. 남자가 그토록 완벽하게 여자 행세를 할 수 있을까.

아니다, 아마도 심리적인 선입관 때문이었으리라. 만약 한 번이라도 히로미를 남자라고 의심할 여유가 있었더라면 완전히 새로운 각도로 볼 수 있었을지 모른다.

그와 마찬가지로 보통 간호사를 보면 무의식적으로 여자라고 단정하지만, 만약 조금 전 간호사가 남자라고 생각한다면. 미키는 핸드백을 무릎 위로 끌어당기고 등을 쭉 폈다. 쓰키는 그녀에게 여기서 대기하라고 지시했다. 쓰키의 지시는 절대 복종해야 하는 무게감을 지니고 있다. 하지만 이런 긴급사태에서는 부득이하게 예정에 없는 행동을 취해야 하지 않을까.

미키는 자신이 안으로 들어갈 구실을 만들고 있다는 것을 반쯤 깨달았다. 그 간호사가 정말로 신가이 히로미라면 여기서 나가는 건 몰라도 돌아올 이유는 없다. 애써 도망쳐나온 적의 아지트로 어정어정 돌아올 만큼 어리석은 남자는 아니다. 하지만—

미키는 문을 열고 밖으로 내려섰다. 조금 떨어진 도로 맞은편에 쓰키와 오스기가 올 때까지 잠복했던 자신의 차가 보였다. 조용히 문을 닫고 숨을 깊이 들이마셨다. 만일에 대비해 관할서인 미나미타마 서의 전화번호를 알아왔다. 일단 연락해 상황을 설명해둘까. 아니다, 전화로 설명하기도 쉽지 않고 경찰에 지원 요청을 할 때는 반드시 자신과 상의하라고 쓰키가 엄하게 못을 박았다. 그만두자.

활동하기 편하도록 조금 낙낙한 판탈롱에 스니커즈를 신고 왔다. 미키는 핸드백을 가까이 끌어당기고 정문을 향해 걸음을 뗐다. 조명 아래를 재빨리 통과해 어둑어둑한 나무 아래 자갈길을 나아갔다. 바람이 불기 시작했는지 우듬지의 잎이 스치는 소리가 묘하게 크게 들렸다.

현관 포치에 도착하자 아까 들어간 차 두 대가 부자연스러운 간격을 두고 서 있었다. 인기척은 없었다.

어두운 홀로 들어갔다. 뭔가 비릿한 냄새가 감돌았지만 신경쓸 여유는 없었다. 미키는 바로 옆에 있는 계단을 올랐다. 나무 계단에 고약한 기름 냄새가 배어 있었다.

2층으로 올라가자 보호실이라고 쓰인 패널이 눈에 들어왔다. 정신병원의 보호실은 교도소 독방과 비슷하다. 미키는 화살표를 따라 복도를 걸어갔다.

모퉁이를 두 번 돌자 복도 바닥이 리놀륨에서 타일로 바뀌었다. 중간에 쇠창살로 된 칸막이 벽이 있었지만 쪽문은 잠겨 있지 않았다. 보호실 문은 교도소의 그것처럼 매우 튼튼해 보이는 철문이었다.

미키는 걸음을 멈췄다. 어스레한 복도에 딱 하나, 빛이 새어나오는 문이 있었다. 발소리를 죽이고 다가갔다. 감시창은 미키의 눈높이보다 조금 높게 달려 있었다. 발돋움하려 했을 때 갑자기 사람 목소리와 구둣발 소리가 들려왔다. 미키는 퍼뜩 뒤를 돌아보았다. 쇠창살 칸막이문 건너편의 계단으로 누가 내려오는 듯했다.

미키는 타일 바닥을 달려 T자형 복도 오른쪽으로 꺾었다. 모퉁이에 몸을 바짝 붙이고 한쪽 눈으로 상황을 살폈다. 간발의 차였다. 의사 가운을 입은 초로의 남자와 호메이 흥업의 노모토가 쇠창살을 지나 이쪽으로 다가오는 중이었다. 뒷모습을 보였대도 이상하지 않을 만큼 아슬아슬한 타이밍이었다. 급히 돌아선 미키는 앞쪽으로 뻗은 복도를 보고 입술을 깨물었다. 큰일이다. 숨을 만한 곳이 없다.

발소리가 멎고 문 열리는 소리가 났다. 다시 살펴보자 두 사람의 모습은 보이지 않았다. 불 켜진 보호실로 들어간 듯했다. 한숨 돌리려는 찰나 노모토가 흥분한 듯 탁한 목소리를 내지르며 복도로 뛰쳐나왔다. 이 새끼가, 라고 욕하는 듯했다. 가운을 입은 남자도 뒤따라 나왔다. 두 사람은 발을 재게 놀려 미키가 숨은 복도 쪽으로 다가왔다.

미키는 황급히 몸을 물리고 절망적인 기분으로 주변을 둘러보았다. 그때 바로 오른쪽, 통유리 방이 눈에 들어왔다. 희미한 빛이 새어나오고 있었다. 간호사 대기실인 듯했다. 미키는 안에 사람이 없는 것을 확인하고 재빨리 입구로 미끄러져들어갔다. 중간에 놓인 탁자 뒤로 돌아가려다가 하마터면 소리를 지를 뻔했다. 바닥에 사람이 쓰러져 있고, 주변이 피바다였던 것이다.

미키는 비명을 간신히 억누르고 피 웅덩이에 내디딘 발을 거두었다. 까까머리가 눈을 뜬 채 이쪽을 거꾸로 올려다보고 있었다. 기타니다. 그렇게 깨달았을 때 노모토와 가운 입은 남자가 복도를 꺾어 다가오는 발소리가 들렸다. 도저히 기타니 옆에 쭈그리고 앉을 배짱은 없었다. 무심코 뒷걸음친 미키의 손에 커튼이 닿았다. 미키는 망설임 없이 커튼을 젖히고 그 뒤에 숨었다.

커튼을 치자마자 발소리가 대기실로 들어왔다. 미키는 숨을 죽이고 눈앞을 가만히 쳐다보았다. 커튼이 살짝 흔들리는 것을 깨닫고 간담이 서늘해졌다.

"기타니다. 신가이, 이 망할 새끼가."

노모토가 기타니를 발견한 듯 큰 소리로 욕설을 퍼부었다. 탁자를 옮기는 소리. 누군가가 쪼그려 앉는 기척.

다른 남자가 낮은 목소리로 말했다.

"늦었어. 죽은 지 두 시간은 지났군."

"신가이 이놈, 가만두지 않겠다."

"내 병원에서 당치도 않은 일이 일어났군. 전부 당신들 탓이야."

"입 닥치고, 원장 권한으로 오늘밤 일이 일절 밖으로 새어나가지 않도록 조치해. 간호사는 부르지 마, 여자는 입이 가벼우니까. 체력 좋고 입이 무거운 간병인을 세 명 골라서 이 녀석과 아까 그 시체를 잘 처리해봐. 그리고 병원을 샅샅이 뒤져. 미야우치도 어딘가에 죽어 너부러져 있을지 모르고, 신가이가 아직 이 부근을 어슬렁거릴 수도 있으니까."

"시체를 두세 구씩이나 감쪽같이 숨길 수 있을 거라 생각하나? 도대체 당신은—"

"시끄러. 댁도 시체가 되기 싫거든 냉큼 움직이라고."

"어디부터 손을 대야 할지 모르겠는데."

"시체부터 처리해. 그러고 나서 병원 안을 수색한다. 일단은 이 방부터."

미키는 몸을 움츠리고 가만히 핸드백 걸쇠를 풀었다. 그 순간 바닥과 커튼 사이 좁은 틈새로 스니커즈 끝이 튀어나간 것을 깨닫고 심장이 오그라들었다. 원장이라는 남자가 뭐라고 말하자 노모토가 욕설로 받아치는 소리가 들렸지만 귀기울일 여유는 없었다. 일단 천천히 왼발을 당겼다. 그리고 왼발로 중심을 옮기고 이어서 오른발을 뒤로 옮겼다.

발끝이 커튼 안쪽으로 들어와 안심한 순간, 뭔가 부드러운 것이 넓적다리 뒤쪽에 닿았다. 반사적으로 등뒤를 돌아본 미키는 헉 소리를 냈다. 슬립 차림의 중년 여자가 흰자위를 드러내고는 간이침대에 누워서 왼손을 미키의 넓적다리 언저리에 뻗고 있었던 것이다.

미키는 자신이 소리를 낸 것을 깨닫고 핸드백에 손을 넣어 권총을 꺼내려고 했다. 그러나 다음 순간 커튼이 폭발한 것처럼 덮쳐와서 차갑게 식은 여자의 몸 위에 엎어졌다. 핸드백은 어디론가 날아가고 권총도 손에서 미끄러졌다. 누군가가 커튼째로 꽉 껴안는 바람에 움직일 수가 없었다.

눈앞에 다가온 노모토의 검붉은 얼굴이 놀라움으로 일그러졌다.

"넌 누구냐?"

아무래도 노모토는 신가이가 숨어 있는 줄 알고 냅다 선제공격을 시도한 모양이다. 노모토가 힘을 뺀 틈을 노려 미키는 커튼을 걷어내고 몸을 일으켰다. 노모토가 여자의 시체를 보고 눈이 휘둥그레졌다.

"원장, 간호사는 여기 있어."

원장은 미키의 권총을 주워 노모토에게 건넨 후 간호사의 시체를 보고 신음하듯이 말했다.

"그자는 우리 병원 사람을 몰살할 작정인가보군. 무서운 놈이야."

노모토는 권총을 살피다가 미키를 노려보았다.

"이런 걸 가지고 다니다니, 너 대체 누구야? 여기서 뭘 하는 거냐?"

미키는 머리카락을 흔들어 뒤로 넘겼다.

"난 경시청 공안부 아케보시 순사부장이다. 호메이 흥업의 노모토 다쓰오지?"

노모토의 입이 떡 벌어졌다.

"공안 순사부장이라고?"

"그래."

"날 아나?"

"응."

노모토는 이해가 안 간다는 얼굴로 미키를 쳐다보다가 자못 의심스럽다는 투로 말했다.

"공안이라면 무로이 부장님의 부하겠군."

미키는 놀라움을 애써 감추었다. 이자가 어떻게 무로이를 아는 거지.

"그래."

미키가 고개를 끄덕이자 노모토의 표정이 살짝 누그러졌다.

"그럼 부장님이랑 같이 온 건가?"

미키는 한순간 무슨 뜻인지 파악하지 못해 머뭇거렸다. 하지만 반사적으로 아까 차를 타고 들어간 백발의 남자를 떠올리고 퍼뜩 정신이 들었다.

"그래, 맞아. 차에서 기다리고 있었는데 너무 늦으시길래 상황을 보러 왔어. 그러다 길을 잃는 바람에."

노모토의 표정이 다시 딱딱해졌다. 반응이 조금 늦은 탓에 의심을 산 모양이다. 미키는 몰래 입술을 깨물었다.

노모토는 원장에게 핸드백을 주워오라고 시켜서 안을 뒤졌다. 경찰수첩을 펼치더니 곤혹스러운 눈으로 미키를 보았다.

"형사가 맞긴 한 것 같은데, 설마 부장님이 아니라 구라키랑 온 건 아니겠지?"

미키는 구라키의 이름을 듣고 누가 등에 인두를 갖다댄 것처럼 깜짝 놀랐다. 심장박동이 급격히 빨라졌다. 무로이뿐만 아니라 구라키까지 이 병원에 와 있단 말인가.

미키가 대답하지 않자 원장이 노모토의 소매를 잡아당겼다.

"어쨌거나 무로이 부장님께 데려가는 게 좋지 않겠나?"

노모토가 의심스러운 듯이 미키를 노려보았다. 그러고는 마지못해 고개를 끄덕이고 권총을 윗옷 호주머니에 집어넣었다. 경찰수첩과 핸드백은 미키에게 던져주었다.

"좋아, 원장실까지 같이 가줘야겠어."

노모토가 턱짓으로 재촉해 미키는 앞장서서 대기실을 나섰다. 뒤에서 노모토가 원장에게 명령하는 소리가 들렸다.

"알겠나? 병원 망하는 꼴 보기 싫거든 아까 말한 대로 잘 처리해."

"불가능해. 이 정도로 외부인에게 알려졌으니 내 선에서 감당하기는 무리야."

"걱정 마, 선생. 우리는 공안부장이 뒤를 봐주잖아. 말단 형사가 어떻게 감히 손을 대겠어?"

미키는 노모토에게 등을 떠밀려 복도를 걸었다. 무로이와 구라키가 여기 와 있다는 얘기가 나왔을 때는 머리가 몹시 혼란스러웠다. 그러나 노모토와 원장의 짤막한 대화에 겨우 윤곽이 잡혔다.

일 년 전쯤 미키는 쓰키 경시정에게서, 직속상관인 와카마쓰 공안 3과 과장의 동정을 극비리에 염탐해달라는 요청을 받았다. 일찍이 경찰대학에서 교양 강의를 들은 적이 있어 쓰키의 인품에 대해서는 잘 알고 있었다. 평소에 막연하게나마 와카마쓰의 언동과 지휘에 꺼림칙한 느낌을 받아온 미키가 그 요청을 받아들이는 데는 그리 오랜 시간이 걸리지 않았다.

와카마쓰가 리비에라에 드나들며 신가이 가즈히코와 접촉한다는 것은 곧 알 수 있었다. 신가이가 여동생, 실제로는 남동생 히로미에게 시켜온 테러 역시 와카마쓰가 호메이 흥업의 배후에서 사주한 낌새가 느껴졌다. 하지만 직접적인 증거는 전혀 없었다. 히로미를 테러 현장에서 체포해 와카마쓰와의 관계를 자백하게 만든다는 계획도 실패로 끝났다.

신주쿠 사건을 이용해, 구라키에게 신가이에 관한 정보를 주어 행동을 유도한 것도 예상치 못한 데서 와카마쓰를 뒤흔들어 꼬리를 잡으려는 목적이었다. 그 계획은 어느 정도 효과를 보았다고 할 수 있다.

게다가 노모토의 말로 추측건대 와카마쓰 뒤에는 무로이 공안부장이 있다. 미키는 와카마쓰에 대한 의혹이 상당히 짙어져도 좀처럼 행동에 나서지 않은 쓰키의 의도를 그제야 알아차렸다. 쓰키의 진짜 표적은 무로이였던 것이다.

그건 그렇고 이대로 노모토에게 끌려가도 되는 걸까. 원장실에는 필시 무로이와 와카마쓰가 있을 것이다. 대체 지금 상황을 어떻게 설명한단 말인가. 하다못해 그전에 쓰키와 상의라도 할 수 있다면. 쓰키와 오스기는 이 병원 어디로 숨어들었을까.

쇠창살 칸막이문을 빠져나가자 노모토는 왼쪽의 좁은 계단으로 미키를 떠밀었다. 미키는 앞장서서 3층으로 올라갔다. 일부러 천천히 오르면서 노모토에게 말을 걸었다.

"구라키 경부님도 여기 오신 모양이군."

"그게 뭐?"

"경부님은 조후 병원에 입원하신 걸로 아는데, 왜 여기 계신 거지?"

"본인한테 직접 물어봐."

노모토가 무뚝뚝하게 말하고 재촉하듯 미키의 등을 쿡 찔렀다. 3층에 도착하자 또다시 긴 복도가 나왔다. 어딘가에서 희미하게 여자 울음소리가 났다. 미키는 걸음을 멈췄다. 노모토가 조그맣게 웃었다.

"신경쓸 것 없어. 여긴 별의별 환자가 다 있거든."

노모토의 지시에 따라 복도를 오른쪽으로 나아갔다. 이윽고 끝에 다다르자 왼쪽으로 꺾었다. 모퉁이를 돌아 세면장이라고 쓰인 문 앞을 지나칠 때 바로 옆에서 가볍게 달그락 소리가 났다. 미키는 반사적으로 세면장 문을 보았다. 노모토의 눈도 문 쪽에 쏠렸다.

노모토는 말없이 미키의 팔꿈치를 잡고 끌어당겼다. 왼손을 뻗어 손잡이를 돌리고 문을 열었다. 침침한 형광등 불빛 아래, 지저분한 타일 위로 들쑥날쑥 놓인 나무 샌들이 보였다. 노모토는 미키의 팔꿈치를 고쳐 잡고 몸을 기울여 안을 들여다보려 했다.

그 순간 타일 위를 하얀 형체가 가로지르더니 삼선된 듯한 충격이 미키의 팔을 덮쳤다. 유리를 마주 비비는 것처럼 듣기 싫은 소리가 나고 노모토가 비틀거리며 세면장 안으로 쓰러졌다. 오른손으로는 여전히 미키의 왼쪽 팔꿈치를 꽉 잡고 있었다. 미키는 균형을 잃고 노모토와 함께 안쪽으로 넘어졌다. 그때 문간 나무틀에 머리를 세게 찧었다. 충격과 통증으로 한순간 정신이 아득해졌다.

노모토의 손이 떨어지고 미키는 그와 나란히 타일 위에 엎어졌다. 노모토의 목에서 쉭쉭 바람 빠지는 소리가 났다. 마치 빨간 페인트를 양동이로 쏟아내듯이 그의 목에서 피가 뿜어져나왔다. 미키는 겁에 질린 나머지 본능적으로 타일 위를 굴러 피보라를 피했다. 몸이 소변기에 세게 부딪히고 나서야 멈췄다. 미키는 벽에 찰싹 달라붙어 맞은편을 쳐다보았다.

세면대 거울을 등지고 간호사가 서 있었다. 오른손에 붉게 물든 메스 같은 것을 쥐고 있었다. 그 간호사다—미키는 속이 뒤집히려는 것을 필사적으로 다스렸다.

신가이다. 간호사 모자 아래 짧은 머리카락, 뺨의 흉터로 보아 틀림없는 신가이 가즈히코, 아니, 신가이 히로미였다.

엎어져 있던 노모토가 갑자기 용쓰며 천천히 몸을 돌렸다. 몸 아래 깔렸던 오른손에 어느새 22구경 권총이 들려 있었다. 미키는 소리를 지르려고 했지만 목소리가 나오지 않았다. 그 모습에 신가이가 눈을 휙 돌렸다. 노모토가 새끼 거북처럼 몸을 벌렁 뒤집었다. 왼쪽 귀밑에서 턱까지 검붉은 상처가 입을 쩍 벌리고 있었다.

신가이가 노모토의 권총을 알아챔과 거의 동시에 총구가 불을 뿜었다. 좁은 세면장 안에서 22구경 발포음이 대포처럼 울려퍼지는 바람에 미키는 반사적으로 몸을 움츠렸다. 신가이의 몸이 누가 떠민 것처럼 세면대에 충돌하더니 한 바퀴 돌며 타일 위로 무너졌다.

뻣뻣해진 노모토의 몸에서 서서히 힘이 빠지는 것이 보였다. 쉭쉭대며 턱을 가늘게 떨었다.

이윽고 움직임이 완전히 멈췄다. 단 한 발이긴 하지만 경동맥이 잘리고도 권총을 쏘다니 놀랄 만한 집념이었다. 그러나 미키는 곧이어 부스스 몸을 일으키는 신가이를 보고 더욱 놀랐다. 새빨갛게 물든 가운 옆구리가 눈에 들어왔다. 시선이 마주쳤다.

미키는 벌떡 일어나 노모토의 커다란 몸에 달려들었다. 권총을 빼내려고 손을 뻗었다. 피 웅덩이에 발이 미끄러져 아슬아슬하게 손끝이 닿지 않았다. 몸을 들춰 권총에 손을 댔을 때 신가이가 그 손목을 덥석 잡았다.

피투성이 메스가 미키의 목에 바짝 다가왔다.

5

오스기는 쓰키를 따라 커튼을 젖히고 원장실로 들어갔다.

몸이 떨리는 것은 추운 베란다에 계속 숨어 있었기 때문만은 아니다. 원장실에 모인 사람들과 그들이 나눈 대화 내용에 엄청난 충격을 받았기 때문이다.

와카마쓰의 배후에 무로이 공안부장이 있었을 뿐만 아니라, 무로이가 구라키의 아내와 깊은 관계였다니. 게다가 구라키의 죽은 딸이 실은 무로이의 아이였다니—

하지만 지금 충격을 받은 쪽은 오히려 무로이와 와카마쓰였다. 두 사람이 입도 제대로 못 떼는 모습을 보고 오스기는 자신들이 우위에 섰음을 확신했다.

구라키가 묘하게 차분한 목소리로 말했다.

"쓰키 경시정님. 당신은 항상 이렇게 드라마틱한 방법으로 병원에 들어오십니까?"

쓰키는 미안하다는 듯이 가볍게 차려 자세를 하고 고개를 숙였다.

"쓰키 경시정님."

와카마쓰가 아연실색한 얼굴로 목소리를 흘렸다. 그 말과 동시에 어디서 뭔가를 때리는 듯한 소리가 들렸다. 오스기는 순간 총소리가 아닌가 싶었지만 한 번으로 그쳐서 다들 그 이상 마음에 두지 않았다.

"꽤나 예전이지만 두 분 다 뵌 적이 있죠. 설마 이런 곳에서 옛정을 새로이 할 줄은 꿈에도 몰랐습니다."

쓰키가 여느 때처럼 지극히 정중한 투로 말했다. 무로이의 단정한 얼굴에 불쾌함과 짜증이 뒤섞인 표정이 얼핏 스쳤다.

"이게 대체 무슨 수작이지? 언제부터 거기 숨어 있었나?"

"세 분 이야기를 전부 경청할 만한 정도는요."

와카마쓰의 창백한 얼굴이 분노로 굳었다. 오스기를 향해 집게손가락을 쑥 내밀었다.

"자네, 베란다에 숨어 우리 이야기를 엿듣고 있었다는 건가? 비겁하기

짝이 없군."

오스기는 비위 좋게 웃으며 받아쳤다.

"저는 공안의 수법을 참고했을 뿐입니다."

말문이 막힌 와카마쓰의 관자놀이에 정맥이 불거졌다.

무로이는 한층 속을 억누른 투로 쓰키에게 말했다.

"그렇다면 오늘밤 일은 자네가 우리에게 놓은 덫인가? 부상자까지 끌고 와서?"

"아니요, 구라키 경부는 아무 상관 없습니다. 저는 오스기 경부보와 함께 와카마쓰 경시를 쫓아 여기까지 왔습니다. 옥상에서 비상 사다리를 타고 베란다로 내려오기 전에는 당신이 여기 있는 줄도 몰랐어요. 당신과 원장이 따님을 보러 간 후에 놀랍게도 구라키가 모습을 나타냈죠."

오스기는 쓰키가 당신이라는 호칭을 꺼냈을 때 무로이의 눈에 불쾌한 빛이 떠오른 것을 놓치지 않았다. 경칭이긴 하지만 윗사람을 가리킬 때는 쓰지 않는 말이다. 무로이 공안부장의 계급이 자신보다 하나 높은 경시장임을 쓰키가 모를 리 없다.

무로이는 쓰키에게서 와카마쓰로 시선을 돌렸다.

"자네도 쓰키가 무슨 일을 하는지 알 테지. 경찰청 특별감찰관일세. 그런 인물이 점찍을 만큼 자네 행동이 부주의했다는 뜻이야."

오스기는 와카마쓰의 뺨 근육이 다른 생물처럼 실룩거리는 것을 보았다.

쓰키가 약간 딱딱한 말투로 말했다.

"무로이 부장님. 제가 꽤 오래전부터 와카마쓰를 눈여겨본 건 사실입니다. 공안 3과 과장이 정통파 우익에게는 엄하게 대응하면서, 폭력단이나 다름없는 사이비 우익에게는 이상하게 무르다는 평판을 들었거든요. 하지만 저는 와카마쓰 뒤에 당신이 있다는 걸 놓칠 만큼 만만하진 않습니다. 와카마쓰를 밀착 마크한 것도 마지막에 당신을 끌어내기 위해서였죠. 지금 여기서 얼굴을 마주한 건 행운일지언정 우연은 아니에요. 저는 오늘이라도 직접 당신을 찾아갈 작정이었습니다."

구라키가 끼어들었다.

"쓰키 경시정님. 아까 커튼 뒤에서 무로이 부장이 에체베리아 암살에 협조하려 한 데는 딸의 원수를 갚는 것 말고 다른 이유도 있다고 하셨죠. 그 이유를 들려주시겠습니까?"

쓰키는 흐트러짐 없는 자세로 무로이를 지켜보며 구라키의 말이 끝나기를 기다렸다.

"물론 말씀드리죠. 무로이 부장님 배후에는 민정당의 모리하라 겐고가 있습니다."

원장실이 얼음장 같은 침묵으로 뒤덮였다.

오스기는 예상치 못한 이름에 귀를 의심했다. 모리하라 겐고는 현재 법무장관 자리에 있는 민정당의 중진이다. 당내에서 으뜸가는 강경파로 통하며, 법무장관에 오른 뒤에도 보안처분*과 대용감옥 문제에 관해 반인권적인 과격 발언을 해 물의를 빚은 노련하고 교활한 정치가다.

그 모리하라가 무로이의 배후에 있다니 대체 무슨 소리인가.

오스기는 무로이의 얼굴에 조금씩 피가 쏠리는 것을 보았다. 아무렇지 않게 던진 쓰키의 한마디가 통렬한 타격을 준 것 같았다. 베란다에서 난입한 두 사람을 보고도 예상만큼 동요하지 않던 그도 이번만은 아픈 곳을 찔린 듯했다.

고요한 실내에 쓰키의 목소리가 흘렀다.

"모리하라는 조만간 총재 선거에 입후보할 것으로 보이며, 실제로 물밑 작업이 진행중입니다. 모리하라가 민정당 총재가 되어 국정을 장악했을 때 제일 먼저 뭘 하려 나설지 아십니까? 치안 체제를 강화하고 국민을 향한 감시의 눈을 늘려 장기 집권을 꾀할 겁니다. 그러기 위해서는 경찰

* 범죄자가 다시 범행할 위험을 막기 위해 행하는 개선 교육이나 보호 및 그 밖의 처분.

력 강화가 필수죠. 모리하라의 계획은 현재의 경찰청을 해체하고 새로운 치안 조직, 공안부를 만드는 겁니다."

"공안부요?"

오스기는 놀란 나머지 소리를 질렀다. 구라키와 와카마쓰도 어안이 벙벙한 얼굴로 미동도 않고 쓰키를 쳐다보았다. 불그무레한 무로이의 얼굴은 서서히 핏기가 가시더니 이윽고 창백해졌다. 갑자기 볼이 홀쭉해진 것처럼 보였다.

쓰키가 진중하게 고개를 끄덕였다.

"그렇습니다. 여러분도 아시다시피 일반적으로 경찰이라 하면 누구나 형사경찰을 떠올리죠. 살인, 강도, 유괴. 신문과 텔레비전을 화려하게 장식하는 사건들은 대부분 형사경찰의 몫이니까요. 하지만 실제로는 공안경찰의 사상과 조직에 완벽하게 좌지우지되며, 우리를 포함한 경찰 내부 사람 모두 그 사실을 알고 있습니다. 입 밖으로 꺼내지는 않지만요."

오스기는 입을 꾹 다물었다. 쓰키가 무슨 말을 하려는지 모르겠지만 평소에 자신이 품고 있던 생각을 대변해주는 기분도 들었다.

"그래서 모리하라는 그늘에 가려 있던 공안 세력을 단숨에 표면으로 끌어올려 공안 우위의 체제를 확립하려 합니다. 형사경찰은 공안부 하부 조직으로 편입되어 형사 업무뿐 아니라 공안의 앞잡이 노릇을 하게 되겠죠. 이를테면 나치 독일의 비밀국가경찰 같은 발상입니다."

무로이가 눈썹을 찌푸리며 험악한 표정을 지었다.

"자네는 우리를 게슈타포 취급 할 셈인가. 시대착오도 이만저만이 아니군."

"하지만 일단 실현되면 시대착오고 뭐고 없습니다. 그게 무서운 부분이죠. 자, 무로이 부장님. 당신은 모리하라의 그러한 뜻을 받아들여 공안부 창설을 위한 체제를 다지려고 분주히 사전공작을 했습니다. 최근 현직 전직 가릴 것 없이 경찰들이 일으킨 범죄와 불상사가 급증하고 세간을 떠들썩하게 한 흉악범죄가 미결로 남는 통에 경찰, 그것도 형사경찰에 대한 평가는 바닥에 떨어졌고 여론의 비난도 아주 거셉니다. 형사경찰을 공격하고 공안경찰을 표면으로 내세울 절호의 기회가 찾아온 거죠. 에체베리아 대통령 암살 계획은 그 흐름의 연장선상에 있었다고 볼 수 있습니다."

구라키가 어깨를 꿈틀대며 입을 열었다.

"상당히 흥미로운 이야기지만 마지막 지적은 좀 이해가 안 되는데요. 만약 에체베리아가 암살당하면 공안경찰의 평판도 땅에 떨어질 겁니다. 그것도 국가적으로요."

오스기도 동감이었다. 쓰키가 어떻게 대답할까 싶어 가만히 옆얼굴을 쳐다보았다. 쓰키는 어깨를 약간 으쓱했다.

"표면적, 혹은 일시적으로는 그럴 겁니다. 하지만 공안부 발족을 위해서는 현재 경찰청과 경시청을 장악하고 있는 기존 세력을 해체하고, 그 중에서도 반대 세력은 박살낼 필요가 있죠. 에체베리아 암살은 그 방아쇠가 되기에 충분합니다. 다시 말해, 에체베리아가 살해당하면 제일 먼저 책임져야 할 사람은 경비부장입니다. 다카쿠와 경비부장님은 차기 경시총감으로 점쳐지는 분으로 이른바 무로이 부장님의 최대 라이벌이죠. 물론 공안부장도 입장상 처분을 받겠지만 경비부장만큼 치명적이지는 않습니다. 덧붙여 가와무라 경시총감님과 오와타 경찰청장님의 퇴진도 필연적이라고 할 수 있겠습니다. 요컨대 무로이 부장님은 경력에 약간 흠집만 내는 정도로 유력한 경찰 관료를 세 명이나 몰아낼 수 있는 거죠. 모리하라 정권이 탄생하면 경시총감 자리는 무로이 부장님 차지나 마찬가지입니다. 그리고 장래에는, 공안장관 자리도요."

넋 나간 것처럼 가만히 쓰키의 이야기를 듣고 있던 와카마쓰가 퍼뜩 정신을 차린 듯 몸을 흔들었다. 그리고 어이없다는 듯 말했다.

"공안장관이라니. 생각이 너무 지나치신 것 아닙니까, 경시정님."

"아니, 전혀요. 아까 무로이 부장님의 이야기를 떠올려보세요. 에체베리아가 죽고 반체제 세력이 사르도니아 정권을 잡으면, 그들에게 무로이 부장님은 이른바 혁명 영웅입니다. 표면적으로는 아무 말 않겠지만 석유 교섭을 무기 삼아 얼마든지 무로이 부장님을 정치적으로 후원할 수 있어요. 오하라 요시노리 씨가 에체베리아에게 살해당한 사실을 공표해 무로이 부장님에게 동정표가 쏠리도록 할 수도 있죠. 거기에 모리하라까지 끌어주면 무로이 공안장관의 탄생은 결코 꿈같은 소리가 아니었습니다. 구라키 경부의 부인이 무로이 부장님께 받은 시한폭탄을 가케히를 죽이는 데 쓰겠다고 결심하기 전까지는요."

"하지만 아무리 그래도……"

"무로이 부장님이 공안장관에 취임하면 당신도 비서관 정도는 될 수 있었을 텐데. 참 아깝습니다."

쓰키의 가차없는 비아냥에 와카마쓰는 얼굴을 붉혔지만 아무 대꾸도 하지 않았다. 오스기는 하마터면 웃음을 터뜨릴 뻔했다.

잠시 정적이 이어진 후, 무로이가 가볍게 헛기침을 하고 입을 열었다.

"쓰키, 자네 연설은 잘 들었네. 아주 흥미로웠어. 감동할 뻔했군. 하지만 자네 이야기에는 그래서 어떻게 하라는 결론이 빠진 것 같아. 그것도 말해주지 않겠나?"

쓰키가 윗몸을 약간 기울였다.

"그건 본인이 제일 잘 아실 줄로 압니다만."

무로이는 양손 끝을 마주대고 쓰키를 가만히 쳐다보았다.

"자네는 오와타 경찰청장의 사주를 받고, 내게 결정적인 한 방을 날릴 기회를 노리고 있었군."

"사주고 뭐고, 제가 경찰청에 소속되어 있는 한 경찰청장님 명령에 따르는 것은 당연한 일입니다."

"내 말이 그런 뜻이 아니라는 건 잘 알 텐데. 어차피 자네도 다른 이들

권력 싸움의 도구에 지나지 않는다는 뜻이야."

오스기는 곁눈질로 쓰키를 보았다. 무로이의 날카로운 지적에 쓰키가 어떻게 대답할지 흥미로웠다. 하지만 쓰키는 눈썹 하나 꿈쩍하지 않았다.

"자신의 척도로 다른 사람을 판단하시면 곤란합니다."

무로이는 쓰키를 잠시 노려보다가 숨을 크게 내쉬고 자기 양손을 내려다보았다.

"아무래도 내가 진 것 같군. 내일 사표를 제출하겠네."

"그러시죠. 모리하라 장관에게 보고하고 상의해봤자 소용없습니다. 경찰청에서 응분의 조치를 취할 테니까요."

오스기는 주먹을 움켜쥐었다. 어딘가 찜찜했다. 쓰키는 이 일련의 일들을 어떻게 처리할 작정일까. 입을 열려 했을 때, 갑자기 와카마쓰가 일어나서 소파 뒤로 돌아갔다.

다시 돌아선 그의 손에는 권총이 쥐여 있었다.

6

총구는 쓰키를 향했다.

허를 찔린 오스기는 옴짝달싹도 하지 못했다.

와카마쓰의 이마에 땀이 맺혔고, 눈은 실성한 것처럼 이상하게 빛나고 있었다.

"부장님, 여기는 제게 맡기고 돌아가십시오. 모리하라 법무장관님과 상의하실 생각이면 되도록 빠른 편이 낫습니다."

무로이는 소파에서 몸을 반쯤 일으키고 곤혹스러운 표정으로 와카마쓰를 올려다보았다.

"그런 걸 꺼내서 어쩔 셈인가?"

"부장님, 모르시겠습니까? 이건 부장님이 사표를 낸다고 해결될 문제가 아닙니다. 신주쿠 사건은 어찌어찌 수습한다 쳐도 이 병원에 시체가 두세 구나 너부러져 있어요. 구라키가 아까 말하지 않았습니까. 그건 어떻게 처리하실 겁니까."

무로이는 와카마쓰에게서 눈을 돌려 쓰키를 보았다.

"시체에 대해서는 아는 바 없고, 나와 상관없는 일이야."

와카마쓰의 얼굴이 시뻘게졌다.

"부장님, 이 마당에 와서까지 불리한 일은 전부 제게 떠넘기실 생각입니까?"

"자네가 독단적으로 저지른 일을 왜 내가 책임져야 하나."

와카마쓰가 분노에 입술을 떨며 무로이의 옆얼굴을 가만히 노려보았다. 오스기가 왼손을 들어 관자놀이의 땀을 닦자 흠칫 놀란 듯 총구를 돌렸다. 상당히 흥분한 것 같았다.

와카마쓰는 두세 걸음 물러나 억누른 목소리로 말했다.

"그 이야기는 나중에 합시다. 부장님은 사표만 내면 그만이실지 모르지만, 저는 그걸로 안 됩니다. 아무래도 입장이 약하니까요. 부장님이 뒤에서 받쳐주지 않으면 이 곤경을 빠져나갈 수 없어요. 만약 도와주지 않으시겠다면 지금까지의 일을 모조리 공표하는 수밖에요."

"날 협박할 셈인가?"

"부장님과 저는 한 배를 탄 처지입니다. 혼자만 살아남을 수는 없다는 거죠. 여기 있는 모두를 처리하는 한이 있어도 이 일은 절대 밖으로 새어나가지 못하게 할 겁니다."

그 말에 오스기는 뱃속에서 뜨거운 덩어리가 끓어오르는 것을 느끼고 한 발 앞으로 나섰다.

"말 한번 거창하군, 와카마쓰. 그럴 배짱이 있으면 나부터 쏴봐."

와카마쓰는 오스기의 서슬에 놀라 다시 한 발 물러섰다. 그러나 곧 되받아쳤다.

“오스기, 윗사람한테 무슨 말버릇인가?”

오스기는 코웃음을 쳤다.

“이제 와서 경시니 경부보니 따질 것 있나. 폭력단과 살인청부업자를 부려서 제 이득을 챙기는 놈한테 불알이나 달렸는지 보고 싶군. 자, 거기서 바지를 벗든가, 아니면 나를 쏴서 근성을 보여주든가, 둘 중 하나를 택해.”

오스기가 다가서자 와카마쓰는 쩔쩔매며 뒷걸음치다가 결국 벽을 등졌다. 총구는 오스기의 배를 향했지만 방아쇠에 건 집게손가락에는 힘이 들어가 있지 않았다.

“왜 그래? 공안 엘리트 과장이 수사 1과 경부보 나부랭이한테 꼼짝도 못하고?”

오스기는 사람을 향해 발포해본 적 없는 경찰이 방아쇠를 당기기 쉽지 않다는 것을 알고 있었다. 하물며 자신은 비무장 상태다.

아니나 다를까 와카마쓰는 권총을 내던지더니 이를 드러내고 오스기에게 덤벼들었다. 오스기는 유유히 공격을 피하고는 와카마쓰의 두툼한 배에 온 힘을 다해 주먹을 꽂아넣었다. 평소 공안에 쌓여온 갖가지 원망과 와카마쓰 개인에 대한 분노가 그 일격으로 폭발했다. 몸을 구부리고 바닥에 쓰러진 와카마쓰가 신음하며 주변에 위액을 토해냈다. 그 모습을 내려다보고 있자니 오스기도 혐오감에 구역질이 날 것 같았다.

오스기는 쓰키 쪽으로 돌아섰다.

“쓰키 씨. 무로이 부장의 사표를 받고 입 닦을 작정이라면 제가 가만있지 않을 겁니다. 제대로 형사상의 책임을 지지 않으면 구라키 경부님의 부인도 편히 눈감지 못할 거예요.”

“설령 무로이 부장님을 사형에 처한다 해도 구라키 부인이 되살아나진 않습니다. 무로이 부장님이 물러나심으로써 모리하라의 야망을 날려버릴 수 있다면 전 그걸로 족합니다. 경찰 내부의 고름이 필요 이상 밖으로 새어나가는 일은 되도록 피하고 싶군요. 같은 경찰이니 당신도 이해하겠죠."

"오스기 씨. 이자의 감언이설에 속아넘어가면 안 됩니다."

그렇게 말한 이는 줄곧 침묵을 지키고 있던 구라키였다. 오스기는 구라키에게로 시선을 돌려 말없이 뒤를 재촉했다.

구라키가 말을 이었다.

"무로이 부장이 사표를 제출할 거라고 생각합니까? 웃기는 소리. 그건 이 상황을 모면하기 위한 방편일 뿐입니다. 여기를 나서는 순간 모리하라한테 가서 선후책을 강구한다는 데 제 목을 걸겠습니다. 그러면 이미 늦어요."

"하지만 우리 세 명이 증인이 되면—"

"두 명입니다. 일이 그렇게 되면 쓰키 경시정은 증인으로 나서지 않을 테니까."

오스기가 쓰키를 힐끗 쳐다보았다. 표정이 딱딱했다.

"설령 두 명이더라도 증인은 증인이죠."

"무슨 증인요? 오늘밤 여기서 나온 이야기에 물증은 하나도 없습니다. 용의자 자백이 전부이니 증인으로 나서도 나와 당신은 앵무새처럼 들은 이야기만 되풀이해야 하죠. 무로이 부장이 모두 부정하면 사실을 입증할 방도가 없어요. 거기 있는 사진도 휴지조각이나 마찬가지입니다."

오스기는 다시 쓰키를 보았다. 쓰키가 그제야 입을 열었다.

"제 힘에도 한계가 있습니다. 하지만 구라키 씨, 당신이 말한 사태가 일어나지 않도록 전력을 다할 것을 약속하겠습니다."

"아니. 몇 년 전 가쓰라다라는 내 동료 형사가 당신에게 사살당해 악덕 형사의 오명을 뒤집어쓴 사건이 있었지."

"그는 실제로 악덕 형사였습니다."

구라키는 고개를 저었다.

"가쓰라다만 잘못한 게 아니었어. 하지만 그 친구 혼자 오명을 쓰고 무덤으로 들어갔지. 일처리를 그따위로 한 당신한테 이번 일을 맡길 마음이 들겠나?"

"제게는 경찰 조직과 경찰의 존엄을 지킬 의무가 있습니다. 그걸 헤아려주시죠."

"당신 의무는 나와 아무 상관 없어."

구라키는 단호하게 말하고 윗옷 안쪽에 손을 넣어 권총을 꺼냈다. 실내에 긴장감이 가득했다.

구라키가 오스기를 향해 냉소를 지었다.

"오스기 씨. 혹시나 해서 말해두는데, 나한테는 아까 같은 허세가 안 통합니다."

오스기는 식은땀을 흘렸다. 쓰키의 긴장한 표정이 시야 구석에 들어왔다.

구라키가 권총을 꺼내다니 예상 밖이었다. 하지만 꺼낸 이상 와카마쓰 때처럼 어물쩡 넘어가지는 못하리란 것을 금방 알 수 있었다. 구라키의 얼굴에는 결의 같은 것이 똑똑히 보였다.

그 사실을 제일 먼저 알아차린 것은 무로이였다. 무로이는 진땀을 흘리며 제 몸을 지키려는 듯 주먹을 쥐어 가슴 가까이 끌어당겼다. 사형선고를 기다리는 피고인처럼 보였다. 조금 전까지의 의연한 태도는 어디가고, 그곳에는 죽음의 공포에 벌벌 떠는 초로의 남자만 있었다. 단정한 얼굴이 일그러지고 땀에 젖은 백발이 이마에 달라붙었다. 보고 있기 애처로울 정도였다.

오스기는 기선을 제압하듯 구라키에게 말을 걸었다.

"구라키 경부님, 무로이 부장을 쏠 생각은 마십시오. 그가 죽으면 산증인이 사라지는 셈이니 모리하라의 음모를 저지할 수 없어집니다. 총

집어넣으세요. 당신이 납득할 만한 결과가 나오도록 저도 돕겠습니다."

구라키는 무로이에게 시선을 고정한 채 고개를 저었다.

"소용없어요. 개인의 힘으로 거대한 경찰 조직을 어떻게 당해낸단 말입니까."

오스기는 말문이 막혔다. 스스로도 잘 알고 있는 얘기 아닌가.

하지만 구라키가 무로이를 쏘게 내버려둘 수는 없었다. 만약 쏴버리면 무로이뿐 아니라 구라키도 끝이다. 그리고 구라키가 그걸 바란다는 것도 가슴이 아플 만큼 잘 알 수 있었다. 전 역시 아내에게 반했던 것 같습니다—구라키가 했던 말이 새삼 귓가에 되살아났다. 오스기는 양다리에 힘을 주었다.

구라키가 총구를 들었다. 무로이는 웃는지 우는지 모를 얼굴로 입을 뻐끔거렸다.

"그만두게, 구라키. 자네 마음이 풀린다면 무슨 짓이든 하겠네. 그러니 제발 쏘지 마. 내게는 처자식이 있어."

"내게는 처자식이 없어. 죽을 때만큼은 떳떳해지는 게 어때."

무로이의 얼굴색이 양초처럼 변하고 입술이 달달 떨렸다. 오스기는 연민보다 혐오감이 앞서 구라키를 손으로 제지했다.

"쏘지 마십시오. 보면 알잖습니까. 무로이 부장은 이미 죽었어요. 빈껍데기를 쏴봤자 아무 의미 없습니다."

"아니요, 쏠 겁니다."

구라키가 스스로 다짐하듯 내뱉었을 때 문이 벌컥 열렸다. 문간을 본 오스기는 눈을 의심했다.

차 안에서 기다리고 있어야 할 아케보시 미키가 거기 서 있었다.

몸이 피투성이였다.

7

문간에 서 있던 것은 미키만이 아니었다.

등뒤에 가운 차림의 간호사가 딱 붙어서서 오른손에 쥔 메스를 미키의 목에 들이대고 있었다. 겨드랑이 사이로 내민 왼손에는 소형 권총까지 들려 있었다.

문이 열림과 동시에 총구의 방향을 바꾼 구라키의 입에서 놀라움의 소리가 새어나왔다.

"신가이."

그 말을 들은 오스기가 눈을 부릅뜨고 간호사를 다시 뜯어보았다.

짧은 머리카락, 가냘픈 몸매, 단정한 이목구비. 그리고 뺨에 남은 추한 흉터. 이자가 말로만 듣던 살인청부업자 신가이 히로미인가.

오스기는 가만히 침을 삼켰다. 어떻게 봐도 여자였다. 간호사 유니폼을 입지 않아도 충분히 여자로 보일 만한 미모였다. 이 정도면 여장을 해서 남의 눈을 속이는 것도 불가능하지는 않다.

하지만 지금 그 얼굴은 땀으로 흠뻑 젖어 눈만 빛나고 있었다. 미키를 방패로 삼았다기보다 그녀의 등에 기대 있다는 표현이 더 적절했다. 미키의 허리 뒤로 선혈에 젖은 가운이 보였다. 아무래도 다친 듯했다.

쓰키의 날카로운 목소리가 날아들었다.

"아케보시 씨, 어떻게 된 겁니까."

미키가 고개를 뒤로 젖히면서 대답했다.

"상황을 살피러 병원에 들어왔다가…… 죄송합니다. 이 사람은 기억을 되찾았어요. 노모토를 죽였지만 자기도 옆구리에 총을 맞아서."

신가이가 메스를 바짝 갖다대며 미키의 입을 막았다.

"쓸데없는 소리 하지 마. 수다나 떨라고 데려온 줄 알아? 난 저 녀석한테 볼일이 있어."

신가이가 미키의 몸을 비틀어 무로이에게 총구를 겨눴다. 무로이는 자지러질 듯이 놀라 소파 위를 엉덩이로 기었다. 경찰 관료의 자존심은 날아간 지 오래였다.

신가이는 숨을 헐떡이며 말을 이었다.

"네가 형을 죽음으로 몰아넣은 장본인이라는 건 잘 알았다. 형의 원한을 갚아주마."

"자, 잠깐. 내가 아니야."

무로이가 입을 여는 것과 거의 동시에 구라키가 소리쳤다.

"신가이, 기다려. 이자를 단죄할 사람은 네가 아니야."

"누가 할 소리. 난 이제 가망 없어. 내가 죽이게 놔둬."

"안 돼. 일단 여자부터 놔줘."

"거절한다. 쏘고 싶으면 쏴. 여자가 맞아도 난 몰라."

그때 소파 뒤에 쓰러져 있던 와카마쓰가 느닷없이 벌떡 일어났다. 두 사람의 대화에 정신이 팔려 있던 오스기는 그것을 한 박자 늦게 알아차렸다.

와카마쓰는 권총을 주워들어 두 손으로 겨누고 문간을 향해 주저 없이 발포했다. 귀를 찢을 듯한 미키의 비명과 함께 두 사람은 문에 세게 부딪힌 후 포개지듯이 바닥에 쓰러졌다.

다시 방아쇠를 당기려는 와카마쓰를 보자마자 오스기는 이성을 잃고 돌진했다. 와카마쓰는 재빨리 총구를 돌려 오스기를 조준했다. 그 눈에서 광기를 느끼고 오스기는 순간 죽음을 각오했다.

요란한 총소리와 함께 오스기는 바닥으로 몸을 던졌다. 융단 위를 한 바퀴 굴러 와카마쓰의 발치로 다가갔다. 하지만 거기에 와카마쓰는 없었다.

옆으로 밀려난 와카마쓰가 벽에 충돌한 후 썩은 나무처럼 오스기 위로 쓰러졌다. 찢어진 윗옷 가슴팍에서 피가 흘러나왔다. 공허한 눈으로 천장을 노려보는 모습이 쓰러지기 전에 숨이 끊어졌음을 짐작게 했다.

오스기는 와카마쓰를 밀쳐내고 비틀거리며 일어섰다. 목숨을 건졌다 싶자 식은땀이 비 오듯 쏟아졌다. 절체절명의 순간이었다.

구라키 쪽을 보았다. 오른손에 쥔 권총의 총구에서 아직도 엷은 초연이 피어오르고 있었다. 구라키가 예전에 사람을 쏜 적이 있는지는 모르지만, 방금 망설임 없이 와카마쓰를 쏜 결단력과 실력은 실로 대단했다.

구라키가 총구를 내린 것을 깨닫고 오스기는 무로이를 바라보았다. 무심코 바닥에 침을 뱉고 싶어졌다.

무로이는 구두를 신은 채 소파 위에 기어올라가 머리를 감싸안고 웅크리고 있었다. 이런 자가 공안장관 자리를 노린단 말인가. 웃기지도 않는다.

무로이를 바라보는 구라키의 눈에서 연민과 실망의 빛을 읽어낸 오스기는 어깨 힘을 뺐다. 그에게 더이상 무로이를 쏠 마음이 없다고 확신했다. 이런 자를 쏴봐야 자신만 비참해질 뿐이다.

구라키의 뒤를 돌아 문으로 다가간 쓰키가 쓰러진 미키 위로 몸을 굽혔다. 오스기도 와카마쓰의 시체를 타넘어 그쪽으로 다가갔다. 신가이는 가슴이 벌겋게 물든 채 쓰러져 있었다. 미키의 얼굴을 들여다보자 눈꺼풀이 희미하게 떨렸다. 가벼운 신음이 새어나왔다.

쓰키가 미키의 검은색 스웨터 겨드랑이 쪽을 가리켰다.

"여기를 스치고 신가이의 가슴에 맞은 것 같습니다. 피투성이지만 다른 데는 다치지 않은 듯하군요. 괜찮을 겁니다."

곁으로 다가온 구라키가 오스기에게 말했다.

"소파로 옮겨주겠습니까?"

그 말투에 오스기는 가슴이 뭉클해졌다. 지금껏 들어본 적 없는 부드러운 말투였다. 오스기는 고개를 끄덕이고 미키의 몸 아래로 팔을 집어넣었다. 정말이지 처음부터 끝까지 번거롭게 만드는 여자다.

안아올리자 겉보기보다 훨씬 살집이 있어서 오스기는 잠깐 비틀거렸다. 서둘러 소파로 옮겼다. 웅크리고 있던 무로이를 구라키가 사정없이 밀쳐냈다.

무로이는 소파와 탁자 사이로 미끄러졌다가 허둥지둥 다시 기어올랐다.

오스기는 미키를 소파에 눕히고 머리 아래 쿠션을 받쳤다.

구라키가 원장의 책상에서 물병을 들고 와 손바닥에 적셔서 미키의 뺨을 가볍게 두드렸다.

옆에서 쓰키가 이름을 불렀다.

"아케보시 씨. 아케보시 씨."

미키는 미간을 찌푸리고 실눈을 떴다. 시선이 허공을 맴돌다가 구라키에게 멎었다.

두 사람이 말없이 서로를 바라보는 모습에 오스기는 등줄기가 근지러워졌다.

쑥스러움을 숨기려고 입을 열었다.

"자네는 역시 형사가 아니라 다카라즈카가 어울려."

미키는 난처한 듯이 웃었다.

"방해만 해서 죄송합니다."

웬일로 기특한 소리를 하는 것을 보고 오스기가 다정한 위로의 한마디라도 해줄까 생각했을 때, 쓰키가 옆에서 날카롭게 소리질렀다.

"어디 가나!"

오스기는 급히 뒤돌아보았다.

살그머니 문으로 향하려던 무로이가 목을 움츠리고 걸음을 멈췄다. 그리고 머뭇머뭇 몸을 돌렸다. 억지로 입가를 누그러뜨리려 애썼다.

"나는 그, 이제 볼일이 없는 것 같아서."

"부하 하나가 죽고 하나가 다쳤는데 볼일이 없다고?"

지금까지와 180도 다른 쓰키의 매서운 말투에 무로이가 뒷걸음쳤다. 마치 노인처럼 눈을 슴벅거렸다.

"아니, 그러니까 나는, 그래, 원장을 불러오려고 했어. 아케보시한테 응급처치를 해야 할 것 같아서. 빨리 하지 않으면—"

무로이는 도중에 말을 끊고 문 쪽으로 빙글 돌아섰다. 한 발 내디디려 했을 때 쓰러진 신가이에게 걸려 넘어지는 바람에 네발로 기는 자세가 되었다. 일어나려다가 발을 헛디뎌 신가이의 몸을 밟았다.

그때였다.

붉게 물든 신가이의 몸이 갑자기 벌떡 일어났다. 무로이가 공포로 뻣뻣하게 굳었다.

"신가이!"

구라키가 소리쳤다.

동시에 신가이의 오른손에 들려 있던 메스가 때까치 부리처럼 한 번 번쩍였다.

납작 엎드린 무로이의 귀밑을 메스가 똑바로 갈랐다. 신가이의 더러워진 가운에 왈칵 피보라가 쏟아졌다.

오스기는 꿈이라도 꾸는 것처럼 넋을 잃고 그 광경을 바라보았다.

무로이의 죽음과 함께, 모든 수수께끼가 어둠의 저편으로 녹아드는 것을 본능적으로 깨달았다.

그것은 마치 무지개처럼 모즈의 몸에 쏟아져내렸다.

모즈는 무로이에게서 뿜어져나온 피를 뒤집어쓰면서 아무에게도 들리지 않는 목소리로 크게 웃었다.

해냈다, 난 해냈다.

가즈히코를 고로자키 갑에서 죽인 아카이와 기타니.

한패 미야우치.

그들에게 가즈히코를 죽이라고 명령한 노모토.

그놈들을 모조리 처리했다. 전부 이 손으로 목숨을 도려냈다.

나는 가즈히코의 원수를 완벽하게 갚았다.

뒤에서 호메이 흥업을 조종하던 와카마쓰를 구라키에게 빼앗긴 것은 아무리 생각해도 유감이었다. 하지만 어쩔 수 없는 일이다. 아내를 잃은 구라키에게 제물 하나 내주는 것쯤 나쁘지 않겠지.

하지만 마지막에 흑막인 무로이의 목을 가를 기회가 돌아오다니 이것이야말로 하늘의 은총이라고밖에 말할 길이 없다. 이 모든 일의 원흉이 무로이라면, 이자를 지옥으로 보내는 것이 내가 세상에 남기는 유일한 공덕이 아닐까. 게다가 아내를 빼앗긴 구라키의 원한도 동시에 갚는 셈이다.

모즈는 허공으로 쳐든 메스를 잠시 쳐다보았다.

형이었던 가즈히코.

아버지였던 가즈히코.

어머니였던 가즈히코.

그리고 단 하나의 남자였던 가즈히코.

그 가즈히코는 이제 이 세상에 없다. 가즈히코가 없는 세상에 더는 미련이 없다.

고로자키 갑에서 떨어지는 가즈히코의 환영이 눈앞을 스쳤다. 어린 시절의 일들이 머릿속을 어지러이 맴돌았다.

내가 고로자키 갑에서 떨어진다.

나는 도대체 누구일까.

남자일까, 여자일까.

신가이 히로미일까. 아니면 가즈히코일까.

혹시 나는 가즈히코가 아니었을까. 아니, 나는 모즈다. 모즈는 모즈일 뿐, 히로미도 가즈히코도 아니다.

모즈는 메스를 단단히 움켜쥐었다. 주위가 점점 어두워졌다.

이윽고 모즈는, 두 번 다시 밝아지지 않을 어둠 속으로 조용히 떨어져 내렸다.

후기

글 쓰는 속도가 느린 편은 아닌데 장편 하나를 완성하려면 항상 오랜 시간이 걸린다. 일이 겹치는 것을 싫어하는 탓에 단편 청탁이 들어오면 바로 집필을 중단한다. 그래서 이 작품은 구상에서 완성까지 대략 삼 년 반이 걸렸다.

기껏해야 하루이틀이면 읽고도 남을 소설을 뭐가 재미있다고 삼 년 반씩이나 써내려가는지, 어리석다면 어리석고 기특하다면 기특한 작업이다. 오랜 시간을 들인다고 완성도가 높아지는 것은 아니니, 한가한 인간의 도락이라 한대도 솔직히 할말이 없다.

삼 년 반 동안 여러 일이 있었다. 한신 타이거스의 우승을 비롯해 이래저래 깜짝 놀랄 만한 일이 많았다. 특히 세월아 네월아 이 작품을 써가던 중 비슷한 설정의 해외 미스터리 작품이 번역되었을 때는 정말이지 기함했다.

이런 유의 소설을 쓰다보면 항상 그런 위험이 따르지만, 삼 년 반을 허송세월한 꼴이 될지도 몰랐다고 생각하면 지금도 식은땀이 난다. 집필을 중단하지 않은 것은 그 번역소설이 상황 설정만 제외하면 전혀 다른 내용인지라, 내 작품도 독자적으로 존재를 주장할 수 있겠다고 판단했기 때문이다.

한 가지 더, 서점에서 미리 후기를 읽지 않고는 못 배길 만큼 성급하고, 또한 냉혹한 독자에게. 만약 이 책을 구입한다면 딱 하나만 부탁하고 싶다.

각 장의 숫자 표제 위치가 좌우로 나뉘어 있다는 점에 부디 유의해주기 바란다. 이것은 시점의 변화만 의미하는 것이 아니다. 시제의 변화를 나타낸 것이다.

죽었던 사람이 되살아났다고 참을성 없이 책을 내던지지 말기를.

이것이 독자의 과분한 기대에 대한 작가의 조그만 소망이다.

1986년 1월

오시키 고

옮긴이 **김은모**
일본 미스터리 번역가. 옮긴 책으로 『메르카토르는 이렇게 말했다』『애꾸눈 소녀』『영웅의 서』『미소 짓는 사람』『밀실 살인 게임』『달과 게』『조화의 꿀』 등이 있다. 드넓은 일본 미스터리의 바다에서 색다르고 재미있는 작품을 건져올리기 위해 항해중이다.

문학동네 블랙펜 클럽
모즈가 울부짖는 밤

1판 1쇄 2014년 5월 30일 | 1판 3쇄 2016년 4월 21일

지은이 오사카 고 | 옮긴이 김은모 | 펴낸이 염현숙
책임편집 양수현 | 편집 황문정 오하나 | 독자모니터 강정은
디자인 고은이 이원경 | 저작권 한문숙 박혜연 김지영
마케팅 정민호 이미진 정진아 | 홍보 김희숙 김상만 이천희
제작 강신은 김동욱 임현식 | 제작처 한영문화사

펴낸곳 (주)문학동네
출판등록 1993년 10월 22일 제406-2003-000045호
주소 10881 경기도 파주시 회동길 210
전자우편 editor@munhak.com | 대표전화 031) 955-8888 | 팩스 031) 955-8855
문의전화 031) 955-1927(마케팅) 031) 955-2684(편집)
문학동네카페 http://cafe.naver.com/mhdn | 트위터 @munhakdongne

ISBN 978-89-546-2484-8 03830

www.munhak.com